Peter Landesman

DER STUNDENLÄUFER

Peter Landesman

DER STUNDENLÄUFER

Roman

Aus dem amerikanischen Englisch
von Hans-Ulrich Möhring

List

Als dann Judas, der ihn verraten hatte, sah, daß er verurteilt war, reute es ihn, und er brachte die dreißig Silberlinge den Hohenpriestern und Ältesten zurück und sagte: Ich habe gesündigt, indem ich unschuldiges Blut verraten habe. Doch sie sagten: Was geht das uns an? Sieh du zu! Und er warf das Geld in den Tempel und entfernte sich, und er ging hinweg und erhängte sich. Die Hohenpriester aber nahmen das Geld und sagten: Man darf es nicht in den Tempelschatz legen, weil es Blutgeld ist. Nachdem sie aber Rat gehalten hatten, kauften sie dafür den Acker des Töpfers als Begräbnisplatz für die Fremden. Daher wurde jener Acker Blutacker genannt bis heute.

MATTHÄUS 27,3-8

INHALT

Sonntag 9

Montag 213

Sonntag

14 UHR

Kann das sein – Sonne und Mond am selben Himmel?

Über Coney Island ist die kurzzeitig geschlossene Wolkendecke wie Watte zerrissen, aber die Wirkung ist nur verwirrend. Trockener Schnee weht in schmalen Tromben über die Uferpromenade, driftet durch die Geländerlücken. Darunter, den ganzen gefrorenen Strand entlang, eine Hochwassermarke aus Hafenabfällen, Kleidungsstücken, Flaschen, Gerippen von ins Wasser gekippten Haushaltsgeräten, eine Schlangenlinie unergründlicher, von gefrorenem Tang und Schaum überzogener Buckel, die sich an Brighton Beach vorbei in der Ferne verliert. Vorbei an den mit der Zeit schwarz gewordenen Überresten der Achterbahn, deren altes Gestell über einem leeren Platz seine Kurven und Schleifen zieht und jeden Augenblick einzustürzen droht. Vorbei am Wonder Wheel, dem Riesenrad, das im Wind einen Heulton von sich gibt, wozu alle Gondeln in unterschiedlichem Takt schaukeln. Vorbei an anderen Karussellen, dem riesigen Tintenfisch, den Schießbuden, dem Basketballwurfstand, den sieben Zeilen mit Zuckerwattebuden, dem Muschelimbiß, einem großen Backsteinbau mit der Aufschrift ORIENTAL HOT BATHS, verbarrikadiert mit Sperrholzplatten und wie verschnürt mit Graffitibändern. Ein Paar Turnschuhe, die an einer Telefonleitung baumeln, treten wie amputierte Füße in die Richtung der Mülltonnen hinter Famous', wo in roter Farbe FUCK WHITIE an der Wand steht.

Am Promenadengeländer nippt Nathan Stein an seinem kalten Kaffee. Über den hochgeklappten Rand des Plastikdeckels hinweg beäugt er nervös das regungslose Gewässer, aber sieht nichts. Der ölige Schneematsch ist jetzt viel höher als noch vor wenigen Stunden und wirkt eher wie Bodennebel als wie etwas, das tatsächlich auf dem Boden liegt. Sein Kaschmirmantel bauscht sich um die Mitte: Zeichen einstigen Schwergewichts. Seine Augen, leuchtend, grün und klar, verfolgen einen weißen Flausch Möwen, die mit einem Müllkahn von rechts nach links ziehen, hinaus aufs Meer. Er betrachtet eine Gewitterfront, die vom offenen Wasser her aufzieht, eine geschlossene Linie jener hohen violetten Wolkenberge, die gewöhnlich Sommer bedeuten, jetzt aber die ganze Breite des Horizonts einnehmen und auf das Land zuwallen wie dicke Rauchschwaden.

Er sieht schlecht. Das wäre eine Erklärung. Ohne seine Brille sieht er jetzt noch schlechter. Sie hat sie ihm gestern nacht weggeschlagen, er weiß nicht wohin. Er läßt seinen Blick strandaufwärts wandern, als wollte er die kleine Szene noch einmal sehen, aber erspäht nur ein übers Eis hetzendes Rudel streunender Hunde, die ihre kleinen Richtungsänderungen immer alle gleichzeitig vornehmen, wie ein Vogelschwarm.

Hier, in diesen Tagen Anfang Dezember, läßt die Kälte keine Hoffnung auf Tauwetter aufkommen. Vierzig Tage und vierzig Nächte im Klammergriff eines nicht nachlassenden Winters, als ob jemand die Tür aufgemacht und das wahre eisige Draußen reingelassen hätte. Die Zeitungen schreiben, das Wettergeschehen habe sich offenbar überall grundlegend verändert. Im letzten Sommer folgten in New York auf feuchte, düstere Tage geradezu treibhausmäßige Hitzeausbrüche. Seit der Zeit herrscht, neben anderen Wirrnissen, ein heilloses

Durcheinander bei den Bäumen. Vor zwei Monaten, als bei manchen die Blätter an den Rändern längst welk und braun waren, standen andere im vollsten Saft, blühten und trieben weiter und sandten betörende Düfte aus, die eine einschläfernde, hypnotisierende Wirkung hatten. Die alten und neuen Piere in Brooklyn und im Seaport und am ganzen Hudson River stehen unter Wasser.

Zum Glück hat sich der Wind gelegt. Als seine Uhr sich meldet, fährt Nathans Hand über die rechte Manteltasche und sucht dann darin nach den Plastikröhrchen. Seine Finger tun weh, die Kuppen sind wund. Sein Handgelenk, an dem durch die Kälte das Blut geronnen ist, scheuert schmerzhaft am Taschenfutter. Andere Kratzer machen sich bemerkbar. Hier und da die Abdrücke von Zähnen.

Irgendwo unter den Planken der Promenade raschelt ein Vogel im Abfall und zwitschert dabei. Nervös rollt Nathan die Röhrchen in den Fingern und schaut dabei nicht nach unten, sondern nach oben, doch statt der Sonne erblickt er dort Sonne und Mond zusammen, die wie trübe Glühbirnen vage und kalt an entgegengesetzten Enden hängen. Der Himmel glimmt im Winterlicht, ein Ballspielwetterhimmel, früher die Verheißung einer leeren Anzeigetafel, die darauf wartete, den Verlauf eines Nachmittags mit verdreckten Sachen und aufgeschürftem Knie aufzuzeichnen, den sportlichen Ehrgeiz eines jungen Nathan, der wie eine menschliche Sprungfeder herumwirbelte und vor einer Schulfestung mit ihren Schießschartenfenstern den Ball bis in die hintersten Sitzreihen drosch. Bald jedoch wird er in die Lüfte entschweben. Weg wird er sein, sich noch einmal am Gate umdrehen und dann langsam über dem JFK-Flughafen emporsteigen, hinaus über die noch einmal nach ihm greifende Skyline von Manhattan und die tiefer und tiefer und tiefer entschwindenden umliegenden Stadtbezirke mit ihrem Schmutz und ihrer Öde und die wie verstreute Juwelen schillernden kobaltblauen Swimmingpools von Forrest Hills und Great Neck. Ein letztes jähes Glücksgefühl, und dann nur noch das Brummen der Düsenmotoren, das üppige wattige Wolkenmeer und die diskrete Dienstbarkeit einer Stewardeß. Weit in den Süden nach Tegucigalpa, dann mit einer Klapperkiste über das kurze Stück Meer zur Insel, Roatán. Die weiße Sichel des Strandes, lapislazuliblaues Wasser, hinter ihm das Murmeln der mächtigen Bäume –

Aber im Moment ist da noch dieser merkwürdige Vogel mit seinem unaufhörlichen Gezwitscher. Und die Sonne, die ihm zusetzt, wie alles andere. Er hebt die Hand zum unbeabsichtigten Gruß der Freiheitsstatue, die aus dieser Entfernung auf dem Wasser steht wie eine Rauchfahne. Wohin er auch schaut in diesen Tagen, er hält sich die Hand vor die Augen wie zur Betrachtung einer Sonnenfinsternis. Die ganze Woche hat er schon dieses Gefühl drohenden Unheils. Auch Weihnachten droht, irgendwann demnächst. Und Chanukka. Die Werbung im Fernsehen kriegt einen drängelnden Ton. Das alles scheint etwas zu bedeuten, aber er kann einfach kein Interesse dafür aufbringen. Wie die Heerscharen von Weihnachtseinkäufern lebt er nicht mehr in Wochen, nicht einmal mehr in Tagen. Er ist bei den Stunden angelangt. Manchmal hat er den Eindruck, bei den Minuten.

Der Vogel, begreift er schließlich, sitzt in seinem Sakko, sein Piepser Marke Twenty-first Century Message Center. Er hält sich die Seite wie angeschossen und lugt hinein: *Doktor E. – dringend – sofort anrufen.* Er hatte es tatsächlich vergessen. Jetzt natürlich hat Nathan die Situation wieder vor Augen, wie sie in der Praxis des Arztes saßen und María seine Hand so fest hielt, daß sie ihm schier das Blut abdrückte. »Tut mir leid, Nathan«, sagte der Arzt und schaute aus seinem Panoramafenster auf die Park Avenue hinaus. »Ich kann Ihnen nicht sagen, wie leid mir das tut.«

Nathan nickte bloß und streifte Marías Finger ab, wobei

sich ein kleines Lächeln über sein Gesicht stahl. Ich war's nicht.

Er war's nicht gewesen. María, die jetzt hysterisch schluchzte, sie war es gewesen. »Ich hab's nicht gewußt! Wie hätte ich es ahnen sollen? Es ist nicht meine Schuld lieber Gott bitte vergib mir o Mariamuttergottes.«

Nathan blickte unbeteiligt über die Schulter des Arztes auf die Kollektion gerahmter Familiengesichter, die dieser auf dem Fensterbrett aufgereiht hatte. Er schaute vorbei an den windzerzausten Haaren und den lächelnden Gesichtern und den Bootsdecks und zum Fenster hinaus auf die Park Avenue, wollte zu so etwas wie einem Fazit kommen, wenn möglich sogar zu einer Art Läuterung; was er unbedingt sollte; weil er dann, glaubte er, während sein Blick in einem gelben Taxistrom versank, weil er dann, mit ein wenig Zeit, tatsächlich etwas fühlen würde.

Ein heftiger Schüttelanfall überkommt ihn, und Nathan hält sich am Holzgeländer fest, legt den Kopf in den Nacken und kneift die Augen zusammen. Aber Kälte fühlt er immer noch nicht. Sie bleibt vage und irgendwo weit draußen, Wetter draußen vorm Fenster, in das er hinausgehen kann, wenn er will. Doktor E. hat vergessen, ihn vorzuwarnen, ihn vorzubereiten auf diese taube Undurchdringlichkeit, die so leicht mit Vollkommenheit zu verwechseln ist, mit Unsterblichkeit. Er versucht, über sich selbst zu lachen, über den grausamen Schwindel, doch es geht nicht; er macht den Mund auf, um das Lachen hinauszulassen, aber was herauskommt, ist trockene Luft, abgehackte Atemstöße. Er schmeckt Seeluft auf der Zunge und legt ein oder zwei Pillen darauf, er weiß nicht welche, hat die Farben nicht gesehen, weiß nicht die Zeit – ist es überhaupt schon so weit? Und noch eine, weil's so schön war. Warum nicht noch eine? Warum nicht, wenn er so wenig fühlt, sich im nächstbesten Zimmer ausstrecken, das Gas aufdrehen, die Lippen öffnen, sich das ganze Röhrchen in den

Mund schütten und wirklich – ein für allemal – gar nichts fühlen?

Seine Augen schwimmen; er kneift sie zu. Sein Hals ist rauh, wie immer neuerdings, und die Pillen klicken in seinem Mund wie U-Bahn-Münzen.

Weiter oben quillt blauer Rauch mit Feuerfunken zwischen den Planken der Promenade hindurch. Kläglich blinzelnd ohne seine Brille erkennt Nathan, daß sich dort unten etwas bewegt. Er schaut rasch links und rechts den Strand hinauf und hinunter und geht darauf zu; seine Schuhe quietschen auf der Reifschicht. Aber da fällt ihm auf dem Wasser etwas Verdächtiges ins Auge. Erschrocken wirft er seinen Kaffeebecher übers Geländer, krallt sich ans Holz und späht hinaus.

Unter ihm marschiert eine halbnackte Gestalt im Schattenspiel einer brennenden Öltonne hin und her, mal hell, mal dunkel. Ein näselndes Tröten unter den Planken, ein lautes Geheul, ein gebrülltes »Dalli dalli, ihr Pfeifen! Macht euch fertig!«.

Das Auf- und Abmarschieren hört auf. Ein Schopf dichter roter Haare kommt ans Licht, ein vorgerecktes Kinn, dann eine um die Hüften flatternde weiße Turnhose, mehr Lendenschurz als Kleidungsstück. Der Rest des Mannes, rosablau gefleckte schlaffe Haut, die Brustwarzen verrunzelt und schwarzbraun wie zwei Schußwunden. Knie an Knie gepreßt torkelt er auf den Fersen und schwenkt eine orangeblaue Plastiktröte mit dem Logo der New York Mets (Manhattan-Skyline im Schattenriß, dazu das Motto CATCH THE RISING STARS), das phantastische Erinnerungsstück an jenen Tag seligen Fangedenkens vor vielen Jahren, als die Mets fast Meister geworden wären und jede Menge junger Talente unter Vertrag hatten. Leicht zurückgelehnt dreht er sich um und setzt die Trompete an. Ein gurgelndes Quäken entweicht.

»Ihr Heinis!« schreit er. »Kommt schon, ihr Pfeifen!«

Einer nach dem andern treten sie ins Freie. Treten aus der offenen Tür einer Kabine unter der Promenade, klein und dick, klein und dünn, alt und schrumplig, groß und gebückt. Bei diesem Wind, der die Temperatur auf der Haut auf mindestens 20 Grad unter Null runtertreibt, sind sie barfuß und in Badebekleidung. Bike-Bodys, Satin-Shorts, einer mit T-Shirt und Badesandalen. Ihre Körper dampfen. In Dunstschleier gehüllt stapfen sie übers Eis, über Hubbel aus gefrorenem Schaum.

Sonst hätte Nathan gelacht, aber jetzt beklemmt ihn der Anblick. Von hinten sieht es aus wie ein Aufstand von Irrenhäuslern, die eine im Scherz geäußerte Hypothese über ihren vormenschlichen Ursprung ausagieren.

Ein schwächerer, vom Wind halb verschluckter Schrei.

Der Betrunkene ist weitergetapert und bläst mit seiner Trompete die am Horizont aufziehenden Wolken an, als wollte er die Götter aus New Jersey herbeirufen. Er deutet drohend darauf. »Seid bereit, ihr Memmen!«

Im Windschatten einer Buhne sind zwei Nutten stehengeblieben und gucken zu. Die Badenden stampfen auf dem Eis herum und schlagen mit den Armen, aber die unbewegt dastehenden Nutten wehren die Kälte mit routinierter Unberührbarkeit ab.

Falscher Alarm also, begreift Nathan. Das Wasser ist leer. Er streicht sich die lichter werdenden Haare glatt und stützt sich mit den Ellbogen auf das Geländer wie ein Mann, der nichts auf der Welt sein eigen nennt als Zeit, wobei er inständig hofft, ja sicher glaubt, daß dies sein allerletztes Mal hier ist – auf dem Rollfeld wartet das Flugzeug in den Süden, die Motoren heulen schon – und sich ein wenig vorbeugt, um besser zu sehen, als ob die paar Zentimeter, wenn sonst nichts, alles klären könnten.

Zwei Männer traben mit hohen Schritten durch das Spartgras der Jamaica Bay. Über den Spitzen der Gräser der Tower des JFK, wo die Leitwerke rollender Maschinen wie die Rückenflossen herumschwimmender Haie hin und her gleiten. Weit hinten ein gewaltiger Müllberg, von Vogelwolken bestürmt, und noch weiter hinten ein Touristendiorama von Manhattan in seiner ganzen Länge, auf den Hochhäusern rote Warnlichter, die langsam blinken.

Zwei Gestalten erwarten sie hundert Meter weiter. Errol Santos bleibt stehen und schlägt sich den Mantelkragen vors Kinn. Da er nicht tiefer blicken kann als bis zu den Knien, nehmen seine umherschweifenden Augen die lichten Möwenschwärme über ihm als Hinweis darauf, was am Boden verborgen liegen könnte.

Santos, ein bulliger Mann von Mitte dreißig, der kürzlich erst den Kampf gegen seine Anlage zum Dickwerden aufgegeben hat, durchstöbert seine Manteltasche und holt ein Päckchen Zigaretten heraus. Er steckt sich eine in den Mund und hält eine seinem Begleiter an die Lippen. Barbados, unrasiert, mit Falten im Gesicht, die auf Drogen oder jahrelangen Außendienst hindeuten; er könnte fünfunddreißig sein, er könnte fünfzig sein.

Santos tut einen tiefen Zug, und sofort zieht sich seine Brust zu, so daß sein rasselndes Ausatmen schon nicht mehr als ein dünner Seufzer ist, und er Luft holt wie durch einen engen Strohhalm. Es kommt mittlerweile immer häufiger; er klopft seine Manteltaschen ab, einmal, noch einmal, und wühlt dann zwischen alten Papiertaschentüchern und Zeitungsausschnitten und Bleistiftstummeln nach seinem Inhalator, bis er das kleine blaue Ding schließlich in seiner Hosentasche findet. Er sprüht es sich zweimal in den Mund, sein Rohrfreigas. Es wirkt sofort und beschert ihm obendrein noch einen Adrenalinstoß zum Herzen, der kurzzeitig seine Stimmung aufhellt und seine Augen klar macht. Inzwischen hat er vergessen, was zuerst kommt, die Zigaretten oder das asthmatische Würgen. Er hat überall Inhalatoren deponiert, eine kleine Pumpe für jede Gelegenheit, im Handschuhfach des Wagens neben dem Feuerzeug, im Nachttisch, in der Manteltasche bei den Zigaretten, eins beim andern, eins immer gleich nach dem andern.

»Du solltest damit aufhören.« Barbados mustert ihn unter seiner Mütze hervor.

Santos wendet den Kopf, um seine übliche Entgegnung zu geben, aber Barbados ist schon weitergestapft.

Die Leiche liegt zerschmettert auf einem Grasbett, Arme und Beine in unmöglichen Winkeln. Die Wange ist offen, das Fleisch angepickt. Abdrücke schmutziger Krallen quer über dem Nasenrücken.

Einer der anderen Polizisten blickt auf. »Aus Brooklyn?«

»Warum nicht«, sagt Barbados.

»Kein Blut«, sagt der andere Polizist.

Santos deutet auf den Boden. »Habt ihr mal druntergeguckt?«

Der erste schüttelt den Kopf. »Scheußlicher Ort, um 'ne Leiche zu deponieren.«

»Was ist das denn für einer?« fragt Barbados den andern.

Der Kollege zuckt die Achseln. »Er kann nichts dafür. Ist noch neu.«

Santos blickt erst über eine, dann über die andere Schulter. »Ist das hier überhaupt Brooklyn?«

Die Gesichter, vom Wind abgewandt, betrachten die vier Männer prüfend, das leere Sumpfgelände, als suchten sie ein Ortsschild. Schmuckreiher erwidern ihre Blicke.

»Egal«, sagt Barbados. »Das hier ist kein Mord.«

»Den Anruf müßt trotzdem ihr machen«, sagt der Kollege.

Barbados hebt leicht das Kinn. »Den macht ihr.«

»Selbstmord?« fragt der Neue.

Ein Möwe kommt angeflogen und schwebt über ihren Köpfen, um die Sache in Augenschein zu nehmen.

»So könnte man's nennen«, erwidert Santos.

Über ihnen ein nahendes Brummen, dann das Heulen, als die Düsenmotoren auf Umkehrschub gehen. Alle heben die Köpfe. Ein großes Flugzeug, leicht abgekippt im Seitenwind, fliegt in dreihundert Meter Höhe über sie hin; der Bauch geht auf, und das Fahrgestell klappt heraus und rastet ein. Santos wartet, aber nichts fällt.

Früher schätzte er immer das Alter der Toten und verglich es mit seinem eigenen. Noch zwei Jahre, dachte er dann, drei Jahre noch, elf noch bis dahin. Der Bursche da im Gras ist nicht älter als zwanzig, höchstens fünfundzwanzig. Santos liest die Todesanzeigen seiner Fälle. Er ist immer noch unschlüssig, welche natürliche Ursache ihm lieb wäre. Herzversagen. MS. Irgendwas Ausgefallenes und Grausames. Ob ihm das Glück beschieden sein wird, erst mit fünfzig, dreiundfünfzig zu sterben?

Er sagt: »Sie verstecken sich im Fahrwerk und fliegen als blinde Passagiere mit. Ab und zu schläft einer ein oder paßt gerade nicht auf. Und dann geht die Klappe auf.«

Der Neue blickt nach oben, dann nach unten auf die Leiche, und seine Miene verrät die Überraschung über so eine Flucht- und Fluggeschichte, über das Schicksal, zuletzt wie ein Stein ins gelobte Land zu stürzen.

Barbados zieht die Nase hoch. »Der dritte Vogel diese Woche.«

Der Kollege des Neuen dreht den Kopf, guckt über beide Schultern. »Ich weiß nicht, mir kommt das hier einfach wie Brooklyn vor.«

Barbados hakt mit der Fußspitze unter den Arm der Leiche, lupft ihn vom Boden und legt ihn behutsam über dem Kopf ab. Rückenschwimmer. »Jetzt ist es Queens.«

Im Auto chauffiert Barbados sie zwischen leeren Grundstücken und Achterbahnruinen hindurch. Sie fahren an verstreut herumstehenden Wohnwagen und Blechschuppen vorbei, Parzellen mit bizarr vereisten Unkräutern, tote Flächen abgezäunt gegen weitere tote Flächen ringsum. Sie fahren durch eine dunkle Straße mit augenlosen Backsteinfassaden und den Hochbahn-Stahlträgern der Linie F, in deren hohen quadratischen Gewölben das hohle Klatschen der Taubenflügel wie Gewehrfeuer widerhallt. Strahlen des trüben Zwielichts hängen von den Gleisen und bilden hauchzarte Vorhänge, die sich in der Ferne verlieren. Die wenigen Autos und Fußgänger fahren und gehen von Träger zu Träger, verschwinden und tauchen näher wieder auf wie in den abgehackten Bilderfolgen alter Filme.

Sie halten am Bordstein. In dieser Straße, der man nicht zutrauen würde, daß dort jemand lebt, wimmelt es von Leben. In den Gassen ein Gewirr von Verschlägen, schneeschwer durchhängende Konstruktionen aus Plastikplanen und Kisten. Spuren im Schneestaub fangen nirgendwo an, verlaufen scheinbar ziellos wie Ziegenpfade und treffen an einer Telefonzelle ein Stück weiter unten zusammen, wo ein Mann in einer dünnen Lederjacke und mit einer Baseballkappe auf dem Kopf sich füßestampfend aus der Zelle in einen Lichtstrahl hinauslehnt. Ein kleiner Junge erscheint in einem Hauseingang, stellt einen schweren Plastiksack voll Abfall auf die Straße und geht wieder hinein. Barbados schläft ein.

Das Kinn in die Armbeuge gelegt beäugt Santos die kaputten Dachrinnen auf der andern Straßenseite, die demolierten Hauseingänge, und denkt Jura, dann die Polizeischule, dann fünf Jahre Streife, dann fünf in Zivil, bald sechs demnächst, und immer noch irrt er wie ein Fremder durch Straßen, auf denen er einst ein Kind war. Er fährt sich mit der Hand übers Gesicht, schließt die Augen, als wollte er wegwischen, was er gesehen hat, fühlt, während seine Beine zucken und seine Lippen an der speckigen Kälte des Autositzes scheuern, in den Füßen irgendwo weit unten die U-Bahn anrollen wie eine ferne Brandung, über ihn hereinbrechen, und er wacht auf – hat er geschlafen? – und seine nachtschwarzen Augen wandern zum Dach des Wagens. Sie folgen dem hoch oben leer vorbeifahrenden Zug. Der Funkenregen brennt Pißlöcher in den Schnee wie eine sprühende Wunderkerze. Barbados, wach jetzt, hält sich das Feuerzeug ans Gesicht. Auf der Straße ist ein Mann an der Telefonzelle stehengeblieben wie vor einem Beichtstuhl. Zwischen Pusher und Käufer geht etwas in einer Art Fäusteschütteln von Hand zu Hand. Santos beobachtet, wie Barbados die Transaktion mit tiefschwarzen, geradezu unschuldigen Augen verfolgt, den Augen eines jungen Mädchens; auch er einst ein Träger von Hoffnungen, wie Santos.

Das Funkgerät unter dem Armaturenbrett gibt ein knatterndes Geräusch von sich. Der Käufer an der Telefonzelle richtet sich auf und reckt den Hals wie ein Tier beim Anzeichen von Gefahr. Von oben pfeift jemand wie einem Hund. Die Stille ringsherum ist auf einmal bedrohlich. Dunkle Gesichter in den Hauseingängen. Der Käufer läuft schlitternd davon, dorthin wo er hergekommen ist. Eine Flasche zischt durch die Luft und zersplittert links vom Auto an einer Wand. Ein Kinderkreischen gellt durch die Häuserschlucht. »Scheiße«, murmelt Barbados und fährt schleunig um eine Ecke und eine Straße hinunter, die an der Uferpromenade endet, vorm Himmel. Santos langt nach seinem Inhalator.

Die tausend bunten Glühbirnen über dem Famous' blinken, aus, an.

»Schau mal«, sagt Santos und wischt auf der Scheibe ein Guckloch frei.

Barbados beugt sich hinüber. An der Fenstertheke innen im Famous' steht ein kleiner, birnenförmiger Mann, dessen Atem als garnknäuelartiger Dunstball vor ihm hängt und wie ein

Rauchring gleich vom nächsten weitergeschoben wird und vom nächsten. Er tupft sich mit einem Taschentuch den Schweiß von Stirn und Hals. Beim Blick auf seine Armbanduhr vervielfacht sich sein Kinn. Krivit.

»Hast du ihn herbestellt?« fragt Barbados.

Santos schüttelt den Kopf. »Wart einen Moment.«

Draußen atmet er die salzige Kälte ein, läßt seine Zigarette in den Schnee fallen und steuert in einer langen Diagonalen die Tür an. Das Plexiglas klappt hinter ihm zu. Eine Familie steht am Tresen und kaut lustlos vor sich hin. Im Hintergrund macht sich ein Schwarzer mit lautem Geklapper an einer dampfenden Friteuse zu schaffen, während ein gepflegter Pakistani einen stummen Fernseher anglotzt. Ein Auswärtsspiel, 49ers gegen Seahawks, denkt Santos, die Gegner geradezu gespenstisch in ihren weißen Anzügen, so daß die heimischen Trikots sich auf körperlose Helme und ein schwebendes ledernes Oval stürzen.

»Ich denke mal, heute erwarten Sie jemand anders.«

Krivit stellt seinen Becher Kaffee mit einem Klicken hin. »Erwarte ich jemand?«

»So ein weiter Weg nur wegen der Hot dogs?«

»Macht doch jeder.« Ein künstliches Lächeln auf den Lippen wischt sich Krivit mit dem Handrücken über die Stirn.

Draußen auf der Straße hat sich Barbados neben einen babyblauen Streifenwagen gestellt.

»Ein bißchen früh für Sie, was?« sagt Santos. »Sind Sie mittlerweile auch bei Tageslicht tätig?«

»Ich halte mir die Nächte gern für andere Sachen frei.«

»Weiß ich.«

Barbados lehnt sich auf die Hupe. Das Beifahrerfenster des Streifenwagens geht herunter. Ein blutjunger Polizist reibt sich trübäugig die Wangen, während sein Kollege mit offenem Mund hinter dem Lenkrad schläft. Barbados mimt mit der Hand einen Revolver, schießt.

»Und«, fragt Santos, »was haben Sie?«

»Für Sie nichts.«

»Irgendwas für irgendwen.«

Krivit schiebt seinen Kaffeebecher vor und wieder zurück. »Wenig los heute, Detective?«

»Viel, wenig, ein Tag wie jeder andere. Sie haben doch sonst immer was auf Lager.«

»Mehr als genug. Ich hab für jeden was, und für jeden was anderes. Mit Hausieren macht man sich bloß das Geschäft kaputt. Aber später vielleicht. Ja, später, wahrscheinlich.« Krivit hebt schlaff die Hand und schlenkert mit den Fingern. »Fürs erste, hasta la vista, Tino.«

Santos blinzelt den kleinen Informanten an und schluckt den metallischen Geschmack von Verachtung hinunter. Aber wem die gilt, kann er nicht sagen. Der Kerl stinkt, sicher – aber wer will hier was von wem?

Er stößt mit der Schulter die Tür auf, die Hände in den Taschen. Ein Stoppschild zittert im Wind. Vor der Küste tutet ein Schiff, ein Nebelhorn, wenn es neblig wäre, ein Signal für – wen?

Er setzt sich in Bewegung, aber eine Gestalt, Kinn im Kaschmirmantel vergraben, streift an ihm vorbei auf die Tür zu. Er erkennt das Gesicht sofort.

»Kalt genug für dich?« fragt Santos.

»Was –? Nein, kein Interesse.«

»Nathan, ich bin's, Errol. Errol Santos.«

Nathan Stein blickt ihn mit kurzsichtigem Zwinkern an, bis er ihn erkennt. »Du hast dich nicht verändert.«

Stein sieht aus wie für eine ältere Rolle zurechtgemacht, findet Santos, eine bessere, die Haare dünner und mit grauen Strähnen, aber das Gesicht straff und der Körper schlank. »Wir haben uns beide verändert. Aber du siehst gut aus, Nathan. Isabel hat mir gesagt, du würdest gut aussehen.«

»Sie ist deine Schwester. Dir muß sie das sagen.«

»Na, trotzdem toll für dich.«

Nathan hebt eine Hand etwas an. »Wie man's nimmt.« Er deutet verlegen auf seine Uhr.

»Gut, ich will dich nicht weiter aufhalten.«

»Vielleicht mal auf ein Bier irgendwann«, sagt Nathan und tritt einen Schritt zurück. »Irgendwo in der Stadt, bei Musik und so.«

»Vielleicht bei Bradley's. Wie in alten Zeiten.«

Nathan legt den Kopf schief. »Bradley's hat dichtgemacht, Errol.«

»Echt? Wann?«

»Sie haben das Klavier verkauft. Wann? Egal. Vor Jahren schon – Tja, Errol.« Nathan schaut sich um wie nach einer Falltür in der Luft. »Und wie geht's dir?«

»Schau mich an. Wie geht's dir?«

»Prima. Richtig gut. Und –« Nathan grinst. »Und wie geht's Claire?«

»Prima, Nathan. Ihr geht's gut.«

»Gut. Gut.«

»Sie hätte dich bestimmt grüßen lassen. Wenn sie gewußt hätte –«

»Bestimmt.«

Santos zieht zwei Zigaretten ein Stück weit heraus und hält ihm das Päckchen hin.

»Nein, danke«, sagt Nathan.

»Nimm schon.«

»Ich rauche nicht.«

»Früher hast du.«

»Das ist lange her.«

Santos zündet sich eine an und bläst ein dünnes Fähnchen himmelwärts. »So lange auch wieder nicht«, sagt er. »Übrigens, daß du Isabel eingestellt hast, war sehr anständig.«

»Errol, das ist – wie lange? – vier Jahre her, fünf?«

»Ich hab mich nie bei dir bedankt.«

»Deine Mutter war daran mehr beteiligt als ich. Ein kurzer Paß von der Mutter zur Tochter, eine einfache Stabübergabe –«

»Trotzdem. Ich hoffe, sie macht sich gut. Und wie geht's –« Santos späht suchend in die Luft. Der Rauch ringelt sich und verweht im trüben Winterlicht.

»Wir wohnen uptown«, sagt Nathan. »María. Sie und ihr Junge, Benny. Sag mal, Errol, hast du vielleicht Buch geführt?«

Santos zuckt mit einer Schulter. »Es gibt hundert Verbindungen zwischen uns. Informationen, Nathan, sonst nichts. Meine Mutter hat schon für deinen Vater gearbeitet, als ich noch gar nicht geboren war. Jetzt arbeitet meine Schwester für dich. Früher wußte ich selber alles über dich. Jetzt weiß ich bloß noch, was mir erzählt wird, aber das sind nur Kinkerlitzchen. Leider.«

Ein komisches Lächeln huscht über Nathans Gesicht.

»Benny, stimmt«, sagt Santos. »Jetzt erinnere ich mich. María und Benny. Mann, sie war eine richtige Schönheit. Eine, die man sich warmhält. Und der Junge war noch ganz klein.« Santos grinst. »Papa«, sagt er. »Hätte ich nie für möglich gehalten.«

»Papa«, wiederholt Nathan trocken. »Ich glaube, so weit würde ich nicht gehen.«

»Ich muß gestehen, ich kann's mir nicht vorstellen.«

»Ich auch nicht.« Nathan tritt zurück und faßt sich an den Gürtel. »Entschuldige«, sagt er. »Sie piept mich zehnmal am Tag an.« Er wirft einen Blick auf die Digitalanzeige. »Es ist die einzige Nummer, die sie hat.«

Nachdenklich zieht Santos tief an der Zigarette. »Sie brauchen Zuwendung, Nathan.«

»Wir brauchen alle Zuwendung, aber sie hat schließlich ihre Töchter.«

»Töchter? Ich dachte, es wäre ein Sohn.«

Nathan blickt auf. »Sohn?«

»Na ja, Benny.«

»Ach, María.«

»María«, wiederholt Santos. »Über wen reden wir?« Aber dann winkt er ab, und sein Gesicht verdunkelt sich. »Es geht mich nichts an.«

Santos läßt den Blick über die Straße schweifen. Die Trödelläden an der Surf Avenue machen auf. Er deutet auf die Tür. »Komm, ich lad dich zu 'ner Tasse Kaffee ein.«

»Liebend gern, Errol, aber –« Nathan zeigt mit dem Daumen hinter sich. »Ich bin verabredet.«

Santos starrt durch das schmuddelige Plexiglas Krivit an, der die beiden erblickt und wieder sein künstliches Lächeln aufsetzt. Santos erwidert den Blick.

»Er spielt immer ein doppeltes Spiel«, warnt er Nathan. »Man weiß nie, was er der andern Seite steckt.«

»Er spielt einfach mit, Errol, hält die Chose am Laufen, gibt den Sachen einen kleinen Stups, wenn sie durch Vorschriften blockiert sind.«

»Genau das paßt mir nicht. Was am Ende rauskommt, ist ihm egal. Milton hat ihm nie getraut.«

»Milton? Mein Vater traut niemandem –« fängt Nathan an, dann verstummt er. Eine Uhr schlägt die Stunde. Ein beleuchtetes Zifferblatt im Wonder Wheel hängt über dem verödeten Rummelplatz wie ein zweiter früher Mond, verändert das Licht. Santos blinzelt sich eine Schneeflocke aus dem Auge und denkt an Nathans Geld, Nathans Kleidung, Nathans Nebeneinkünfte, seine kleinen Geschäfte, seinen Stall von Latina-Geliebten, mit denen er sich notorisch zankte – Santos hätte all das auch haben können. Er war immer schlauer gewesen als Nathan, immer einen Schritt voraus; schon während des Jurastudiums zapfte Nathan ihn ständig an und erkaufte sich Hausaufgaben und Spickzettel mit kleinen Gefälligkeiten.

Nathan tritt von einem Fuß auf den andern. »Ach, was soll's.«

Barbados kommt angefahren und klopft ans Fenster, macht Santos ein Zeichen, daß sie weiter müssen.

»Okay. Ich sag Claire, daß ich dich getroffen habe.«

»Mach das.«

»Du solltest mal auf einen Abend nach Brooklyn kommen.«

»Ich bin ständig in Brooklyn.« Er schaut sich um. »Jetzt zum Beispiel.«

»Du weißt, was ich meine, Nathan.«

»Noch dieselbe Adresse?«

Santos tritt gegen den alten Schnee. »So ist es. Sie wäre begeistert. Du würdest dich wundern.«

»Das würde ich wohl.«

Die Plexiglastüren des Famous' schlagen zu. Santos macht auf dem Absatz kehrt und geht mit einem raschen Blick nach oben zum Auto. Überall auf der Surf Avenue streichen die Russen Decken auf den Bürgersteigen glatt und legen alte Stiefel und rostige Zangen, Lampenschirme, echte Jacken von der Roten Armee aus. Der offene Tag ist irgendwie bedrohlich, das Licht nur vorgeschoben, die Sonne nicht das, was sie scheint, nicht hoch genug, auch wenn es Winter ist; ein Schatten, der über die Stadt streicht.

»War das nicht Milton Steins Sohn?«

Santos nickt.

»Der Apfel ist nicht weit gefallen.«

»Es ist ein großer Baum.«

»Ihr wart mal Freunde«, sagt Barbados. »Mehr. Compadres, nicht?«

Santos winkt ab, wie um zu sagen: Wo soll ich anfangen?

Während das Riesenrad hinter den Mauern versinkt, sackt er gegen die Wagentür und blickt zehn Jahre zurück: auf ein gelbes Zimmer, wo er in einer Sommernacht neben seinem Vater kniete. Jod- und Uringestank. Santos sah den Schädel unter der Haut des alten Mannes, das eingesunkene und verbrauchte Gesicht. Alles Falsche fällt von den Sterbenden ab, und sein Vater reckte den Hals, um ihm das letzte Wort zu sagen. Die Toten nehmen die Lebenden mit, wenn sie können, und er keuchte den Namen seines Sohnes, um ihn näher an sich zu ziehen, doch Santos wich an die Wand zurück und hörte zu, wie sein Vater zwischen den Worten nach der kalten Luft schnappte. Sein Vater sagte, vor Gericht gehen, sich Anwälte kaufen, das wäre das Theater der Mächtigen und der Spinner, und derweil ständen die eigenen Leute hilflos vor verschlossenen Türen. Sein Vater sagte, das Leben, von dem Errol sich eines Tages abgeschnitten fühlen würde, spiele sich auf den Straßen ab. Und was hat er seit jenem Tag, auf diesem Planeten, getan? Im selben Herbst noch tauschte Errol seine feinen Anzüge und seine glänzenden Karriereaussichten als Anwalt für eine Welt muffiger Kneipen voll verschwitzter Polizisten ein. Ritter aus alter Zeit mit ihren kleinen Stummelpistolen im Kampf für Recht und Ordnung. Hinaus auf die Straße, hatte sein Vater gesagt. Hinaus auf die Straße. Als er nach seiner ersten Festnahme ins Präsidium und zum Staatsanwalt mußte, trat er in den sauren Dunst eines Saals voll wartender Männer, Männer, die an den Wänden schliefen und auf die Ellbogen gestützt steinern ins Leere starrten. Es sah zuerst nach einem mitternächtlichen Bahnhof in einem fernen Erdteil aus, nach Pennern, ungewaschenen Betrunkenen, dem Gestank von Flüchtlingselend und Schlaf und Unterernährung. Aber hier und da trugen sie stolz Teile von Polizeiuniformen, die Hose oder das Hemd, die blaue Mütze tief über die Augen gezogen, ihre Straßenschuhe. Angeber, Kinder, diese geplagten Bullen, zwanzig, zweiundzwanzig, Bürstenschnitt und Pausbacken und halbautomatische Pistole und an freien Tagen vor der Glotze. Wie ein Halfback beim Reifendrill im Training stieg Santos flink über ihre Beine hinweg und begab sich in den

Hauptwartesaal, wo ein flimmernder Fernseher in der Ecke die leer und offenmäulig gaffenden Polizisten mit Unterhaltungssendungen betäubte. Ein Notaufnahmeraum im Krankenhaus, nur ohne die Dringlichkeit.

Wenn Santos etwas getan hat, hat er es dort getan. In Fahrstuhlschächten und Müllcontainern. Auf Trümmerfeldern, wo Zeitungsseiten im Wind aufflattern und wieder zu Boden sinken.

Das ganze Studium für die Katz. So viel juristische Kenntnisse, so viel Geld in Aussicht. Seine Schwester Isabel dachte, er sei verrückt geworden. Er verstand es damals selbst kaum; heute hat er seine Beweggründe für nahezu alles vergessen.

Skeptisch beäugt Santos den Horizont. Vom offenen Wasser, sieht er, kommen Wolken, gewitterschwarz. Wie eine Herde oder eine Kavallerie stürmen Körperteile und Tierformen aufs Ufer zu, Fäuste, flüchtige Gesichtskonturen, die vergehen, kaum daß sie entstanden sind, sich aufbäumende dunkle Pferde.

Im Famous' dreht sich niemand nach Nathan um. Er schlägt mit den Armen und atmet die wärmliche Luft ein, möchte gern froh sein, daß er hier ist. Wie früher: die vielen Sonntagsausflüge erst von Queens und dann von Manhattan aus mit Milton im Silver Shadow, Pastrami-Sandwiches essen, extragroße Hot dogs. Die Freunde, die er hierhergebracht hat, die Frauen, Claire ein dutzendmal, dieses Relikt des alten New York genießen. Errol Santos – wann wären sie hier nicht zusammen gewesen? Die lange Fahrt mit der Bahn, die Spur kleiner Rüpeleien, die zwei Jugendliche hinterließen. Jetzt ist Errol beleibter, als Nathan ihn in Erinnerung hat, und kleiner, und die Haare trägt er vorn über den Schädel geklatscht.

Tatsache ist, daß es an alledem nicht viel zu erinnern gibt. In letzter Zeit ist Nathan die sentimentale Ader abhanden gekommen. Wie bei einem Fotoapparat öffnet und schließt sich seine Blende, hält Dinge fest, gedankenlos, gefühllos, und was ihm dabei die ganze Zeit durch den Kopf geht, ist die Eingangsszene von *La Bohème*, wo Marcel aus seinem Mansardenfenster über die Pariser Dächer schaut und den verzehrenden Trieb der Liebe beklagt, während der hungernde und frierende Rudolf mangels anderen Brennmaterials das Manuskript seiner Tragödie in fünf Akten verheizt. Nostalgie, was ist das? Ein Begleichen von Rechnungen, kleine Vergeltungen und Indiskretionen zwischen heute und damals, der Vergangenheit und der Gegenwart.

»Buddy«, sagt Nathan mit gespielter Forschheit.

»Mister Stein.«

»Kalt ist's.«

»Kalt, ja, Sir.«

Hinter dem Tresen steht der alte schwarze Mann auf hölzernen Paletten, die über Pfützen aus Salzwasser und sandigem Matsch liegen.

»Nicht in Schwulitäten zur Zeit?«

»Kein Gedanke, Sir.«

Nathan droht mit dem Finger. »He, du machst mich noch arbeitslos.«

Buddy grinst, und sein zahnloses Gesicht fällt ein wie eine verfaulte Frucht. »Wie viele?«

Nathan schaut über die Schulter zur Stehtheke am Fenster. An einem Ende zwei essende Männer: Geschäftsmann, Trödler. Am andern steht Krivit.

»Drei. Mit allem. Und Kaffee.«

»Vier fünfzig.«

Nathan zieht einen Zwanziger heraus, hebt abwehrend die Hand. »Der Rest für dich«, sagt er und geht mit dem Tablett an die Fenstertheke. Er gibt rechter Hand einen Hot dog weiter.

»Ich hab's nicht gern, wenn man mich warten läßt, Stein.«

Krivit pocht auf seine Uhr. »Eine Stunde. Wie konnten Sie sich heute verspäten?«

Er langt sich den Hot dog, und seine rechte Gesichtshälfte bläht sich auf, daß sein Auge fast verschwindet. Als Nathan seinen Kaffeebecher anhebt, rutscht sein Ärmel zurück. Ein Stück Haut am Handgelenk ist blau angelaufen.

»Nette kleine Schramme haben Sie da.«

»Die verdammte Katze«, sagt Nathan, verschüttet seinen Kaffee und nimmt sich hastig eine gebrauchte Papierserviette vom Tresen. Er tupft nervös auf die braune Pfütze ein, aber fühlt dann wieder Krivits Blick auf seinem Handgelenk und schiebt die Hand tief in die Manteltasche.

»Sie haben gar keine Katze«, bemerkt Krivit.

Nathan verspürt erst Verwunderung, dann Entrüstung, denn in dem Moment hat er seine eigene Lüge geglaubt.

»Das Hurenaas hat auch zugebissen, was?« sagt Krivit. »Sie sollten besser aufpassen.«

Hinter einem Grinsen versucht Nathan seine fünf Sinne zusammenzunehmen und breitet dramatisch die Hände aus. Das kann er gut, darauf versteht er sich, den Mund und die Augenbrauen zu einer Grimasse vollkommener Fassungslosigkeit zu verziehen: Ist das zu glauben? – wie er es etwa im Yankee-Stadion machen könnte, wenn ein Spieler, dem ganz New York zu Füßen liegt und die Daumen drückt, etwas unbegreiflich Dämliches macht, einen kinderleichten Ball fallen läßt, einen simplen Roller nicht erwischt, Sachen, die dreißigtausend fanatischen Anhängern selber nie im Leben passiert wären, nicht für acht Millionen im Jahr. Seine vollkommene Fassungslosigkeit angesichts dramatischer, aber letztlich trivialer Vorkommnisse. Ist das zu glauben, was der Richter da eben gesagt hat? Ist das zu glauben, daß sie mich tatsächlich gebissen hat?

»Sie sollten denen das nicht durchgehen lassen«, mahnt Krivit.

Nathan weiß, daß es eine Frage gibt, die er stellen sollte, aber er vermeidet sie, drückt sich davor, findet etwas anderes. »Erzählen Sie mir einfach, was Sie haben.«

»Eine Einladung zum Fischen in tiefen Gewässern.«

»Im Norden der Stadt«, sagt Nathan, »fischt es sich immer noch besser. Washington Heights –«

»Kleine Fische, Stein. Gierige kleine Fische. Scheißdreck. Langweilig.«

»Langweilig«, kommt das Echo von Nathan.

»Heute habe ich was, womit sich Karriere machen läßt. Russische Juden.«

Nathan nippt an seinem Kaffee, dann zieht er die Luft ein, hat sich die Zunge verbrannt. »Ich hab's nicht mit Karriere.« Er betastet seine Zunge. »Karriere machen ist mir zu kompliziert.«

Ein selbstgefälliges Lächeln spielt auf Krivits Lippen. »Ich habe Ihnen das besorgt, weil Sie Mist gebaut haben und ich dachte, Sie suchen vielleicht neue Freunde.«

Nathan schiebt ihm einen zweiten Hot dog hin. Krivit zuckt mit der linken Schulter. Nathan äugt zu der Familie hinüber. Der Vater trägt schwere schwarze Sachen, die Mutter ein Bauernkleid und ein wollenes Schultertuch. Ein älteres Mädchen über zwanzig, schlank, enge Jeans und Sweater. Ein nichtssagend aussehender Junge faßt Nathan mit einer Miene ins Auge, deren Düsterkeit sich vielleicht mit der Pubertät oder nackter Wut oder einer Mischung aus beidem erklärt. Sie alle haben die halbfertigen Gesichtszüge von Slawen, Menschen mit dicken Fingern und wulstigen Händen. Kein Make-up, kein Pfiff. Sie reden nicht, sie lachen nicht. Wie eine normale Familie, die regelmäßig hier essen geht.

Krivit wischt sich über die Stirn, schnauft. »Sehen aus wie Bauern. Smack. Huren. Schutzgelder. Nichts Großes. Noch nicht. Aber warten Sie's ab. Den Russen wird mal Brooklyn gehören. Alles wird ihnen gehören.«

Die Eltern und das Mädchen kauen an ihrem Essen herum, während sie die Plastiktafeln mit dem Speisen- und Getränkeangebot über ihnen studieren. Der Junge behält sein finsteres Starren hartnäckig bei, wie in einem dummen Kleinkrieg unter Schülern.

»Ist es der Junge?«

»Sein Bruder. Freilassung gegen Kaution abgelehnt. Das ist alles, worum es geht. Eine schlichte Haftbeschwerde.«

»Deshalb bin ich hier?«

»Sie muß bis morgen da sein.«

Nathan schaut ihn an. »Morgen.«

»Wenn nötig, können wir vielleicht dafür sorgen, daß Rodriguez den Fall bekommt.« Krivit wischt sich die Mundwinkel. »Können Sie das noch bewerkstelligen?«

Nathan betrachtet seinen Kaffee, als könnte er dem Becher die Konsequenzen einer Richterbestechung entnehmen. »Morgen«, sagt er. Bei Richter Rodriguez hat er nur einmal nachgeholfen, und selbst er täte sich schwer, wirklich von Bestechung zu reden: er hatte Rodriguez Karten für *Madame Butterfly* geschenkt, seine eigenen begehrten Plätze – achte Reihe Mitte Parkett – als Gegenleistung für die kleine Gefälligkeit, eine Verhandlung auf einen Termin nach Ablauf der vorgeschriebenen Frist zu verlegen, jener magischen Grenze, hinter der man frei wie ein Vogel entfliegen darf. Aber die Sache mit Rodriguez war im Grunde harmlos gewesen, wenn auch nicht ganz korrekt. Der Angeklagte, ein kleiner Dieb in einem Viertel, wo hauptsächlich Crackdealer und Junkies wohnten, und allen ein Dorn im Auge, wurde unter der Bedingung freigelassen, daß er sich aus der Stadt verdrückte. Alles Gute für den weiteren Lebensweg.

Nathans Hände legen sich zusammen wie zum Gebet. Weiter unten an der Fenstertheke steht jetzt nur noch der Trödler, inzwischen mit einem Pappbecher Bier. »Ich hatte früher einen Freund, der mal erwähnte, er würde jemand kennen, der mal erwähnt hätte, er könnte so was in der Art machen.«

»Haben Sie diese Freunde noch?«

»Meine Freunde können die Freunde von denen da werden, aber was wird geboten?«

»Zweihundertfünfzig.«

Nathan dreht sich abermals nach der Familie um.

»Hören Sie auf, sie anzugaffen. Die essen nicht in der Mulberry Street und machen den Bullen eine lange Nase. Sie kommen, sie gehen, sie schlitzen einem am hellichten Tag die Kehle auf, bimbam.«

»Zweihundertfünfzigtausend«, murmelt Nathan.

»Es pressiert. Die Leute sorgen sich. Bei denen steht die Familie obenan. Richtige Mustereltern.«

»Was kriege ich?« fragt Nathan.

»Fünfzig.«

»Fünf–«

»Zum Teufel, Stein. Sie reiten sich von einer Scheiße in die andere, Sie unterschlagen Kautionsgelder, Sie haben irgendein krummes Immobiliending laufen, dann noch diese miese Telefonmasche, Ihre Aktien fallen, verstehen Sie mich?«

»Woher wissen Sie –?«

»Fassen Sie es einfach als vorübergehende Anpassung Ihres Börsenkurses auf.«

Nathan schluckt. »Mit solchen Preisen gefährden Sie Ihre eigene Zukunft, Krivit.«

Krivits Brille ist angelaufen. »Nehmen Sie sich in acht, Mann. Kommen Sie mir bloß nicht so. Ich kann jeden kriegen. Ich nehme Ihren Schwachkopf von Partner. Den Penner. Der würde seine eigene Mutter verkaufen. Für zwanzig Dollar würde der seinen eigenen Schwanz lutschen. Wie heißt er noch gleich?«

Nathan schüttelt den Kopf. »Er ist nicht mein Partner. Er arbeitet für Milton.«

»Das ist Ihr Problem.«

»Schreck. Oliver.«

»Genau der. Der Wichser.«

Nathan sieht Krivit nicht oft an. Er weiß zum Beispiel nicht einmal, welche Farbe seine Augen haben. Jetzt sieht er, daß sie hellblau sind, beinahe hübsch. Nathan lächelt vor sich hin. Eine Melodie kommt ihm in den Sinn, die Arie auf dem Höhepunkt des *Figaro* gestern abend, als die Sopranistin vor der riesigen Met den Mund aufmachte und die zwitschernden Vögel entließ. Und neben ihm Isabel, eine Frau in einem schönen roten Kleid mit Blumenmuster, die schwarzen Haare zum Knoten hochgesteckt. Ihre Hand in seiner, ihre Finger lang und begabt. Nathan fängt zu summen an, im Falsett.

»Warum dann ich?« fragt er zwischen zwei Phrasen. »Warum nicht Milton?«

Krivit blickt finster. »Er hat größere Fische am Haken.« Er hebt seinen formlosen Arm und beschreibt damit einen Bogen, der den nackten Erdfußboden, die verödeten Straßen, das verlassene Wonder Wheel einschließt. Die im Wind baumelnden Turnschuhe. Fuck Whitie.

»Was Besseres als Sie war auf die Schnelle nicht zu kriegen. Sie brauchen – Könnten Sie vielleicht mal mit dieser Serenade aufhören?«

Nathan verstummt. Seine Augen folgen einem Streifenwagen, der mit blinkenden Scheinwerfern und kreisendem Rotlicht die Surf Avenue hinaufsaust. Er biegt scharf um die Ecke und fährt auf die Uferpromenade zu. Vor zwanzig Jahren kamen die Kinder von Coney Island an die Fenster von Miltons Silver Shadow und boten ihr Taschengeld dafür an, mal mitfahren zu dürfen. Milton nahm die Pennies und Nickels und holte eine Schachtel Hot dogs für alle. Er hob sie hoch und setzte sie lachend hinters Steuer, kleine Kinder allesamt, die sich auf dem Leder rekelten und die echte Holzverkleidung berührten, schwarze Kinder, gute Kinder, Kinder, die noch halbwegs eine Chance hatten, schien es. Dann fuhr er weiter und beschwerte sich bei Nathan mit ausladenden Gesten seiner dicken Hand über Nigger dies, Nigger das. Hispanohuren.

Heute gibt es in diesem Viertel keine Telefone. Niemand ruft an. Gegenüber stehen ausgebrannt und eisüberkrustet die Wracks weitaus weniger feiner Autos. Milton ist schon seit Jahren nicht mehr hiergewesen. Wenn man zu viele Samen aussät, hat man am Schluß einen Dschungel, der einen mit Haut und Haaren verschlingt.

Ein zweiter Streifenwagen schießt unter der Hochbahn hervor und folgt dem ersten. Sirenen heulen in der Ferne, vom Wind verzerrt. Krivit reckt den Hals, um die Uferpromenade zu sehen.

Obwohl er stillsteht, hat Nathan beim Ton der Sirenen das Gefühl, beinahe loszulaufen, loszustürmen. Eine Schweißperle läuft ihm über den Nacken. Im Fernsehen spielen jetzt die Eagles in Weiß gegen die Packers in Grün. Gleich darauf jedoch kommen Kurznachrichten dazwischen, ein Bild der stürmischen Karibik, die Unterseite eines gekenterten Schiffes. Leichen auf dem unruhigen Meer, Gesicht nach unten, Haare und Kleider auf und ab wallend, auf und ab. Eine Welle bricht, und weg sind sie.

Als Nathan merkt, daß er ruhig bleibt, holt er seinen besten goldenen Füller hervor und klappt ein Streichholzheftchen auf, von Gambone's Ristorante. Er räuspert sich. Träge jetzt, mit betonter Gleichgültigkeit: »Wie lautet die Anklage?«

Aber Krivit hat auf der Promenade etwas erblickt und steht auf den Zehenspitzen.

Nathan knufft ihn am Arm.

»Vorbeigefahren und draufgeballert.« Krivits Aufmerksamkeit kehrt zurück. »Unterm Strich sind Juden nicht viel anders als Itaker, nur einen Tick gewiefter. Wer hätte das gedacht?«

»Warum behalten sie ihn in Haft?«

»Fluchtgefahr.«

»Würde er fliehen?«

Sie schauen beide nach draußen. Auf der andern Seite der Surf Avenue quietscht die Hochbahn langsam auf der Höhe des zweiten Stocks zwischen den Luna Park Homes hindurch, und die grellen Blitze vom dritten Gleis lassen die Wohnblockfassaden aufleuchten. Kaum sind die Rücklichter des letzten Wagens den Blicken entschwunden, macht der windige Bahnsteig einen völlig ausgestorbenen Eindruck, als ob schon seit Jahren keine Züge mehr gekommen wären.

»Sie etwa nicht?« knurrt Krivit.

Nathan legt den Füller hin. »Dann ist er auf und davon.«

»Das ist nicht Ihr Problem.«

»Was haben sie gegen ihn in der Hand?«

»Einen Burschen im Wagen, der sagt, unser Freund hätte abgedrückt.«

»Hat er?«

Krivit wischt sich die Stirn. »Klar. Warum nicht? Was kümmert Sie das?«

Nathan hustet schwach in die Faust, aber er hat den Dreck in seiner Brust aufgerührt. Der Husten brennt tief, qualvoll, und während er dagegen ankämpft, legt sich eine ungeheure Müdigkeit auf ihn. Wenn er es nicht besser wüßte, würde er an einen Herzanfall glauben. Krivit hat derweil weitergeredet, irgendwas wie eine Litanei von Nathans Vertrauensbrüchen und Verfehlungen, wie die Plagen, Blut, Heuschrecken, Finsternis, Erwürgung der Erstgeburt –

Aber sein Herz sei bombenfest, Pumpe und Ventile tadellos, hat der Arzt erklärt, der sichtlich dankbar war, ihm wenigstens irgend etwas Positives mitteilen zu können.

Als Nathan sich ausgehustet hat, ist ihm, als hätte ihm jemand in die Rippen getreten. »Und wo steckt dieser Zeuge?«

»Baut Schneemänner in der Pampa.«

»Und ihr voriger Anwalt?« fragt Nathan.

Krivit polkt mit dem kleinen Finger an einem Backenzahn herum und sagt nichts. Was genug sagt. Ohne nachzudenken, nickt Nathan einmal, langsam. Der Vater legt einen halb aufgegessenen Hot dog hin und marschiert auf sie zu, die Familie im Schlepptau. Nathan zieht mit einem Ruck einen Lederhandschuh aus, dreht sich um und hält ihm die Hand hin. Der Vater faßt in seinen Mantel, wirft ein braunes Päckchen von der Größe zweier Bücher auf die Fenstertheke und streift an Nathan vorbei, und einer nach dem andern schiebt die Familie hinter ihm her durch die Pendeltür nach draußen.

Nathan sieht ihnen die Straße hinunter nach. Der Junge – ein kurzer Wortwechsel, eine geplante Flucht – ist in eine Seitengasse getürmt.

Krivit zieht Nathan das Päckchen unter der Hand weg, reißt ein Ende auf und lugt hinein. Eine rosa Zungenspitze bohrt sich durch den Strich seines Mundes. Er langt hinein und fühlt mit den Fingern.

»He, ich weiß einen guten Witz«, sagt er. »Der wird Ihnen gefallen. Ein alter Itaker und ein alter Jude sitzen auf einer Parkbank. Da kommt dieses Klasseweib vorbei. Echt klasse. Jung, blond, alles dran.«

Krivit nimmt die Hand aus der Verpackung, vergißt für einen Moment die Geldbündel darin, als erinnerte er sich an etwas von höchster Wichtigkeit und erwiesenem Nutzen.

»Und der Itaker dreht sich zum Juden um, und er deutet auf sie und sagt: ›Die hab ich aufs Kreuz gelegt. Die Braut hab ich echt mal aufs Kreuz gelegt.‹ Und der Jude nickt, und seine Augen werden schmal, und der Mund wird ihm wäßrig, und er dreht sich zu dem Itaker um und sagt: ›Und, hast dich dran gesundgestoßen?‹«

Beim Lachen wippt Krivit mit dem Kopf wie ein Vogel. Es ist eine Lektion, praktisch eine Lebensweisheit. Nathan verspürt eine kurzes, überraschendes Aufwallen von Zuneigung zu diesem dicken Mittelsmann. Sie ist verfehlt, das weiß er, aber dennoch ist sie da, flüchtig wie eine leichte Brise, die nirgends herkommt und genauso rasch nirgends hinführt, ein verkehrtes Gefühl, das auch schon vergehen will, vergeht – nach all den Jahren, die Krivit praktisch zur Familie gehört – vergangen ist.

Er schaut zu, wie Krivit in dem Päckchen herumtastet und ein kleineres, backsteingroßes herauszieht. Krivit läßt es auf der Stahltheke zwischen ihnen liegen. Das größere Päckchen steckt er sich in den Mantel und hält dann einen Finger hoch, wie um den Wind zu prüfen. »Sehen Sie zu, daß Sie die Weiber aus dem Geschäft raushalten.« Seine hohe gequetschte Stimme erinnert Nathan an seinen Rabbi aus Ozone Park: Bleib auf der Bahn, laß dich nicht verleiten, du fällst, Nathan, du fällst –

»Vermasseln Sie *die* Sache lieber nicht, Stein. Die kennen kein Pardon. Und ich weiß Bescheid.«

»Was wissen Sie?«

Draußen lassen die Russen ihre Decken im Stich und laufen zum Strand. Der pakistanische Geschäftsführer des Famous' tritt durch die Tür auf die Straße, die Hände in die Hüften gestemmt.

Wieder reckt Krivit den Hals. »Ich höre so manches«, sagt er. »Wenig Gutes.« Er tippt an sein Ohr. Ohne sich Nathan zuzuwenden, legt er einen dicken braunen Umschlag auf den Tresen. »Da ist die Geschichte drin, Aktenzeichen, alles übrige. Nicht vergessen, Stein. Morgen.«

Morgen, fünfzigtausend, morgen, fünfzigtausend. Nathan wägt die Optionen ab. Optionen, die keine Wahl zulassen. Und keine Fragen. Fünfzigtausend, basta, und morgen ist morgen ist morgen –

Er schiebt Krivit den letzten Hot dog hin. »Sie sollten mehr auf Ihr Gewicht achten«, sagt er.

Krivit wirft ihm einen bösen Blick zu. »Arschloch.«

»Schauen Sie mich an.«

Die Mundwinkel des dicken Mannes verziehen sich langsam zu einem Grinsen. »O ja, das tu ich.«

Im Vollgefühl dazuzugehören, ist der Betrunkene nicht an der Wasserlinie stehengeblieben. Statt dessen erhebt er die Plastiktröte wie zum Nazigruß und marschiert unbekümmert im Stechschritt in die breiigen Fluten. Die andern Schwimmer hopsen am Wasserrand hin und her, ohne sich naß zu machen. Manche schließen die Augen und spannen in Märtyrerpose weit die Arme aus, um sich der vollen Kraft des eiskalten Windes auszusetzen. Als ob irgendwo zwischen Qual und Erniedrigung die Erlösung ihrer harrte. Ein junges Mädchen schlingt die Arme um sich und ruft ogottogottogottogott. Dann verkündet jemand: »Jetzt«, und die Mitglieder dieses Vereins, von denen viele aussehen, als hätten sie es sich gern noch einmal überlegt, wenn man ihnen die Möglichkeit ließe, laufen platschend hinein. Das Wasser, eine matschige Brühe, der nur wenige Grad und ein paar Minuten zum festen Eis fehlen, bewegt sich kaum um ihre Taillen. Unbeirrt fassen sie sich im Kreis an den Händen und springen wie Kolben auf und nieder. Der Betrunkene ist nicht stehengeblieben. Seine Schultern gehen unter.

Er schreit: »Kommt schon, ihr Flaschen!« Seine bläuliche Hand stößt durch die Wasseroberfläche und winkt ihnen träge zu, weiterzugehen.

»Eins! zwei! drei!« brüllen sie und tauchen unter, ohne eine Welle zu werfen. Sekunden später kommen sie mit blauen Gesichtern und zugekniffenen Augen wieder hoch, zu verkrampft, um zu schreien, wie verspätete Babys, die mißgebildet und schleimig durch den Geburtskanal gepreßt und ausgestoßen werden.

»Blöde Arschlöcher«, sagt jemand am sicheren Strand. Ein

Koreaner in einem billigen Parka klatscht laut in die Hände. Ein Fotograf kniet und knipst und hält die Badenden in stoischen wie ekstatischen Stellungen fest.

Von dem Betrunkenen ist nur noch zu sehen: ein Fleck roter Haare, ein Bein seiner Shorts, seine Fersen, der orangene Rand der Plastiktrompete.

»Verdammt, er hat es schon wieder gemacht«, murrt einer der Badenden. Zwei waten hinaus, um ihn einzusammeln, während die andern in der Kühlschrankluft hüpfen, Pirouetten drehen und johlen und dabei den Strand auf und ab und hinüber nach Jersey spähen, als suchten sie dort den Sinn ihres Tuns zu entdecken. Andere stellen sich für den Fotoreporter in Positur.

Dann ein echter Schrei, das gellende Kreischen einer Frau.

Niemand weiß, was los ist. Jemand ruft: »Ein Hai?« Leute im Wasser reißen die Knie hoch und laufen, ohne recht vom Fleck zu kommen. Jemand deutet auf den treibenden Betrunkenen. Eine zähe Welle geht über ihn hinweg. Er hängt wie eine Leiche im Wasser und sieht aus wie enthauptet. Nein, nicht er ist gemeint, sondern hinter ihm stößt ein zweites Paar Fersen durch die Oberfläche. Jemand packt den Betrunkenen und schiebt ihn wie ein Stück Treibholz in Richtung Strand. Zwei dort wartende Nutten verschränken mit plötzlich geweckten Interesse die Arme, während jemand hüfthoch hinauswatet, zufaßt, die Leiche an Land zieht und sie halb im und halb aus dem Wasser mit dem Gesicht nach oben ablegt. Mit gekrallten Händen und offenem Mund liegt sie zwischen zwei Streifen aus zerrissenem roten Stoff wie ein Speiseopfer, ein Bild halb der Qual, halb der Ruhe.

Die Nutten treten wie Polizisten an die Leiche heran, innerlich unbeteiligt. Eine stupst ihr mit der Schuhspitze in die Rippen.

»Die ist hübsch.«

»Sie war es.«
»Kennst du sie?«
Sie betrachten sie.
»Schwarz«, sagt die erste. »Oder Chicano.«
»Woher willst du das wissen? Sie ist völlig hin.«

17 UHR

Eine stockende Kette roter Bremslichter wölbt sich über die Kosciuszko Bridge bis nach Queens, ein leuchtender Bogen über der darunter liegenden Dunkelheit. Das Armaturenbrett mit der pulsenden Zeitanzeige strahlt Claire Proffitts Kinn von unten an, während die Brücke unter ihr beunruhigend rüttelt. Auf der Gegenseite stehen die Scheinwerfer meilenweit dicht an dicht. Ein Krankenwagen ruckt hinter ihr zentimeterweise vorwärts. Aber keiner macht Platz, weil es keinen gibt; die Sirene des Krankenwagens erstirbt, sein Rotlicht geht aus. Vor ihr ein Schleier gelber Baustellenlampen; heute abend werden die paar Meilen bis Rikers Island zum reinsten Abenteuer.

Als der Verkehr ganz stehenbleibt, überfliegt Claire die Zeitung auf dem Armaturenbrett, die sie sich so gefaltet hat, daß sie eine Meldung auf Seite 17 lesen kann:

FLÜCHTINGSSCHIFF SINKT - 40 TOTE

Mindestens 40 Personen kamen ums Leben, als ein überfülltes Schiff, dessen dominikanische Passagiere illegal in die USA eingeschleust werden sollten, in eisigen, stürmischen Gewässern kenterte und sank. Für die vielen Vermißten besteht wenig Hoffnung.
Ein Überlebender gab an, 107 Personen hätten

sich zusammengedrängt an Bord der *Saint John* befunden, eines umgerüsteten neun Meter langen Fischtrawlers, der fünf Meilen vor Cabo Engaño unterging, dem östlichsten Punkt der Dominikanischen Republik ...

Schon jetzt erschöpft beugt sich Claire über das Lenkrad und späht mit angestrengten Augen durch das Schneegestöber auf die blinkenden Lichter von Flugzeugen, die sich zur Landung aufreihen. Flugzeuge senken sich aus der Dunkelheit herab, gleiten dicht über sie hinweg zum Flughafen La Guardia. Nur noch wenige Tage trennen sie von ihrer einwöchigen Urlaubsreise nach – sie hat bereits den Namen vergessen; vielleicht hat sie ihn nie gekannt, muß ihn gar nicht kennen. Sie gab einfach im Reisebüro an, was sie wollte: Hitze, Einsamkeit, alle viere von sich strecken. Sie sucht sich am Himmel ein Flugzeug aus und hat wieder die Vision ihres äquatornahen Meeres: unendlich und blau, lange Wellen, die gegen einen weißen Strand anrollen, sich klar wie Glas über den Sand ergießen und verausgabt zurückfließen, um abermals im Spiel der Brecher wiederzukehren, dazu im Hintergrund die grandiose Staffelung von Bergen vor immer höheren Bergen –

Vor ihr rinnt der vierspurige Verkehr Tröpfchen für Tröpfchen von der Brücke hinunter auf einen von Trümmern freigeräumten halben Seitenstreifen. Streifenwagen und Räumkommando. Ein Kreis auf dem Asphalt taghell erleuchtet: verstreute Blechtrümmer, eine Tür, ein Rad, Bolzen und Schrauben. Polizisten mit orangenen Regenjacken und Leuchtstäben.

Sie stellt den Kassettenrecorder an. Immer noch das alte Band von Nathan, Herbie Hancocks erstes Album, das er so gern hörte. Beide zusammen hatten sie immer eine Schwäche für erste Alben, erste Bücher, erste Filme, das erste Erröten, der Mut und die Sicherheit in der Anonymität, nichts als Möglichkeit und zaghafte Hoffnung.

... Tausende von Dominikanern wagen alljährlich in kaum seetüchtigen Holzschiffen die Fahrt über die 150 Kilometer breite stürmische Mona-Passage zwischen der Dominikanischen Republik und Puerto Rico, um in die USA zu gelangen. Die Grenzpolizei hat allein in diesem Jahr 8182 von ihnen festgenommen.

Hinter dem Nadelöhr rasen die Autos wie freigelassene Tiere über die vier leeren Spuren. Straßen und Reihenhäuser werden von langen unbeleuchteten Hängen abgelöst, hinter deren Kuppen weitere Straßen kommen, mehr Highway, dann mehr Wasser. Ein endloses Gewirr von Grabsteinen Rücken an Rücken und Flügel an Flügel, Obelisken, heilige Jungfrauen auf engstem Raum hart bedrängt von Aposteln und diversen Versionen des Heilands Jesus Christus persönlich. Heiligenscheine schweben durch die Nacht wie Legionen von Frisbees. Weitere Reihenhäuser, weitere Gießereien, weitere Friedhöfe, jüdische diesmal, mit gedrungeneren Steinen, weiter auseinander, nicht so dicht gedrängt, ironischerweise kein solches Gerangel. Im Tode, denkt sie, ändern sie ihr Verhalten: gefaßt, geduldig gestehen sie allen ringsherum einen großen Freiraum zu.

Eine Ausfahrt auf eine Straße voller Doppelhäuser, in deren Fenstern blau das Fernsehlicht flimmert. Ein Viertel, wo Polizisten und Feuerwehrleute wohnen; wo Katzen auf kunststoffbezogenen Sofas liegen; wo junge Söhne ihre Tage damit zubringen, an Motoren zu basteln und bezahlte Dienste für die Freunde ihrer Eltern zu verrichten.

Stop vor einem Tor mit Zebrastreifen und Wachhäuschen, hinter dem ein schmaler Damm übers Wasser nach Rikers Island führt. Claire wird erkannt. Die Wächterin blickt enttäuscht. »Sie«, sagt sie und tippt mit dem Finger auf die Uhr. »Was«, fragt sie, »haben Sie für Probleme?«

Claire bedenkt sie mit dem Grinsen des schuldigen, aber dennoch geliebten Kindes, dann mit einem Blick des Bedauerns, dann der Fassungslosigkeit. »Ich bin im Streß. Ich bin hohl. Ich habe kein Leben.«

Sie braucht an diesem Abend nicht viel Gewandtheit und Charme, um zu bekommen, was sie will. Die Wächterin schaut zu einem vorbeistreichenden Flugzeug hoch und zieht dann für Claire eine Miene mütterlicher Mißbilligung. »Machen Sie's kurz. Bleiben Sie im Warmen. Es ist was im Anzug. Ich hab's im Radio gehört.«

Im Warteraum des Frauengefängnisses Rose M. Singer sitzt eine Wärterin in Blau und inspiziert ihre langen krallenartigen Fingernägel, die abwechselnd pink und indigoblau lackiert sind. Ihr Halfter ist leer. Außerhalb dieser Kabine thronen zwei weitere Frauen, bewaffnet und wuchtig, hinter einem erhöhten Wachschalter und schauen durch eine kugelsichere Plexiglasscheibe. Niemand hat sich vom Fleck gerührt, seit Claire das letzte Mal hier war. Und kein Mann weit und breit. Nach dem Jurastudium hielt sie das zunächst für einen Pluspunkt. Frauen in den Zellen, Frauen, die die Waffen tragen, die Fußböden fegen, das Sagen haben. Rings um Claire herum nichts als Frauen. Aber heute lächelt sie steif, tappt sehr nervös mit den Schuhspitzen: die Atmosphäre ist zum Zerreißen gespannt. Im Frauengefängnis auf Rikers Island sieht es aus wie überall sonst – schmutzig und kahl und hart, eine Versuchsanstalt des Unglücks.

Im Kabinenfenster faßt Claire ihr Spiegelbild ins Auge, berührt ihre Backe, kernig und gesund das Gesicht, wie ständig Wind und Sonne ausgesetzt, und plötzlich erschrocken, als wäre die Reise schon vorbei –

Ein Mädchen in grauer Gefängniskluft kommt stumpf blickend und benommen herein: kupferbraune Haut und ein breites, flachstirniges Indiogesicht, gehüllt in eine scheue Verschlossenheit, die alten Ursprungs zu sein scheint. Ihre kohlschwarzen Augen gehen nie über Kniehöhe. Und sie ist schwanger, deutlich, und siebzehn, höchstens.

Sie setzt die Zigarette an, inhaliert tief, schließt selig die Augen.

Claire setzt sich ihr gegenüber auf einen Stuhl. »Regina Núñez«, liest sie aus der Strafakte ab. »Sprechen Sie Englisch?«

Das Mädchen zuckt die Achseln.

»Ich spreche jedenfalls kein Spanisch. Mal sehen. Drogen. Widerstand gegen die Staatsgewalt. Die Verhandlung ist morgen – aber niemand hat irgendwelche Anträge gestellt. Warum hat niemand einen Antrag gestellt?«

Regina sagt nichts.

»Haben Sie keinen Anwalt?«

»Doch, aber ist nicht gekommen.«

Claire schnuppert. »Betrunken sind Sie auch?«

Das Mädchen betrachtet ihre Pantoffeln und holt tief Luft. »Ich habe was verschüttet.«

»Sie riechen, als hätte man Sie in Whiskey getaucht.« Claires Blick verweilt auf dem dicken Bauch des Mädchens. »Vielleicht sollten Sie lieber nichts trinken.«

»Ich habe Sie nicht gerufen«, sagt das Mädchen, und ihre ohnehin unsteten Augen, die sich höchstens flüchtig an etwas heften, gleiten ganz ab und wandern in irgendeine weite Ferne, nicht nach Hause, denkt Claire, an einen Ort, von dem sie träumt. Hollywood. Disneyland. Die Niagarafälle. In den Augen des Mädchens bilden sich Teiche. Dicke Tränen fallen ihr in den Schoß. Und zu alledem auch noch ein Kind.

Claire beugt sich vor, aber fühlt weder das Bedürfnis noch die Notwendigkeit, sie zu berühren oder ihr Trost zuzusprechen. »Sie sind seit drei Monaten hier. Wir sollten Sie wenigstens auf Kaution rausholen.«

»Ich habe kein Geld«, sagt das Mädchen.

»Es sind bloß fünfhundert Dollar.«

»Zuviel.«

»*So* viel ist das gar nicht.« Claire deutet auf ihre Akte. »Da steht eine Adresse drin. Haben Sie Familie?« Claire ermahnt sich, das Atmen nicht zu vergessen. »Okay. Wer ist – wer war Ihr Anwalt.«

Das Mädchen hält die Hand auf, als ob dort in der hohlen Hand der Anwalt erscheinen würde.

»Ich brauche den Namen. Ich muß wissen, wo ich anfangen soll.«

»Nathan Stein.«

Claire blickt abrupt auf. »Wie bitte?«

»Nathan Stein.«

»So hatte ich Sie verstanden. Und wie lange kennen Sie Mister Stein schon?«

»Kennen?«

»Wie viele Monate, wie viele Jahre?«

Das Mädchen zuckt die Achseln. »Ich habe ihn nie –«

»Haben Sie ihn überhaupt schon mal gesehen?« bohrt Claire nach. »Mit eigenen Augen? Ist er je hier gewesen?«

Das Mädchen blickt verloren drein. »Mister Stein wird kommen.«

Vor Claires Augen entfaltet sich eine Enzyklopädie von Helden und Schurken, von gewonnenen und verlorenen Kämpfen, von Giftmorden und Bluttaten. Weiße Ritter. Schöne Jungfrauen. Aus dem Schlamm ausgegrabene alte Geschichte.

»Wollen Sie, daß Ihr Kind im Gefängnis zur Welt kommt und groß wird? Genau das wird passieren, wenn Sie weiter warten.« Sie klappt die Akte zu. »Sie werden Ihr Kind in einem Krankenhaus zur Welt bringen wie ein Mensch.«

Das Mädchen schluchzt in die vorgehaltenen Hände.

»Ich übernehme Ihren Fall. Sie gehören mir.«

Nathans Uhr – oder ist es sein Piepser? – zirpt wie der gefangene Vogel irgendwo unter seinem Mantel. Aber der Auflauf auf der Uferpromenade wird immer größer. Menschen säumen das Geländer. Eine Leiche ist auf den Sand geschleift worden, dunkle Haare, rotes Kleid – »O Gott«, sagt er, läuft los und verzieht das Gesicht vor Schmerz, weil sein Anzug an einer Wunde scheuert, an die er nicht mehr gedacht hat, quer über den Rippen links. Überall bellen Hunde. Er spürt, wie ihn die Promenade anzieht, und läuft darauf zu, aber sein Körper will nicht, biegt ab und zwingt ihn in eine andere Richtung. Er trabt zurück über die Stillwell Avenue, unter der Hochbahn hindurch, bevor er sich mit einem Blick über die Schulter in ein tatteriges Schrittempo fallen läßt, die Hand aufs Herz gepreßt. »Scheiße«, schnauft er. Alles weg, seine Ausdauer, sein Atem.

Die kalte Schattenflut ist an den Brownstone- und Backsteinfassaden hochgestiegen. Auf den Dächern greift ein Wald nackter Antennen nach dem porösen Licht. In einer Plexiglastür zwischen einer Donut-Bäckerei und einem Schuster lehnt ein Mädchen und betrachtet ihre Fingernägel. Als Nathan stehenbleibt, hebt sie das Gesicht. Sie war eines der Mädchen, die er vorhin am Strand gesehen hat. Ihre Augen blicken aus tiefen blauen Höhlen.

»Wo ist deine Freundin?« fragt er.

Das Mädchen knickt eine Hüfte ein. »Was ist an mir auszusetzen?«

»Gar nichts.«

»Ich bin besser als sie. Weißes Fleisch ist besser.« Sie lacht über ihren eigenen Witz. Die Glastür beschlägt.

Nathan blickt die Straße hoch und runter, möchte irgendwo hinein, gar nicht unbedingt hier, einfach irgendwo unterschlüpfen, um ein Bedürfnis zu befriedigen, das so unaussprechlich und instinktiv ist wie das eines Säuglings, wie nach Luft, nur nicht so gut.

Der Treppenschacht eng und gewendelt wie in einem Kirchturm. Nathans Augen folgen den ausgetretenen Stufen nach oben, dem gehobelten Handlauf und den dünnen Beinen des Mädchens unter ihren Rock, während er in die wärmer werdenden Regionen des Hauses steigt, das im ersten Stock endet. Der Flur, kahl und grau in einem schmuddeligen Licht, geht zu beiden Seiten ab. Ein gelber Streifen scheint unter einer Tür, dann kommen weitere geschlossene Türen. Die Eingänge wie blockiert von Schatten. Das Mädchen betritt das Zimmer, in dem Licht brennt, ohne anzuklopfen, und Nathan folgt ihr.

Ein dickwandiger Raum, so hoch wie breit wie lang, ein hohes geschlossenes Fenster, an das Sand und Schnee weht. An der Decke hängt eine nackte Glühbirne. Jemand hat halbherzig aufgeräumt, ein durchhängendes Bett notdürftig gemacht. Daneben ein Preßspannachttisch, braun, mit imitierter Holzmaserung. Ein halbvolles Glas mit abgestandenem Sprudel steht wie ein Fetisch im Schein der trüben Lampe. Im Sommer ist die Straße vorm Haus sandig, und Salzstaub weht in das Zimmer und sammelt sich hinter allen hochstehenden Dingen, aber jetzt ist der Raum klamm und kalt, der Staub hat sich verteilt, und alles ist von einer dünnen körnigen Schmutzschicht überzogen.

»Willst du Dope? Crack, Smack, Meth? Wir könnten es gleich nehmen.« Sie läßt sich auf die lumpige Tagesdecke plumpsen, lehnt sich an die Wand. »Oder sonstwas.«

Nathans Augen sind an einem Kalenderblatt über dem Bett hängengeblieben, der falsche Monat, das falsche Jahr. Er sieht darauf die Aufnahme eines fernen Strandes: Roatán, oder irgendwo anders, wo es genauso gut ist. Unter einem helleuchtenden Mond außerhalb des Bildes grenzt ein schimmernder Sandstreifen an ein makelloses weißes Meer. Die rauchige Stimme setzt ein, und Nathan swingt innerlich im Rhythmus von *The Girl from Ipanema*: eine junge Frau steigt aus dem Wasser und geht den Strand hinauf.

Ganz weich kommt das Saxophon dazu und lockt mit dünnen Seufzern die Señoritas aus dem Wasser –

Lustlos knöpft das Mädchen ihre dünne Jacke und die Bluse darunter auf und streift beide zusammen von den Schultern. Sie ist schmal, zarter gebaut, als ihre Kleidung erkennen ließ. Ihre Brüste sind jugendlich, ihre Haut ist blaß, bläulich, durchscheinend, ihre Rippen ein Striemenmuster wie von alten Mißhandlungen, von schlimmen, unvergessenen Erinnerungen.

Nathan und das Mädchen treffen sich mitten im Zimmer. Sie ist nicht älter als sechzehn oder siebzehn, ihr Make-up eine Maske. Ihre Zungenspitze erscheint im Winkel zwischen den Lippen. Alles was sie macht, ist jung und schulmäßig. Und er, begreift er, ist hier aus Gewohnheit, aus Möglichkeit, aus Zwang. Nicht weil er will, sondern weil er kann. Wie alles in letzter Zeit fühlt es sich gleichermaßen unnötig wie unvermeidlich an. Und was dann kommt, ist immer ein kleiner Traum, eine oberflächliche, flüchtige Angelegenheit. Meistens kommt ihm eine Verflossene oder eine Tagtägliche in den Sinn, eine, die er schon verlassen hat, eine, die in sicherer Distanz hinter ihm liegt. Auf einer Frau liegend stellt er sich eine andere vor und noch eine andere, fühlt sich in immer weiterer Entrücktheit von seinem Leben so gut wie tot, träumt aller Gefahr enthoben seinen kleinen Traum, bis er sich auf einmal verzuck-zuck-zuckt und die Augen aufschlägt und im Erwachen aus dem wonnevollen Halbdunkel seines Mittagsschläfchens das ganze Drumherum auf ihn einstürzt: der harte Streifen des Lampenlichts, die Berührung ihrer klammen Haut, ihr fremder Geruch, der Krater in der Mitte der billigen Matratze wie ein Schützenloch unter ihm –

Ein leises Sirren an seinem Gürtel. Mit unendlicher Erleichterung langt Nathan hin und blickt auf die dunkel bekrakelte Digitalanzeige. Stirnrunzelnd liest er die Mitteilung ein zweites Mal, vergißt einen Moment lang, wo er ist, dann schaut er auf und sieht nackt und blau das Mädchen vor sich. Sie hat ihre Strümpfe anbehalten. Mit einem Achselzucken tritt er zurück: Ist das zu glauben, zu so einer Zeit? Lächelnd drückt er dem Mädchen seine Karte in die Hand

NATHANIEL STEIN, ESQ., RECHTSANWALT

und läßt sie stehen.

Und fort, sicher hinter den salzbestäubten Fenstern seines Wagens, zu den Klängen der *Aida* gesungen von Kathleen Battle im Zickzack durch den Verkehr den Belt Parkway entlang. Seine Augen sind überall, nur nicht auf der Straße, wandern kurz zu einem Stapel Papiere auf dem Boden, einem Schriftsatz, letzter Einreichungstermin vorigen Donnerstag, am frühen Freitagvormittag fertig geworden, am späten Freitagvormittag vergessen, nicht mehr beachtet bis jetzt eben. Autos hupen aus allen Richtungen. Er zieht das Lenkrad herum – er ist auf zwei Spuren gleichzeitig gefahren –, dann wandert seine Hand zu den Lautstärkereglern in der Konsole, die mit ihren Lichtern und Schaltern an das Instrumentenbrett eines Flugzeugs erinnert, und stellt sechs münzengroße Lautsprecher in den Türen und im Dach ein, einen Tieftöner im Handschuhfach, zwei Hochtöner im Armaturenbrett – das Ganze ein Geschenk von Julio, der dank Nathan und einer wunderbarerweise rechtzeitig zutage geförderten Haftbeschwerde nach angerechneter U-Haft wieder auf der Straße ist statt für fünfzehn Jahre bis lebenslänglich im Bau.

Das Handy in seiner Brusttasche summt. Er hält seine Uhr in das Licht vom Rückspiegel: noch nicht sechs.

»Hallo? Hi ... Nein, ich war nicht – ... ein neuer Mandant ... nein, nicht viel, nur zwei Riesen, mehr nicht, hör mal – ... Was für eine Musik? Das ist bloß der Verkehr. Irgendein Unfall, Krankenwagen überall ... Gegen acht. Ich komm vorbei

... was? Die Verbindung bricht ab. Eine Unterführung. Ein Tunnel. Bleib dran, die Verbindung bricht ab –«

Er legt sich das Telefon umgedreht auf den Schenkel, führt seinen Thermosbecher an den Mund und nippt alten, kalten Kaffee. Er nippt noch einmal, behält den Kaffee einen Moment im Mund und nimmt den Hörer wieder auf, in dem das Geplapper einfach weitergegangen ist. »Wie, was? ... Wie denn, Serena? Ich bin den ganzen Tag über nicht in der Nähe eines Fernsehers gewesen. Welches Schiff denn, können wir darüber nicht später reden? Ich muß noch ein paar Anrufe machen, ein paar schwere Jungs auf Rikers Island ... Serena? Die Verbindung bricht gleich wieder ab. Ja, acht Uhr. Ja, versprochen. Wieder ein Tunnel ... die Verbindung bricht ab –«

Nathan drückt auf die Stummschaltung, klappt das Sprechteil zu und schiebt sich das Telefon in die Tasche. Der wuchtige Wagen befördert ihn rasant durch einen Engpaß aus orangenen Baufahrzeugen und rotweißgestreiften Absperrungen hindurch. Übers Lenkrad gebeugt blickt er in den weiten offenen Himmel und säuselt ein paar berühmte Takte mit.

Jetzt vibriert sein Piepser, eine unter einem Teller gefangene Grille. Er fummelt an Knöpfen herum, die so klein sind, daß sie Stoßstellen oder Materialfehler sein könnten. Er drückt sie einzeln und in verschiedenen Kombinationen, ohne daß etwas geschieht. Ein lautes Hupen läßt ihn hochschrecken, und er – eine Hand am Steuer, Augen überall, auf Straße, Schoß, Tasche, Tacho, Straße – klemmt den Thermosbecher zwischen den Schenkeln fest und reißt den Kopf nach rechts herum. Eine rote Limousine hat sich neben ihn geschoben und hält genau sein Tempo. Der Beifahrer beugt sich vor, als ob der Fahrer eine bewundernde Bemerkung über Nathans Auto gemacht hätte. Als wäre Nathans Auto irgendwie bemerkenswert, besonders elegant, ein Veteran – was nicht der Fall ist. Es ist ein arg mitgenommener 4x4 mit Trittbrettern und vergitterten Scheinwerfern und einem getönten

Plastikwindschutz, mit allem, was ihm eine Off-Stimme im Fernsehen zu Bildern von einem 4x4 auf der Fahrt über einen Wüstenhügel – der reinste Höllentrip – als unbedingt nötig einredete und was Nathan, der mit jedem Traum zu ködern ist, daher meinte, haben zu müssen.

Er schielt zu den Männern hinüber. Beide tragen Anzüge. Ihr Wagen fällt zurück, und als Nathan sich im Rückspiegel ihre Silhouetten anschaut, wird ihm klar, daß der Wagen ihm die ganze Zeit schon folgt, die ganzen letzten paar Wochen, scheint es ihm. Er hat nie bezweifelt, daß er beschattet wird, aber bis jetzt haben sie es diskret gemacht. Heute hat sich etwas verändert; sie wollen, daß er Bescheid weiß.

»Jetzt aber«, murmelt Nathan und drückt fest auf den Knopf. Er schüttelt den Kopf. Ein Wunder. Wie es auch funktioniert – es spielt fast keine Rolle, wie die Mitteilung lautet – daß Worte durch die Luft übertragen werden – wer muß schon wirklich mit jemand reden? – wir haben Anrufbeantworter, wenn wir nicht zuhause sind, und Piepser vom Twenty-first Century Message Center, wenn doch.

Ein bißchen stolz und eitel versteht er nicht, wie er je ohne ausgekommen ist. Er drückt in raschem Wechsel mit Daumen und Zeigefinger und schielt auf die winzige Anzeige:

```
Cabrón. Zum Teufel mit dir und deinem Tunnel.
              Stell dein Telefon an.
```

Zufluchtsuchende schlüpfen schon den ganzen Nachmittag im Spindrift unter, einzeln und stetig und schon ein wenig beschwipst. Jeder eine Einmannverschwörung, ein Monument für irgendwas. Gegenüber der Bar blicken, von Rauschsilber und Weihnachtslichtern umrahmt, drei große Fenster auf die Straße und die Piere von Red Hook und die Bucht dahinter, und abwechselnd erscheint darin der trübe Lichterglanz im Innern des Lokals und die ausgestorbene, von Laternen beleuchtete Hafenfront gegenüber, so daß man je nachdem, ob man beim Angehen oder Ausgehen der blinkenden Lichter hinschaut, gegensätzliche Ansichten der Welt hat, innen und außen, ich und die andern. Ich und ein anderes Ich, denkt Claire, und sieht durch ihr Spiegelbild hindurch zu, wie die Schneewirbel von der Straße aufstieben, wild herumsausen und wie Betrunkene in den Hauseingängen zusammenbrechen.

Weiter unten in der Straße nehmen sich die klotzigen ausgebauten Lagerhäuser der Zeugen Jehovas wie Schlösser am Himmel aus. Ihre künstlichen Türme, die an der Auffahrt zur Brooklyn Bridge in die Höhe ragen, verkünden ihre verhüllte Drohung: Achtung, Sie verlassen das Reich Gottes! Die jungen Männer und Frauen in ihren schicken Schuhen und Trenchcoats defilieren nach getanem Tagwerk an dem Lokal vorbei zum gemeinsamen Abendessen oder nach Hause. Sie bringen ihren Wachturm in Zehntausenderauflagen und in fünfzig Sprachen heraus, um die Welt davon zu überzeugen, daß der Urknall ein Schwindel ist, daß selbst Christi Tod am Kreuz nicht ausgereicht hat, um uns von der Erbsünde zu läutern, daß wir zur Erlösung von Tür zu Tür gehen müssen. Brooklyn, weiß Claire, ist ihr sicherer Heimathafen, einer der sieben Orte auf Erden, die laut irgendeiner obskuren Prophezeiung die Apokalypse überstehen werden. Da sie das niedlich und hoffnungsvoll findet, setzt sie ein sparsames Lächeln auf und erwidert ihr fröhliches Nicken.

Jemand hat tatsächlich ein Baby mit in das Lokal gebracht. Das Schreien geht ihr auf die Nerven; sie spürt es wie Funksignale in ihren Plomben, wird immer gereizter. Und unter dem Gemurmel der kessen Blondine in den Fernsehnachrichten tönt die Außenwelt durch die Fenster herein. Das Läuten der fernen Bojen. Das unablässige Rauschen des Verkehrs auf dem Brooklyn-Queens Expressway.

Claire begibt sich wieder an die Bar. Das Baby brüllt. Der

Bartender, ein kleiner Grieche mit Kräusellocken, hat sein Gesicht zum Fernseher emporgewandt. Die Bilder zeigen ein sinkendes Schiff und die Buckel von Wasserleichen – die Dominikaner, nimmt sie an –, die eine nach der andern untergehen, und während die Rotoren des selbst nicht zu sehenden Nachrichtenhelikopters das kabbelige Wasser glätten, scheint einer der Körper – kann das sein? – tatsächlich zu winken.

»Martini«, sagt Claire, und während der kleine Grieche ihr einschenkt, mustert sie ihn. Sie macht sich Sorgen um ihn. Letzte Woche wurde dem Araber, dem der Kramladen ein paar Straßen weiter gehörte, kaltblütig mit einem Gewehr in die Ständer voll Snickers und M&M's gepustet. Hier draußen herrscht wieder der Wilde Westen, und diese Ladenbesitzer sind auf ihre Art Pioniere, die alles riskieren, um es zu einer Light-Version von Wohlstand zu bringen. Bartender sind genauso schutzlos jedem x-beliebigen Irren ausgeliefert, der sich zu ihnen an die Theke stellt, ein paar hinter die Binde kippt und abwartet, bis das Lokal schließt und er die Knarre aus der Jacke ziehen kann. Claires eigene Mandanten zum Beispiel; dank ihrer Hilfe laufen sie frei auf Kaution herum oder frei ohne Kaution. Sie beschließt, nach ihrer Rückkehr aus dem Urlaub die *Times* anzurufen und sich die Zeitung aus dem fahrenden Auto vor die Tür werfen zu lassen. Sie wird sich von einem Biovertrieb mit frischen Naturprodukten beliefern lassen. Sie wird ihre Kleider nur noch per Telefon kaufen. Sie wird sich per Telefon ein neues Telefon besorgen. Bekannte wird sie dann anrufen, wenn sie weiß, daß sie nicht zu Hause sind, lieber aufs Band als mit einem lebendigen Menschen sprechen. Immer mehr ein Leben aus sicherer Distanz.

»Das ist kein Ort für Kinder«, erklärt sie der Menschheit im allgemeinen, während das Baby weiterbrüllt. Nachdem er Claires Martini gemixt und abgegossen hat, hält der Grieche ihr das Glas am Stiel hin, als wollte er seiner Oma eine Rose schenken.

Santos ist neben ihr erschienen. Sie pickt gerade Macadamia-Nüsse aus einer gemischten Knabberschale, wobei sie die kleinen Brezeln und die bräunlichen Fischli beiseite schiebt. »Wo hast du gesteckt?« fragt sie und macht sich damit zu schaffen, sein Jackett hinten glattzuziehen; es kommt ihr auf einmal zu kurz vor. Sie drückt ihren Handrücken an seine Backe. »Mach dir's nicht zu bequem. Wenn ich weiter dieses Baby anschauen muß, werden wir gehen müssen. Entschuldige – was hast du gerade gesagt?«

»Gar nichts. Wir hatten einen Sondereinsatz. Wieder ein illegaler Einwanderer, der aus dem Flugzeug gefallen ist. Oder gesprungen.«

»Die bringen sich förmlich um dabei, in dieses Land reinzukommen. Ich versteh's nicht.« Draußen eine plötzliche Donnersalve. »Und dann dieses Wetter«, sagt sie.

Sein Hals und seine Hände wie Porzellan, sieht sie, sieht, wie sein schwarzer Anzug, feucht, am Körper klebend, jedes Geheimnis verrät, Geheimnisse, die sie einst ergründet zu haben meinte. Aber in letzter Zeit ist er ihr wieder fremd geworden. Er ist im Begriff, feist zu werden – und undurchsichtig, ein Inbild der Zerrissenheit und Widersprüchlichkeit.

»Leider«, sagt sie, »kann ich mich nicht zu sehr betrinken. Irgendwann heute abend muß ich noch mal ins Büro.« Sie zupft an seinem Revers. »Du rätst nie, wem ich heute begegnet bin. Na ja, eigentlich nicht ihm selbst. Einem seiner kleinen Schlamassel.«

Ein leerer Ausdruck tritt in Santos' Gesicht. »Ich hab Nathan gesehen, Claire.«

Sie legt konsterniert den Kopf auf die Seite. »Na, hör mal. Das wollte ich auch grade sagen.«

»Nach all den Jahren sieht er tatsächlich besser aus, es ist nicht zu glauben.«

»Ein typischer Fall: ein schwangeres junges Ding in Rikers, das er einfach übersehen hat, einfach hängengelassen. Vor zehn Jahren hätte er das noch nicht gemacht, vielleicht vor fünf. Ich habe seine Methode nie verstanden. Eigentlich hat er ja nie eine gehabt, sondern immer nur aus der Hüfte gefeuert, völlig unstrategisch. Den einen Tag Robin Hood, den andern – tja, er selbst, was immer das sein mag.«

Sie merkt, daß er sie die ganze Zeit zwar nicht direkt anschaut, aber doch intensiv wahrnimmt.

»Du atmest gar nicht, Errol«, sagt sie. »Atme doch –«

Ihre Hand, lang und schlank, liegt zwischen ihnen. Santos legt seine darüber. Sie macht halbherzige Anstalten, sie wegzuziehen, aber er hält sie fest, blickt ihr direkt ins Gesicht.

»Es war seltsam, Nathan heute zu sehen«, sagt er. »Es ist Jahre her. Alles kommt einem schlagartig wieder.«

Sie antwortet mit einem ironischen, einem unergründlichen Lächeln, wie sie weiß.

Er läßt sie los und winkt zum andern Ende der Theke. »Ich bestell uns 'nen Kaffee.«

Als der Kaffee kommt, rühren sie ihn beide nicht an. Claire starrt ausdruckslos vor sich hin, als ob sie von ihrer Umgebung gar nichts mitbekäme. Dabei spürt sie die Luft ringsherum kribbeln, spürt jede kleinste Kleinigkeit, jeden Krümel Erde unter ihrem Schuh, jedes schwebende Staubteilchen, die elektrischen Felder um die Lampen, den Hauch der Mikrowelle, die Ultraschallwellen, die unsichtbaren, ortlosen Strömungen. In ihrem leeren Auto auf der Straße spielt immer noch das Band mit Herbie Hancock, eine endlose Schleife, die sich immerzu dreht und dreht und dreht. Nathans Band.

Der Donner hallt jetzt in kurzen Abständen, mal näher mal ferner.

»Hört sich an wie Schießübungen«, sagt Santos.

»Nein«, erwidert Claire. »Es ist Krieg.«

Dieses Lokal zum Beispiel hatte sich endlich sauber angefühlt, so als wäre die Vergangenheit ganz und gar ausgetrieben. Aber jetzt, wo sie hier mit Errol, leibhaftig, allein ist und er, wie es scheint, ihre Hilfe sucht –

»Claire, du hast gesagt, wir könnten darüber reden. Über ein Kind«, fängt er an.

Sie räuspert sich. »Das treibt dich also um. Etwas merkwürdiger Zeitpunkt, findest du nicht? Es hat nicht zufällig was damit zu tun, daß du Nathan getroffen hast?«

»Die Zeit sitzt mir auch im Nacken. Ich will Vater werden, ich will etwas in die Welt hinausschicken, Stücke von uns –«

»In *die* Welt hinaus?« Claire deutet mit dem Finger nach draußen. »*Stücke*?«

»Wir werden nicht jünger.«

»Na ja«, sagt sie, »normalerweise heiraten Leute zuerst.«

Wieder spürt sie, wie er sie wahrnimmt, wie er in seiner gründlichen Polizistenart jede Faser von ihr, jeden Gedanken überprüft.

»Starr mich nicht so an«, sagt sie.

»Ich denke durchaus ans Heiraten«, entgegnet er.

Von einem Schwindelgefühl erfaßt hält Claire sich am Rand der Theke fest. »Erzähl mal«, sagt sie, »hat Nathan sich an unsere gemeinsame Zeit erinnert?«

Santos nimmt endlich einen Schluck von seinem Kaffee.

»Hat er nach mir gefragt?«

Er setzt an zu antworten, aber sie wendet sich ab. Sie hat es sich anders überlegt; sie will die Antwort doch nicht hören.

Im Spiegel sieht man einen silbernen Chevrolet vorm Fenster vorfahren. Claire hört es hupen. Sie deutet mit dem Finger darauf. »Ist das nicht dein kleiner Freund?«

Santos dreht sich um. »Entschuldige mich einen Moment«, sagt er mit seiner penetranten Höflichkeit und begibt sich zur Tür.

»Errol –« Als er sich umdreht, sagt sie: »Ich will ihn nicht wiedersehen. Nathan«, setzt sie klärend hinzu. »Ich will nicht, daß es wieder von vorne losgeht.«

Sie betrachtet ihn, wie er auf der Straße knöcheltief durch den Schnee eilt, wie er sich zum Fahrerfenster hineinlehnt, wie sein Atem aufsteigt und im Wind verwirbelt. Sie denkt daran, wie sie ihn kennengelernt hat. Nathan hatte es natürlich arrangiert, ein Abend mit alten Freunden von der Uni, erste Station Jackie's Topless. Ruth war dabei und Oliver Schreck. Die ganze Bande mehr oder weniger. Und dicht vor der Bühne saßen Nathan und Errol Santos, dicke Freunde, die reinsten Adoptivbrüder, Krieger in Jeans und billigen Tretern ohne Strümpfe. Zwei kichernde Cousins, stellte sie sich gern vor, die sich einst, am langweiligsten Punkt eines Familienessens, gelobt hatten, zusammen in die Striptease-Bar abzuhauen, aber die den Vorsatz erst ausführten, als viele Jahre vergangen und ihre Bauchnabel in langen Falten versunken waren, und sich auch da noch mit Knuffen und Schulterklopfen wie Mittelstufler beim Spiel der Schulauswahl gegenseitig Mut machen mußten, nach dem Nachtisch zu fliehen. Aber sie kamen nicht damit klar. Es war nicht das, was sie sich vorgestellt hatten. Die Beleuchtung war schlecht, und das Männerklo stank, und die unretuschierten Mädchen hatten häßliche Orangenhautstellen und andere kleinere Konstruktionsfehler. Und später stahlen sie sich ins Bett und beschliefen mit geschlossenen Augen und schwerer Zunge und kommentarlos ihre ziemlich benebelten Frauen, Nathan sie, Errol seine junge Angetraute, kneteten Schenkel und Busen und schnauften den richtigen Namen – »Bin ich gut, bin ich gut?« – doch in ihrer Phantasie fickten sie im Männerklo die sechzehnjährige Stripperin mit den pubertären Titten und dem knackigen Venushügel, die sie mehrfach von der Bühne herunter angemacht und ihre honigsüßen Verheißungen vor ihnen geschüttelt hatte, bis ihr jeder einen Zwanziger vor die Füße warf, woraufhin sie ihnen keinen Blick mehr schenkte, nicht einen, nicht einmal aus Versehen.

»Ich muß los«, sagt Santos. Er ist atemlos wieder hereingekommen.

Aber Claire ist bewegungsunfähig. Wieder dröhnt ihr die Brandung in den Ohren. Auf einer kleinen weißen Straße bergauf und bergab ziehen die tropischen Dörfer an ihr vorbei. Ihre ärmlichen Kirchen, Schilder in einer Sprache, von der sie noch nie gehört hat – eine Art Paradies.

Sie blinzelt, und es ist weg. »Aber du bist doch eben erst gekommen.«

»Es tut mir leid.«

»Das können sie nicht machen. Du bist nicht im Dienst.«

Er fummelt an seinem Mantel herum, drückt nervös die Taschen ab. »Ich weiß nicht, was los ist. Ich seh dich später, wahrscheinlich bei dir zuhause.«

Sie hält seine Hand ruhig. »Errol, ist was mit dir?«

Er blickt auf. »Sie haben mich angefordert.«

»Was können sie für einen Grund haben?«

»Das haben sie nicht gesagt. Es hat immer was zu bedeuten, wenn man fragt, und sie sagen einem nichts.«

Claire ist mulmig zumute, doch sie zwingt sich zu einem zuversichtlichen Lächeln. »Du machst dir zuviele Gedanken. Es ist bestimmt nichts.« Sie schaut sich suchend im Lokal um. Das schreiende Baby scheint fort zu sein. »Guck erst hier rein, wenn du zurückkommst.«

Santos schlüpft zur Tür hinaus; die Rücklichter des Wagens, der ihn mitnimmt, entschwinden und biegen dann um eine Ecke.

»Es ist bestimmt nichts«, sagt Claire abermals, diesmal zu niemandem, nicht einmal zu sich selbst. Sie stellt sich zurück an das mittlere Fenster mit dem Blick auf die Bucht, die freie Hand in die Tasche ihrer Jeans gesteckt, und sieht in den wechselnden Spiegelungen die unvergessenen Hochzeitseinladungen wieder vor sich, an den Rändern unscharf wie eine spätnächtliche Erotikwerbung, genau das Büttenpapier mit gepreßten Blüten von damals, die elegant geschwungene Type:

Nathan Stein und Claire Proffitt
geben sich die Ehre

Das war vor sechs Jahren. Vor neun Jahren, als Nathan den großen Sieg für seinen Vater errang, war es wirklich ein Unschuldiger, ein kleiner Dieb, an und in dem Polizisten mit rücksichtsloser Brutalität nach Kondomen voll Kokain gesucht hatten. Sie hatten nichts gefunden. Sie hatten die falsche Wohnung erwischt, den falschen Mann. Ein anonymer Dominikaner, ein gefundenes Fressen. Aber Nathan, der die Nächte hindurch an seinem Eröffnungs- und Schlußplädoyer schrieb, der Listen um Listen mit Fragen fürs Kreuzverhör, Fragen für die abermalige Zeugenvernehmung aufstellte, stachelte die Empörung des Gerichts und der Presse an, bis er wie sein Vater mehr Prozeßführer als Anwalt war, Anlaß zu Artikeln und Talk-shows gab, aus seinem Mandanten einen Märtyrer machte und unversehens ein begehrter Mann war – zudem ein Mann, der aus den richtigen Gründen begehrt war. In Washington Heights war er ein Held.

Nachdem die Aufmerksamkeit schließlich abgeklungen war, hatte Nathan mehr Arbeit, als er bewältigen konnte, und er und Claire nutzten die erstbeste Gelegenheit, sich dünnzumachen. Aus Gründen, die ihr zu der Zeit noch unklar waren, hing sein Herz an Honduras. Der schier endlose Flug nach Tegucigalpa, dann eine Fahrt, die sie weit aus der Stadt hinaus in das Heimatdorf eines Mandanten von Milton brachte, wo sie morgens eine noch warme Glaskaraffe mit Milch gereicht bekamen und die Milch süß und dick war. New York entschwand. Miltons Griff wich von ihnen. Ihre Spaziergänge waren langsam und endlos und zauberhaft. Außerhalb des Dorfes bildete das kurzgeknabberte Gras langgezogene Formen zwischen den in die Hänge gekerbten Ziegenpfaden. Kerzengerade junge Kiefern zogen auf den Hügelkuppen eine Grenze, die das eine Gras vom andern Gras trennte. Am späten Nachmittag frischte der Wind auf, und hinter den Hügeln türmten sich übereinander gelagerte Wolken auf. Tage und Tage und Tage, und die vielen im Wind schwankenden jungen Kiefern, das viele gleichzeitig seufzende Gras.

An ihrem letzten Nachmittag senkten sich die Wolken fast auf den Hügel hinunter, auf dem sie standen. Es war Sonntag, und sie konnten aus vier oder fünf verschiedenen Ecken des Dorfes gleichzeitig Kircheninstrumente rufen und antworten hören. Ziegen rupften am Boden, Kinderkreischen und das Gebell eines Hundes drangen empor, kreisten, verhallten. Die braunen Vierecke der Gärten und die vielen Kreise, Kreise von kleinen Häusern, Kreise von Frauenköpfen und kreisrunde Bäuche von Kindern, die ihrerseits Kreise zogen, indem sie Holz sammelten, putzten, pflückten, immer mit irgend etwas in der Hand, einer Hacke, die sie im Halbkreis hoch über dem Kopf schwangen und in den Mais sausen ließen. Ältere Kinder mit kreisrunden Körben. Halbnüchterne, halbbekleidete schuhlose Männer, die an den Bachufern in Schlangenlinien auf den Halbkreis von Palmdächern in ihren Höfen zustrebten, die von anderen Händen und Ziegen gemäht, gefegt und gepflegt worden waren. Alles war geometrisch, alles an seinem Platz, in seiner Ordnung.

Die Regenwand in der Ferne ging bereits anderswo nieder; es schien in Böen zu schütten, und Claire wußte, daß die dunkleren Streifen eine ziemliche Wucht haben mußten, wenn sie auf die Erde schlugen.

Irgendwo hinter ihnen hatte ein Trommelschlag begonnen, gleichmäßig, leicht drohend. Ein unsicherer Friede, erkauft mit großen Kompromissen, spannte die Luft, ließ sie vibrieren. In der Ferne drosch der Regen auf die Bäume ein.

Nathan zog eine von Claires Händen an seinen Mund und biß auf einen Knöchel, eine Eröffnung, die Art Liebesbezeigung von ihm, die sie sich erträumt hatte. Sie hatte sie schon verloren geglaubt, ohne sie überhaupt je gewonnen zu haben. Ihre Stirn sank an sein Rückgrat.

Die ersten Tropfen besprühten sie. Der Donner war unter ihnen.

»Claire«, sagte Nathan, »wir werden eine ordentliche Dusche abkriegen.« Sie waren beide sechsundzwanzig.

Sie führte Nathan an der Hand zu der Kiefernlinie, die das Gras durchschnitt, und setzte sich tapfer in Position, als ob sie sich vorgenommen hätte, ihm etwas Bestimmtes zu sagen. Nathan setzte sich hinter sie, klemmte sie zwischen den Knien ein.

Das Gras auf dem Hügel flatterte wild, die Bäume bogen sich. Claire erstarrte in Nathans Armen. Dann kamen die kalten Güsse, härter als sie erwartet hatte, wie weiches Holz. Nathan beugte sich vor, aber der Druck seiner Lippen war bei dem trommelnden Regen nicht zu spüren. Sie zog seinen Kopf zu sich herab, und an ihrem Ohr ging seine Brust auf und ab, auf und ab, und die Seite seines Gesichts, fühlte sie, war die einzige Stelle an ihm, die warm und trocken blieb.

Als es zu regnen aufhörte, war die Luft sonderbar, geräuschleer. Langsam richtete sich das Gras wieder auf.

Sie schaute ihn an, den dunklen Vorhang seiner Haare vor dem triefenden Gesicht. Ein dünner Schleier schien sich zwischen sie zu senken, das Gefühl eines gemeinsamen idyllischen Friedens, das Claires Zweifel kurzfristig verwischte. Nathan summte. Ihr schmolz das Herz.

Sie gingen in Serpentinen den Hügel hinunter. Die Dunkelheit war diesmal die Abenddämmerung, in der die Lücken zwischen den Bäumen und den Dächern des Dorfes blauer und blauer wurden. Ihr schäbiges Häuschen tauchte vor ihnen auf.

Nathan versuchte ein Streichholz für die Zigarette anzuzünden, die er zwischen die Lippen zu nehmen vergessen hatte; aber Streichholz wie Zigarette waren naß, und als keine Flamme kommen wollte, ließ er beide ins Gras fallen, und eine Zeitlang standen sie sich wie zwei feindliche Festungen gegenüber, stumm, abwartend –

Das Personal in der Eingangshalle des Krankenhauses macht auf Nathan den Eindruck nicht von bezahlten Kräften, sondern von Sozialhilfeempfängern. Der alte schwarze Wächter, der mit einer Hinterbacke auf einem hohen Hocker neben dem Drehkreuz sitzt, seine Immer-lächeln-Miene, eine förmliche Chauffeursmütze in Verbindung mit einer zwanglosen alten grauen Strickjacke als Uniform. Im Fahrstuhl nach oben, in Nathans Hand ständig der selbe Papierschnipsel mit der Adresse des Krankenhauses und der Zimmernummer. Im sechsten Stock versperren ein Eimer Wasser und ein Mop den Eingang zu den Schwesternzimmern. Der lange grüne Korridor ist still, hinter zwei gegenüberliegenden Reihen grüner Türen herrscht Ruhe, wie in Wäscheschränken.

Nathan starrt müde das Schild von Nummer 614 an. Der Name stand gestern abend da. Er steht noch da. Nächstes Mal vielleicht nicht mehr. Das war der Gedanke, den er gestern hatte. Jetzt hat er ihn wieder: sie ist immer noch da. Seine kleine heimliche Hoffnung ist dahin.

Er klopft leise an. Keine Antwort. Er lauscht zuerst, dann schiebt er behutsam die Tür auf. Doch als er Schritte auf dem Flur hört, reißt er ruckartig den Kopf herum und erhascht einen kurzen Blick auf einen Schuhabsatz und einen dunklen Hosenaufschlag, die in einer Tür verschwinden.

Nathan stockt einen Moment, schaut sich um, dann tritt er ein und rümpft sofort – »Igitt!« – die Nase, die gegen den Gestank revoltiert: Urin, Ammoniak, noch etwas anderes, etwas, das noch schwerer zu verkraften ist. Ein Abfalleimer quillt von beschmierten Papiertüchern, Latexhandschuhen, einer verklebten Spritze über. Eine halbvolle Bettpfanne schief im Waschbecken, in der ihre Exkremente in einer grünlich schlammigen Lache hängen. Inzwischen ist ihm der Anblick ihrer Scheiße vertraut.

Aber Nathan bleibt einen Augenblick verwirrt stehen. Er schaut auf die Bettpfanne, wieder aufs Bett. Ausgezehrt, mit dünnen und fettigen Haaren, seit Wochen nicht mehr gewaschen, wie es scheint, liegt hier nicht die Frau vor ihm, die er erwartet hat, nicht die einstige Schönheitskönigin von Washington Heights, die auf der Tanzfläche des Limelight den ganzen Betrieb zum Erliegen brachte, sondern eine spülwasserblonde lebende Leiche, der man noch die reiche Upper West Side ansieht. Der bewundernswert feine Schnitt des Gesichts – ja, Columbus Avenue, Leinenhose, Museums Café – entstellt vom schmutzigen Tod einer alten Frau. Sie starrt vor sich hin in die Luft, aber sieht nichts, wie schlafend oder in einer Trance gebannt, vielleicht schon tot, obwohl ihre Augen noch nicht versteinert sind.

Er reißt den das Zimmer halbierenden Vorhang zur Seite und blickt auf eine Zeile im Dämmerlicht rötlich gefärbter Fenster. Im Gebäude gegenüber sind viele Fenster hell erleuchtet, ganze Büros voll kleiner Schreibtische und großer Zeichentische, an denen Menschen unter Bankerlampen sitzen, Schachteln mit chinesischem Essen neben sich. Er tritt an das Fußende des anderen Bettes, und im Fenster steht, dem ganzen Termindruck und Arbeitseifer dort drüben überlagert, ein durchsichtiges Abbild seiner selbst, umflort von der hellen Gaze des Vorhangs hinter ihm.

Früher war Nathan ein schöner Mann. Er erinnert sich noch an die Zeit, als er auf Partys und auf der Straße von Leuten angesprochen wurde, die vorgaben, für eine Modelagentur zu arbeiten. Haben Sie je daran gedacht, ein Model zu werden? Sie wären Spitze, ich steck Sie auf 'ner sonnenüberfluteten Solariumveranda mit 'ner Yuppiemieze zusammen, ganze Seite im *New York Sunday Times Magazine*, 'ne fetzige Alte am Arm, Kools rauchend. Oder nein, Sie mit 'ner langen Blondine huckepack ausgelassen lachend vor lauter traumhaft tollem Glück an allen Bushaltestellen plakatiert, daß der ganze Broadway Ihnen zu Füßen liegt mit Ihren babyblauen Engelsaugen, oder sind sie grün? Oder Land's End, am Rand eines Piers, Sie mit Ihrem Grübchenkinn, Khakikluft klar, Sandalen, das Wasser, mögen Sie den Strand? Gehen Sie gern an den Strand?

Der Strand. Ja, er mag den Strand.

Einmal rief er die Nummer auf der Karte tatsächlich an. Er hatte so eine Ahnung, was sie betraf. Er kam auf seine Liebe zur Oper zu sprechen, woraufhin sie Sfuzzi's gegenüber vom Lincoln Center vorschlug. Sie wartete am Ende der Bar. Lange dunkle Haare und ein hautenger schwarzer Rock, zwei Finger mehr wäre noch Andeutung gewesen, so war es ein offenes Angebot. Sie kam fließend von einem Thema aufs andere. Seine Interessen, was er so mache. Protokolle. Prozesse. Höchst interessiert, fasziniert geradezu, erkundigte sie sich nach den Besuchen der Ehefrauen in Rikers Island, über die sie im *New Yorker* gelesen hatte. Wie fickt ein Mörder, was meinst du? Ist er sensibel und rücksichtsvoll, wartet er auf sie, ist er vielleicht ganz zerknirscht? Oder macht er es so, als wollte er sie umbringen? Sie spazierten durch den Schnee zu ihr nach Hause. Kein Wort von Zigaretten oder Land's End. Sie erwähnte ihre Agentur nicht, das Thema Model kam überhaupt nie auf, und bevor sie ihn zu sich hoch bat, ging es ihm durch den Kopf, daß seine Ahnung sich bestätigt hatte. Es amüsierte ihn. Er sagte ja, Kaffee, prima, ein Drink, ein Drink wäre noch besser. Warum nicht? dachte er. Es war ein harmloser Trick, wie er ihn selber hätte spielen können.

Keine fünfzehn Minuten später klappte sie mit der einen Hand das Schrankbett herunter, während sie sich mit der andern demonstrativ und geübt mit minimalem Bewegungsaufwand auszog. Sie war geil, dünn, laut, eine Exhibitionistin. Er erwartete halb, sie würde ihn auffordern, ihr zu zeigen, wie sie es im Knast machten. Als ob du das wüßtest, würde sie sagen. Aber er wußte es. Und mehrmals kam ihm der Gedanke, daß es ihr nicht gefallen würde. Auch der Gedanke an ihre Nachbarn auf der andern Seite des Schrankbetts. Wie viele ihrer Orgasmen hatten sie über die Jahre mitgehört? – Strichlisten auf dem Tisch, der schon, der nicht, der war todsicher gespielt. Er werde mal anrufen, sagte er später lächelnd an der Tür und demonstrierte ihr seine eigene geübte Art, minimale Bewegungen aufzuwenden, indem er mit der einen Hand seinen Mantel zuknöpfte und ihr mit der andern winkte. Sie beherrschte die Kunst des Hallosagens. Nathan war Lebewohlkünstler. Noch bevor der Portier ihn hinausließ, hatte er sie schon vergessen.

»Nathan« – ohne Überraschung oder Freude gesagt.

María hat ihn beobachtet. Vielleicht genau das an ihm, das gute Aussehen, womit er sogar sie hinters Licht geführt hat. Und vielleicht denkt sie dasselbe wie er: wie schade. Wie jammerschade.

Sie bewegt ihre schorfigen Lippen, verschrumpelte Früchte. Ihre Wangen, sieht Nathan, sind nicht weiter eingefallen. Es ist nichts mehr da, was noch einfallen könnte. Sie ist sauber abgenagt: die Ränder ihrer Augenhöhlen, die sich unter der Haut abzeichnen, als ob sie darüber lägen, bilden mit ihrem Nasenrücken die Figur eines Kreuzes. Unter der Decke hat sich der Körper fast in nichts aufgelöst, keine Konturen, kaum mehr ein Faltenwurf auf der Oberfläche. Sie haben ihr seit gestern die Haare geschnitten. Sie sind unregelmäßig geschoren, an manchen Stellen Büschel, an andern die nackte Kopfhaut, wie bei einem Schaf. Es macht auf Nathan den Eindruck, als wäre sie während einer Läuseepidemie im Eilverfahren in irgendeine Anstalt, ein Gefängnis, ein Konzentrationslager eingeliefert worden; als gäbe es noch viele wie sie hinter den Wänden, auf den langen Korridoren, in den Stationen über und unter ihr, geschoren und frisch desinfiziert; und als wären diese Leute nicht krank, sondern verrückt, kriminelle Geisteskranke. Marías Haare machen auf Nathan den Eindruck, sie sei in der Gosse gelandet.

»Nathan.« Ihre Stimme ist eine volle Oktav tiefer als früher, als spräche jemand anders für sie, eine Kettenraucherin, ein versoffener Transvestit, jemand, der ihn in Wirklichkeit erwartet. Vielleicht – geht es ihm durch den Kopf – jemand, den er verdient hat.

Ein skelettdürrer Arm rutscht unter der Decke hervor und deutet auf den Stuhl am Fußende des Bettes.

»Wem hast du gesagt, daß ich hier bin?«

Nathan läßt den Kopf hängen.

»Du taugst nichts, Nathan. Obwohl deine Freunde dich lieben. Ruth war heute hier. Irgendwie hatte sie davon erfahren.«

Nathan schaut beunruhigt auf seine Uhr. »Heute?«

Marías rissige Lippen teilen sich, zu einem Lächeln, vermutet Nathan, aber der Anblick ist unheimlich, ein dämonisches Grinsen.

»Und *ich* liebe dich. Aber du taugst einfach nichts. Ich sage dir, was mit dir passiert ist. Du bist wie dein Vater geworden. Als du dick warst, konnte ich euch nicht auseinanderhalten. Ich dachte immer, du wärst in seinen Körper gekrochen. Du lachst. Ja, lach nur. Dein ganzes Leben lang hast du dich über ihn lustig gemacht, was hast du nicht alles über ihn gesagt, aber jetzt schau dich an. Dein ganzes Leben lang wolltest du etwas anderes sein, aber du warst nie etwas anderes als er. Hast du es irgendwem gesagt, Nathan? Weiß *irgend jemand*, daß ich hier bin?«

Nathan schließt die Augen. Seit über einem Jahr geht er ohne sie aus, Leute besuchen, und bringt außer den Flaschen

Wein seine neuen Ausreden mit: María muß heute länger arbeiten; Benny ist krank; Marías Mutter geht es nicht gut; die Freundin von Marías Bruder hat Geburtstag. Wann denkt er sich diese Lügen aus? Er weiß es nicht einmal selbst. Legt er sie sich im voraus zurecht, damit er sicher sein kann, daß sie den zuletzt gebrauchten nicht zu sehr gleichen; oder fallen sie ihm ein, während er vor der Tür steht und klingelt, spontan und unüberlegt, und es ist reiner Zufall, daß die Lüge anders genug ist? – denn das ist sie, alle Lügen sind anders genug. Oder ist er so geübt im Ausredenerfinden, daß sie über eine Direktverbindung zwischen seinen Lippen und dem Lügen produzierenden Teil seines Gehirns prompt aus seinem Mund geflogen kommen?

María kommt nicht, kann nicht kommen, wird nicht kommen, wird nie wieder kommen. Ach, hab ich dir das noch nicht erzählt? Sie liegt im Sterben.

Die Welt ist gar nicht so leichtgläubig. Sie ist bloß zu ängstlich, um nachzufragen.

»Ich liege im Sterben.«

»Ja«, sagt er.

»Ja.«

Ja. Nathan spürt einem Schweißtropfen nach, der ihm schräg über den Halsansatz kriecht. Als ob er nicht *ja* gesagt hätte, sondern *schuldig*, als wollte er für den Fall, daß sie es beim erstenmal noch nicht recht geglaubt hat, ihr Urteil wiederholen: schuldig.

María läßt den Kopf zur Seite kippen, so daß sie zum Fenster sieht, zu dem Bürogebäude gegenüber. »Sie beobachten mich ständig«, sagt sie verträumt. »Du hast keine Ahnung. Sie senden Signale.«

Nathan seufzt, dann beugt er sich betulich vor. »Was sagen die Signale?«

»Daß sie mich töten werden.«

»Sie wirken zu beschäftigt dafür.«

»In einer dieser Etagen ist ein Aerobic-Kurs.«

»Dienstag und Donnerstag abends.«

»Dir gefällt das, stimmt's?« tadelt María.

»Ich hab nur Spaß –«

»Junge Dinger, die im Fenster ihre Titten vor mir schwenken. Sie *wollen*, daß ich sterbe.«

Es tut mir leid.

Wir werden glücklich sein.

Nathan sagt weder das eine noch das andere.

Ein Licht tritt auf ihr Gesicht, eine Verbindung von Entrückung und Schweißglanz und dem schwachen bläulichen Licht. Ihre Lippen wölben sich auf und erstarren. Lider flattern, Pupillen rutschen weg, blank jetzt wie bei einer Marmorstatue. Unter der Decke legt sie die Füße zusammen und zieht ihre spitzen Knie an. Ihre Arme gehen hoch, ihr Kopf dreht sich, und ihre Augen rollen mehrmals und sind jetzt wieder da, starren wie elektrisiert auf die trostlose graue Wand. Ruhig werdend, leise atmend, bewegt sie sich nicht, bis sie sich im Laufe langer Sekunden in eine christusartige Pose versteift. Halb erhoben von seinem Sitz sieht Nathan nicht María vor sich, sondern etwas, das sich ihrer bedient, das ihren Körper bewohnt, wieder das Ding, das auch ihn erwartet. Demenz. Zeichen letzter Tage.

Den Blick abgewandt steht Nathan ganz auf, macht einen großen Bogen um Marías ausgestreckten Arm und greift nach dem Telefon. Er wählt, hebt die Armbanduhr und zählt die Sekunden bis fünfzehn. Er ist vor einiger Zeit auf eine pfiffige Idee gekommen. Er verlangt bei seiner eigenen 900-Nummer 99,99 Dollar pro Anruf, für nichts. Überall wo er hinkommt, in Büros, bei Freunden zu Hause, ruft er sich selbst an, wartet die erforderlichen fünfzehn Sekunden ab und legt wieder auf. In den meisten Büros fallen die Anrufe nicht auf, an zweistelligen Gebührenzahlen bleibt das Auge nicht hängen. Bei einem Hunderter jedesmal kann er, na, zwanzig, vierzig Riesen machen, bevor ihm jemand auf die Schliche kommt, und dann ist er längst über alle Berge. Es ist widerlich, er weiß es. Ganz besonders an einem Ort wie diesem.

Nathan legt den Hörer hin und stellt sich ans Fenster. Draußen auf den Straßen ist es dunkel geworden, bleich der Himmel, hundert Millionen Lichtquellen vereinigt zu einer trüben, drückenden Dunstdecke. Fernseher, Leselampe, Neonreklame, Rücklicht, Straßenlaterne. Die Leitungen direkt vorm Fenster stören ihn, engen ihn ein. Der draußen herumwirbelnde Schnee ist noch geringfügig, nichts weiter als ein Indiz der Kälte.

Händeringend blickt er sich kurz zu Marías dämonischem Grinsen um, dann wendet er sich wieder dem Schnee zu und erinnert sich. Das zweite Rendezvous. Sie kam in Begleitung. »Das ist Benny«, sagte sie. »Er ist jetzt vier. Und ich bin zwanzig.« Es war eine vorgeplante Erklärung. Und sie hielt kurz inne, damit er nachrechnen konnte, so wie eine Schauspielerin eine Pause zum Lachen läßt. Letzten Endes war es diese Ungezwungenheit, die ihn kriegte, die Selbstverständlichkeit, mit der sie sich zu ihrer unehelichen Mutterschaft bekannte. Sie war anders und wollte unbedingt, daß er das sah. Es fehlte ihr nicht an Verstand, um ganz genau zu wissen, daß sie, ihre *Sorte*, bloß seine spezielle Vorliebe war, daß sie lediglich in Nathans Schlange exotischer Schönheiten gerade an der Reihe war. Fest vor ihm aufgebaut, die Hand wie einen Hut auf dem Kopf ihres Sohns Benny, blitzten ihre Augen herausfordernd. Sie hatte ihn mit sechzehn bekommen. So. Ein klarer Fall: sie wollte ihm trotzen. Interessant, sie will trotzen. Nathan fragte sie, was sie mache. Sie lachte bloß, winkte ab. Das spielt keine Rolle, sagte sie. Was ich mache, hat mit mir nichts zu tun.

Bewegung im Bett. Marías Arme sinken herab, ihre Beine strecken sich unter der Decke aus. Ihre Augen wandern und bleiben an dem ersten Ding, das sie sieht, hängen: Nathans leerer Stuhl. Sie reckt den Hals: »Ist er schon weg?«

»Ich bin hier.«

Ihre Augen verfolgen seinen Weg vom Fenster zurück zum Stuhl.

»Setz dich zu mir«, sagt sie.

»Ich?«

Sie kann ihn nicht gemeint haben. Nathans Stuhl ist Nathans Stuhl, weit weg, die Hundehütte. Doch Nathan setzt sich neben sie, und sie nimmt seine Hand. Zwischen ihren Knochenfingern fühlt sich die Hand wie geschwollen an.

»Ich liege seit einer Woche in diesem Bett«, sagt sie. »Die Leute in diesem Bett sterben immer. Ich weiß nicht, auf wie vielen Leichen ich liege.« Sie wischt sich mit dem Handrücken übers Gesicht. »Du sollst wissen, daß ich aus einer wohlhabenden Familie stamme. Mein Vater hat das Grundstück auf Roatán halb umsonst bekommen, vor meiner Geburt, vor den Touristenstränden, vor dem Flugplatz. Bäume und Strand und Wasser – wer konnte wissen, daß die Welt mal was danach fragen würde?«

María hält atemlos inne, und Nathan hat ein Flüstern in den Ohren und schaut sich im Zimmer um, beäugt mißtrauisch den Nachttisch, das Bett, die mit den Schwesternzimmern verbundene Sprechanlage. Du bist ein Lügner, sagt der Strauß fast verwelkter Blumen, die vor dem Heizungsschlitz schwanken. Du bist ein Verräter, summen die Leuchtstoffröhren.

»Wir wären reich, wenn wir es verkaufen würden«, sagt María unterdessen. »Wir wären glücklich, wenn wir darauf bauen würden. Ich dachte einmal, wir würden zusammen, Nathan, ein Haus bauen, wir beide, am Wasser. Glücklich sein. Ich hatte es dir vererbt, damit du, falls mir was zustößt, trotzdem – glücklich sein könntest. Ich hatte es schriftlich getan. Zusammen mit dir. Dein Vater war Zeuge.«

Du bist ein Feigling, hört Nathan. Er läßt rasch den Blick durchs Zimmer schweifen. Die Blumen, begreift er, haben gar nichts gesagt.

»Aber ich kann dir nicht trauen, Nathan. Ich habe mir mein Stück Roatán wiedergeholt. Alles. Du kannst nichts dagegen unternehmen. Das Testament ist gemacht. Es ist bei meinen Sachen. Du bekommst nichts. Du sollst wissen, daß ich dafür gesorgt habe. Du wirst nichts bekommen.«

Nathan schluckt, zieht seine Hand zurück, sein Flugzeugticket, seine Vision von weißem Sand, macht eine feste Faust darum und begibt sich wieder auf den Stuhl zu Marías Füßen. Sie schlägt eine Bibel an einer bestimmten Stelle auf, die meisten Zeilen unterstrichen, die Ränder dunkel von Anmerkungen. »Denn es offenbart sich der Zorn Gottes vom Himmel her über alle Gottlosigkeit und Ungerechtigkeit der Menschen, die die Wahrheit in Ungerechtigkeit –« Sie räuspert sich. »Sein unsichtbares Wesen ist deutlich zu sehen«, ihre Augen durchbohren Nathan, der jetzt eingehend seine Fingernägel studiert, »– sie, die die Wahrheit Gottes mit der Lüge vertauschten und den Geschöpfen Anbetung und Verehrung darbrachten statt dem Schöpfer, der gepriesen ist in Ewigkeit Amen. Deshalb gab sie Gott dahin in schändliche Leidenschaften, Unzucht, Schlechtigkeit, Habsucht, Bosheit, Neid, Mord, Hader, Betrug, Tücke, Ohrenbläser, Verleumder, *Gottesfeinde*, Nathan! Frevler, Hochmütige, Prahler, erfinderisch im Bösen.« Jetzt flüsternd: »Ungehorsam, Nathan.« Sie faßt Nathan verächtlich ins Auge und fährt auswendig fort: »Sie, die das Recht Gottes zwar kennen, daß nämlich die, welche solches verüben, des Todes würdig sind, aber nicht nur selbst dies tun, sondern auch ihr Wohlgefallen an denen haben, die es verüben, Nathan, *Unzucht*, Nathan! Du sollst nicht, sollst nicht –«

Nathan schwitzt heftig. Seine Augen sind zu.

María schließt die Bibel, aber läßt ihren welken kleinen Finger wie ein Lesezeichen zwischen den Seiten. »Oder erstes Buch Mose. Dein Buch, Nathan. Ich will die Menschen, die ich geschaffen habe, vom Erdboden vertilgen, die Menschen sowohl als das Vieh, auch die kriechenden Tiere und die Vögel des Himmels, denn es reut mich, daß ich sie gemacht habe.« Sie nickt. »Amen.«

María läßt die Bibel wie eine Opfergabe auf ihrer Brust liegen. »Wir sind alle Gottes Kinder«, sagt sie.

»Kann gut sein«, erwidert Nathan heiser.

»Pfarrer Cleary hat mir die Augen geöffnet.«

»Er ist nicht mal katholisch.«

»Was macht das schon, was er ist?« ereifert sich María. Sie beruhigt sich, lächelt. »Ich wollte wirklich gern, daß du kommst. Aber du bist zu spät dran. Gottlob wünsche ich jetzt, daß Pfarrer Cleary mich bestattet. Ich will, daß er mich in die Erde legt. Und ich will, daß die Leute wissen, wer ich war und was ich gemacht habe. Ich will, daß Benny weiß, wer ich war. Aus meinem Leben kann man so viel lernen.« Sie legt sich die Hand über die Augen. »Aber ich werde niemandem mehr sagen können, was.«

María zittert vor Klarsicht. Einblicke in unvorstellbares Dunkel, die Weite des Weltraums, die ganz falsch verstandenen Entfernungen jenseits der Sonne – klarer und immer klarer. Dann tritt ein bitterer Ausdruck in ihre Augen. Sie hat etwas am Ende des Bettes gesehen. Ihre Lippen verziehen sich: es ist Nathan. Sie öffnet den Mund, um etwas zu sagen, ihm einen letzten Schlag zu versetzen, als sie stockt –

Sie haben es beide gehört, und sie erstarren gleichzeitig, wie Hunde beim ersten Wittern von Gefahr: verrücktes Singen, Johlen Lallen Lachen. Die Silhouette hinter dem Gazevorhang erhebt sich und stellt sich auf das Schattenbett und beginnt, sich mit schlenkernden Schläuchen und Binden zu wiegen und ein wirres Tralala von Kinderliedchen von sich zu geben.

Mit ausdruckslosem Gesicht, aus dem alle Pikiertheit und

Verachtung gewichen ist, blickt Nathan auf einen Punkt über María. María jedoch sitzt aufrecht und hingerissen dem Vorhang zugewandt im Bett und beobachtet die Verrenkungen der Silhouette dahinter mit höflicher, geradezu beflissener Aufmerksamkeit.

Zwei junge Ärzte und zwei Pfleger, starke Männer mit breitem Kreuz und dicken Armen, eilen herbei und bringen Marías Bettnachbarin mit einer langen Spritze zur Ruhe, halten sie fest, bis sie erschlafft und verstummt. Sie schnallen sie an, bringen die Schläuche wieder an und kleben sie fest, dann gehen sie. Ihre Schritte verhallen auf dem Korridor.

Als nächstes ein Schrillen – Nathan greift nach seinem Piepser, aber hat dem, was da steht, nichts hinzuzufügen. Dann Stille. Die Stille, die nach einem lauten Lärm kommt, eine seltsame, ungute Geräuschlosigkeit, die sich dauerhaft anfühlt, als wäre die Frau nicht zur Ruhe, sondern ums Leben gebracht worden.

Das Schattenbett ist flach und reglos. María blickt mit müdem Mißtrauen darauf, forscht hinter dem durchscheinenden Vorhang nach Zeichen von Leben. Nathan beobachtet den Vorhang ebenfalls, aber wie ein Kind die Küchentür im Auge behält, weil es am Honigtopf schlecken will; dann steht er auf, hebt wieder den Hörer ab, wählt, lauscht. Er hört es klingeln und dann seine eigene Stimme: »Sie haben fünfzehn Sekunden, um dieses Gespräch zu beenden –« Er windet sich vor Scham, während er den Hörer an seine Hüfte hält. Seine Stimme murmelt leise in den Tweed. Er zählt die fünfzehn Sekunden, dann legt er den Hörer vorsichtig wieder auf. »He«, sagt er sanft zu ihr. Er beugt sich zur ihr hinunter und erinnert sich, wie sie morgens vor dem Waschen war. Hitzig war sie, geschmeidig wie eine Wildkatze. Jetzt antwortet sie ihm nicht. Einen Moment lang glaubt er, sie sei nicht mehr am Leben. Gewichtlos und stumm liegt sie da, wie körperlos. »He«, sagt er noch einmal. Sie blinzelt. Er steckt den oberen Rand der

Decke unter ihre Schulter, obwohl er nicht weiß warum, nur daß es sich irgendwie richtig anfühlt. Er berührt mit den Fingerspitzen ihre Wange. »Ich muß gehen«, sagt er.

Immer noch keine Regung von dem Körper unter dem Laken und den Haarbüscheln auf ihrem Kopf. Doch ihre Augen sehen. Sie haben die Glasigkeit verloren, und sie sind riesig in ihrem neuen Kopf, viel zu groß. Sie nimmt mit ihnen alles wahr, was es zu sehen, zu hören, zu fühlen gibt. Nathan weiß, daß er bleiben sollte, aber er kommt nicht gegen den Drang an wegzugehen, als ob ihn etwas zöge, etwas tief in der Erde.

»María. Ich muß, ich muß gehen.«

Dampfende Pappbecher in beiden Händen tritt Santos von der Uferpromenade in den Sand. Eine Menschenmenge hat sich an der Wasserlinie um ein mit gelbem Band abgesperrtes Stück Strand versammelt. Uniformierte Polizisten patrouillieren davor hin und her und ziehen die Lichtkreise ihrer Taschenlampen über den Sand. Schneestreifen, als ob die Luft voller Heu wäre. Dahinter bilden sich auf den Wellen rosa Schaumkronen. Brausendes Wasser, das wilde Läuten der Bojen. Weit draußen vor der Küste hat es angefangen zu donnern.

Barbados, der vorausgeeilt war, löst sich aus der Menge und kommt auf ihn zugeschritten. Aber er pult sich nicht die Nägel, putzt sich nicht die Nase, schaut nicht in die Ferne, zum Himmel empor, keine seiner vielen zerstreuten Gesten.

»Warum wir –?« beginnt Santos.

»Es ist eine besondere Situation«, sagt Barbados. Der Blick in seinem Gesicht ist neu. Nichts von der Gelassenheit oder dem aktiven Desinteresse wie sonst, wenn sie ihre Leichen finden. Am Anfang war Grauen darin gewesen und morbide Faszination und dumpfer Voyeurismus. Einmal auch Mitleid. Jetzt schenken sie am Tatort ihren Kadavern soviel Aufmerksamkeit wie Schuhen, die gebunden werden müssen. Aber jetzt ist Barbados aufgeregt. Unförmig stehen die beiden in ihren Mänteln da, den Rücken dem Wind zugekehrt.

Santos setzt probehalber den Becherrand an die Unterlippe und bläst. »Für wen?« fragt er.

Für dich, sagt Barbados' deutender Finger.

Santos reicht ihm seinen Becher, schielt abermals zu dem Haufen hinüber, der regungslos im Sand liegt, und geht los. Bei seinem Nahen verstummt alles. Er bückt sich unter der Absperrung hindurch. Die andern Polizisten halten im Reden inne; Santos schaut hin, und sie schauen weg. Also hat Barbados sie informiert. Santos weiß nicht, was gesagt wurde oder warum, und er würde lieber von hier weggehen als sich anschauen, wer an diesem Tag sonst noch in seinem Revier aufgefunden wurde, außer dem Südamerikaner, der aus seinem Flugzeug ins Paradies abstürzte, der ausgerissenen Ehefrau, die in einer Squatterbaracke ermordet wurde, dem russischen Tapezierer, dem der Hals von einem Ohr zum andern aufgeschlitzt und der dann mit einem Tritt zehn Stock tiefer befördert wurde. Schildchen dran, Fingerabdrücke genommen, fotografiert und in Plastiksäcke verpackt, in Treppenhäusern, Kneipen, Salzsümpfen, geparkten Autos und U-Bahn-Tunneln, endlich in dem Zustand, über den sie keine Auskünfte mehr zu geben brauchen. Keiner Vergehen mehr fähig, allen Anfechtungen entronnen.

Plötzlich reißt der düstere Abend auf. Von der Promenade her künstliche mittägliche Helle. Eine Reporterin steht da und hält mit der einen Hand ihr Mikro und mit der andern den Kragen ihres Trenchcoats fest. Weitere Übertragungswagen sind zur Stelle, die Antennen himmelwärts ausgefahren. Hier recken die schweigenden Schaulustigen ängstlich und aufgeregt die Hälse. Dort rangeln Kids, um vor die Kameras zu kommen. Im Schein der Jupiterlampen sieht Santos, wie sein Schatten sich vor ihm langlegt, von den Füßen bis zur Wasserlinie. Er faßt nach der Plastikplane über dem Gesicht. Von allen begafft fühlt er sich wie eine Figur in einem Stück mit Besetzung und Requisiten, aber ohne Skript. Er spielt den Dummen, den Angeschmierten. Das ist nichts Dienstliches. Nicht die Frage: Wen hat es diesmal wie erwischt? Er ist hier, begreift er, um jemanden zu sehen, den er kennt.

19 UHR

Nacht, und die Lichter New Yorks bescheinen einen geronnenen, schwärenden Himmel. Schnee rieselt auf die Stadt, füllt Dellen in Autodächern und Blumentöpfe auf Fensterbänken, weißt den Unrat auf der Straße. Die Sinkkästen bekommen weiße Roste. Schnee legt sich sacht auf die Kanaldeckel, schmilzt und hinterläßt schwarze Kreise auf der Straße, Verbindungslöcher, an denen das Gefüge der Stadt verschraubt ist. Ein Räumfahrzeug mit einem Schneepflug fährt irgendwo von Block zu Block und schiebt den Matsch seitlich an Absperrungen und alte, von Asphaltschichten umschlossene Kopfsteinränder. Obwohl es noch früh am Abend ist, herrscht mitternächtliche Leere auf den Straßen, als wäre eine Ausgangssperre über die Stadt verhängt worden.

Claire reibt sich das Fett und die Krümel von der Hand und streckt sie aus. Ruth, die erst die Aktentasche unter den Arm klemmen muß, nimmt sie unsicher und breitet dann ihren Mantel über den Barhocker.

»Ah, noch der alte Drink«, sagt Ruth fröhlich, als ihr Blick auf Claires Glas fällt. »Für mich auch einen Martini«, ruft sie die Bar hinunter. »Noch einen?« fragt sie Claire.

Wieso ist das Glas schon leer? Soll sie? Sie trinkt sonntags nicht gern – hat es schon immer für ein schlechtes Zeichen gehalten. Aber da Errol nun mal fort ist, hat sie beschlossen, zu tun, was nötig ist. Claire hält ihr leeres Glas hoch und macht dem Griechen ein kleines Zeichen damit.

»Ruth, danke, daß du gekommen bist –« beginnt sie, dann unterbricht sie sich, weil es ihr auf einmal albern vorkommt, daß sie sie angepiepst hat – offensichtlich um eine vorgeplante Rede zu halten. Aber ihre Entschlossenheit und Selbstsicherheit haben sich im Kneipenlicht verflüchtigt. »Kannst du mir sagen, was er treibt mit seinem –«

»Leben?« ergänzt Ruth mit einem leisen Schnauben, zupft an ihrem rüschig-plüschigen weißen Rock, zuckt die Achseln und setzt eine von Nathans Mienen hilfloser Verwunderung auf, wie eine kleine Schwester, die verachtet, was sie gelernt hat, aber es trotzdem anwendet. Ihre Nachahmung ist so offensichtlich, daß Claire sich vor Peinlichkeit abwendet. Das also treibt Nathan. Obwohl es nicht sein kann, daß er und Ruth zusammen schlafen. Zum einen ist sie geblieben, oder er hat sie bleiben lassen. Und zum andern ist da die Sache mit seinem kleinen Tick, seiner ethnischen Vorliebe. Ruth kommt eindeutig nicht in Frage. Wegen ihrer Kompaktheit, ihrer unterkühlten, dezenten Art, mit Mißbilligung zu strafen – ein kleines Schulterzucken, plötzliches Verstummen, nicht mehr.

»Wie ich höre, geht's dir gut«, sagt Ruth. »Ich habe auch schon öfter mit dem Rechtsberatungsverband geliebäugelt –«

Aber Claire wischt das Thema höflich vom Tisch. Sie kennt die gönnerhaften Komplimente, die als nächstes kommen, sehr gut. Dabei ist ihre Arbeit mittlerweile wie jede andere auch, unheroisch und zeitfressend. Es kommt ihr alles wie eine Verschwörung vor, sie für ihre Trägheit zu belohnen. »Ich habe ihm heute einen Fall weggenommen.«

»Tatsächlich«, sagt Ruth, als ob sie es bereits gewußt hätte. Hat sie auch, da ist Claire sicher. Ruth und ihr joviales Agentengehabe, ihr transparentes Lächeln. Reizlos, unscheinbar, so bedrückend unscheinbar, daß sie praktisch unsichtbar ist. Sie ist wie geschaffen zur Überwachung.

»Grobe Nachlässigkeit«, ereifert sich Claire. »Er hat wieder eine Mandantin hängenlassen. Wie hält er das aus? Wie hältst *du* das aus, wo du doch für ihn arbeitest?«

»Nicht *für* ihn«, verbessert Ruth. »Nur wenn er mal Hilfe braucht, und ich gerade Zeit habe. Und Nathan hat mich immer gut behandelt.«

»Hat er.«

»Er zahlt mir zuviel.«

»Oh, bestimmt.« Claire lächelt wissend. Die Trinkgelder, die er immer gegeben hat. Kellner und Taxifahrer und chinesische Lieferanten mitten in der Nacht, die ihm mit ihrer Freundlichkeit das Geld aus der Tasche zogen. Seine Art, wie bei einer Geschäftsauflösung alles aufzukaufen, was es gab, einfach weil die Situation so war, und mit seinen Anschaffungen pfleglicher umzugehen als mit den leibhaftigen Menschen um ihn herum.

Geistesabwesend läßt Claire ihre Zigarette an der ohnehin schon dicken Luft vor sich hinbrennen. Immerhin, Nathan kam stets für alles auf, zahlte die Kinokarten und die mitternächtlichen Kellner im Gambone's, die Zuppa di giorno, die Körbe über Körbe voll Brot, die Espressos, sie konnte förmlich zusehen, wie er zunahm. Und dennoch blieb er sitzen in seiner Übergewichtigkeit, ein Gangster auf Probe, mit Weste und Taschenuhr und einer durch die Hosenträger quellenden Wampe. Fette Geldbündel, wenngleich überwiegend Zwanziger mit ein oder zwei Hundertern obendrauf, alles zur Schau, während ihm seine Juristerei kaum die Butter aufs Brot einbrachte. Den Inkassobüros immer nur eine Nasenlänge voraus. Die Kleinigkeiten des Lebens, die Rechnungen und Aufmerksamkeiten und Einkaufslisten, langweilten ihn. Was ihn lockte, war das Großartige. Er lebte wie auf der Opernbühne. Er trat auf, wenn die Scheinwerfer an waren. Er lebte von Lob. Er lebte – brillant, fand sie immer – auf Pump, auf gut Glück.

»Warum rufst du ihn nicht einfach an?« fragt Ruth.

»Wer sagt dir, daß ich das nicht tue? Er ist nicht zu erreichen. Und wenn, ruft er nicht zurück. Er hat noch nie zurückgerufen.«

Ruth legt den Kopf schief. »Das stimmt.«

Claire gestattet sich ein Lachen, läßt vor Ruth ihre Deckung sinken, deren Hochnehmen sie gar nicht gemerkt hat. Sie tätschelt die pummeligen Finger ihrer alten Kommilitonin. »Wieso sollte sich das geändert haben?«

Ein gequälter Blick huscht über Ruths Gesicht. »Er braucht jetzt Menschen.«

»Braucht«, wiederholt Claire, probiert es auf der Zunge aus. Es schmeckt wie ein Witz. Nathan braucht. »Wozu?«

Aber Ruth ist abgelenkt, wühlt in der Knabbermischung nach etwas, das zu fehlen scheint. »Seine Freunde –«

»Ich bin nicht – dazu kannst du mich nicht zählen. Zu seinen Freunden. Erwähnt er mich überhaupt je?«

Das Stocken in Ruths Stimme sagt nein, doch Ruth sagt: »Ab und zu.«

Ab und zu. Claire merkt, wie die Rede, die sie vorbereitet hat, in Fetzen geht und wie Konfetti in ihrem Drink verwirbelt. Mit ihrer respektablen Art ist Ruth die perfekte Fassade, die perfekte Komplizin. Eine Frau, die keine Forderungen stellt. Sie hatte schon immer eine Auffassungsgabe wie eine Stahlfalle. Kein Wunder, daß Nathan sie schätzt.

»Wir sind alle seit langem befreundet«, sagt Ruth.

Claire zieht eine Augenbraue hoch. »Sind wir das?«

»Ich kann nicht für ihn sprechen.«

»Du meinst, du willst nicht. Du weißt, was er treibt. Du könntest ihn wahrscheinlich ganz allein ans Messer liefern.« Ein unwiderstehlicher Gedanke kommt ihr: »Vielleicht machst du ja genau das.«

Ruth seufzt müde. »Ich weiß nicht, wovon du redest. Weißt du's?«

»Nicht nötig. Irgendwas war immer. Als Milton ihn nahm, wußte ich, das ist das Ende. Allein war er gut. Er hätte ein toller Anwalt werden können.«

»Er ist einer.«

Claire blickt scharf auf.

»Auf seine Art«, räumt Ruth ein. »Aber es stimmt, daß du nicht alles mitkriegst, was er tut. Auch er hat Mandanten, die er unentgeltlich vertritt, wie jeder andere. Du weißt, daß er im Herzen ein Heiliger ist.«

»In unseren Herzen sind wir alle Heilige«, erwidert Claire.

Ein Geräusch erregt ihre Aufmerksamkeit, und sie hebt den Kopf. Auf der andern Flußseite, hoch über dem South Street Seaport und der Schar großer Schiffe, die die Stadt dort vor Anker liegen hat, treiben blaßlila Rauchschwaden wie Gedanken aufs offene Wasser zu. Ein Feuerwerk, um etwas zu feiern – aber sie kann sich nicht vorstellen was. Der bedeckte Himmel ein blitzendes Chaos, die Hochhäuser halb in den Wolken verschwunden, gesplitterten Stümpfen ähnlich. Als läge die Stadt unter Beschuß. Ein Stück weiter unten legt gerade die Fähre nach Staten Island ab, heimlich und dunkel wie ein Flüchtlingsschiff, auf dem sich Menschen in Sicherheit bringen.

Sie schauen eine Weile schweigend zu.

»Sag mal, weiß er überhaupt, daß er einen Sohn hat?« fragt Claire, wobei ihr aufgeht, daß dies der wahre Grund sein könnte, aus dem sie Ruth angerufen hat.

Ruth wendet den Kopf. »Benny?«

Claire kann sich ein Schmunzeln nicht verkneifen. »Benny?«

»Aber Benny ist nicht von ihm. Er kann unmöglich –«

Über dem andern Ufer treiben die kleinen grauen Wolken vom Feuerwerk wie Fallschirme dahin.

»– Nathans Sohn sein.«

»Natürlich nicht.« Claire sieht Ruth an, betrachtet sie unbewußt, die Rüschenschleife am Hals, den braunen Bubikopf hinter die Ohren gekämmt, die durchdringenden schwarzen Augen. Um ihr Gesicht zu ergründen, bräuchte man eine Karte. »Gott, kannst du schön sein. Wie dumm Nathan doch ist.«

Ruth wird nicht einmal rot. »Du hast ein Kind? Du und –?«

»Das mußt du doch gewußt haben.«

Ruth sagt nichts.

»Du wußtest, daß ich schwanger war, Ruth. Ich kenne dich. Du verstehst alles, du hast alle Informationen. Du *hortest* Informationen. Und du läßt nichts raus. Das macht dich unentbehrlich. Du behältst die Fäden in der Hand. Das gefällt mir. Ich achte das hoch bei einer Frau.«

Ruth zeigt keine Reaktion, verrät nichts.

»Du wußtest es also«, fährt Claire fort. »Auch wenn es nicht viele wußten. Ich bin mir nicht sicher, ob irgend jemand es wußte. Ich habe es nicht mal meinen Eltern erzählt.«

»Baptisten, wenn ich mich recht entsinne.«

»Sie wollen es nicht wissen. Und ich habe es verborgen, so gut es ging, und bin dann in Mutterschaftsurlaub gegangen. Aber jeder, der es *wirklich* wissen wollte, hätte sehen können –«

Verwundert sieht sie Ruth an. »Ist das nicht erstaunlich, daß wir die Wahrheit direkt vor der Nase haben, und trotzdem sehen wir sie nicht, können sie nicht sehen, bloß weil wir nicht wollen? Wir blicken einfach durch sie *hindurch*. Was wir doch für Kräfte haben, Ruth. Was für *magische* Kräfte wir haben.«

Ruth sagt nichts. Ihre Augen sind auf der Suche nach einem festen Anhaltspunkt, etwas Sicherem, Sauberem. Was Claire überrascht. Dies ist genau die Art von Szene, für die Ruth Spezialistin ist: Schranken brechen, wunde Punkte liegen bloß, Verletzlichkeiten, und da kommt Ruth herbei und kehrt aus, sammelt Informationen und macht alles sauber, sauber, sauber.

Claire betrachtet sich im Spiegel und muß erleben, wie sie vor ihren Augen auf den Status ihrer eigenen – und einzigen – Zeugin absinkt. Ihre Aussage, angreifbar, ungefiltert, sentimental, muß revidiert werden, um irgend jemandem – und sei es ihr selbst – etwas zu nützen.

Wie einsam wir doch sind, denkt sie.

»Weißt du, ich hatte mal so eine Vorstellung«, sagt sie. »Ich weiß nicht warum. Ich träumte immer davon, irgendwo eine Farm mit Nathan zu haben. Eine richtige, mit so einem blauen Silo, wie man sie jetzt hat, und an der Seite die amerikanische Flagge aufgemalt. Dazu natürlich eine rote Scheune, einen alten Pick-up.«

»Nathan haßt das Landleben«, bemerkt Ruth mit der beiläufigen Bitterkeit einer Ehefrau.

»Er hat doch das Haus in East Hampton«, wendet Claire ein. »Diese Villa, diesen gräßlichen monumentalen Kasten. Diesen Gipskartonpalast, so robust wie ein Kartenhaus.«

»Auf seine Art ist es schön.«

»Groß genug für eine zehnköpfige Familie plus Hauspersonal, wenn das schön ist.«

»Er hat diese ganzen Beete, aber jätet sie nie. Einen Riesenrasen und mäht ihn nicht. Er hat sogar einen Pool.«

Claire hat Tränen in den Augen. Vor Lachen, denkt sie. »Dabei kann er gar nicht schwimmen.«

»Er kann Wasser nicht ausstehen.«

»Gehört es ihm überhaupt schon richtig? Wahrscheinlich weiß er das gar nicht. Es gibt so viele Sachen, die ihm mal gehört haben oder die ihm gehören oder von denen er meint, daß sie ihm gehören. Aber im Grunde hat er nichts als die Reserven in seinen Schränken und Schubladen, die Geldscheinpacken und die ganzen Rolexuhren in seinen Anzugjacketts, herrje.« Ihre Martinis fangen langsam an, eine angenehme Wirkung zu zeigen. Claire stößt ein Schnauben aus. »Entschuldige, es ist bloß die Vorstellung von Nathan als Bäuerlein in Latzhosen und Stiefeln und mit einem John-Deere-Hut auf, wie er mit seinen kleinen weichen Händen Mist schaufelt. Seine ganzen Armani-Anzüge im Schrank in Plastik eingemottet. Es übersteigt meine Vorstellungskraft.«

Ruth lacht auch, aber verlegen, und ihre kleinen dunklen Augen funkeln scharf und abweisend in ihren Tränensäcken.

»Was ist?« fragt Claire. »Stimmt was nicht?«

»Ich sehe ihn anders. Vielleicht so, wie er sein sollte.«

»Ach.« Claire dreht sich zur Bar zurück und schluckt gierig den Rest ihres Martinis hinunter. »Und wie wäre das, bitteschön?« Aber darauf wird sie keine Antwort bekommen. »Du liebst ihn«, erklärt sie rundheraus. »Deshalb machst du das alles mit. Trotzdem verstehe ich nicht, wie du das schaffst. Ich hab's nach einer Weile nicht mehr geschafft. Obwohl ihm das mit der Farm durchaus gefallen hätte«, fährt sie fort und trocknet sich die Augen. »Einfach sagen zu können, daß sie ihm gehört, wie seine Plattensammlung. Weil er das Geld hatte. Und er hätte irgendeine Guatemaltekin als Haushälterin eingestellt, die Frau eines Mandanten, der fünfzehn Jahre bis lebenslänglich bekommen hat. Und ihre Töchter natürlich. Die Töchter nicht zu vergessen. Schon gar nicht *guatemaltekische* Töchter.«

Ruth räuspert sich. »Nathan hat mir nie erzählt, daß du ein Kind bekommen hast.«

»Nathan weiß es nicht. Aber du wußtest es, stimmt's?«

In der Art einer guten Anwältin bohrt Ruth weiter: »Weiß es Errol?«

Aber Claires Aufmerksamkeit wird gerade vom Fernseher beansprucht. »Mein Gott, ist das nicht –?« Ein bildschönes Gesicht auf einem High-School-Porträtfoto, eine seltsame Mischung aus hispanischem und einem anderen Blut, das dem

Mädchen grüne, abgrundtiefe Augen verleiht, die aufreizend sittsam rechts am Betrachter vorbeiblicken; der stumpfblaue Hintergrund wie hinter jedem Schülerkopf; die weiße Bluse keusch bis zum Hals zugeknöpft, ein kleines silbernes Kruzifix an einem Kettchen unterm Kragen. Züchtig wie eine Nonne am Tag ihrer Vermählung mit Christus. Das Gesicht verschwindet, und dafür hat man jetzt einen Blick auf Coney Island und sein Riesenrad und seine lange, menschenleere Uferpromenade. Zuletzt ein Schwenk über den vereisten Strand, der auf einer verhüllten Leiche endet. »Isabel Santos aus der 147. Straße in Manhattan«, verkündet der Ansager im Sensationston eines Sportberichterstatters, »eine grauenhafte Entdeckung, die heute nachmittag von den unterkühlten Mitgliedern des Eisbärenklubs gemacht wurde.«

»Oh –« Ruth hat sich die Hand auf den Mund gepreßt.

»*Errols* Isabel? Mein Gott –« Claire sieht Errols Schwester vor sich, Miltons Sekretärin, wie sie die Telefongespräche annimmt, den Kaffee kocht, die Aussageprotokolle vergleicht, dann in Miltons Büro zum *Diktat* antanzt und die Tür hinter sich abschließt, um in Wirklichkeit Gott weiß was zu machen.

Ruth ist aufgesprungen. »Das Telefon?« fragt sie den Bartender.

Claire kann nur fassungslos starren. »Nathan anrufen? Aber sie haben schon – er muß es schon wissen. Schließlich haben sie Errol gerufen.«

An die Wand neben den Toiletten gelehnt wählt Ruth eine Nummer und sagt nichts. Sie wählt die nächste, wendet sich ab und legt die Hand um die Muschel. Als sie zurückgeeilt kommt, hat sie bereits den Mantel übergeworfen. »Ich hab ihn nicht erreichen können.«

»Wen hattest du dann am Apparat?« fragt Claire, aber winkt gleich ab: sie hat einen Moment lang vergessen, wen sie vor sich hat. »Entschuldige.«

»Ich muß los.«

»Natürlich. Ein andermal.«

Claire hört die Tür zuschlagen, spürt einen eisigen Windstoß und sieht im Fenster Ruths geduckte Gestalt durch den Schnee davonstapfen.

Santos ist auf dem Bürgersteig, bevor Barbados das Auto zum Stehen gebracht hat. Die Mietskasernen sehen aus wie Hecken, keine wie die andere und doch alle gleich. Lücken zwischen den Häusern wie ausgeschlagene Zähne. Die Arme voll Blumen, und die Augen blind vor Erinnerungen, schließt Santos die Haustür auf und läßt sie für Barbados offen. Das verwahrloste Treppenhaus. Oben in der Wohnung, in der er ein Junge war, schlichte Zimmer, Ornamentblechdecken, grobe Dielenfußböden. Ein Windstoß ächzt durch die Fenster, zieht durch die Reliefglasoberlichter von Raum zu Raum und läßt die Scheiben klappern. Irgendwo tickt eine Uhr. Santos, dem die Brust eng wird und die Kehle zu rasseln anfängt, faßt an die Tasche nach seinem Inhalator. Die Uhr tackt. Mehr als nur Zeit vergeht hier. Mit dem Spray geht es wieder: seine Augen werden klar, die Lungen pumpen, in den Adern fließt es.

»Sie war sauber«, sagt er an der Tür und dreht sich um. »Ich begreife das immer noch nicht.«

Barbados legt Santos leicht die Hand auf den Rücken. »Der Untersuchungsleiter wird in wenigen Stunden alles wissen.«

»Ist die Körperkerntemperatur gemessen worden? Manchmal schenken sie sich die.«

»Sie schenken sie sich nie. Sie haben sie sich auch diesmal nicht geschenkt.«

»Es kommt vor. Glaub mir. Wenn es ihnen scheißegal ist.«

»Bei ihr ist es ihnen aber nicht scheißegal«, sagt Barbados.

»Du hast ihre Fingernägel gesehen. Sie waren sauber. Kapierst du das? Willst du mir erzählen, sie hätte nicht gekämpft? Die Frau und nicht gekämpft? Sie kämpft gegen alles. Sie kämpft die ganze Zeit. Sie war verletzt, total übel zugerichtet. Du hast die Verletzungen gesehen –«

»Errol.«

Sie beobachten ihn von der Couch aus, wo sie sich unter dem Röntgenlicht des Neonrings versammelt haben wie für ein Familienfoto. Die Schwester, die ihm noch geblieben ist, auf der Schulter die Hand seiner Mutter. Andere, alte Bekannte und Nachbarn, ringsum an den Wänden. Hier und da schimmern, auf alten, unpassenden Möbeln stolz zur Schau gestellt, die teuren Geschenke, die Milton Stein seiner langjährigen Sekretärin Mrs. Santos gemacht hat: Vasen und Holzkästen, eine Messinglampe; in der Ecke eine Stereoanlage mit allen Schikanen. Ein Nachbar hebt ernst und feierlich die Hand.

Santos kniet vor seiner Mutter nieder, legt ihr den Blumenstrauß in den Schoß und nimmt ihre schlaffe und klamme Hand. »Mama«, fängt er an.

Mit einem Blinzeln deutet sie neben sich auf den Couchtisch, die darauf versammelte üppige Blumenpracht. Feldblumen, Nelken, Weihnachtssterne, die dazugehörigen Karten. Blutrote Rosen, *Milton Stein und Nathan Stein.* Santos befingert die Karte, reißt sie von ihrer Schnur ab und hält sie Barbados hin.

»Schnell sind sie«, sagt Santos.

»Bescheid wissen ist ihr Geschäft.«

Santos' Mutter streicht versonnen mit einem Finger über seinen Haaransatz. »Was hat sie da draußen gemacht?«

Seit er Isabel am Strand liegen sah, versucht er, sich ihr Gesicht vor Augen zu führen, aber es geht nicht. Er erinnert sich an ihre Hand, wie sie in seiner Hand lag wie ein kleines Tier. Er erinnert sich, wie er sie in der gedämpften Stille eines Wintertages durch einen Schulhofzaun zerrte und sie auf einer Asphaltfläche, kahl und glatt wie eine Rollbahn, im Außenfeld postierte. Ein Spielplatz mit einer Decke aus altem

Schnee und glitzernden Eissplitterpfützen. Wie ihre gleichmäßigen Atemzüge in sich verformenden Blasen vor ihr hingen. Er erinnert sich, daß im Gegensatz zu den Jungen, die lustlos in schmutzigen Parkas herumtrotteten, Isabel in ihrem weißen Schneeanzug hierhin und dorthin huschte, kichernd in der Gegend herumfuchtelte, den Ball mit den Schienbeinen stoppte. Errol schlug den Ball hoch in das düstere Grau, und Isabel stolperte mit dem Gesicht zum Himmel darunter hin und streckte die Arme aus in der Hoffnung, etwas möge hineinfallen.

»Mama, mit wem ist sie letzte Nacht aus gewesen?«

Seine Mutter weint. »Das hat sie nicht gesagt.«

Er blickte seine andere Schwester an.

»Ist sie fest mit jemand gegangen?«

Nichts. Ein stumpfes Kopfschütteln.

Santos preßt sich den Handrücken aufs Auge. »Ich muß Claire anrufen«, sagt er.

Am Küchentisch rollt er eine Bierflasche in den Händen. Barbados legt das Telefon auf. »Nathan Stein hat sich nicht gemeldet, dafür jemand anders.«

»Hast du bei ihm zuhause angerufen?«

»Ja.«

»Im Büro?«

»Ja.«

»Beim Antwortdienst?«

»Jemand anders hat zurückgerufen.«

»Jemand anders.«

»Oliver Schreck.«

»Schreck? Ich will keinen Anruf von Schreck.«

»Er sagt, er hätte eine Idee wegen Coney Island.«

Santos hebt abwehrend die Hand. »Er ist eine Null. Er war noch nie was anderes als eine Null.«

»Aber er hat angerufen.«

»Was ist er, Steins Lakai oder was?«

»Wir geben es morgen früh weiter, Errol.«

»Sag mir einfach, warum er in Nathans Angelegenheiten zurückruft.«

Barbados seufzt. »Das hat er nicht gesagt.«

»Wir reden noch heute abend mit ihm.«

»Morgen übernimmt jemand anders den Fall.«

Das Gespenst seiner Schwester an der Rezeption der altehrwürdigen Anwaltskanzlei Stein & Stein, wo vor ihr jahrelang seine Mutter gesessen hatte. Um ein Haar hätte sie auch für ihn gearbeitet, wenn er Miltons Angebot angenommen hätte. Aber in den Händen der Steins nahm sie rasch diese verschwiegene Anwaltsart an und wirkte weder glücklich noch unglücklich. Santos gegenüber war sie eher kühl – alte Mannschaftskameraden nach dem Vereinswechsel, anderer Manager, andere Liga. Jetzt ist sie ein Batzen Fleisch, eine Pfütze im Sand.

Es klopft an die Tür. Jemand sagt, es sei der Mann vom Bestattungsinstitut, und Santos fängt zu weinen an. Er hat nicht gewußt, daß es kommen würde, und er schämt sich. Barbados schaut weg. Gedämpftes Weinen aus dem Wohnzimmer. Santos nimmt die Hand vom Nacken und schließt die Augen, aber nur mit vagen Vorstellungen von menschlicher Hinfälligkeit im Kopf weiß er nicht, wonach er im Dunkeln schauen soll, auch nicht warum.

Nathan hat sich verdrückt. Sein Atem weht hinter ihm her, während er mit langen Schritten Richtung Downtown geht und dabei seine Uhr zum Licht hin dreht. Trockener Schnee verweht auf den Straßen, bestäubt die Autos, die Balkons, daß sie wie Marmorstatuen erscheinen. Ein scharfer Windzug kommt und geht, läßt in den Hauseingängen die Abfälle klappern. Er stockt mitten im Schritt und nimmt mit einem Ruck seinen Piepser vom Gürtel. Sein Handy erscheint in der andern Hand. Er zieht die Antenne und richtet sie aus. Ein Vorgang, der etwas Militärisches hat, so als würde er an einer Handgranate den Splint herausziehen.

»Nein, Serena, du kannst mich hier nicht treffen. Ob ich *was* gesehen habe? ... Was für ein Schiff? Ich hab dir doch gesagt, daß ich schon den ganzen Tag unterwegs bin ... Aus Puerto Rico? ... Ein Bruder? Ich wußte nicht mal, daß du einen Bruder hast ... nein, das kann nicht sein. Hör zu. Puertoricaner müssen sich nicht übers Wasser in die Staaten einschleichen. Sie haben quasi Staatsbürgerstatus. Sie müssen sich nicht in eine kaputte hölzerne Badewanne setzen wie Haitianer oder Kubaner oder unter der Motorhaube eines Bananenlasters in Tijuana schmoren wie ein hergelaufener Mexikaner. Sie können mit dem *Flugzeug* in die USA kommen wie Menschen.«

Als er Reifen im Schnee knirschen hört, erblickt Nathan eine rote Limousine, die langsam an der Bordsteinkante entlangfährt. Ein unbehagliches Brennen in seinem Magen fängt wieder an. Die Gesichter im Fenster von heute nachmittag und anderen Nachmittagen. Und jetzt diese Gesichter hinter der beschlagenen Scheibe, die sich im Vorbeifahren abrupt abwenden. »– Isabel«, meint er Serena sagen zu hören und zuckt zusammen. Er drückt auf die Aus-Taste und geht weiter.

Hinein ins Jackie's, einen zwei Finger dicken Stoß Hunderter in der Hand, wie eine Frühlingsrolle in ein paar Zwanziger gewickelt – die Frucht seines Fünfzigtausenddollartages, und dabei hat er keinen Finger krumm gemacht. Was für ein Land. Der Bartender kommt sofort. Die Regale sind spärlich bestückt, die Flaschen stehen weit auseinander. Nathan tritt an die Theke, aber sagt nichts. Er steht einfach da, die Hände gegen die Kante der Theke gestemmt, und verliert sich einen Moment lang in den gegenüberliegenden Spiegelwänden. Sie werfen das gespiegelte Bild einer nicht mehr taufrischen Frau hin und her, die auf einem imaginären Pony vornüberfällt. Die Scherben eines großen Traums, Joffrey Ballet, Balanchine. Ihre falschen Wimpern lösen sich ab. Rechts von ihr auf der kleinen Bühne kreiseln zwei andere Frauen in einem urinfarbenen Dunstschleier zu einem Potpourri fünfzehn Jahre alter Rocksongs an Feuerwehrstangen.

»Scotch rocks«, bringt Nathan schließlich über die Lippen und stützt die Ellbogen auf die Theke. Der Drink kommt, und er leert das halbe Glas, atmet, trinkt den Rest. Er fühlt sich jetzt in der Lage, einen Moment lang die Möglichkeit in Erwägung zu ziehen, daß alles normal ist. Er zieht den Umschlag mit den Unterlagen aus seiner Jackettasche und legt ihn vor sich auf die Theke, starrt darauf – und langt abermals nach dem Piepser an seinem Gürtel. Wieder ist es Errol Santos, New York Police Department, mit sämtlichen Nummern, zu Hause, im Dienst, Piepser, Handy – kein Zweifel, es ist dringend. Er sieht das Gespräch schon vor sich. Er sieht Coney Island.

Auf ein Winken des Bartenders hin hat die Show hinter Nathan aufgehört, und wie auf Verabredung wenden die meisten Männer die Blicke ab. Die Tänzerinnen sammeln Handtaschen, Strümpfe, Haarbürsten auf, und mit einem Rechtsschwenk tragen sie ihre Habseligkeiten auf den Armen davon wie schmutzige Wäsche. Am äußersten Bühnenrand steigt die letzte in ihre Slipper und tritt aus dem Rampenlicht auf den Boden. Sie zieht ihren seidenen Morgenmantel um die Taille zu und schäkert sich an der Bar entlang. Hier unten ist sie älter, unaufgeputscht.

Nathan faßt den Bartender am Ärmel, und mit einem »Kann ich mal telefonieren?« langt er nach dem Hausapparat, während die Musik wieder anfängt, wählt, guckt auf die Uhr.

Da drehen sich die Barhocker auf ihren Barhockern herum. Etwas Merkwürdiges geschieht. In der Stille ist von hinten ein neues Mädchen durch einen Perlenvorhang gekommen. Bauchfreies Top und karierter Faltenrock über kräftigen Knien. Typ Hockeyspielerin, katholisches Mädchenpensionat, stark geschminktes Gesicht, ein Hauch Glitzerstaub, ein Schleier schwarzer Haare vor der Stirn. Sie tritt von links auf die Bühne, während die andern beiden Tänzerinnen ihr den Rücken zukehren und für die Männer im nächsten Sektor die selben Sachen anziehen, die sie für die Männer im Sektor davor ausgezogen hatten; als ob sie nicht knappe zwei Meter entfernt, sondern in einem andern Raum wären. Die Neue tanzt schlecht, steif, nicht im Takt der Musik. Hochaufgeschossen, schlaksig, die langen Arme von sich gestreckt, die Lippen zu einem Lolitaknutschmund gespitzt, kann sie nicht älter als siebzehn sein. Es ist ein bißchen viel für sie. Vielleicht ist es erst Stunden her, daß sie von Jackie persönlich am Busbahnhof angesprochen wurde, soeben frisch aus Gary oder Omaha eingetroffen.

Nathan wählt Santos' Antwortdienst und hinterläßt eine Adresse auf der Ostseite, eine Straße in den Achtzigern, dazu eine Stunde, die mit der aktuellen Zeit oder irgendeiner Zeit in der näheren Zukunft übereinstimmt oder auch nicht.

Das Mädchen ist bis zur Taille nackt. Während sie im Höschen die Hüften schwingt, werfen die andern beiden Tänzerinnen ihr giftige Blicke zu. Aber die Augen des Mädchens sind nicht unsicher, freudlos; sie schweifen mit absichtslosem Selbstvertrauen über das Publikum. Nathan hält es nicht für unmöglich, daß ihre Nacht auf der Bühne im Jackie's – ihr Debüt – nichts weiter als ein Jux ist, eine etwas eigenwillige Abwechslung vom langweiligen Trott der Dalton oder der Spence School oder ihres ersten Semesters an der New York University, vielleicht sogar die Einlösung einer Wette, die sie auf der Geburtstagsparty ihrer besten Freundin verloren hat.

Nathan sitzt mit dem Rücken zur Bar, die Ellbogen aufgestützt. Er glaubt zu verstehen. Das Mädchen macht sich einen Spaß mit ihnen. Für einen guten Witz, und sei es auf seine Kosten, hat er was übrig. Scheine flattern ihr zu Füßen wie Blätter.

Doch eine Verspannung hat in seinem Nacken eingesetzt und legt sich über seinen Kopf wie eine Kapuze. Schuld ist die Gestalt in der offenen Tür: Oliver Schreck im grünen Blazer und in Cowboystiefeln, der hereinstolziert kommt und an seinen Gürtel faßt. Er knipst mit einer Hand seinen Piepser ab und fuchtelt damit herum, während er mit der andern Nathan begrüßt. Seine Hand fühlt sich an wie rohes Fleisch mit Brezelkrümeln paniert.

»Schon wieder dieser bescheuerte Johnny, Nathan. Das fünfte Mal in den letzten zwei Stunden. Ich dachte, du wolltest heute hinfahren.«

Sein Akzent klingt deutlich nach den Außenbezirken. Bronx, Brooklyn. Zu den breiten Handgelenken und den schütter werdenden Haaren hat er unter seinem Blazer die dicken, hängenden Schultern und langen, baumelnden Arme eines Schlägers. Er kennt die Straßen. Man sieht sofort, daß er sie nie verlassen hat, Public School 132, Queens College, dann nächtliches Büffeln fürs Jurastudium und daneben ein Job in einem Deli.

Nathan schüttelt den Kopf. »Zuviel zu tun. Ich bin schon den ganzen Tag auf Achse.«

Schreck winkt dem Bartender und läßt ihn auch Nathans Glas nachfüllen. »Seine Familie würde nämlich gern erfahren, was mit dem Geld für die Kaution passiert ist.«

»Geht bereits seinen Weg.«

Aber Schreck hört gar nicht zu. Er grapscht in eine Schale mit kleinen Salzbrezeln. »Danke für die Einladung übrigens. Bin schon seit Urzeiten nicht mehr hier gewesen.«

»Ich hab dich nicht eingeladen, Oliver. Du hast gefragt, wo ich sein werde. Und jetzt bist du da.«

Schreck grinst mit vollem Mund. »Und Coney Island? Wie lief 's?«

Nathan wendet sich ab. »Essig.«

»Essig? Ich dachte –«

»Kleine Fische. Nichts. Ich hab's gelassen.«

»Und dafür am Sonntagmorgen da raus. Was denkt sich Krivit eigentlich?«

Nathan blickt ihn an. »Was weiß ich.«

»Dieser fette Wichser«, sagt Schreck Salzbrezelbrei spukkend. »Soll er doch verrecken. Wir brauchen ihn nicht. Hauptsache du und ich, Nathan. Und Milton. Wir haben jetzt weiß Gott was Besseres zu tun.«

Nathan hebt halbherzig sein Glas. »Sei's drum, Oliver.«

»Mit wem triffst du dich dann?« fragt Schreck.

»Mit einem schweren Jungen, der tatsächlich gedroht hat, mein Honorar zu zahlen.«

Schreck lehnt sich rückwärts an die Theke, stützt die Ellbogen auf und schaut sich um. »Wer ist es?«

»Er sitzt noch. Er schickt jemanden.«

»Vorige Woche hat Johnny mir zwei Karten für ein Sambafest versprochen, wenn ich nach Rikers rauskomme. Die oder, na, sagen wir, ein großes Stück Kalbfleisch von seinem Bruder, dem Metzger.« Er trinkt einen Schluck. »Aber scheißegal. Johnny und seine Familie können uns mal. Jetzt wo Milton diesen Vergewaltigungsfall hat –«

Nathan hebt den Kopf. »Vergewaltigung?«

»Weißt du das etwa nicht? Diese Riverside-Drive-Sache.«

»Wie kommt Milton dazu, so –«

»Du weißt doch, diese Werbeagentin, die sie beim Joggen am Fluß überfallen und ins Gebüsch gezerrt haben. Die haben sie gebumst, bis sie –«

»Ich kenne die –«

»Gottverdammte Tiere.« Schrecks malmende Kiefer unterbrechen ihre Arbeit, und ein Funkeln in seinen Augen, die Nathans Gesicht beobachten, verrät, daß ein neues Spiel beginnt. »Und wo ist übrigens Isabel? Scheißzeit, um sich dünnzumachen. Sie reagiert nicht, wenn man sie anpiepst.«

Ein Schweigen entsteht zwischen ihnen. Nathan hat den

Eindruck, daß Schreck ihn prüfend aus den Augenwinkeln betrachtet. Er ist sich sicher. Wirklich sicher? Schuldbewußt hält er die andere Hand über sein Handgelenk. Schreck wartet ab. Bestimmt bezweckt Schreck irgend etwas.

»Isabel –« fängt Schreck an.

»Aber was hat Milton –«

»Was soll das heißen? Redest du nicht mal mit deinem eigenen Vater? Es war vor zwei Tagen. Seit über achtundvierzig Stunden kommt es in sämtlichen Nachrichten. Milton Stein von Stein & Stein & –«

»Achtundvierzig Stunden? Wo war ich denn in der Zeit?«

»Gute Frage.«

»Und was meinst du mit Stein & Stein & –?«

Schreck legt den Kopf in den Nacken und wirft sich eine Handvoll Salzbrezeln in den Mund. »Mann, du solltest wirklich deinen Horizont erweitern. Ich hab dir schon oft gesagt, eine Ladenfrontkanzlei in Washington Heights wäre eine tolle Idee. Du brauchst frisches Blut.«

Mit einem eigentümlichen Lächeln blickt Nathan an Oliver vorbei in die Ferne.

»Du solltest wirklich auf mich hören, Nathan.«

»Ich höre. Wer hat ihn engagiert?«

»Wer hat wen engagiert?«

»Meinen Vater, Oliver. Riverside Drive. Ich dachte, diese Kids hätten alle schon Anwälte verpflichtet.«

»Hatten. Sie *hatten* Anwälte verpflichtet. Aber *was für* Anwälte, Nathan. Die Frage ist, hatten sie den *richtigen* Anwalt verpflichtet.«

»Welchen, Oliver, welchen hat er übernommen?«

Schreck grinst verschmitzt. Er wirft sich noch eine Faustvoll Salzbrezeln in den Mund und kaut langsam, kostet den Moment aus. Er schluckt, wischt sich mit dem Handrücken den Mund und hebt sein Glas. »Williams«, sagt er und kippt es hinunter.

»Williams. Das darf nicht wahr sein.«

Schreck hebt die Hand hoch, um in Nathans einzuschlagen, aber der hält damit seinen Drink.

»Aber klar, Mann«, sagt Schreck, während seine Hand in die Luft hackt. »Was denn sonst? Der Schlimmste von allen natürlich. Menschenskind, Nathan, heute mußte der Antwortdienst eine Kraft allein für unsere Leitung abstellen. Die *Today Show*. Charlie Rose. Ted Koppel rief persönlich an, um ihn für *Nightline* zu kriegen. Sie denken alle, Milton wäre eine Fundgrube an Informationen über die brodelnde Wut in Harlem, den Krieg zwischen den Rassen, das ständige Pulsieren von Gewalt und Gier, das die amerikanischen Städte unterhöhlt. Wie hat Koppel gesagt? Das wahre Erbe Martin Luther Kings? Da geht also diese arme Werbetussi eines Abends joggen, um Dampf abzulassen, weil sie einen Millionendollarauftrag vergeigt hat oder irgend so was, läuft in den Achtzigern los, was vielleicht nicht sehr klug ist, aber Mensch, wir sind hier in Amerika, also warum eigentlich nicht? Und aus dem Waldstreifen über der 102. Straße fallen sie über sie her wie ein Rudel Wölfe und schleifen sie ins Gebüsch, obwohl sie strampelt und kreischt wie verrückt. Herrje, Nathan, einer von denen hat ihr sogar eine Colaflasche reinge–«

»Oliver.« An der Bar drehen sich Köpfe nach ihnen um. Aber es ist, begreift Nathan, eine Goldgrube. Dies alles wird, er selbst wird in der Öffentlichkeit ganz groß rauskommen.

Schreck senkt das Kinn, aber nicht die Stimme. »Denk doch mal drüber nach, Nathan. Ein dicker jüdischer Anwalt, der im Rolls-Royce rumkutschiert, steht auf, um eine arme, mißhandelte, vaterlose, fünfzehnjährige wandelnde Zeitbombe zu verteidigen, ein hochexplosives Nichts, das seine Wut an einer jungen weißen Werbeagentin ausläßt, einem Symbol des weißen Marketingestablishments. Siehst du es nicht förmlich vor dir, Nathan? Oprah. Donahue. Die *Daily News* wollen, daß dein Vater während der ganzen Sache eine laufende

Kolumne schreibt. Aber das geht natürlich nicht. Wegen dem Vertrauensverhältnis zwischen Mandant und Anwalt. Das gäbe einen Interessenkonflikt.«

Nathan schaut ihn an. »Du hast ja schon alles fein ausgetüftelt.«

»Ich?« Schreck legt sich mit gespielter Bescheidenheit die gespreizten Hände auf die Brust. »Was gibt's da schon auszutüfteln? Die Bestien sind umgefallen wie Dominosteine. Jeder wollte als erster gestehen. Einer hatte immer noch das Harvard-Sweatshirt der Frau an, hatte praktisch ihr Höschen aus dem Latz hängen. Überleg doch mal. Selbst Milton sieht das so.«

»Du hast mit Milton geredet?«

»Natürlich hab ich mit Milton geredet. Du etwa nicht?«

Nathan versteckt sich hinter seinem hochgehaltenen Glas.

»Ich hab ihn noch nie so aufgeregt erlebt. Was sie mit Williams *machen*, interessiert kein Schwein. Was Milton *sagen* wird, das zählt. Wie er *aussehen* wird. Die Medienwirkung, Nathan. Es geht nur um die Medienwirkung.«

Das Gedankenbombardement läßt Nathans Wangen rot erglühen. Er stellt sein Glas ab und berührt abermals die Wunde an seinem Handgelenk, als wollte er die Angst davor, daß die Sache mit Isabel an die Öffentlichkeit kommt, in die Presse, mit seinen niedrigen Instinkten verbinden: er ist schließlich immer noch Miltons Sohn, weiß sich und sein Revier zu schützen. Der Zeitpunkt ist ungünstig. Er weiß, dieser Vergewaltigungsfall wird hinterher das Ding überhaupt gewesen sein. Das alte Leben wird damit aufgehört und das neue Leben angefangen haben. Isabel wird als ein dummer Zufall erscheinen.

Schreck hat eine Hand auf Nathans Schulter gelegt. »Noch mal wegen dieser Ladenfrontkanzlei. Ich hab heute mit jemandem geredet –«

»Laß gut sein.«

»Kein Druck oder so, Nathan, aber das ist garantiert eine Goldgrube. Die Leute sind schon ganz heiß. Vor allem wenn sie deinen Vater in der Glotze sehen, werden sie die Kanzlei nur so stürmen und Stein & Stein & Schreck für die direkten Heilsboten vom Vatikan halten, die Wahrheit und Gerechtigkeit und grüne Karten für alle erstreiten. Ich brauche dich. Ich brauche dein Spanisch.«

»Du.«

»Ich geb dir einen Anteil. Einen festen Prozentsatz vom Reingewinn. Ohne Abzüge. Bist du dabei?«

»Einen Prozentsatz. Stein & Stein & *Schreck*, und *du* willst mir einen –«

Auf den schwachen, fast zögerlichen Ton seines Piepsers hin lugt Nathan in sein Jackett:

Ich wußte, daß du zu spät kommst. Du hattest es versprochen. Du –

Der Text bricht am Rand der Anzeige ab. Der Piepser vibriert abermals, um die Fortsetzung zu senden, aber Nathan knöpft sein Jackett wieder zu, ohne hinzuschauen.

Schreck sticht in die Luft. »War das Johnny?«

»Was? Ja ja«, sagt Nathan und hält dabei seinen Piepser fest.

»Ich schwöre bei Gott, er bringt sich um, wenn er nicht rauskommt. Und seine Familie erst. Ein Haufen Irrer, kann ich dir sagen.«

»Ich fahre nachher nach Rikers raus. Nicht zu Johnny. Ich hab bei den Mädels zu tun.«

Schreck zuckt die Achseln. »Es ist dein Kopf. Das heißt, es ist *sein* Kopf, aber er ruht auf deinen Schultern. Na ja, so ungefähr. Wen hast du heute abend noch dran?«

»Amparo.«

Oliver schnippt mit den Fingern. »Gut, daß du mich erinnerst. Hier ist noch was für dich.« Er läßt einen Brief auf die

Theke fallen und deutet, die Augen abgewendet, mit dem Knöchel auf den aufgerissenen Rand, bevor er eine Faustvoll Nüsse einschiebt. »Hab nicht gesehen, daß er für dich war, mein Lieber. Tut mir leid. Du weißt ja, wie das geht. Tausend Briefe am Tag, man reißt alle auf, schaut nicht mal mehr hin.«

Der Umschlag ist mit pennälerhafter Exaktheit adressiert, mit Smileys statt I-Punkten. Wenn unzustellbar zurück an: *Amparo Guzmán, #934782, Rose M. Singer Penitentiary for Women, Rikers Island.*

Nathan überfliegt den Brief. Amparo dankt ihm für alles, was er für sie tut. Ihre Angehörigen in Bogotá erzählen jedem, den sie kennen, von dem großen Rechtsanwalt aus New York. Er fehlt ihr. Sie denkt an nichts anderes mehr als an ihn. Sie hat weitere Mandantinnen für ihn. Sie wird ihm den Schwanz lutschen. Sie träumt davon, ihm den Schwanz zu lutschen. Wenn sie rauskommt, wird sie es ihm besorgen, wie er es noch nie erlebt hat. Alles, was er will. Sie liebt ihn. Wenn sie rauskommt, wird er zum erstenmal eine richtige Frau haben.

Nathan schlägt die Augen auf. Es klingt ihm wie eine Drohung.

Schreck hat den Arm um seinen Hals gelegt. »Aber wenn du nicht an Johnny denken willst, solltest du vielleicht an seine Familie denken. Die lassen mir keine Ruhe wegen dieser hundert Riesen. Was soll ich ihnen sagen?«

»Daß die Sache ihren Gang geht«, sagt Nathan und wischt Schrecks Arm weg.

»Na ja, sie wollen wissen, warum es drei Monate dauert, bis hundert Riesen ihren Gang durchs Gericht gehen. Ehrlich gesagt, ich weiß nicht, was ich mit ihnen machen soll. Die sind nicht die übliche Sorte Kanaken. Wenn sie rausfinden, wo das Geld ist, werden sie es nicht kniefällig zur Kenntnis nehmen.«

Nathan zuckt die Achseln.

»Du hast das Geld verpulvert.« Schreck mustert ihn. »Hab ich recht? Sag schon, hab ich recht oder was –?«

»Ihr Sohnemann hat zehn Kilo Koks bei ihnen im Fußboden. Was wollen sie machen, Oliver, uns anzeigen? Die großmächtige Anwaltskanzlei Stein & Stein & Schreck anzeigen? Die Heilsbringer von päpstlichen Gnaden anzeigen?«

»Ich glaube nicht –«

»Oliver, wenn sie soweit sind, daß sie einen Anwalt verlangen, gib ihnen einfach deine Karte.«

Mit Salzbrezelstaub um die Lippen lacht Schreck und macht eine Geste der Kapitulation vor Nathans abschließender Salve, wischt damit die Sache unter den Tisch, wo sie hingehört, nur ein letzter Schuß muß noch sein: »Ich glaube nicht, daß sie sich damit aufhalten würden, Nathan. Denn unter uns gesagt«, raunt er und knufft Nathan in die Rippen, »ich glaube, sie bringen dich einfach um.«

Mit einer Handbewegung, als deute er auf ein Flugzeug oder eine Sternschnuppe, dreht Schreck sich um und winkt den Bartender herbei.

Nathan beobachtet ihn, plötzlich nüchtern. Plötzlich nicht einmal mehr müde. »Oliver, wieso bist du hergekommen? Warum wolltest du mich sehen? Was hätte nicht genausogut warten können?«

Ein Lächeln wie geschmolzenes Plastik fließt über Schrecks Gesicht, erkaltet, erstarrt. Mit wachsamen Augen und gebleckten Zähnen schlägt er Nathan auf die Schulter. »Einfach so, mein Lieber. Es gab keinen Grund. Ich hatte Lust, dich zu sehen, weiter nichts.«

Abermals beenden die Tänzerinnen auf Kommando ihr Geschlängel, sammeln ihre Sachen auf und drehen sich um, wobei die hinterste in ihre Slipper und von der Bühne steigt und an der Bar entlangtrippelt. Ein neues Mädchen tritt durch den Perlenvorhang. Die Tänzerin außer Dienst bleibt vor Nathan stehen. Ihre Augen sind rot gerändert. Sie hält sich einen Fingerknöchel an die Nase und schnieft, dann zieht sie mit stierem Blick auf Schreck ein in Wurstpapier eingewickeltes

Päckchen, groß wie ein Pfund Schweizer Käse, aus ihrer Handtasche und schiebt es Nathan in die Jackettasche. Sie sieht ihn nicht an, Nathan sagt nichts, und sie dreht sich abrupt um und geht wieder zurück, als hätte sie etwas vergessen, als hätte dort hinten das Telefon geklingelt.

Schreck haut auf die Theke. »Wart mal, ich komm gleich wieder«, sagt er und klopft seine Tasche nach Schlüsseln ab. »Ich muß dir was zeigen.«

Er läuft hinaus, aber seine Aura bleibt in der Luft hängen wie ein übler Geruch.

Nathan befühlt das Päckchen in seiner Tasche. Er ertastet von außen die Form des Umschlags. Im Spiegel sieht er Isabel, die auf der Uferpromenade eine torkelige Pirouette dreht, viel zu betrunken. Den Mund so wunderschön zu einem Lachen geöffnet, oder war es ein Schrei?

Schreck kommt zurück und schiebt dabei ein junges Mädchen mit knalligem Lippenstift und einem kurzen schwarzen Kleid vor sich her. »Das hab ich gemeint«, sagt er augenzwinkernd und dämpft seine Stimme zu einem Flüstern. »Consuela braucht eine grüne Karte. Hab ich's dir nicht gesagt?«

Das Mädchen beäugt Nathans Scotch. Nathan reicht ihn ihr, und sie trinkt ihn durstig aus. »Wo zum Teufel hast du sie gehabt, draußen angeleint?«

Schreck schmunzelt. »Hör sich einer den Menschenfreund an. Sie saß im Auto. Mach dir nicht soviel Sorgen. Bin ich ein Tier oder was? Der Motor lief. Aber Mensch, Nathan, siehst du jetzt, was ich meine? Eine Schlange von dominikanischen Bauern vor der Tür mit Hundertdollarscheinen in der Hand?«

Nathan blickt beunruhigt das Mädchen an.

»Kein Englisch«, sagt Schreck. »¿No habla inglés, he?« Er grinst das Mädchen mit einer gleichmäßigen Reihe weißer Kronen an, und das Mädchen grinst breit mit schartigen grauen Zähnen zurück. »Für die Scheißarbeit stellen wir ein paar

Jurastudenten für acht Mäuse die Stunde ein«, sagt er aus dem Mundwinkel, »und als Aufpasser stellen wir ein paar von Isabels Cousins vor die Tür.« Er beugt sich vor, tiefste Aufrichtigkeit im Blick. »Zehn Prozent vom Bruttogewinn, Nathan«, ein Schlag in die Luft, »ohne Abzüge. Unkosten gehen auf mich. Ist das etwa nicht fair? Bist du dabei?«

Hinter ihnen fängt die Musik wieder an. Consuela hat die Finger um das leere Glas verschränkt und macht zaghafte Tanzschritte.

»Gibst du ihr was zu essen, Oliver?«

»Okay. Fünfzehn. Sagen wir fünfzehn. Fünfzehn Prozent, Nathan. Dollars, für die du nichts tun mußt. Dein Name und der deines Vaters. Meine Arbeit. Fairer geht's nicht.«

»Bestell ihr was zu trinken.« Nathan verschwindet hastig.

Vornübergebeugt in der Männertoilette streckt er die Hand aus und kriegt den Kondomautomaten zu fassen. Er schließt die Kabinentür hinter sich zu. Er hat Fieber, sein Gesicht fühlt sich an wie in der prallen Sonne. Sein eigenes welliges Spiegelbild glotzt ihn aus dem Toilettenwasser an. Während er sich fast die Daumen in den Fäusten zerquetscht, schaut er sich in der graffitibeschmierten Kabine um. Limericks, Telefonnummern. Zehnzollschwänze.

Der Schmerz ist betäubend. Anonymes Gelächter füllt seinen Kopf, wird hinausgesaugt. Er legt das Ohr an die Wand, um nach innen zu lauschen. Durch einen Schlitz über ihm summt kalte Luft. Seine Knie schießen auf einmal ruckartig nach oben, und er geht zu Boden, in den Händen schwitzig kalt die Porzellanschüssel. Es hebt ihn, hebt ihn noch einmal. Er hält seine Taille fest umklammert, während seine Bauchmuskeln sich zusammenkrampfen und den Dreck im Innern hochpressen, daß der Mund ihm aufklappt, als ob er einen Schlag in den Unterleib bekommen hätte, und die Luft zu beiden Enden hinausfährt und alles in ihm sich anstrengt, etwas innerlich auszumerzen, aber was? Wieder brennt das trockene Würgen am Gaumen. Dann zersplittert sein Spiegelbild, das Wasser wird dunkel, der Sabber suppt auf den Boden. Er klopft seine Taschen ab und holt die Röhrchen heraus. Zwei mit seinem Namen beschriftet, zwei mit Marías. Zitternd müht er sich mit den kindersicheren Verschlüssen ab, schließlich hebt er die Röhrchen eins nach dem andern hoch und schlägt sie gegen den Rand der Kloschüssel. Pink blau gelb hüpfen die Kapseln wie Hagelkörner über den Boden. Ins Wasser hinein, wo sie wie Konfetti in der schmutzigen Soße schwimmen. »Scheiße, Scheiße.« Er scharrt auf dem sandigen Boden zusammen, was er kann, wischt sie vom urinfleckigen Rand in seine zitternde Hand, klaubt von jeder Sorte eine heraus. Seine Augen verschwimmen vor Tränen, vor Schmerz, er spuckt auf das Häuflein Pillen in seiner Hand, spuckt noch einmal und wirft sie zu den übrigen ins Klo. »Schei-*ße*«, sagt er.

Keuchend an die stählerne Trennwand gelehnt, die Haare in die Stirn geklatscht, befingert er das Papier in seiner Tasche, und das Beben seiner Lippen legt sich. Das Päckchen gibt auf Druck nach. Keine Ecken. Kein Geld. Mist. Von wegen Kalbfleisch, Scheißkoks, ich bring ihn um, ich laß ihn umbringen. Johnny schuldet mir was, ich laß ihn einfach kaltmachen, dann hab ich zwei Fliegen mit einer Klappe geschlagen, beide Rechnungen beglichen.

Er reißt eine Ecke auf, steckt den kleinen Finger hinein, und als er ihn wieder herauszieht, ist er glasiert wie Sahneeis am Stiel mit Vanilleüberzug.

Was bin ich? Was –? Wie ein böser Traum einen jäh anweht, eine alte Erinnerung, fallen ihm schlagartig alle Leute ein, denen er etwas schuldet. Er denkt kurz an die Postsortiererin der Citibank in ihrem Bunker in Sioux Falls, wie sie beim Verteilen von Visa-Quittungen und Schecks und Schmähbriefen in Plastikröhren ein Päckchen mit einem halben Kilo Kokain aufmacht und den Zettel auseinanderfaltet:

An den betreffenden Sachbearbeiter: Bitte verwenden Sie die beigefügte Sendung zur Begleichung meiner Schuld von achttausendvierundfünfzig Dollar und achtundsiebzig Cents. Der Rest für Sie.

Die Toilettentür geht auf. Die blecherne Musik schwappt herein, wird wieder abgeschnitten. Schritte bleiben vor seiner Kabine stehen. Ein Auge späht durch den Türschlitz. »Alles in Ordnung da drin?«

Die Schritte entfernen sich. Die Tür fällt leise zu.

Sein Handy klingelt unter seinen Sachen, und ein ersticktes Quäken entfährt seiner Kehle. Das Telefon klingelt, klingelt wieder, hört auf. Es beginnt abermals, doch bricht ab, bevor das erste Klingeln fertig ist. Dann piepst sein Gürtel. Er schlägt seine Jacke zurück und drückt mit zitternden Händen auf den Beleuchtungsknopf. Seine Brust leuchtet auf wie entflammt:

`Cabrón. Bastardo. Es ist neun.`
`Ich streue tote Rosen auf dein Bett.`

21 UHR

Santos hängt das Münztelefon ein und zieht den Gürtel seines Mantels fest zu. Seine gemessenen Schritte hallen vorbei am Untersuchungsgefängnis, einem Hochhaus mit vergitterten Fenstern hinter einer Stacheldrahtumzäunung. Vorbei an einer Ladenzeile, in der sich Pfandleiher mit Kautionsleihern abwechseln. Vorbei an schwarzen und geschlossenen Ladenfronten. Auf der andern Flußseite die Stadtverwaltung von Manhattan mit ihren Türmen und großen Bögen und ihrem Gesims, auf dem die Namen der ursprünglichen alten Stadtviertel aus der Zeit, als alles drumherum noch Wildnis war, eingemeißelt sind. Vor Jahren erschien Santos dort in einem weißen Anzug und steckte seiner jungen Braut eine Zweidollarblume an, und ein alter Schwarzer mit einer genauso alten Boxkamera knipste vor dem verwitterten Marmor ihr Hochzeitsfoto.

Im Westen zucken Blitze über den Himmel. Zwischen den Schneeflocken sausen schnellere Eisregentropfen. Er biegt in eine Tür ein und findet Barbados an einem Tisch am Fenster.
»Er kommt vorbei«, sagt Santos.

»Furchtbar nett von ihm.«

»Er sagt, er ist gern bereit, uns zu helfen«, sagt Santos.

»Wie wahrscheinlich ist das?«

Santos schiebt sich an einem dunklen Flipper vorbei auf

Geräusche zu, die sich nach Fleischklopfen und Eierschlagen anhören. Am Tresen nimmt er die Speisekarte in beide Hände und studiert sie. Die Kellnerin kommt, tippt mit dem Bleistift an ihren Block. »Nach all den Jahren müssen Sie da noch reinschauen?«

»Nein. Entschuldigung. Kaffee, bitte. Ein gegrilltes Käsesandwich.« Er schaut sich nach seinem Platz um, aber Barbados blickt zum Fenster hinaus. »Das wär's.«

Die Kellnerin reißt den Bon ab und wendet sich ab, doch dann stockt sie. »Alles in Ordnung mit Ihnen?«

Blind betrachtet er sie in ihrer dünnen blauen Arbeitsuniform: wie sie zum Grill zurückgeht; wie sie schief auf einer Hüfte in einer Dampfwolke steht; wie sie mit dem Kaffee zurückkommt. Sie stellt ihm schwungvoll die Tasse hin, und die braune Brühe schwappt über den Rand in die Untertasse. Sie legt sich die Hand auf den Mund und blickt auf die Bescherung. Kein hübsches Gesicht, aber Augen, die sehen, und Lippen, die Worte formen und den feuchten Kopf eines Babys küssen.

»Vielen Dank«, sagt Santos.

Kurz darauf kommt sie mit dem Sandwich zurück. Mit süßer Butter durchtränkt, der Belag orange und zerlaufen, auf gut Glück dazwischengepappt. Santos hält sich ein Dreieck an die Nase, schließt die Augen und kaut langsam, aber es rutscht hinunter wie ein Wattebausch und füllt ihn mit nichts, was er möchte oder sich überhaupt vorstellen kann, und sein Körper merkt nicht das geringste davon.

Barbados wirft ihm vom Tisch aus einen verschlafenen Blick zu. Er steckt sich einen Finger ins Ohr und wackelt damit.

Die Tür geht auf und läßt einen kalten Windstoß herein.

»Setz dich«, sagt Santos.

Draußen steht ein Auto am Bordstein. Auspuffwolken steigen hinten hoch.

»Ihr Motor läuft«, sagt Barbados.

»Jemand sitzt drin und wartet.«

»Du hast nicht vor, lange zu bleiben«, sagt Santos.

»Das hier ist im Nu erledigt.«

Oliver Schreck rutscht auf die Bank, und Santos rutscht hinterher.

»Es tut mir schrecklich leid um Isabel, Errol, sie war eine schöne Frau.«

»Du hast gesagt, du willst uns helfen. Wie kommt's, Oliver?«

»Wie wär's, wenn ich gleich zur Sache komme?«

Barbados nickt. »Gute Idee.«

Santos steckt sich eine Zigarette in den Mund, betrachtet stirnrunzelnd die kurz auflodernde Flamme.

»Ich dachte, man darf in diesen Lokalen nicht mehr rauchen«, sagt Schreck.

»Stimmt.« Barbados beugt sich vor.

»Isabel war letzte Nacht mit Nathan zusammen«, sagt Schreck.

»Na und?« versetzt Barbados. »Sie haben gearbeitet, an einem Schriftsatz oder so was.«

»Sie waren aus.«

»Also haben sie Überstunden gemacht, und dann hat er sie nach Hause gebracht.«

»Hat deine Mutter gesagt, sie wäre letzte Nacht nach Hause gekommen?«

»Vorsicht«, sagt Barbados.

Santos legt seinen Arm über die Lehne der Bank. »Was willst du damit sagen, Oliver?«

»Ich sage nichts weiter, als daß sie aus waren.«

»Weiter sagen Sie nichts«, sagt Barbados.

»Sie *sind* ausgewesen. Oft.«

Über den Tisch gebeugt rollt Santos den Salzstreuer zwischen den Händen. »Das ist eine kühne Behauptung.«

»Sieh dir Nathans Hände an«, sagt Schreck. »Sieh dir seine Arme an.«

Santos hat eine Faust um den Salzstreuer geballt. »Nathan kennt Isabel schon ewig.«

Schreck lehnt sich zurück, um ihn anzusehen. »Isabel war eine sehr schöne Frau. Eine Frau mit Zukunft. Vielleicht wäre sie eines Tages selber Anwältin geworden. Nathan war in Coney Island. Du hast ihn selbst dort gesehen.«

Santos blickt über den Tisch zu Barbados hinüber, der Oliver Schreck seine Hände entgegenstreckt. »Und wie kommt es, daß Sie das wissen?«

»Du hast ihn gesehen, Errol. Hast du seine Hände gesehen?«

»Woher wissen Sie das alles?« fragt Barbados.

»Hast du die Narben an seinen Armen gesehen?«

»Das sagt gar nichts«, meint Barbados.

»Aber es ist interessant.«

Santos' Augen haften ausdruckslos an einem Fleck an der Wand.

»Errol?«

Santos legt den Kopf schief. »Es ist interessant.«

Die Kellnerin kommt mit der Kaffeekanne und einer Tasse für Schreck. »Noch Kaffee die Herren?«

Santos hat schon abwehrend die Hand erhoben. »Für uns nichts mehr, danke.«

»Ich hätte nichts dagegen«, sagt Schreck und faßt nach der Tasse.

Aber Santos fängt Schrecks Handgelenk ab und knallt es auf den Tisch und hält es dort fest. Ein Glas fällt zu Boden und zersplittert. »Für uns nichts mehr, danke«, sagt Santos.

Die Kellnerin kehrt zum Tresen zurück und verzieht sich hinter die Kaffeemaschine.

»Wieso willst du mir Nathan ausliefern?« fragt Santos.

Schreck hebt wie zur Kapitulation seine freie Hand hoch. »Wir kennen uns schon ziemlich lange.«

»Nathan Stein kennst du auch schon ziemlich lange.«

»Wir führen hier nur ein zwangloses Gespräch«, sagt Schreck.

»Freut mich, daß du darauf zu sprechen kommst. Wieso machen wir das?«

»Ich bin Anwalt«, sagt Schreck.

»Schau einer an.«

»Ich bin verpflichtet, euch Informationen zu geben, die ich habe.«

»Eigentlich nicht«, sagt Santos, »juristisch gesehen.«

»Aber Sie sagen uns die Wahrheit«, wirft Barbados ein. Er blickt Santos an. »Er ist Anwalt. Es ist die Wahrheit. Er hat's gesagt.«

»Absolut«, erwidert Schreck. »Gut, mehr hab ich nicht zu sagen.«

Barbados sagt: »Sie hätten durchaus das Recht zu schweigen.«

»Was wollen Sie, mich über meine Rechte belehren?«

»Schauen Sie nicht so sorgenvoll«, sagt Barbados. Er grinst unverhohlen. »Haben Sie den Teil verstanden?«

»Bin ich verhaftet?«

»Verstehen Sie mich, Schreck?«

»Nein, keineswegs.«

»Sie haben das Recht, einen Anwalt zu konsultieren und zu jeder Befragung jetzt oder in der Zukunft einen Anwalt hinzuzuziehen. Verstehen Sie das?«

»Ihr zwei wollt mich verarschen.« Schreck lächelt erst das eine, dann das andere Gesicht an. »Ich hab nichts Unrechtes getan.«

»Da wäre ich mir nicht so sicher«, sagt Santos.

»Wenn Sie sich keinen Anwalt leisten können«, sagt Barbados, »bekommen Sie kostenlos einen gestellt.«

Schreck ereifert sich: »Ich *bin* Anwalt.«

»Nicht möglich«, sagt Barbados.

Schreck zieht eine höhnische Grimasse. »Und ich *habe* auch einen Anwalt.«

»Und wer wäre das?«

»Na, Nathan natürlich.«

Das Schweigen schlägt zwischen den dreien ein wie eine Bombe, als hätten sie eben erst erkannt, welche Rollen sie in der Farce spielen und daß sie gleich zu dem Punkt hätten kommen und sich den Rest hätten schenken können.

Schreck lacht erleichtert. »Ihr zwei wollt mich verarschen.«

Santos' Augen sind stumpf vor Gram. »Dieses Gespräch läßt sich niemals verwenden«, sagt er.

Schreck zieht eine Schulter hoch. »Ich sehe einen Menschen in Not.«

»Deswegen sind Sie nicht hier«, sagt Barbados.

Santos schüttelt den Kopf. »Ich kenne Nathan Stein.«

»Nein, Detective Santos, das glaube ich nicht.«

Doch, Santos kennt Stein. Er sieht mit vollkommener Klarheit ein Bild von Nathan vor sich, die Arme um ihn und seine frisch angetraute Frau gelegt, alle drei betrunken, mit schrägem Grinsen und stierem Blick. Er erinnert sich, wie er bemerkte, daß Nathan in East Hampton vom Wohnzimmer aus quer über die Terrasse durch zwei Glastüren zusah, wie sie in ihrem Zimmer im gelben Schein des Mückenlichts fickten. Hinter ihnen an der Wand ihre Silhouetten, zwei Unterwasserschwimmer, die eng umschlungen den Delphinbeinschlag übten. Über ihnen die Schatten schwirrender Nachtfalter wie ein stummer Vogelschwarm.

Sie schliefen in dem Haus, in dem er wohnte, dem blaß und blind auf einem Hügel stehenden Wochenendhaus. Nathan hatte Santos mitgenommen, als er das Bett kaufen ging. Die passenden Bezüge, die Nachttische. Such ein Muster für die Teppiche aus, hatte er gesagt. Ralph Lauren. Givenchy. Nathan und seine Hunderterpacken mit Gummiband drumherum. Nathan kümmerte sich unterdessen darum, daß die charmante Gesellschaft nicht ausging, und er holte sie sich eine nach der andern in sein Zimmer im ersten Stock. Büroputzfrau. Kellnerin. Eine Mautkassiererin. Drogerieverkäuferin. Und allesamt hübsch anzuschauen, entwaffnend, scharfzüngig, mit allen Wassern der Straße gewaschen. Nathan machte seine Eröffnungszüge wie beim Schach, gut eingeübt, ohne zu zögern, mit gespieltem Interesse an ihrem banalen Arbeitsalltag. Und dann sprach er eine Einladung zum Schwimmen aus und hinterher Essen und dann noch ein Drink am Pool. Und dann. Dann wurde die Nacht ein Fest, das Nathans Eroberung feierte. Die Lautsprecher füllten die umliegenden Haine mit Musik. Zu viert lachten und tranken sie zum Gurgeln des Pools und dem Brummen seines Filters und den klatschenden Sprüngen von Santos' neuer Frau, die unter seinen Füßen hindurchtauchte und schuppig und glatt wie ein Reptil am flachen Ende emporkam. Santos schaute hinauf zum Fenster, wo Nathan Stein mit seiner nächtlichen Beute vorbeistrich.

Und die ganze Zeit über gab es Claire. Die einsam zuhause sitzende Claire, die ernst und eifrig studierende Claire, die treue Claire, auf Familien- und Freundesbesuch in Louisiana. Oder die traurige, die schlicht verlassene Claire. Santos wäre mit ihr glücklicher gewesen, mit jeder dieser Claires, richtig glücklich, zumal Nathan so offensichtlich bereit war, sie gehen zu lassen.

Wenn Santos am Morgen aufwachte, war Nathan fort oder im Aufbruch oder gerade zurückgekehrt.

Stein und Antistein.

Eigentlich gar nicht Stein, sondern ein Pappkamerad. Die lebensgroße Figur einer bedeutenden Persönlichkeit, einer von denen, mit denen man sich fotografieren läßt; eine gefeierte Figur, die früher, vor vielen Jahren, als du noch ein Kind warst, vielleicht dein bester Freund war. Einer mit einem Vater, für den deine Mutter arbeitet, putzt, tippt, Pflichten und Funktionen wahrnimmt, die mit unerklärlichen und erfreulichen Entschädigungen verbunden sind. Vasen und Holzkästen. Stereoanlagen.

Santos kannte ihn von Jugend an, und doch wurde Stein während des Jurastudiums für ihn zu einer bedeutenden Persönlichkeit und für Santos' Schwestern und Eltern auch. Mit Stunden Verspätung fuhr er in den eleganten und teuren Schlitten des berühmten Vaters in Washington Heights vor, in einem Mercedes, einem Lincoln, einem Cadillac, in noch einem Mercedes, nicht im Rolls, niemals im Rolls. Gekleidet wie ein Dandy kam er direkt vom Gericht, wo er dem Maestro assistiert hatte, auf der Zunge eine unmögliche Geschichte – sie sprudelte schon heraus, noch ehe er richtig zur Tür herein war – über Miltons neuesten Mandanten, den Drogendealer oder den Dieb oder den Vergewaltiger, dessen Schuld außer Frage stand, aber dessen Rechte regelmäßig von der Polizei verletzt worden waren. Die Familie Santos machte große Augen. Sogar die Mutter, fünfundzwanzig Jahre Miltons Sekretärin, als ob sie nicht selbst dabeigewesen wäre, nicht die Eingaben mit vorbereitet, niedergeschrieben, verglichen, durchgesehen, persönlich im Gerichtssaal an Nathan weitergereicht hätte, als ob sie nicht Milton Steins Taktik und jetzt auch Nathans Taktik zur Genüge miterlebt hätte, Stein & Steins beste und erfolgreichste Verteidigungsdevise: Die Frage der Schuld interessiert vor Gericht niemanden.

Nathans Verspätung wurde weniger verziehen als gutgeheißen, so als ob sie ihn gar nicht anders haben wollten. Und was jeweils festlich begangen werden sollte, ein Geburtstag, ein Feiertag, war im Nu vergessen, weil das Fest, Anlaß hin oder her, erst mit Nathans Eintreffen richtig anfangen konnte. Und es wurde spät und später, zwei Uhr, manchmal drei, während Nathan an einem und Santos' Vater am andern

Ende der Couch saßen und beide mit geschlossenen Augen Arien aus ihren Lieblingsopern lauschten, Highlights, die sie zusammen aus Mr. Santos' riesiger Sammlung ausgesucht hatten. Halb vom Wein und halb von den Opern berauscht, aufrecht gemeinsam auf der Couch sitzend hoben sie einträchtig die Hände und dirigierten dieselbe Stelle in der Partitur.

Nathan verführte sie alle. Die Art, wie die Familie ihn liebte und über all die fragwürdigen Dinge hinwegging, die jeder argwöhnte – Dinge, die Mrs. Santos bestätigen konnte –, war nahezu sexuell, so blind waren alle in ihrem Willen zu übersehen, was sie nicht sehen wollten, das bereits Schäbige, zwielichtige, und nur auf das zu schauen, was sie einst als gut und rein gekannt hatten, das, womit er geboren worden war. Seine *Seele*. Alle betrachteten ihn, näherten sich ihm mit der Verehrung, wie man sie für einen Geliebten empfindet, der nach langer Abwesenheit heimgekehrt ist. Nathan Stein, die bedeutende Persönlichkeit. Als ob einem seine Gegenwart das Gefühl vermittelte – wie Errol es immer, auch noch am Ende jener Zeit, hatte –, daß es Dinge gab, unendlich viele Dinge, die man noch tun oder sein mußte.

Aber wenn Nathan gegangen war, kam es trotz allem vor, daß Santos' eigener Vater aufstand, ganz wacklig vor Erschöpfung, und durch die geschlossene Tür deutete, die knarrende Treppe hinunter, in die Nacht hinaus, auf die in der Ferne entschwindenden Rücklichter. »Nehmt euch in acht«, warnte er vor dem Jungen, den er jahrelang beobachtet hatte. »Er sieht alles und nichts.«

Bald wurden Opern auch Santos zum Bedürfnis. Nicht die Musik, etwas anderes. Er hörte sie sich auf seiner beschissenen kleinen Stereoanlage mit aufgeschlagenen Libretti an, wie Nathan es ihm gezeigt hatte. Santos wollte es lernen, wollte die kultivierten und intelligenten Seiten Steins kopieren. Steins Bildung. Stein. Ein bißchen Charme, ein bißchen Tragik. Ein bißchen Downtown, ein bißchen Village, ein bißchen Upper East Side. Zum Ausgleich für ein Leben im Mietshaus. Wobei der Mangel er selbst war. Er war purer Neid. Ihm fehlten die Worte fürs Wesentliche, und er brauchte Nathan Steins gutes Aussehen, in seiner ganzen Tödlichkeit, um sich Ersatzbefriedigung zu verschaffen. Gegenüber Stein, seinem Aussehen, gegenüber den Büroputzfrauen und Kellnerinnen und exotischen Schönheiten war er blinde Hingabe. Selbst nach seiner Heirat war er gegenüber Nathans bezaubernder Verlobter, gegenüber Claire, nackte Verzweiflung. Es war schon Lohn genug, wenn er nicht Anstoß erregte. Die beiden jungen Männer schritten schweigend vorbei am hell angestrahlten Marmor des Lincoln Center und der Metropolitan-Oper mit ihrem rosa und blau erleuchteten Springbrunnen, den bunten Wasserbögen; durch die Scharen voroperlicher scherzender Restaurantbesucher in durchgeschwitzter Abendgarderobe, die ihre Hoffnungen auf kühlere Abendtemperaturen aufgeben mußten und denen sich im Gedränge der Happy Hour die Schlipse lockerten und die Frisuren lösten. Santos folgte Nathan mit einem halben Schritt Abstand durch diese Menschenmengen die Columbus Avenue hinauf und spulte dabei seine Liste belangloser Fragen in Nathans linkes Ohr ab. Blindlings trottete er hinter Nathan her auf ein Banner zu und durch eine Tür und in ein klimatisiertes Foyer und weiter, dorthin wo Grüppchen fein gekleideter und frisierter junger Männer und Frauen auf weißem Leinen und an einer hohen Mahagonibar lehnten. Die Kunden waren perfekt, überlebendig, ungeheuerlich vital. Was für gigantische Zukunftsaussichten. Und Santos wie ein Hund hinter einem Gartentor, der das hohe Gras auf der andern Straßenseite anhechelt. Die Nacht war jung, ist immer jung, voll grenzenloser Möglichkeiten. Und sie, er und Nathan, zwei Windhunde auf der Jagd nach dem Unbekannten und Unbenannten, das die Nacht noch barg. Ein Mann und sein Kanakenlehrling.

Santos ist auf die Toilette gegangen. Das Klopfen reißt fast die Tür aus den Angeln. »Errol, alles in Ordnung da drin?«

Santos beugt sich über das kleine Waschbecken und knetet seine fleischigen Hände. In dem trüben Spiegel zerfällt sein Gesicht in die geometrischen Figuren der Übermüdung.

Barbados steht in der offenen Tür, Schreck mit betretenem Blick ein paar Schritte dahinter. Santos wischt sich den Mund. Barbados sagt mit tonloser Stimme: »Ich glaube, es gibt noch jemand, mit dem wir reden müssen.«

Der schlafende Portier sieht in seinem Paletot mit Epauletten wie ein Rotarmist aus.

»Ivan«, ruft Nathan.

Der Portier stürzt zur Tür, und Nathan betritt das luxuriöse, geräumige Atrium. »Ivan. Lange nicht mehr gesehen.« Nathan zupft an den Epauletten des Mannes.

Mit schweren Lidern und aufgedunsenem Gesicht tritt Ivan zurück. Er lächelt, daß seine Goldkronen blitzen, und hält Nathan beide Hände mit hochgereckten Daumen hin. »Señor Nathan, Sie sind sehr dünn geworden. Sehr stark. Wie ein harter Stier.« Er haut mit den Fäusten in die Luft. »Wie damals, als Sie ein junger Mann waren. Sie sind besser in Form als voriges Jahr. Das machen die Señoritas, nicht? Daß Sie kampfstark bleiben?«

Nathan schüttelt lächelnd den Kopf. Compadre. »Nichts als Ärger mit den Señoritas, Ivan.«

Ivan verzieht das Gesicht und winkt ab. »Sie? Ach was, Señor Nathan. Das können Sie mir nicht erzählen.«

Die beiden Männer bauen sich zum Scheingefecht auf, schlagen, ducken sich, wehren ab. Wie alte Kameraden, deren Freundschaftsband sich schon an rauheren Orten und in härteren Zeiten bewährt hat. Nathan gibt einen leisen Lacher von sich, vielleicht das Ehrlichste, was er den ganzen Abend über von sich gegeben hat.

Da trifft Ivan, versetzt ihm einen kleinen Klaps an den Kopf. Ein leichtes Stechen, und das Foyer kippt weg. Nathan taumelt zurück. Ivans Hände packen seine Schultern, aber Nathan wankt immer noch.

»Sind Sie betrunken?«

»Schon gut«, sagt Nathan und wischt sich den Mantel ab.

»Ihre Augen sind ganz gelb.«

Ein Kältehauch weht durch die Türspalten ins Foyer. Draußen das gedämpfte Geräusch eines Autos, das die weißwattierte Straße hinunterfährt.

»Wie geht's meinem Vater?«

Ivan hebt mahnend den Finger. »Wir Männer müssen uns um unsere Väter kümmern. Letzten Endes verstehen einen doch nur andere Männer.«

Nathan beäugt den Portier mißtrauisch.

»Señor?« fragt Ivan.

»Nein, nichts. Schon gut.«

»Ihrem Vater geht es sehr gut. Er ist jetzt ein berühmter Mann. Heute abend haben ihn die sexy Ladys vom Fernsehen abgeholt.« Ivan schwenkt seinen ausgestreckten Arm durchs Foyer, um zu zeigen, wo sie standen. »Arbeiten Sie mit ihm an dem großen Fall?«

»Na klar«, sagt Nathan.

Ivan lächelt breit. »Dann werden Sie bald berühmt sein.«

»Na klar.«

»Wie bei dem andern Fall damals.«

»Das ist lange her, Ivan.«

»Dem großen Sieg.«

»Zehn Jahre mindestens.«

»Und Ihr Gesicht war überall.« Er packt mit seiner starken Hand Nathans Schulter. »Ich hab Sie auf meine Schulter gehoben und Sie nach oben getragen wie ein Einkaufspaket.«

Ivan rüttelt ihn einmal an der Schulter, aber Nathan hebt

trotzdem nicht die Augen. Ivan öffnet die Finger, und Nathan entzieht sich und geht zum Fahrstuhl.

»Sie brauchen Schlaf«, ruft der Portier.

Er probiert vier oder fünf Schlüssel von seinem Bund aus, bevor er den findet, der ins Türschloß seiner Eltern paßt. Aber die Tür ist gar nicht abgeschlossen, und als er den Knauf dreht, stolpert er auch schon hinein, tritt durch einen Fleck Straßenlicht in eine Diele mit Fischgrätparkett und bedauert sofort, daß er gekommen ist. Ein Wohnzimmer mit kannelierten Säulen, Pfosten und Blätterknauf aus Teakholz am Anfang einer Balustrade, die wie der Saum eines Frauenrocks zu einer Galerie emporwirbelt. Lose gruppierte Möbel inmitten eines Gartens niedriger Kübelbäume. Putten blicken aus den hohen Ecken herab. Nathan steht wie in einem kleinen überfüllten Zimmer, als könnte er sich hierhin und dorthin wenden und die Dinge und die Leute anfassen, die er kennt, tot und lebendig und in verschiedenen Zwischenstadien, Gespenster ihrer selbst, angeführt von ihm, dem Obergespenst, acht, zehn, fünfzehn Jahre alt, ein Ausbund an Talenten und Möglichkeiten.

Eisummantelte Zweige draußen vor einem Panoramafenster winken ihm wie die knorrigen Finger alter Frauen. Er tritt in die Leibung und sieht auf die Avenue hinunter, auf der er ein Junge war und machte, was Jungen so machen. Die Gebäude auf der andern Seite des Parks verlieren sich in einem Liniengewirr. In beiden Richtungen schlenkern weihnachtliche Lichterketten wie wildgewordene Hüpfseile über der Straße.

Durch eine Lücke in der Skyline sieht er ein Stück des East River. Etwas Helles zieht dort vorbei, Polizeiboot, Müllkahn, der Bucht zutreibende schimmernde Eisschollen in der schwarzen und lautlosen Brühe eines Flusses, der im Moment bemerkenswerterweise fast so hoch wie die Straße ist. Alles ist überschwemmt. Im Norden hat es getaut. Aber dieser Fluß hat schon immer eine kindliche Besessenheit in ihm ausgelöst, eine ängstliche Erregung, stärker noch als der Hudson, der viermal so breit ist. Der Hudson – fünf Straßen hinter ihm – ist ganz gelassene Erhabenheit mit seiner Rip-van-Winkle-Geschichte und seinem angeblichen Ursprung in dem kleinen moosigen Lake Tear of the Clouds in den Adirondacks. Eine regelrechte Amerikatour, wie er mit allem Drum und Dran – seinen Segelbooten und Wasserskiläufern und Eisflächen – zwischen den altreichen Villen von Westchester und den Palisades von New Jersey hindurchgleitet. Der East River dagegen ist ein Graben, ein Stachelbandzaun, ganz offene Wunde und städtischer Dreck. Fließende Hitze, voll unsäglicher Exkretionen, die sich in rivalisierende Strömungen aufspalten, Flüsse in Flüssen, einer mit Wellen und Strudeln, der andere ganz geheimnisvolle Ruhe, und alles zusammen mit zunehmender Fahrt durch die Bronx, dann Harlem, hier zwischen Mittelmanhattan und den grauen Kränen und Müllkippen von Long Island City und der Brooklyner Marinewerft hindurch, deren verlassene Trockendocks wie leere Augenhöhlen himmelwärts starren. Nathan hat sie alle schon aus nächster Nähe gesehen. Mehr als einer seiner Mandanten ist schlaff wie eine Gliederpuppe von dem algigen Grund heraufgefischt worden. Der East River ist sein Fluß; den Fluß wird er nehmen, auch wenn es ihn das Leben kostet. Die Seele wächst an ihren Leiden. Den Hudson, seine Segelboote, seine Bootshäfen, könnt ihr behalten.

Ein langes, wirbelndes Donnerrollen. Die Fensterscheibe zittert. Am Himmel steigen die Wolken hoch und höher, verschlingen sich gegenseitig. Ein Wind hat aufgefrischt, der unten durch die Bäume des Central Parks bläst, daß die kahlen Wipfel wogen. Etwas an der schroffen Wucht der Skyline, an der künstlichen Wildheit des Parks scheint ihm zuzurufen, eine Stimme, deren Schrei ihm vertraut ist, eine jugendliche Leidenschaft, ein Stolz, der Wunsch, denkt er, zu tun, was richtig ist. Die Aufgaben erstehen eine nach der andern vor ihm: Isabel, der russische Ganove, Rikers Island, seine Pillen, seine Diagnose, sein Urteil, Isabel –

Er wendet sich rasch von allem ab und setzt sich mit ausgestreckten Beinen auf die Fensterbank, um das Zimmer und sein protziges Mobiliar zu betrachten, die dunklen Türen, die rechts und links in noch vertrautere Regionen führen, und um sich fasziniert zu erinnern, daß er hier hin und wieder große Glücksmomente hatte. Glücksmomente: und doch war es, wie er weiß, ein Leben des Lauerns darauf, daß jährliche Rituale den öden Zwischenzeiten einen Sinn gaben. Ein Leben halt, und die Wege hinaus, die ihn dahin führten, wo er jetzt steht, bereits überwachsen. Kindheit, und was dann? Was ist das? Und was, fragt er sich, während er sich im Zimmer mit seinen Schatten und dem durch die Zweige spielenden Laternenlicht an der Wand umschaut – und natürlich die Antwort längst kennt –, war *das hier*?

Jener eine spätherbstliche Vormittag, der letzte Tag seiner Kindheit, ein sauberer Trennstrich zwischen davor und danach. Er war achtzehn, im ersten Collegesemester, und aus dem bereits zugefrorenen Syracuse zu Thanksgiving heimgekehrt. Sein Vater hatte wieder einmal die Bürger der merkwürdigen Halbwelt, in der er lebte, zu sich nach Hause eingeladen, seine speziell kultivierte Mischung aus Finanzbeamten, Kokainhändlern, Fernsehstars, verurteilten Vergewaltigern, Polizisten, einer virtuosen Sopranistin von der Met, einem kolumbianischen Geldwäscher, einem berühmten Komponisten, und dazwischen eingestreut eine kleine Legion anonymer Frauen in engen Wollschläuchen, die Models hätten sein können, die Prostituierte hätten sein können, die wahrscheinlich von beidem ein bißchen waren und kamen und gingen, ohne daß jemand sie vorstellte. Die Nennung von Namen und Berufen erfolgte verschlüsselt. »Pedro ist im Außenhandel«, »William ist beim Personenschutz«, »Barbra singt«, »Leonard schreibt« – nicht um zu verheimlichen oder zu verniedlichen, sondern wie um den Leuten die Tätigkeit, der sie nachgingen, zusammen mit Hut und Mantel an der Tür abzunehmen, damit alles sich, dem Geist des Tages gemäß, auf einer besseren Ebene einschwingen konnte. Diese Treffen bedeuteten eine jährliche Einstellung der Feindseligkeiten, einen buchstäblichen Waffenstillstand für die kurze Frist, in der Miltons Gäste dicht gedrängt an der Bar und vor den Panoramafenstern standen. Zusammen von Papptellern aßen, die von Bagels und Lachs und Weißfischsalat überquollen, über die Giants, die Kinder, das Wetter, alles mögliche redeten. Unten auf der Straße, zwischen ihnen und dem Park, ging die Macy-Parade vorbei. Die feierlich marschierenden Kapellen, die menschlichen Schneeflocken, die Männer von der Stadtreinigung, die riesengroßen Ballons, fröhliche Helden und groteske Dämonen auf die Größe von Häusern aufgeblasen. Miltons Gäste blickten hinab und plapperten dazu in einem fort, wie erleichtert durch ihre Nähe nicht zu der Parade, sondern zueinander. Die Little Orphan Annie vom Broadway und der kleine Dealer aus Harlem, der Staatsanwalt und der Geldwäscher für eine chinesische Verbrecherfamilie. Als ob dies, dieser Tag und dieses Essen und dieses großflächig verglaste Apartment, das wirkliche Leben wäre und ihre Berufe das Zwischenspiel, Sachen, womit sie sich die langen Tage und Nächte über beschäftigten, bis sie im nächsten Jahr zur gleichen Zeit wieder hier zusammenkamen. Der Alkohol floß in Strömen, und die Berge von Speisen wurden immer flacher, bis sie verschwanden. Die Luft prickelte vor erotischer Spannung, von jenem Gefühl der Enthemmtheit, das entsteht, wenn man zu den Rhythmen der unten vorbeimarschierenden Trommlerkorps mit der verbotenen Frucht herumspielt. Es war Mittag, eher später Vormittag, frisch und stürmisch, aber inmitten dieses Menschengewühls war es Mitternacht in einem mondhellen Garten im Frühling, und die Leute aßen und tranken zuviel.

Nathan stand im Schlafzimmer seiner Eltern am Fenster mit Blick nach Süden und beantwortete Fragen zum College. Direkt hinter ihm stand allein in der Ecke der neueste Held der Stadt, Vorkämpfer für Recht und Ordnung, ein dünner, gebückter, bücherwurmiger Mann mit einem ungebärdigen Bart, einem hageren, fleischlosen Kopf, eingesunkenen Schläfen, einer schmalen Hakennase. Er hatte den leeren, gedankenverlorenen Blick eines desillusionierten Jesus. Er redete mit niemandem; er sah aus, als würde er gleich mit sich selber reden. Im Monat davor hatte er einen aggressiven U-Bahn-Schnorrer mit einem Taschenmesser erstochen. Die Sensationspresse hatte ihn zum Philosophenkönig von New York ernannt, einem Vorbild an Entschlossenheit und Integrität und moralischer Tatkraft. Und Milton Stein war als Streiter und Sprecher für diesen Christus aufgetreten, als sein Johannes der Täufer, seinerseits ein Vorbild an Großzügigkeit, nachdem er ihm seine juristische Hilfe und seine PR-Dienste kostenlos zur Verfügung gestellt hatte. Der Mann stand in seinen abgetragenen Sachen am Fenster, während die Parade unter ihm vorbeizog, und sagte kein Wort. Der vollgehäufte Essensteller war ihm aufgenötigt worden, und er rührte ihn nicht an. Er sah sich ein wenig ärgerlich, ziemlich mißbilligend und vollkommen enttäuscht im Zimmer um. Das Experiment – seines vermutlich – war fehlgeschlagen. Er war ein Verrückter, und alle wußten es, aber er hatte sich in die Rolle eines teuren und exotischen Haustiers stecken lassen.

Nathan hingegen war ein Bild von einem Mann. Sein jugendlicher Kopf hatte ausgeprägte Züge bekommen. Er war groß und athletisch geworden, und das Gesicht zwischen seinem eingekerbten Kinn und seiner hohen Stirn fand in der Spitze seiner griechischen Nase einen ansprechenden Mittelpunkt. Er hatte feuchte, feminine Augen, die mehr Charaktertiefe verhießen, als er besaß. Sein Status als bestaussehender Mann in jedem Zimmer war obligatorisch. Und hier stand er nun vor einer Frau im Alter seiner Mutter, die fröhlich die ganze Gesellschaft unter den Tisch trank, ohne dabei seinen Ellbogen loszulassen. Nathan hätte genausogut nichts sagen können, es hätte keine Rolle gespielt. Die Frau sprach von ihren Kandinskys, ihren Picassos, von ihrem Terminkalender – den Pokerabenden ihres Gatten außer Haus, den freien Tagen ihres Mädchens – und von der Stille und Einsamkeit eines Dreiparteienhauses in der Park Avenue. Und diese ganzen albernen Gemälde starrten einen anklagend an, also warum nicht – das alte Lied – ihnen einen *Grund* zur Anklage geben? Nathans Vater sei schlicht göttlich. Jetzt müsse sie unbedingt wissen: wie der Vater so der Sohn?

Nathan entschuldigte sich, indem er seinen leeren Teller schwenkte, er komme gleich wieder. Sie zwinkerten sich zu, sie zwickte ihm in den Arm. Er lächelte charmant, und weg war er, schlängelte sich durch die Menge, wobei er im Vorbeigehen jeden – die Leibwächter, die Violinspieler, die Huren – beäugte und sich überlegte, was passieren würde, wenn er sie anrempelte, bis er glücklich das Wohnzimmer erreicht hatte, wo sich die Wand voll juristischer Fachzeitschriften und Fallsammlungen über den Köpfen der Kriminellen und der Ordnungshüter erhob wie ein Denkmal für das Strafrechtssystem, beschriftet mit den Namen und Nummern von ausgedienten und belanglosen Gesetzen.

Plötzlich verdüsterte sich die Sonne. Es war wie eine Sonnenfinsternis. Die Leute wandten sich den Fenstern zu. Der erste der Riesenballons schwebte vorbei. Goofy oder Daffy oder Superman – nicht die ganze Figur, nur Ellbogen, Backen, Füße. Die Böen stießen sie gegen die Leitungen, gegen die Häuser selbst, gegen die Reichsten unter den Zuschauern in ihrer sicheren Verglasung hoch über den Massen auf der Straße, Miltons Gäste, die sich nervös lachend an ihren Tellern mit Weißfischsalat festhielten, als die fliegenden Monster ihre Riesenaugen auf sie richteten, die die Apartmentfenster wie in einer King-Kong-Parodie ausfüllten. Das allgemeine Kichern und Kreischen sollte unerschrockene Heiterkeit demonstrieren, doch als es abebbte, trat eine angespannte Stille ein. Der Waffenstillstand war aufgehoben, als ob man plötzlich trotz des Arsenals versteckter Kleinwaffen – Achselhalfter, Schnappmesser – nirgendwo mehr sicher wäre. Feindseligkeit zog auf. Der Raum begann sich von Gästen zu leeren, die mit Bemerkungen darüber schieden, ob sie wohl dem Verkehrschaos entkommen würden.

Nathan spürte jemanden neben sich. Es war der Philosophenkönig, nervös zuckend mit völlig abwesenden Augen. Unten auf der Straße war Lärm zu hören, ein fernes Gejohle der Menge. Ein bierbäuchiger Weihnachtsmann, dessen Hohoho vom Band blechern und rauschend aus Lautsprechern gellte, rollte auf der Ladefläche eines Lasters die Central Park West hinunter. Winkte den Leuten zu. Die zurückwinkten. Hob sein dickes, geschminktes Gesicht zu den Häusern empor. Zu den Fenstern, wo Kinder in väterlichen Armen hochgehalten wurden. Als ob die Väter auf irgendein vorher vereinbartes Signal hin auf der ganzen Central Park West die Kinder aus den Fenstern stürzen, einen Kindermassenmord begehen wollten, junge Söhne und Töchter, von ihren Vätern dem Weihnachtsgott geopfert. Unterdessen verzogen sich oben Miltons Gäste und strömten hinaus auf die Straße. Der Philosophenkönig hastete durchs Wohnzimmer und verschwand durch eine schmale Tür über die Hintertreppe.

Eine einsame weibliche Gestalt zwängte sich durch den überfüllten Flur in das Apartment. Hochgewachsen, jung, Nathans Alter oder jünger, er konnte es nicht sagen. Er blieb stehen und starrte sie an. Eine Mandantin? Aber was hätte sie getan haben können? Irgendwie kam sie ihm bekannt vor; er hatte sie schon einmal gesehen, er kannte sie, und genauso sicher war er sich, daß sie einander nie vorgestellt worden waren. Nicht hübsch genug, um ein Model zu sein, nicht die Art von hübsch, keine aus dem Rudel namenloser Frauen. Sie hatte einen kaffeebraunen Teint und europide Züge, ein wenig wie eine Araberin oder Somalierin.

Er trat vor, aber das Mädchen entfernte sich und steuerte ganz selbstverständlich die Küche an, als ob die Wohnung ihr nicht nur vertraut, sondern ihr heimisches Territorium wäre. Als ob sie hier wohnte. Nathan folgte ihr in die Küche, wo Ellie, die Sekretärin seines Vaters, gerade das nächste Lachsbrötchen verdrückte. Das Mädchen näherte sich Ellie von hinten und küßte sie auf die Backe. Ellie drehte sich um, und die beiden Frauen blickten Nathan an, der verdattert in der Tür stand. Ihre Körper hatten die gleiche Größe und Statur, der gütige Ausdruck war gleich, die Intelligenz und Kompetenz in den Augen. Aber die Augen des Mädchens: der Ausdruck war zwar der gleiche, aber die Form nicht. Sie waren grün und mandelförmig; sie sahen ungefähr wie seine aus. Ihre Lippen, nein – fremd, keine erkennbare Ähnlichkeit. Aber ihre Nase, schmal, fast hakenfömig, mit einem kleinen runden Knubbel am Ende. Nathan betrachtete die Nase, und wenn er die Augen zusammenkniff und ihre Hautfarbe und ihre Haare ausblendete, hatte er die Nase vor sich, die er im Spiegel und auf der Straße in Schaufensterscheiben sah. Die Nase war seine, eine Stein-Nase mit ihrer typischen zaghaften Himmelfahrtstendenz, die sogleich von der Wölbung des Nasenrückens vereitelt wurde. Bis seine Mutter ihm einen Stups gab, bis sie Ellie und das Mädchen mit der Selbstverständlichkeit und Vertrautheit begrüßte, die normalerweise Familienmitgliedern vorbehalten war, bis sie ihm das Mädchen vorstellte, stand Nathan stumm da und hatte, während seine Mutter sich an ihm vorbeischob, den Eindruck, wenn er in einer Wüste wäre, würde er jetzt an eine Fata morgana glauben. Vor ihm stand eine vollkommene Verschmelzung von Ellie, Miltons Sekretärin, und – welche Erklärung gab es sonst? – seinem Vater. Sie vorgestellt zu bekommen erübrigte sich eigentlich, denn was er sah, war ganz offenbar seine Halbschwester, sein dunkler Zwilling.

Nathan nickte grüßend. Ellie wandte sich ab. Das Mädchen auch. Nathan blieb mit seiner Mutter allein, die eine entschlossene Miene aufsetzte, als wüßte sie, daß sie hier den Betrug, der an ihr begangen worden war, leibhaftig vor sich hatte und daß es schlimmere Konsequenzen hätte, ihn nicht zu ertragen, als damit zu leben. Sie hatte ihn bewältigt und als das hingenommen, was er war, hatte den Betrug großgezogen wie eine Tochter und mit einem Namen bedacht.

»Das ist Isabel«, sagte seine Mutter.

»Aha«, sagte Nathan.

»Ellies Tochter«, sagte seine Mutter.

»Ich verstehe.«

Jetzt steht Nathan im Licht des offenen Kühlschranks. Er mustert lange und konzentriert jedes Regal, betrachtet sinnierend die Eier in ihren kleinen Mulden, die wochenalten, im Gemüsefach verfallenden Äpfel. Eine halb aufgegessene Fertigmahlzeit. Die gleichen Speisen, die gleichen Stellen. Das ganze Ding sorgfältig und liebevoll leer gelassen, als ob seine Eltern nicht mehr gegessen oder eingekauft oder diese Fächer ausgeräumt hätten, seit er diese Wohnung vor einigen, er weiß nicht wie vielen Jahren, zum letztenmal verlassen hat. Seit jenem Thanksgiving-Morgen, an dem seine Mutter ihm so beiläufig seine unbekannte Schwester vorstellte, jenes Gesicht, das ihm jetzt zum Schicksal zu werden scheint.

Er schenkt sich ein Glas Milch ein, trinkt es halb aus, gießt es wieder voll und trinkt noch einmal die Hälfte, dann läßt er die letzte Hälfte neben der Milchtüte im Kühlschrank stehen. Er geht los, Antworten auf Fragen suchend, die er noch nicht kennt. Durch die hohen Zimmer mit ihrem marmorierten Stuck und ihrer imitierten Holztäfelung, vorbei an einem trockenen Springbrunnen, wo ein alter Bronzeengel mit angelegtem Pfeil und Bogen im diffusen Licht von der Straße steht. Eine Antwort findet er. Er bleibt in einem kleinen Arbeitszimmer stehen und setzt sich an einen Tisch vor eine Schreibmaschine. Die Hände eingetaucht in den Schein einer grünen Bankerlampe. Auf das Briefpapier von Stein & Stein tippt er ruhig: *María Rosa, Letzter Wille und Testament*, und bringt in numerierten Absätzen und mit Buchstaben gekennzeichneten Unterabsätzen, so gut er kann, alles zu Papier, was María ihn als ihren Anwalt vor zwei Jahren aufzusetzen und notariell zu beglaubigen bat, unter anderem den alleinigen Rechtsanspruch eines gewissen Nathan Stein auf ein eingetragenes Grundstück im unbezahlbaren Paradies, einen Streifen noch unerschlossenen Küstenlandes auf der honduranischen Insel Roatán.

Weiter unten im Flur ist die Tür zu seinem alten Zimmer abgeschlossen. Am Ende des Flures steht eine andere Tür offen. In der Stille kann er seine Eltern in einem eingespielten Duett versetzter Töne zusammen schnarchen hören. Dann macht ein Röcheln, das seines Vaters, allein weiter, während seine Mutter in einsamen Träumen gurgelt und wimmert. Die Blätter bewegen sich leicht, und Nathan fühlt jemand hinter sich in der Tür stehen. Schritte? Irgendwo klappt eine Tür zu. Nathan dreht sich um. Der Türrahmen ist leer. Das Vermächtnis seiner Freiheit fest umklammert tritt er an die Tür und verharrt auf der Schwelle, dann weiter zur nächsten und zur nächsten, immer kurz auf der Schwelle verweilend, bis er in der Schlafzimmertür seiner Eltern steht, die unverändert offen ist. Es riecht säuerlich nach Schweiß und altem Atem. Sie liegen da wie Leichen, seine Mutter auf der übergroßen Matratze lang ausgestreckt, die Hände hoch überm Kopf, wie im Schnee erschossen. Milton erhebt sich neben ihr wie ein steiler Berg, sein Bauch blaß und gewaltig. Neben einem Glas Wasser sein Toupet schief auf einem augenlosen Perückenständer.

Nathan beugt sich vor und berührt ihn am Ellbogen, um ihn zu wecken. »Milton«, flüstert er. »Papa –«

Er weicht zurück, als hätte er einen ekelhaften Geruch in die Nase bekommen. Dort im Bett liegt niemand, hat auch niemand gelegen. Das Zimmer ist verlassen, die Decken unaufgewühlt. Nur ein Exemplar der *Post* von heute ist auf einem doppelseitigen Bericht mit Bild aufgeschlagen, auf dem man Milton mit Schreck am einen Arm und Ruth am andern aus dem Gericht schreiten sieht. *Stein kämpft für Williams*, steht darunter.

»Hallo«, sagt Nathan. Eine Stimme, die von Raum zu Raum und wieder zurück hallt.

Im Foyer unten schläft Ivan aufrecht mit verschränkten Armen auf seinem Barhocker, das Kinn im Mantel versunken.

Nathan zupft den Portier am Ellbogen. »Wo sind sie?«

Ivan schlägt mit einem Schnauben die Augen auf. »Sie sind übers Wochenende weg. Wußten Sie das etwa nicht?« Er blickt Nathan an. »Brauchen Sie einen Arzt?«

Nathan drückt die Klinke herunter und entläßt sich ins Freie.

23 UHR

Barbados hängt sich über das Lenkrad und späht nach oben. »Hier also amüsiert er sich?«

»Sozusagen.«

»Warst du je drin?«

»Nur das eine Mal.«

Funkelnde Sportwagen und lange Limousinen stehen rings um ein gedrungenes Gebäude mit geschwärzten Fenstern und keinem anderen Erkennungszeichen als einem violetten Neonstrich über der Tür. Dahinter und zu beiden Seiten Schrottplätze, weite Flächen mit dicht an dicht in Fischgrätenordnung geparkten Bussen, schulgelben, Greyhounds; große Hallen mit dem Zyklopenauge der Stadtreinigung darauf. Es könnte ein alter Diner sein oder ein Busdepot, zu einer Art Festung umgebaut, um am äußeren Rand dieses Industriegebiets unauffällig in der Landschaft stehen zu können.

»Ich hab mich schon immer gefragt, was das für ein Schuppen ist.«

»Du willst es nicht wissen«, sagt Santos.

Die Tür geht vor einer weiteren Tür im Innern auf, und eine große Frau kommt die Stufen herunter und wirft sich dabei eine Stola um den Hals. Der Glorienschein, den das violette Licht um ihr toupiertes Haar zaubert, gibt ihr trotz ihrer

Länge etwas Blütenzartes. Während sie auf die beiden zugeht, bleiben Barbados' Hände fest am Lenkrad kleben. Seine Augen folgen ihr, aber nicht sein Kopf.

»Sie ist ein Mann.«

Santos nickt.

Barbados kann nicht anders. Er dreht sich auf seinem Sitz um und beobachtet, wie sie auf den Rücksitz einer Luxuslimousine steigt. »Chinese oder so was in der Art.«

»Es sind Filipinos. Das gehört mit dazu.«

»Kapier ich nicht.«

»Denk nicht zu sehr drüber nach.«

Sie sitzen eine Weile schweigend da. Santos beobachtet die Tür und blinzelt dabei in einem fort.

»Was ist, wenn er schon drin ist?«

Santos schaut auf seine Uhr. »Es ist noch früh. Wir warten bis zwölf.«

Ein Strom falscher Frauen kommt und geht. Der Reiz des Neuen stumpft ab, und bald ist ihnen langweilig. Ein Wagen fährt auf der andern Straßenseite vor, und Krivit steigt aus und blickt sich zögernd um. Er geht rasch auf ihr Auto zu, Santos macht die Tür auf, und Krivit bleibt mit ausdruckslosem Blick stehen. Ohne ein Wort öffnet er die Hintertür und schlüpft hinein. Die Haare in zählbaren Strähnen frisch über den Schädel drapiert. Augen feucht und halb geschlossen. Er wischt sich mit seinem Taschentuch die Stirn.

»Ich dachte eigentlich, das wäre nicht Ihr Stil«, sagt er.

»Ich unterhalte mich gern mit Ihnen«, erwidert Santos.

»So gern auch wieder nicht.«

»Gern genug.«

»Amüsiert man sich gut da drin?« fragt Barbados.

Krivit hält den Blick, bis Barbados wegschaut. »Sie können mich mal«, sagt er.

Barbados hebt beschwichtigend die Hand. »Nichts für ungut. Ich hätte bloß nicht gedacht, daß Sie ein –«

Niemand sagt etwas.

Krivit legt den Kopf schief. »Ein was?«

»Egal«, sagt Santos.

»Und Sie wollen Polizist sein.« Krivit deutet mit dem Kopf zum Fenster hinaus, in die Nacht. »Ihnen muß 'ne Menge entgehen. Sehen Sie sich diese Nobelkarossen an. Es heißt, heute nacht soll's schneien wie verrückt, aber der Parkplatz steht voll. Denken Sie mal drüber nach. Sie wären überrascht.«

»Glaub ich sofort«, sagt Barbados.

»Genug«, sagt Santos. »Ich will was über Coney Island hören.«

Krivit nickt. »Mein aufrichtiges Mitgefühl«, bemerkt er lakonisch.

Das ist eine leere Phrase, weiß Santos. Es ist eine Phrase, und es ist egal. »Sie haben sich heute mit Stein getroffen.«

»Mit welchem?« fragt Krivit träge.

Santos zwingt sich zur Ruhe.

»Ich habe Sie mit Nathan Stein gesehen.«

»Wollen Sie *über* Stein oder *mit* Stein reden? Dann können Sie gleich mit reinkommen.«

Santos schaut zur nackten Tür des Clubs hinauf. Geräuschlos, hermetisch abgedichtet.

»Da drin?« fragt Barbados.

Santos blinzelt. Heute nacht kann ihn nichts mehr überraschen. »Nathan oder Milton?«

»Der eine wie der andere. Wie der Vater so der Sohn, stimmt's?«

»Ich wußte gar nicht, daß der Südpazifik ihr Geschmack ist«, sagt Barbados.

Krivit zuckt die Achseln. »Die Steins haben weitgespannte und, sagen wir, heroische Gelüste.«

Barbados winkt ab. »Verschonen Sie mich.«

»Ich bin ein Händler. Ich kaufe, was ich für weiterverkäuflich halte. Und was ich habe, verkaufe ich wieder.«

Santos streicht sich mit der Hand übers Gesicht. »Ich höre.«

»Was meinen Sie denn, was ich Ihnen erzählen kann?« fragt Krivit. »Alles was ich habe, sind Kleinigkeiten. Kann sein, daß sie mit nichts was zu tun haben.«

Santos spürt Krivits Blick, doch er rührt sich nicht. »Okay.«

»Irgendwer spielt im Moment mit sehr hohem Einsatz. Sagen wir, er begibt sich damit in eine sehr prominente, aber auch sehr heikle Position. Eine Position, in der unerwünschte Informationen Schaden anrichten können.«

»Was für Informationen?«

»Ihren Job müssen Sie schon selber machen.«

Santos heftet seine Augen an die kahle Wagendecke. »Das ist kein Spiel hier.«

»Die Meldung lautet: Machen Sie die Augen auf, Santos. Sie müssen nicht weit schauen. Nichts ist Zufall, nichts passiert einfach so. Was Milton jetzt tut, was Nathan getan hat. Es ist nicht so, daß es da keine Zusammenhänge gäbe.«

»Sie reden von Isabel. Was bezwecken Sie, worauf wollen Sie hinaus? Erst Schreck, dann Sie –«

»Schreck? Dieses Arschloch –«

»Er wollte mir Nathan verkaufen.«

»Der würde seine eigene Mutter verkaufen. Hören Sie zu, Santos –« Krivit rutscht ein Stück vor. »Was er getan hat, was Nathan getan hat –«

»Was hat er denn getan?«

»Und wer dabei welche Rolle spielt. Wir wissen nicht immer, welche Rolle wir spielen.«

»Geben Sie mir irgendwas, irgendwas Reelles.«

»Was ich habe, ist immer reell. Ich liefere reelle Sachen.«

»Verdammt noch mal, Krivit, ich will reelle Sachen.«

»Es ist nicht schön.«

»Hol Sie der Teufel.«

Krivit setzt sich zurück, die Hände im Schoß gefaltet. »Geheimnisse existieren nur für Leute, die nicht die Augen aufmachen wollen –«

Jetzt ist Claire allein, schon seit einiger Zeit. Die Ellbogen auf der Theke, die Augen zum murmelnden Fernseher erhoben, ohne etwas zu sehen. Der Frangelico und der Ouzo hinter der Theke grün vom Fernsehlicht und die Wodkas blau und die Whiskeys wie schlammige Brühe.

Mißmutig stellt sie sich an das mittlere Fenster, das Martiniglas in der Hand leer, der Gin in ihr drin auf Brusthöhe. Sie kann nur die Straßenbeleuchtung sehen, und wo diese endet und nichts anfängt, und sie verfolgt den Abstieg des Alkohols Richtung Ausgang. Hinter ihr im Radio singt jemand ein optimistisches hohes C und hält es zum großen Schlußakkord, immer blecherner und hohler, dann nur noch das Knallen und regenartige Prasseln der auseinanderstiebenden Billardkugeln und das Blitzen der Flaschen und Bargläser, bunt wie Edelsteine.

Sie wischt mit dem Handballen einen triefenden Kreis auf der Scheibe frei und kann jetzt die leeren Bürgersteige sehen, ohne Fußspuren. Die Zeugen Jehovas sind sicher daheim mit ihren Bibeln, sicher in Brooklyn, und zeugen vor sich hin. Wohin sie auch schaut, kommt sie sich wie das einzige noch wache Bewußtsein vor, trotz des kleinen Griechen, der Glas um Glas ins Spülbecken taucht, und der Pool spielenden Jungen.

Warum ist Errol nicht gekommen? Hat sie Isabel nicht schließlich auch gekannt? Braucht Errol sie jetzt nicht, jetzt, wo sie – alle beide – öffentlich zu trauern haben? Und natürlich gebührt ihr – wünscht sie sich – die Gelegenheit, ihn zu brauchen.

Während sie suchend über die Straße schaut, aufs Wasser, aber all die Dinge nicht finden kann, die sie und Errol noch nicht getan haben, erinnert sie sich, wie sie in jungen Jahren, als Nathans Freundin, in einer keine Meile von hier entfernten Wohnung zu dieser Stunde oft noch auf war und das Bewußtsein ihrer Einsamkeit einfach nicht ertragen konnte, den Gedanken, daß sie bestimmt die einzige auf der ganzen Welt war, die nachts allein sein mußte. Sie blieb dann immer mit ihrem Bewußtsein wach, damit es Gesellschaft hatte, bis Nathan nach Hause kam. Vom Nachtgericht. Jedenfalls nahm sie das an; so war ihre Logik damals. Derweil das Licht der Straßenlaternen durchs Fenster auf den Boden fiel, die Heizung im Winter und die Ventilatoren im Sommer vor sich hinklapperten, das nachsackende Fundament im Mauerwerk Risse bildete. Und während die Geräusche und die diversen Lichter über sie hingingen, saß sie zusammengekauert da wie vor der Tür ihrer Eltern. Irgendwann schlief sie meistens, leise vor sich hinflüsternd, auf ihrem und Nathans zerwühlten Bett ein – auf, nicht unter der Decke, denn drunterzukrabbeln hätte in ihren Augen ihre Unterordnung bedeutet, unter das Haus, unter ihn – immer mit Licht an, nicht damit er sie sah, wenn er nach Hause kam, sondern damit sie ihn sah oder damit sie sich nicht so ausgeliefert fühlte, falls sie aufwachen sollte.

Claire spürt jemanden hinter sich. »Nathan«, sagt sie – hoffnungsvoll, wie sie merkt; sie hat das kleine Hüpfen in der Stimme gehört. Sie dreht sich um, aber nicht zu ihm, sondern zu dem Gespenst des Neugeborenen, bei dessen Anblick der Arzt verstummt war, eine Schwester nach Luft geschnappt hatte.

Die Barhocker haben sich geleert. Obwohl eine Bar nie zu schlafen scheint, findet Claire, daß sie nie so verlassen und so still aussehen sollte, daß die Flaschen nie so gerade, so bereitstehen sollten. Eine leere und stille Bar hat zu sehr was von Endstation.

Wie zur Bestätigung hebt und senkt auf der andern Seite der beschlagenen Scheibe eine unförmige Schattengestalt im Straßenlicht die Arme, und Claire wischt einen neuen Kreis frei und erblickt auf dem Bürgersteig einen Mann mit einer Frau, die sich nur aufrecht hält, weil sie an seiner Hüfte klebt. Der stocknüchterne Mann, sieht Claire, ist in rabenschwarzer Stimmung. Die Frau knickt ein und stößt bei Claires Fingern mit dem Kopf an die Scheibe, als wollte sie um ihren Segen oder um Absolution bitten. Der Mann zieht sie hoch, und sein Blick trifft Claire, heischt ein Verständnis, wie man es von einer erwarten kann, der Trinken und Trunkenheit selber nicht fremd sind. Aber Claire weicht zurück und richtet ihren ärgerlichen Blick bereits woanders hin, auf einen Lichtkreis im Schnee unter einer fernen Straßenlaterne, als ob dort einzelne Episoden aus Nathans heimlichem Leben vor ihr vorbeiziehen würden.

Mit der Zeit war die Beziehung zu Nathan primär ein Abgleichen nach einer Liste von Punkten geworden, an denen Claire sich bestätigte, daß sie sich genauso wie er völlig treulos verhalten konnte. Vorher hatte sie angenommen, daß Nathan völlig anders wäre. Die andern kannte sie schon, bevor sie auch nur den Mund aufmachten. Sie waren immer groß und breit und muskulös und redselig, und sie kannte sie von ihrem Vater und ihren drei Brüdern und sämtlichen Männern an ihrem kleinen Südstaatencollege her. Sie wußte, was für einen Wagen sie fuhren und in welchem Einkaufszentrum mit Rolltreppen und Topfpflanzen sie ihre Platten kauften, wie sie küssen würden und wie sie sich im Bett anstellen würden und was sie hinterher darüber und über sie und über sich selbst sagen würden. Anfangs hatte sie gemeint, gar nichts an Nathan zu kennen. Nicht die Reihenfolge, in der er vorging, nicht das Ritual davor und danach, seine fremdartige, aber dennoch eindeutig männliche Eitelkeit. Sie wußte nicht, was sie machen sollte, als er zum erstenmal in ihr kleines Zimmer im Studentenwohnheim kam und sich vor ihr auszog, dieser Jude mit seiner unbehäuteten Eichel. Dabei war er, auch nach Meinung ihrer eleganten Südstaatenmutter, durchaus kein Judenjude, mit Hakennase und so; er hätte fast für einen ihresgleichen durchgehen können. Und später wußte Claire nicht, was sie machen sollte, als sie Spaß daran fand und der Sex eigentlich nicht viel Ähnlichkeit mit dem hatte, was sie kannte. Nathan ging ran und wollte es wissen. Die andern waren immer gefühlsduselig gewesen, vorher zärtlich, hinterher abwesend, aber letzten Endes phantasielos.

Dennoch wachte sie nach einer Nacht mit ihm jedesmal schwer atmend neben einem schwer atmenden Nathan auf. Sie schloß wieder die Augen und bemühte sich zu angestrengt einzuschlafen; nicht deshalb, weil sie am nächsten Tag nicht müde sein wollte, sondern weil sie Angst hatte, Angst davor, bei Tagesanbruch wach zu liegen, wenn der Staub in der Luft tanzte, der Wodka ihr noch im Kopf bohrte, und das Licht langsam Nathan offenbarte, von ihren Armen umschlungen.

Dann machte Claire ihre Entdeckung.

Von ihr abgesehen, schien es, hatte Nathan eine Lieblingsmarke. Marlboro oder Camel. Coke oder Pepsi. Weiße, Schwarze. Nathans Marke waren Latinas. Es war wie eine Sammlerleidenschaft. Bei Nathans Freunden an der Uni, denen er immer seine Frauen zur Begutachtung und kollegialen Billigung vorführte, war es zu einem Witz geworden, daß alle seine Liebschaften vor Claire einem genauen Muster entsprochen hatten. Jede von ihnen war außergewöhnlich schön, jede schick zurechtgemacht und jede eine junge Mutter gewesen, eine Mutter unter zwanzig, noch vor dem Weggang aus Honduras, Puerto Rico, Guatemala, Kolumbien. Nicht bloß Latina, sondern eine ganz bestimmte Latina-Subspezies: lang und athletisch schlank, hellhäutig, eine Nuance dunkler als etwa eine Spanierin oder eine Ägypterin, und eng verpackt in einem dünnen baumwollenen Fähnchen oder Lederkleid, das nichts der Phantasie überließ. Als ob Nathan ihnen die Garderobe fertig aufs Bett legte. Als ob er einen Schrank voll kleiner schwarzer Kleidchen hätte. Und seine Familie, Nathans Familie, sogar seine Freunde, Claires Freunde, alle waren eingeweiht. Alle – sogar ich, denkt Claire – akzeptierten wir unsere Rolle, zogen sie uns sozusagen an, wurden mit der Zeit zu Nathans Komplizen.

Claire rutscht unbehaglich auf ihrem Hocker hin und her. Wir waren seine Köder. Sein Vorspiel.

Natürlich war María entwaffnend. Claire hatte sie einmal aus der Ferne gesehen, nachdem sie sich überwunden hatte, ihm nachzuspionieren. Sie hatte eine flinke Zunge, das erkannte Claire sofort. Und sie trug – na ja, praktisch nichts. Ein kleines schwarzes Lederding, ein Alibi. Man guckte überallhin. Alles andere wäre unhöflich gewesen.

Danach wurde Nathan selbst zu einem Muster. Claire entdeckte, daß sie seine Sprüche doch schon vorher kannte, und bewegte unwillkürlich im Dunkeln den Mund mit; sie entdeckte auch, daß sie seine Beischlafstrategie auswendig kannte und sich schon von selber in bestimmten Positionen wartend zurechtlegte. Sie erkannte, daß er mit der üblichen Forschheit eines Mannes handelte, der alle Karten in der Hand hat. Es ging ihr durch den Kopf, daß sie vielleicht die ganze Zeit über als Pontonbrücke benutzt worden war und daß Nathan und seine fremdländischen Freundinnen über sie hinweg kommuniziert, Güter ausgetauscht, kleine Verständigungen gefunden hatten, um daraufhin zu weitergehenden, tieferen Übereinkünften zu gelangen. Auf diese Weise zerstören Kulturen sich selbst, dachte sie bei sich, Fick für Fick.

Andererseits war sie frei. Fort war jede vielleicht im stillen gehegte Befürchtung, Nathan könnte sich als bemerkenswert erweisen. Gelegentlich hatte sie im Laufe einer Nacht mit ihm mehrmals vergessen, daß sie überhaupt mit einem Mann zusammen war, und war sich nach einer Weile nur noch schwach bewußt gewesen, daß sie von Händen geschüttelt wurde, ohne zu wissen, wem sie gehörten, bis es hell wurde und sie die Finger erkannte, die ihren Bauch krallten. Sie hätte diese Hände noch in der selben Nacht verlassen können, oder nächstes Jahr, es wäre egal gewesen. Sie wußte, daß sie überall hingehen konnte und es eines Tages tun würde. Die Welt lag jetzt klar vor ihr, eine überschaubare Ebene, die sie frei von inneren Kämpfen und von äußeren Grenzen durchreisen konnte. Was sie gefesselt hatte, war die Illusion einer anderen, vollkommeneren Welt. Aber jetzt war Claire von alledem frei. Dafür hatte Nathan gesorgt. Sie war freier als sonstwas. Sie fühlte sich fähig, Lügen zu durchschauen, als wären sie Luft.

In ihrer letzten Nacht mit ihm, vor fünf Jahren, saß Claire wartend auf ihrer Bettdecke, den Rücken an die Wand gelehnt, die Beine ausgestreckt. Ihre roten Haare waren straff nach hinten gezogen, ihr Hals vorgewölbt, feucht, die Falten schwach fettglänzend. Ihre Hochzeit, nicht mehr als ein Mythos, bis an jenem Tag die Einladungen in einer Schachtel vom Drucker kamen, nahm ohne ihrer beider Mitwirkung irgendwo Gestalt an. Claire, deren kleine, elegante Gesichtszüge jede Form verloren hatten, sah drein wie eine fromme Seele, die mit dem Leben abgeschlossen hatte.

Nathan legte sein Jackett ab und setzte sich breitbeinig und mit aufgezogenem Schlips auf die Bettkante. Claire stand auf. Mücken, die sich durch den Smog in die Wohnung hineingekämpft und dort gelauert hatten, schwirrten jetzt auf ihr Gesicht ein. Sie duckte sich leicht, zog sich das Kleid über den Kopf und ließ es zu Boden fallen. Sie entstieg jetzt dem ausgeblichenen Stoff, an Armen, Hals und Gesicht gebräunt, der Rest hell angeleuchtete blaßblaue Unbesonntheit. Sie schaltete die Nachttischlampe aus. Die Matratze sank unter ihr ein. Nathan stieß mit ihren Knien zusammen. Sie hob die Beine an. Er fiel an ihre Seite und streichelte ihr Gesicht. »Nein«, sagte sie, stemmte ihn weg und glitt unter die Decke. Nathan fing an, sich nach unten vorzuküssen. »Nein!« rief sie und zog ihn auf sich drauf. Sie fühlte seine Lippen an ihren. Beinahe hätte sie sich erweicht geöffnet, aber dann stieß sein säuerlicher Geruch – seiner, der der anderen, Marías – sie ab, und sie drehte sich weg und wurde steif. Nathan, der sich auf ihre Forderung eingelassen hatte, ging zum routinemäßigen Stoßen über. Er atmete kaum. Sie gaben beide keinen Laut von sich. Das Bett wackelte unter ihnen. Ihre Hände berührten sich nicht.

Am Morgen wachte sie nicht nur ängstlich, sondern auch schwitzend auf. Sie machte die Augen wieder zu und bemühte sich nach Kräften, nicht zu denken, und sie setzte sich auf. Nathan schlief neben ihr, eine Hand zwischen seinen molligen Schenkeln. Er schwitzte ebenfalls, schwitzte so stark, daß die Feuchtigkeit bereits durch die Laken zu ihr gedrungen war. Leise und unaufhaltsam kam das braune Frühlicht. Die Straßen, die Autos draußen, der Fußboden und die Tische und Stühle, ihre Hände, alles nahm einen Braunton an. Auf dem Brooklyn-Queens Expressway begann das morgendliche Heulen des Verkehrs. Im Hafen rosteten die scheußlichen Boote.

Claire umfing ihren Bauch. Sie murmelte ihm zu. Sie trug Nathans Kind in sich. Stand kurz davor, einen Mann zu heiraten, der emotional bereits sonstwo war. Sie wollte es trotzdem austragen. Sie wollte es haben. Von Nathan wollte sie sonst nichts mehr. Und weg war er, ohne mehr von sich zu geben als sein übliches lauwarmes Protestgewinsel.

Er ist wegen des Hundes bei der Wohnung vorbeigefahren. Eine Allee in laubloser Trauer. Blasses Licht fällt aus den Fenstern auf die Bürgersteige, zeichnet Falltüren in den Schnee, Durchgänge zu sonnigeren, wärmeren Zeiten. Die Arme um sich geschlungen, trampelt er darüber hinweg, doch an der Treppe zögert er, blickt verwirrt zu der Adresse hinauf. Seit Jahren gibt er den Leuten auf Papierschnipseln, auf den freien Ecken von Briefumschlägen, auf den Rückseiten von Geschäftskarten eine Adresse an – Wir sollten uns mal treffen, ein bißchen Jazz hören, einen Happen essen, was trinken – die Adresse in der 89. Straße Ost. Dies ist die 9. West. Er holt einen Bund mit Dutzenden von Schlüsseln hervor, der einem Hausmeister alle Ehre machen würde. Sie sehen alle gleich aus, Wohnungsschlüssel, Büroschlüssel, Sicherheitstür, Türknauf, Innenverriegelung, diverse Schubladen, Schränke und Schließfächer, in welche Löcher sie passen, weiß er nicht mehr. Aber er kann noch nicht auf den Bund verzichten. Irgend etwas könnte ihm in die Quere kommen, jedenfalls könnte es sein, daß er etwas aufschließen muß. Mit geübten Bewegungen probiert er einen Schlüssel nach dem andern, wobei er wie ein Einbrecher links und rechts die Straße hinunterschaut, bis die Haustür aufgeht und er überrascht zögert und den Kopf hebt, weil er in den Hausfluren alter Adressen vergessene Türen aufgehen und dann eine nach der andern zuknallen hört. Ein Stapel Post mit seinem Namen drauf ist auf dem Foyertisch umgekippt. Er beäugt ihn vorsichtig und zupft hier und da etwas heraus, alles offiziell, Kreditauskunfteien, Anwaltskanzleien, Strafzettel, Gefängnisdirektion. Zwei Expreßsendungen, unterschrieben von einem Nachbarn, den er noch nie gesehen hat. Die Poststempel sind teilweise Wochen alt, aber das sagt nichts darüber, wann er das letzte Mal hier war. Er könnte die Post vor drei Wochen, vor zwei Wochen, vorige Woche, gestern hier liegengelassen haben. So wie jetzt.

Hinter der Tür seiner Parterrewohnung eine tropische Wärme. Die Heizkörper knacken und zischen. Sein Eintreten hat im hintersten Zimmer eine Bewegung ausgelöst. Ein englischer Pointer fegt in vollem Lauf um die Ecke und springt ihn an, ganz Zunge und Hecheln und Pfoten und rohe, ungehobelte Kraft. Nathan kniet nieder und hält sein Gesicht hin. Der Hund legt die Pfoten auf Nathans Schultern, und Nathan steht auf und schüttelt ihn ab und bemüht sich auf dem Weg durch den Flur den Stößen zwischen die Beine auszuweichen und sein Jackett zu verteidigen. »Baron, aus.«

Die Lampen sind an, alle, Nachttisch, Kronleuchter, die Mikrowelle steht offen, auf der Drehscheibe angeleuchtet ein Becher Kaffee. Das Spülbecken quillt auf beide Flügel des Küchentresens über, wo sich Geschirr mit Blümchenmuster türmt. Im Schlafzimmer fehlt die Kommode. Ein von der Hitze versteinerter einzelner Strumpf wippt auf dem Heizkörper hin und her.

»Aus, Baron – weg.«

Seine Schritte hallen durch das hintere Zimmer, wo ein schwarzer Ledersessel eine Insel auf einem ansonsten kahlen Holzfußboden bildet. Eine zweiflügelige Glastür, die auf eine kleine Veranda hinausführt, ist von zwei mannshohen Lautsprechern flankiert. In der Ecke blinkt ein Turmbau digitaler Anzeigen, ein Sonnensystem grüner und roter Sterne, die sich in dieser hintersten Ecke von Nathans Universum zu einem Haufen versammelt haben.

Er setzt sich, seufzt, nimmt die Fernbedienung, drückt, drückt noch einmal. Eine gestopfte Trompete tönt aus den Lautsprechern. Ein leises Trommelwischen. Zivilisation greift Raum. Das Telefon in der Wohnung klingelt, aber Nathan rührt sich nicht, so als ob es schon den ganzen Tag klingeln würde – was auch der Fall ist, wie Nathan weiß; das konstante rote Licht am Anrufbeantworter sagt ihm, daß das Band voll ist. Der Hund trottet pikiert vorbei und setzt sich zitternd an die Tür. Wie lange wartet er schon? Nathan hat jetzt den herben Geruch in der Nase, der auf nervöses Hierhin- und Dorthinpinkeln und klammheimliches In-die-Ecke-Kacken hindeutet. Der Hund wendet den Kopf, blickt flehend aus den Winkeln seiner traurigen Kulleraugen. Nathan sitzt und ist müde, aber er erhebt sich seufzend mit schmerzverzogener Miene und wirft die Flügel auf, dann muß er sich am Türpfosten festhalten. Der Hund umkreist seine eigenen vom

Frost desodorierten alten Haufen, schnüffelt sich von einem zum andern, verbindet die Punkte, verkneift sich seine neue Ladung, weil er erst nach Zeichen eines imaginären Eindringlings suchen muß. Beim Blick über den Garten erinnert sich Nathan, daß er diese Wohnung wegen des robusten Wachstums hier genommen hat, wegen der kleinen geordneten Reihen von Pachysandren und Hyazinthen, wegen ihres tapferen Ausharrens gegen den ständigen Schatten zwischen den Gebäuden.

Der Hund hat sich an die rückwärtige Mauer des Brownstonehauses gegenüber verzogen. Er hockt sich still im Dunkeln hin, als würde er verstehen, wie allein er in Wirklichkeit ist.

Nathan wird indessen beobachtet. Sein Nachbar Mr. Soundso, der gerade an ihrem gemeinsamen Zaun Schnee schaufelt, beäugt ihn mit offener Mißbilligung. Er wird im stillen verurteilt, merkt Nathan, und fühlt sich eingeengt. Dahin – seit langem schon – ist seine kleine Vision blühender Ordnung. Was sein Nachbar sonst noch gesehen haben muß –

Barton. Der Nachbar heißt Barton.

Im vorderen Zimmer das inzwischen vertraute Zirpen seines Handys. Nathan hört die Stimme von irgend jemandem, den er kennt, eine leise Stimme unter den vielen andern, von denen er keine kennt, die er alle kennt, er kann sich nicht entscheiden. Es scheint keine Rolle zu spielen. Er hebt seinerseits die Stimme. »Isabel – gefunden?«

Er muß packen. Ein Telefon wird auf die Gabel geknallt, aber welches? Der Hund zwängt sich durch seine Beine, und Nathan schließt die Tür und setzt sich schnell auf das kühle Leder. Er klappt das Telefon zu, dann die Augen, während eine andere CD, irgendwann ausgesucht, sich zu drehen beginnt. Es ist Chet Baker, Sänger und Trompeter, vor nicht allzu langer Zeit als zerschmetterter Matschhaufen vor seinem Amsterdamer Hotel aufgefunden, ein Dutzend Stockwerke unterhalb seines adrett ausgestatteten Zimmers. Nathan verspürt eine gewisse Verwandtschaft mit ihm, von jeher. Die Stimme eines Engels, das Gesicht ewiger Jugend, ruhig und geduldig, geradezu transparent. Ein lebendes Gespenst. Wie ihm die alten Schnulzen von verlorener Liebe ganz selbstverständlich aus der Kehle glitten. Als ob er wirklich wüßte, was er da sang. Beim ersten Hören hatte Nathan Baker tatsächlich für eine Frau gehalten, weil er diese bestimmte Empfindsamkeit hatte. Vielleicht war das das Problem, überlegt Nathan, denn es war alles gelogen. Baker war nichts als Fassade, seine verwunderte Unschuld, seine großäugige Aufrichtigkeit. Und dabei die Arme vollkommen zernadelt, mehr Crack als Blut in den Adern. Alles – sogar die Musik – nur Mittel zum Zweck, zum Ficken und Trippen, und sein seidiges Jungengesicht zersprang wie ein Fenster in ein Netz aus Rissen, in dem die kleine Knollennase in der Mitte wie der ursächlich hineingeworfene Stein wirkte. Im Innern verfaulte er, vergiftet von Selbstverliebtheit und Trägheit. Wie wir alle, denkt Nathan, der innere Druck wird immer größer, bis das, was wir wirklich sind, ans Tageslicht drängt und über unsere hübschen Gesichter quillt.

Nathan läßt sich tiefer in den Sessel sacken. Die Millimeter kommen ihm wie Meilen vor. Die schöne Isabel schwebt in ihrem langen roten Kleid vorbei. He, Schwester. Er fand die Wortgewandtheit, mit der sie das Offensichtliche zu leugnen verstand, sympathisch, geradezu außergewöhnlich, sehr bemerkenswert. Nach all den Jahren hatte er sich vorgenommen, es ihr zu sagen. Deshalb bot er ihr gestern abend aus der Laune des Augenblicks heraus seinen zweiten Sitz in der Oper an und lud sie dann zum Essen ins Gambone's und nach dem Wein ins New Haven ein, Eddie Young hören. Alt geworden, seit Nathan ihn vor Jahren das letzte Mal gesehen hatte, stand Eddie Young im farbigen Dunst und blies auf seinem Altsaxophon einen erstklassigen Charlie Parker, daß die Klappen nur so flatterten. Die prallen Muskelbälle ploppten in seinen Backen, und sein Kehlkopf hüpfte, und die Oktavklappe splatterte wie der Deckel eines kochenden Wasserkessels, während sich in seinen Mundwinkeln Speichelbläschen bildeten. In seiner Gegenwart trat Isabel und alles andere hinter einer noch größeren Tragödie, einer noch quälenderen Erinnerung zurück.

Vor Jahren, als Nathan noch studierte, spielte Eddie Young einmal spätnachts in einem kleinen Club, und irgendwann fragte er, ob jemand aus dem Publikum zu ihm ans Mikro kommen wolle. Claire saß neben ihm. Sie hatten viel getrunken. Und es war Claire, die in jener Nacht Nathan ins Ohr flüsterte, nun mach schon, das ist es, worauf wartest du noch, und ihn stupste, aufzustehen. Nathan legte sich den Gurt um. Die Band dudelte geduldig vor sich hin. Der Pianist schlängelte sich spielerisch durch ein paar Akkorde. Rauch wirbelte durch die Lichtkegel der blendenden Scheinwerfer, dahinter das Dunkel, in dem seine Clique hin- und hergerissen zwischen Respekt und Peinlichkeit erstarrte. Sanft federten die Klappen unter seinen Fingerspitzen, die Band spielte schneller, dynamischer. Das Schallstück seines Saxophons schwang ins Dunkel hinaus. Dann das unsprachlich surrende Vibrieren des Rohrblatts an seiner Zunge. Eddie Young zwinkerte, als hätte er etwas ganz Passables gehört. Er trat auf die Seite und feuerte kurz die unsichtbare Anhängerschar pantomimisch an, den neuen Star zu beklatschen. Schließlich klatschte er selber zum Zeichen, daß es reichte, und Nathan trat den langsamen Rückweg um Tische voller Flaschen und Gläser zu seinem Platz an, wo der Wodka schal geworden war, wo er sich in Claires Ohr murmeln hörte, daß er sie wirklich liebe, sie wirklich heiraten wolle. Heirate mich, werd meine Frau. *Someone to watch over me*, sülzt Chet Baker gerade, heute, ein Mann, der berühmt dafür war, daß er über niemanden wachte.

Nathans Augen brennen. Schweiß trieft ihm von der Stirn. Irgendwann hat er sich hochgestemmt und sich – mit kalten und wackeligen Knien – gleich wieder hingesetzt. Durch das Glas der Verandatür, durch sein eigenes Spiegelbild hindurch sieht er seinen Nachbarn mit der Schaufel, der ihm weiter böse Blicke zuwirft. Benommen rappelt Nathan sich auf. In einem heroischen Versuch, lässig zu wirken, vergräbt er die Hände in seinen schweißnassen Hosentaschen. Aber es hat alles keinen Zweck. Er taumelt vor und macht das Bild zunichte, das er gern geboten hätte, der große Anwalt, der würdevoll aus dem Fenster schaut und den nächsten Punkt auf seiner Liste durchdenkt. Einspruch, Einspruch! sagt Bartons finsterer Blick, und Nathans Augen treffen sich mit denen seines Nachbarn angesichts von Barons neuester Ladung, einer dampfenden grünen Wurst, die er kunstvoll auf einen frisch beschneiten kleinen Erdhügel gesetzt hat, so daß dieser wie ein wegweisender Cairn aussieht. Über den kleinen Betonhof hinweg markiert Nathan eine Miene tiefer Verwunderung. Wieder driftet er ab –

»Wer ist der Junge?« hatte Isabel gestern nacht gefragt.

Am Ende der Bar im New Haven hing ein flachsblonder junger Bursche von sechzehn oder siebzehn Jahren. Sein Körper bestand nur aus pubertären Ecken und Kanten, seine weißen Haare waren fein und zart wie die eines Kindes. Nathan bemerkte den Saxophonkoffer zwischen seinen Knien.

Gegen Ende von *Cherokee* brach Eddie Young abrupt ab. Er leitete Parkers Schluß in einen eigenen Riff über, nahm dann mitten im Lauf mit theatralischer Pose die zitternden Lippen vom Mundstück und bleckte die Zähne wie ein wieherndes Pferd. Jetzt nickte Young dem blonden Jüngling zu, und dieser legte sich ohne weitere Umstände seinen Koffer über die Knie und setzte mit der geübten, emotionslosen Ruhe eines Scharfschützen, der seine Waffe montiert, das Saxophon zusammen. Er verpaßte dem Instrument einen Schnabel und ein Mundstück, hängte es sich um und machte drei Schritte auf die Band zu. Langeweile und Gleichgültigkeit überschatteten Isabels Engelsgesicht schon seit einiger Zeit. Tatsächlich, war alles, was sie phlegmatisch zur Antwort gab, als er ihr erzählte, daß er früher selbst einmal Saxophon gespielt hatte. Danach ignorierte Nathan sie. Sie konnte nicht mitempfinden, genau wie die andern. Claire war die einzige, die das konnte, die verstand, was für fatale Konsequenzen es hatte, wenn man einen Traum verriet. Warum hatte er aufgegeben? Warum ist der Himmel blau? Warum ist es so schwer, sich anzustrengen, so leicht, sich zu verstolpern, so beängstigend, sich auf diesen ganzen schmutzigen Ehrgeiz einzulassen? Claire war die einzige, die ihn dazu anhielt, zuhause nur für sie beide zu spielen. Zu spielen, zu machen, zu sein, weiterzuspielen, weiter, weiter, weiter – *irgendwas.*

Nathan sieht zu, sah zu, wie Eddie Young das Mikrophon für das Saxophon des Jungen einstellte und sich dann leicht bückte, um die Ansage zu machen. »Ich möchte Ihnen gern einen jungen Mann vorstellen, meine Damen und Herren. Heute morgen hat er einen Wettbewerb auf dem Konservatorium gewonnen. Ich hatte die Ehre, der Preisrichter bei diesem Wettbewerb zu sein und der große Preis. Der Preis bestand darin, heute nacht hier zu Ihnen zu kommen und bei dieser Session mitzuspielen.« Er machte eine Pause und deutete dann mit ausgestrecktem Arm auf den Jungen. »Mister Ernest Filch. Meine Damen und Herren, Ernie Filch.«

Spärlicher Applaus. Die Bandmitglieder zupften an ihren verschwitzten Hemden. Eddie Young stimmte einen alten Klassiker an. Am Ende des Chorus wurden der Drummer und der Keyboardspieler leiser, bildeten einen ruhigen Hintergrund. Die Hände des Jungen erwachten zum Leben wie die eines Tambourmajors. In einer einzigen fließenden Bewegung setzte er das Mundstück an und schnappte zu. Niemand war darauf vorbereitet. Der ganze Club war überwältigt, als ob alle gleichzeitig das gleiche gegessen hätten. Der Junge spielte phänomenal, als hätte er mit den Fingerübungen schon in der Wiege begonnen. Nathan sah sein eigenes Saxophon in zerlegtem Zustand vor sich, den Schnabel in Chamoisleder eingeschlagen, den Gurt zusammengerollt, die Rohrblätter in ihre Tütchen gesteckt, das Ganze bei Claire unter Kleidungsstücken und Tennisschlägern weit hinten in einem Schrank vergraben. Er sagte sich, daß in ihm immer noch das Feuer brannte, in dem alle – die großen New Yorker Anwälte, seine Lehrer an der Manhattan School of Music, die Prüfer an der Juilliard School – einst den Funken des Genies erblickt hatten. Als Claire ihm noch zuflüsterte: Du warst toll, du hast wunderbar gespielt. Zusammen – was für ein Team! – waren sie wunderbar.

Sie waren wunderbar. Toll.

Und was ist daraus geworden? Was ist aus der Musik geworden? Was ist aus Claire geworden? Auf einmal waren Jahre vergangen, in denen Nathan das Saxophon nicht angerührt hatte, und als ihn eines Tages eine Laune anwandelte, war das Instrument steif und leblos in seinen Händen, ein kleines fremdes Tier, und er legte es mit einem Gefühl wieder weg, wie man es für eine alte Jugendliebe hat: die Überreste vom ersten großen Festschmaus im Leben, zu lange aufbewahrt.

Nathan hat den Anzug gewechselt. Wie vorhin steht er an der Verandatür, jetzt allerdings in einem hellgrauen Rollkragenpullover unter einem blauen Blazer, den ein Seemannsmotiv ziert. Ein weinroter Lederhandkoffer hängt an einer Hand, sein Diplomatenkoffer an der andern. Nach dem New Haven hatte er eigentlich vorgehabt, Isabel hier noch auf ein Gläschen einzuladen und dann mit ihr nach East Hampton hinauszufahren. Schreck hätte sich um die Vorverfahren kümmern können, Ruth um die Abmachungen mit der Staatsanwaltschaft. An irgendeinem Punkt änderte er seine Absicht. An irgendeinem Punkt kam er auf die Idee, ihr zu zeigen, wo

Milton immer mit ihm hingefahren war. Coney Island, Hauptstadt der Nacht. Von irgendeinem Punkt an lief es schief. Sie schluchzte laut. Eine Autotür schlug zu, aber wessen? Sie floh die Uferpromenade hinunter, ihre Absätze blieben in den Lücken hängen –

Draußen hat Barton sich jetzt verzogen. Schnee fällt durch das blaue Sicherheitslicht im Garten, eine einzelne eisige Schranke quer durch die Nacht, die Nathan vor die Wahl stellt, sich hindurchzutrauen oder dazubleiben. Die erneut einsetzenden Schmerzen wird er hier wie dort spüren.

»Baron, komm.«

Aber draußen auf der Treppe stocken Nathan und der Hund beim Anblick von Oliver Schreck, der auf der andern Straßenseite steht. Schnee hat sich auf seinen Schultern gesammelt, die nordische Pudelmütze auf seinem Kopf bestäubt, seine Spuren zugedeckt, als ob er schon immer dort gestanden hätte, wie ein in den Bürgersteig gerammter Pfosten. Wobei Nathan jedoch den Eindruck hat, daß Schreck gerade ein Handy zugeklappt hat.

Er führt Baron zum Auto. Schreck zieht die Füße aus dem Schnee und fängt ihn ab: »Nathan.«

Baron fängt an zu knurren.

»Oliver, was machst du denn hier?«

»Braver Hund, brav.«

»Wieso weißt du von dieser Wohnung?«

»Was redest du da? Nathan, was um Gottes willen ist los mit dir?«

Wie aus eigenem Antrieb deutet Nathans Arm nach hinten. Die Wohnung, scheint der Arm zu sagen, wird alles erklären. »Diese Adresse –«

Schreck behält Baron mißtrauisch im Auge. »Ich bin doch schon früher hier gewesen, Menschenskind. Ich war – du hast mich *eingeladen*, Nathan. Du hast mir erlaubt, sie, na ja, zu benutzen. Ein- oder zweimal. Weißt du das nicht mehr?«

Ein flüchtiger Blick auf Schreck erfüllt Nathan mit einer seltsamen Peinlichkeit, als wäre es geradezu unanständig, daß er einmal Schrecks Mitwisser war, sein Komplize bei vergessenen Abenteuern. Im Schnee, wie ein Kind in Mütze und Mantel gemummelt, sieht das Schwein so verletzlich und freundlich aus. »Oliver, ich hab's eilig.«

»Wo willst du hin?«

»Nach Rikers Island. Wir haben darüber gesprochen.«

»Tu's nicht.«

»Nicht zu Johnny. Zu Amparo –«

»Laß es, Nathan. Hast du das mit Isabel noch nicht gehört?«

»Gehört?«

»Man hat sie gefunden, mein Lieber«, sagt er bekümmert. »Sie ist tot.«

Nathan wird nicht aus ihm schlau. Meint Schreck, ihm damit etwas Neues zu sagen, oder will er bloß bestätigen, was schon jeder weiß? Mit maskenhafter Miene betrachtet Nathan ihn wie ein Stück, das er vielleicht kaufen könnte, eine Modeauslage in einem Schaufenster. Aber er kann es sich nicht leisten. »Ich weiß nicht, wovon du redest«, sagt er und läßt Baron ins Auto.

Schreck legt den Kopf schief. »Warum lügst du?«

Ein Taxi fährt vor, und Ruth steigt aus und stellt sich neben Schreck in den Schnee, von oben bis unten in rote Wolle verpackt. Sie stehen beisammen wie zwei nicht recht zusammenpassende Eltern, die ihr Kind zur Schule oder zum Schülerball schicken. Sie wechseln einen Blick, der Nathan seltsam anmutet: Drückt er Sorge oder Stolz aus? Ruth und Schreck haben seit dem Jurastudium nur Gift und Galle füreinander gehabt, keinen auch nur halbwegs zivilen Umgang. Bis zu diesem Moment nicht. Jedenfalls nahm er das an.

»Und dann ist da noch die Sache mit Krivit«, sagt Schreck.

Seine Stimme klingt anders, tiefer, reifer. Als ob einer der Oliver Schrecks nur gespielt wäre. Dieser Schreck, jener Schreck. »Arbeitest du an der Haftbeschwerde?« fragt er rundheraus.

Woher weiß er das? Und wieso? Was geht ihn das an? Wer ist Oliver Schreck? Diese Gedanken gehen Nathan durch den Kopf wie kleine Koloraturen. »Ich hab dir doch gesagt, daß ich die Sache abgelehnt habe«, erklärt er.

»Milton macht sich Sorgen«, sagt Schreck.

»*Milton* macht sich Sorgen. Das ist gar nichts. Neben der Riverside-Drive-Sache ist das nicht mal ein Klacks.«

»Er möchte, daß du Krivit entgegenkommst. Krivit tut viel für dich. Milton möchte einfach, daß du es erledigst, nicht wahr, daß du die Sache durchziehst. Ich soll dir das von ihm ausrichten.«

»Krivit tut viel für *mich*?« Nathan schaut Ruth an, aber sie blickt zu Boden, verlegen, beschämt oder beides. Nathan faßt einen völlig anderen Gedanken: Flucht. »Es ist spät«, sagt er und schließt die Tür.

Auto und Hund sind eins. Die silbrigen Haare sind überall, verfilzen Sitze und Fußmatten. Die Holztäfelung strömt den Geruch von Hund und regennassen Waldläufen in East Hampton aus. Sandkörner vom Strand unter dem Armaturenbrett. Der feuchte und drahtige Pointer, der breitbeinig auf der Ladefläche des Fahrzeugs steht, hängt sich über die Lehne und legt Nathan die Pfoten auf die Schultern. Seine Zunge schleckt Nathan ab und zu über die Backe ins Auge, sein heißer Atem ist in Nathans Ohr, sein hechelndes Maul ruht auf Nathans Kopf. Wie ein Mensch fordert er Aufmerksamkeit, und wenn er keine bekommt, nimmt er sie sich trotzdem.

Es ist nach elf. Und Nathan versteht nichts, gar nichts, scheint es. Wie ein Süchtiger, der den Schuß nicht mehr abwarten kann, schiebt er hastig eine CD ein und schwebt dann auf dem bernsteingelben Schein der Straßenbeleuchtung durch die Nacht, die sich vor ihm ausbreitet wie ein wogendes Meer, auf das man in erster Linie deshalb hinausfährt, um die Orientierung und sich selbst zu verlieren.

Aber Piepser und Telefon melden sich eins nach dem andern. »Dominikaner, Serena. Es waren Dominikaner, keine Puertoricaner.«

Immerhin ist er entspannt. Das macht die Musik, das Aufwallen spontaner Eingebungen, emotionaler Erschütterungen. Er legt das stumme Handy auf das Armaturenbrett und wühlt unter einem Haufen Bäckertüten und Kaffeebecher eine Fernbedienung für ein fünfzehn Zentimeter entferntes Stereogerät hervor. Er zielt, drückt, neigt lauschend das Haupt, und seine Hand löst sich wie von selbst vom Lenkrad, um die getragene Eingangsmelodie von *Don Carlos* zu dirigieren.

»Nein, versteh doch, Serena, ich sitze nicht bloß im Auto. Ich stecke mitten im Verkehr, versteh doch ... Wer? Ich hab dir doch gesagt, daß ich mit Oliver zusammen bin ... Nein. Wirklich. Mein *Partner*. Ja, ich habe einen Partner. *Oliver.*«

Nathan hält dem Hund fröhlich den Hörer hin. »Sie glaubt mir nicht«, sagt er. »Sag was.«

Der Hund spitzt die Ohren, legt den Kopf schief. Nathans Augen fallen auf den leeren Beifahrersitz, und einen Moment lang wundert er sich, daß dort tatsächlich niemand – wer? fragt er sich – sitzt.

Im Rückspiegel ist die rote Limousine dreißig Meter hinter ihm aus einer Parklücke gekommen. Die Scheinwerfer beschreiben einen Bogen und hängen sich dann an den Spiegel. Nathan fährt rechts ran. Die Limousine bleibt einen halben Block hinter ihm mitten auf der Straße stehen. Die beiden Gestalten rauchen in dem dunklen Wagen stetig vor sich hin, die Umrisse ihrer Haare und ihrer Krägen zeichnen sich glühend hinter der Scheibe ab.

Nathan legt sich das Handy ans Ohr für den Fall, daß sie

mit ihm reden wollen, aber er hört nur knisternde Stille und steckt das Telefon wieder in die Tasche. Sein Wagen löst sich langsam vom Straßenrand. »Isabel«, flüstert er. Baron bellt feindliche Erscheinungen an, Hundegespenster und Hundehirngespinste, jedenfalls nichts, was Nathan sich je vorstellen könnte oder wollte. In dieser Stadt gehen tausend Millionen Lichter an und tausend Millionen Lichter aus. Passanten auf den weißwollenen Bürgersteigen eilen vorgebeugt durch das Schneegestöber und halten ihre Hüte und Schals fest. Aber das Gefühl einer schwarzen Verschwörung liegt in der Luft, wie wenn sich Boote in einer Bucht vor einem heraufziehenden Sturm langsam dem Ufer zudrehen. Sich mit dem wechselnden Wind in seine Richtung drehen. Nathan fährt beschleunigt an einem Bürohochhaus vorbei, an dem hoch oben Nachrichtenmeldungen als leuchtendes Band um die Ecke laufen, Meldungen von Massenmorden in Burundi, vom Bombenabwurf auf ein Waisenhaus in Sarajewo, von zweiundvierzig bei einem Schiffsunglück ertrunkenen Dominikanern, von der Niederlage der Knicks gegen die Celtics am Nachmittag in Boston, auf einmal von nichts mehr, Abbruch, Verstummen, als ob etwas – die Welt, seine Aufnahmefähigkeit für Informationen – abrupt ihr Ende erreicht hätte und es nichts mehr zu melden gäbe.

Santos lehnt einsam im Laternenlicht an seinem Wagen und lutscht an seinen belegten Zähnen. Im Schutz der Häuserfront führen die Schneeflocken einen sanften Tanz auf. Das Haus gegenüber, dessen Adresse Nathan ihm auf dem Anrufbeantworter hinterlassen hat, ist dunkel bis auf ein einzelnes Fenster im Erdgeschoß, das hinter einem dicken Vorhang schwach erleuchtet ist. Eine Gestalt geht dahinter vorbei, noch einmal. Jemand Kleines, ein Kind. Drei Häuser weiter verbringt ein alter Mann diese kalte Nacht in unruhigem Schlaf in einem Hauseingang.

Santos überlegt, ob er aufgeben soll, als Nathans Wagen anhält und Nathan selbst aussteigt. »Kalt genug für dich?« fragt Santos.

»Was –?«

»Ich bin's, Nathan, Errol.«

Nathan macht zögernd einen Schritt auf ihn zu, schaut sich um.

»Du hast gesagt, ich soll herkommen«, sagt Santos.

»Natürlich.«

»Ich wußte gar nicht, daß du hier oben auch eine Wohnung hast.«

»Ich hab die Zeit vergessen, Errol.«

»Kein sehr glücklicher Tag dafür.«

»Ich weiß, es tut mir leid – das mit Isabel. Es –« Seine Hände untermalen flüchtig das hölzerne Lächeln, das er sich abringt. »Es ist furchtbar. Ich weiß nicht, was ich sagen soll. Erst sehe ich dich fünf Jahre gar nicht und dann an einem Tag zweimal. Und auch noch wegen –«

Santos verlagert leicht sein Gewicht und beobachtet ihn. »Du weißt, warum ich angerufen habe. Nicht damit du dein Beileid aussprechen kannst.«

Nathan guckt bloß.

»Du hast Blumen geschickt«, sagt Santos vorsichtig.

»Ich?«

»Dann dein Vater.«

Nathan zuckt die Achseln. »Der tut gar nichts. Vielleicht seine Sekretärin –«

Santos kneift die Augen zusammen. »Herrje, Nathan, sei so gut, verdammt noch mal.«

Nathan schaut weg, und Santos zündet sich eine Zigarette an, deutet auf Nathans Handgelenk. »Erzähl mir, wo du die Kratzer herhast.«

»Ist das eine Ermittlung, Errol? Verhörst du mich?«

»Was auch immer. Beantworte die Frage.«

»Ermittelst du in dieser Sache?«

»Antworte.«

»Denn wenn nicht, wirst du nichts davon verwenden können.«

Santos sieht zu, wie der Zigarettenrauch sich im Schneefall ringelt und langzieht. Das Seil schneidet durch seine Brust, der Knoten in seinen Lungen zieht sich zu. Er faßt nach der Ausbuchtung in seiner Manteltasche, aber ein Blick auf Nathan, und er nimmt die Hand vom Inhalator. »Erzähl mir einfach, wo du die Kratzer herhast«, sagt Santos.

»Es war eine Katze.«

Santos schaut sich zum Wagen um. Alle Scheiben sind beschlagen. Hinten zeichnet sich die Schemengestalt des Hundes ab, der mit der Nase ans Glas stupst, die große rosa Zunge hechelnd heraushängen läßt. »Du kannst Katzen nicht ausstehen.«

Santos will es nicht, aber er fühlt es kommen – er legt sich die Fingerkuppen auf die Augen. Dann packt er Nathan. »Was zum Teufel hast du getan? Sie war meine *Schwester.*«

»Du weißt nicht, was du redest«, sagt Nathan.

Santos bohrt sich selber einen Finger in die Brust. »Was meinst du, wen du vor dir hast? Sie war genau wie die andern und die andern und die andern. Ich hab nichts vergessen, gar nichts. Meinst du, ich könnte diesen ganzen widerlichen Scheißdreck vergessen? Ich weiß Bescheid, Nathan. Ich weiß, daß du gestern nacht mit ihr zusammen warst.«

»War ich, aber wir haben uns in der Met den *Figaro* angeschaut. Wir haben im Gambone's gegessen. Wir sind hoch ins New Haven gefahren.«

»Mein Gott, deine ganzen Stammplätze. Du hast sie weich geklopft, sämtliche Nummern abgezogen.«

»Ich weiß, wie es aussieht, aber ich habe nichts zu verbergen.«

»Hör auf –« Santos läßt den Schrei in die Nacht hinaus, aber er erstirbt im Schnee, fällt ihnen vor die Füße »– mich anzulügen.« Er zieht Nathan eine Stufe tiefer. Ihre Atemfahnen vermischen und umringeln sich, und Santos fängt jetzt den Geruch auf, den er ausströmt, den süßen Hauch des Todes. Aber seines eigenen. »Du siehst nicht gerade wie ein Unschuldiger aus.«

»Wir wissen beide, daß es nicht darauf ankommt, wie einer aussieht, Errol.«

Mit versagender Stimme murmelt Santos: »Das ist nicht der Zeitpunkt, um den Anwalt zu spielen. Ich spreche von meiner Schwester. Du hattest noch nie eine Sekretärin, die du nicht gefickt hast.«

Ein seltsames Lächeln spielt um Nathans Lippen. »Und sie war vier Jahre lang meine Sekretärin. Wieso kommst du erst heute nacht damit an?«

»Was –?« schnauft Santos. Seine Arme fallen herunter wie die einer geschlagenen Marionette. »Sie ist tot, Nathan.«

»Das weiß ich seit Stunden.«

Die Enge hat jetzt von Santos' Brust auf seine Arme, seine Hände übergegriffen. »Vielleicht weißt du es ja schon länger.«

»Du bist kein Heiliger, Errol«, sagt Nathan. »Wir alle nicht. Aber du hast ganz gut die Kurve gekriegt. Ich bin sicher, Claire würde das auch finden.«

»Nathan, mein Gott –«

»Natürlich sehe ich das romantische Dilemma, in dem ihr zwei steckt. Ich bin nicht böse auf dich und Claire. In gewisser Hinsicht war ich froh, daß du es warst.«

Santos fährt sich mit der Hand übers Gesicht. »Wie bringst du das fertig? Wie bringst du es fertig, daß alle dich erst umbringen und dann retten wollen?«

»Wir sind miteinander verbunden, Errol. Wir sind zusammen aufgewachsen. Man bringt seine Freunde nicht um.«

Santos tritt eine Stufe tiefer. »Es gibt einen Punkt, da tut man’s, es gibt einen Punkt, da muß man’s, da sind sie die einzigen, die es wert sind, daß man sie umbringt.«

»Oder daß man für sie stirbt«, fügt Nathan hinzu.

Gewöhnlich ist Nathan aalglatt, huschen und glitschen seine Augen auf der Oberfläche der Dinge entlang, sind seine Hände zappelig. Aber jetzt scheint er ganz ruhig zu werden und faßt Santos mit konzentriertem Blick fest ins Auge. »Es gibt etwas, das du nicht weißt.«

Immer dünner der Atem. Santos blickt Nathan argwöhnisch an. »Sag mir etwas, das ich nicht weiß.«

»Du willst es nicht hören.«

»Doch.«

»Du mußt mit Ellie reden.«

»Meine Mutter wäre im Moment lieber tot. Sie ist nicht in der Verfassung dazu. Was hat meine Mutter damit zu tun?«

»Du willst sie nicht fragen?«

»Nein.«

Nathan beugt sich vor und flüstert Santos etwas ins Ohr. Santos hustet in die Faust, seine Brust ist hart wie Holz. Sein Herz hämmert, wird heiß.

Während Nathan redet, hebt und senkt Santos zwei- oder dreimal den Arm, als hingen die Worte dort in der Luft. Dann ein Kopfschmerz, jäh, blendend. Den Nasenrücken zwischen Daumen und Zeigefinger pressend fühlt er das Gewicht der ganzen Stadt hinter sich, die permanente Tageshelle von unendlich vielen Lichtquellen, die Blitze hinter den Wolken. Bei Nacht in dieser Stadt, hinter jeder Ecke, jeder ein potentieller Mörder, jeder ein potentielles Opfer. Santos sieht sich als Jungen, wie er nachts aus Angst vor den ungebetenen Scheusalen aufgewacht war, die in den dunklen Winkeln seines Zimmers lauerten. Die Schreckgespenster und Dämonen seiner Phantasie, die sich aus weißglühenden Spinnennetzen fallen ließen. Er sieht seine Eltern mit ihrem einen Sohn und ihren zwei

Töchtern und die Zeiten wütenden Schweigens, in denen sie sich an die entgegengesetzten Enden einer kleinen Wohnung verzogen, um sich aus dem Weg zu gehen. Er sieht das letzte Mal, daß er und seine Schwester sich anfaßten: Erwachsene, die bereits über ihr Elternhaus hinausgewachsen waren. Sie riß ihm ohne jeden Grund das Telefon aus der Hand, und er preßte sie mit den Schultern an die Wand. Ein Streit, wie ihn ein Liebespaar haben könnte. Der gräßliche Drang, sie zu küssen. Eiskalt drohte sie ihm, Hilfe zu schreien, er will mich vergewaltigen. Und dann schrie sie es. Sie holte tief Luft, sah ihn mit einem bösen Glitzern in den Augen an und schrie es abermals. Das Feuer in seinen Augen erlosch, und sein Haß ebbte ab, und ihm ging der Punkt, wo Begehren in Gleichgültigkeit umschlägt, und die Tatsache ihrer Blutsverwandtschaft auf, und er ließ sie los. Sie schrie ein drittes Mal, aus reinem Übermut, dachte er zunächst. Aber sie schien es ernst zu meinen. Sie kreischte, raufte sich die Haare, als ob sie jemand anders in ihm sähe, einen, vor dem man weglaufen sollte. Und vielleicht war er ja einer, vor dem man lieber weglief. Er sieht sie mit einer Schere auf ihn losgehen, und er sieht sich sie abwehren, sie aufs Bett werfen und sich umdrehen und wegrennen und den Bus in die Stadt nehmen, wo er den Kopf an die Plexiglasscheibe lehnte und die Augen schloß. Reue im Hals wie eine glühende Kohle. Er hatte sie nie mehr wiedergesehen, bis heute abend.

Ahnte er es irgendwie?

Wegen Isabels grüner Augen? Weil er es nicht ertrug, sie noch einmal zu sehen, weil er sie beide – sie und Nathan – zusammen abschrieb, Nathan deswegen, was aus ihm geworden war, Isabel deswegen, was sie schon immer gewesen war? Er hatte begriffen, daß er natürlich keinen von beiden haben, besitzen, lieben konnte. Sie waren strahlende Lichter in einer geheimen Konstellation, in der er ein implodierter, erloschener Stern war und deren Mitte – unsichtbar, drohend, ein schwarzes Loch, das jeden in sich hineinzog – Milton Stein bildete.

An dem Tag, an dem er ihnen allen den Rücken kehrte, nahm er den Bus und ging dann zu Fuß über die Brooklyn Bridge zu Claires Wohnung, und kaum daß sie ein Wort wechselten, liebten sie sich zum erstenmal; als ob sie genauso klar sähe wie er, als ob sie auf ihn gewartet oder halb mit ihm gerechnet hätte. Es war blinder Sex, angefeuert von einem lustvollen Grauen vor der Wahrheit. Sie waren beide Betrogene, Getäuschte, und in seiner Dummheit faßte er sein Verhalten als ein großzügiges Angebot an Claire auf, sich mit dem Schicksal auszusöhnen, die von Nathan hinterlassene Leere mit etwas Besserem oder immerhin mit etwas Ehrbarem zu füllen. Er würde sie lieben, wie sie es verdiente. Aber er füllte nur sich selbst. Der Kanakenlehrling. Und er weiß jetzt, daß er damals dachte, auf eine Schwester, die er aus unnatürlichen Gründen begehrt, aber vielleicht niemals richtig gehabt hatte, könne er verzichten. Und er dachte, daß wir uns deswegen manches nicht zu fragen trauen, weil wir die Wahrheit fürchten.

Bei allem, was wir getan haben, erkennt Santos jetzt, bei allem, was wir tun, geht es nicht mehr um Wiedergutmachung. Es geht wie immer bloß darum, irgendwie die Konsequenzen zu tragen.

Um Atem ringend, in selbstverschuldeten Welten versunken, hockt er sich mit dem Rücken zu Nathan in den Schnee wie ein Affe und weint hemmungslos. »Gott steh dir bei«, sagt er.

Er hört die schwere Tür hinter sich auf- und zugehen. Ein Schloß schließt. Nathans Schritte verhallen im Flur. Santos packt das eiserne Geländer, zieht sich hoch und tritt auf den Bürgersteig, dann geht er mit der pedantischen Vorsicht eines Betrunkenen durch einen erleuchteten Schneekreis über die Straße und verschwindet auf der dunklen anderen Seite.

Drinnen sind die Lampen aus. Das Dunkel riecht wie ein schlafendes Kind, warm, intensiv. Draußen ertönt das Geräusch von Santos' Wagen und wird ferner, verklingt.

Hinten an einer Wand geht ein schwaches Licht an. Nathan tritt rasch durch eine Tür. Weiter weg geht noch eine Lampe an: ein ungemachtes Bett, ein Nachttisch mit Medikamenten übersät, ein Infusionsständer in eine Ecke gelehnt, ein schwarzer BH über eine Stuhllehne gehängt.

Auf dem Weg zur Toilette bleibt Nathan vor dem Bett stehen. Die Kissen sind zerknautscht, die Laken zerknittert, die Decken zurückgeschlagen. Zeichen, daß er dort gelegen hat. Zeichen von María, wie sie vor fünf Jahren war, als sie mit ihrer Freundin die Tanzfläche des Limelight beherrschte. Wobei sie in ihrer grauen Kaschmirstola nur kleine Bewegungen machte, sparsame Hüft- und Schulterzuckungen, weniger Zurückhaltung als Andeutung weitergehender Möglichkeiten. Den Kopf zurückgeworfen, mit den Händen auf den Schenkeln spielend, verführte sie den Saal mit ihrer Art, sich selbst genug zu sein.

Nathan hatte im Anzug an der Bar gestanden, die Ellbogen hinter sich aufgestützt, die Aktentasche zwischen die Füße geklemmt. Es war ein Mittwochabend. Er war nicht der einzige Mann ohne Begleitung oder im Anzug, auch nicht der einzige, der sie nicht aus den Augen ließ, aber um zwei Uhr war er der einzige, der zu ihr hinging. Sie schaute seine Aktentasche an, dann ihn, als ob er gegen eine Regel verstieß. Was er auch bestimmt tat. Er tanzte nicht. Sie schaute ihn noch einmal an. Er bat sie um ihre Telefonnummer. Sie zögerte nicht, aber sie schien sich nicht viel dabei zu denken. Eine Woche später rief er an. Sie sagte nein, er habe zu lange gewartet. Am nächsten Abend klingelte er mit Blumen an ihrer Haustür, und am Abend darauf holte er ihre Sachen und ihren Jungen ab, und am Morgen stand ihr Name auf seinem Briefschlitz und wurde ihr die Post in die 89. Straße Ost nachgeschickt und

Benny in der einen Schule ab- und in der andern angemeldet. Die Lieferwagen kamen und gingen. Ein neues Bett. Ein neuer Fernseher. Ein Tisch und ein Stuhl für Benny. Ein Electrolux-Staubsauger. Ein reinrassiger englischer Pointer, den María Baron taufte. Als Nathan am Morgen die Augen aufschlug, stieg ihm Kaffeegeruch in die Nase, und María stand vor dem Spiegel und machte wieder ihre kleinen Hüft- und Schulterbewegungen, diesmal in ihrem neuen Tweedkostüm, mit Blumen im Haar.

Nathan zieht eine Kommodenschublade auf und tastet unter der Unterwäsche den Boden ab. Er zieht noch eine Schublade auf und noch eine. Er fährt mit der Hand unter die Matratze, drückt die Kissen. Er wühlt Kleider durch, wirft Schuhe zur Seite. Papierstöße kippen. Eine Parfümflasche läuft aus, und ein widerlich süßer Geruch erfüllt das Zimmer. Irgendwo drunter, hinter irgendwas anderem liegt Marías Schmuckschatulle und darin ein großer Umschlag. Nathan holt den Inhalt heraus. María Rosa. Letzter Wille und Testament. Geändert vor einem Monat, angefertigt, datiert, unterzeichnet und notariell beglaubigt von einem gewissen Oliver Schreck. Nathans zitternder Finger liegt auf Roatán. Auf Benny.

Er reißt ein Arzneischränkchen auf und kramt darin herum. Volle Medikamentenröhrchen fallen klappernd wie Maracas ins Waschbecken. Er zählt Pillen und schiebt sie zwischen die Zähne und beißt zu. Er nimmt sich noch ein Röhrchen, schüttet sich den gesamten Inhalt in die Hand und starrt in den Spiegel, ohne etwas zu sehen, nicht einmal sich selbst.

Seine Augen öffnen sich wieder auf Waschbeckenhöhe. An irgendeinem Punkt ist er gestürzt, und jetzt kauert er am Boden. Salzgeschmack auf den Lippen, brennende Augen. Er hält ein Röhrchen fest umklammert, aber es flutscht ihm aus der Hand und rollt an die Wand. Wie durch ein Wunder steht er auf, läßt das Waschbecken vollaufen und taucht seine entzündeten Handgelenke ein. Seine Augen wandern ab, seine Miene wird lauschend, ein Sammelbecken von Gedankenströmen, die Lippen verzerrt, ein Auge halb geschlossen, unterbrochen –

María hier in diesem Bett. Keine Nadeln. Keine Schläuche. Einfach eine Washington-Heights-Schönheitskönigin und er glücklich mit ihr, ein einziges Mal richtig glücklich, ein gutes Jahr lang, dann ein zweites deutlich weniger gutes, dann ihr gemeinsames Urteil und drei weitere Jahre als Zellengenossen im Gefängnis ihres Todes bei lebendigem Leibe. Und die ganze Zeit über gab es, nachdem er Claire verlassen hatte, sein anderes Leben als Junggeselle in seiner privaten Gartenwohnung downtown. Zwei Betten zu wechseln, zwei Gesichter zu waschen, zwei Stapel unbezahlter Rechnungen und nachfolgender Zahlungsaufforderungen. Zwei Himmel gleichzeitig zu atmen.

Er zieht den Gummistöpsel heraus und läßt alles abfließen. Das Wasser sinkt langsam und gleichmäßig am Rand des Beckens, der Abfluß gurgelt, und der Rest wird geschluckt.

Sie ist schuld. Sie hat mich umgebracht.

»Papa?«

Eine leise, schläfrige Stimme. Nathan neigt den Kopf. Sein Blick fällt auf seine eigenen Augen im Spiegel, und er erinnert sich an die erste Nacht, die er allein mit Benny verbrachte. María war mit Freunden irgendwohin ausgegangen. Um die Männer mal unter sich zu lassen, hatte sie gesagt. Aber der Junge schlief rasch ein. Sein Atem strömte zwischen seinen vorgestülpten Lippen ein und aus, seine feinen Haare lagen über dem Kissen, und die makellose Haut seiner runden Backen war vor Hitze gerötet, aber aller Vitalität beraubt. Während er auf den Jungen niedersah, ging eine erstorbene Stelle in Nathan auf, und der Kinderschlaf erschien ihm auf einmal so grauenhaft schwer, noch ein Zehntelgramm mehr, und der Schlummer konnte durch die Haut des Lebens ausfließen und ins Unendliche stürzen, in den Tod. Er faßte den Jungen an und hob seinen Arm hoch, Kissenabdrücke auf der weichen Haut, um sich der Wärme des Jungen und des zaghaften Atems, des stetigen Pulses zu vergewissern. Noch da. Er schob eine CD ein, Billy Evans am Klavier, ein beseligtes Geklimper, klirrendes Glas, das sich sehr nach einer Traumwelt anhören mußte, selbst für einen Jungen. Vielleicht, dachte er, wurde dadurch etwas in der Phantasie des Jungen angeregt, aber was hätte das sein können? Was regte es in seiner an? Er rumpelte in der Wohnung herum. Er schaltete sämtliche Lichter an, er stellte den Fernseher an. Er trank Scotch und blätterte Hefte von *Vanity Fair* durch. Er stellte Dinge von hier nach da, langte im Vorbeigehen alles an, als ob er die Möbel und die Unterwäsche und die Bücher und die kaputten Plastikspielsachen und sogar den Hund zum Inventar seines Lebens hinzufügen und diese Leere stopfen, füllen, restlos füllen könnte. Die Musik reichte nicht aus. Er setzte sich auf die Bettkante, umschlang seine Knie und rang darum, sich der Finsternis zu überlassen, bis der Junge in der Frühe, wenn die Morgensonne blau unter den Lidern hindurchblitzte, auf das große Bett gekrabbelt käme, auferstanden, und besorgt das vollendet schöne Gesicht seiner Mutter streicheln würde, genau wie Nathan das des Jungen berührt hatte, um das Leben zu spüren; wie María in der Nacht davor Nathans berührt hatte, während Nathan sich schlafend stellte. Das nackte Leben.

Als er aufwachte, lag er inmitten schwarzer Vinylscherben, die im Bett, über den Fußboden, in seinen Haaren verstreut waren. Die Trümmer seiner riesigen Sammlung unersetzlicher LPs, seine reinste, vielleicht seine einzige Freude. Diese Platten, die nichts fordern, sondern nur geben geben geben, waren offensichtlich eine nach der andern an die Wand geschleudert, ganze Musikepochen, ihre Komponisten, ihre

Virtuosen vernichtet worden, bis das Zimmer aussah, als ob es Kohle geregnet hätte. Die Papphüllen mit ihren Begleittexten und Libretti in Fetzen gerissen. María schwor, sie wäre es nicht gewesen. Wieso hätte sie das tun sollen? Allerdings jetzt, wo die Platten weg waren, tue es ihr leid, daß sie nicht selbst darauf gekommen war. Aber wenn sie nicht, wer dann –? Schließlich hatte er die Scherben im Haar, nicht sie. Es war seine Literflasche Dewar's, die leer inmitten der Bescherung lag, nicht ihre –

Marías Letzter Wille und Testament baumelt über dem Waschbecken. Nathan zündet ein Streichholz an.

»Papa?«

Die leise Stimme dringt zu ihm durch. Im Spiegel sieht er den Jungen im Wohnzimmer stehen. Es dauert einen Moment, bis Nathan mit der Feststellung, daß er diesen Jungen kennt, etwas anfangen kann. Wie leicht man doch vergißt. Dieses Kind muß ja irgendwo sein. Wo sonst sollte es sein als in der Wohnung seiner Mutter?

Das Papier flammt hell auf, dann wird es schnell schrumplig und schwarz, durchschossen von roten Glutfäden.

»Was machst du da?«

»Benny, geh wieder ins Bett.«

»Hast du Mami gesehen?«

»Ja, habe ich. Ist deine Oma nach der Schule gekommen?«

Der Junge nickt.

»Hat sie dir was zu essen gemacht?«

Der Junge nickt weiter. »Wann kommt Mami nach Hause?«

Nathan, auf der Flucht vor einem halben Dutzend Leben, macht die Augen zu. Er entschließt sich zur Lüge. Was hätte es für einen Zweck, ehrlich zu sein? Wo diese leicht korrigierten Versionen doch aufbauender, erfreulicher, sauberer sind, Omen einer besseren, gerechteren Welt. Der Junge wird schlafen, wird diese Nacht hinter sich bringen, den nächsten

Tag, die nächste Woche. María kann es noch eine Woche machen. »Bald«, sagt Nathan.

Auf dem Weg zurück ins Bett dreht Benny sich um und sieht gerade noch, wie die Tür sich schließt und der Lichtspalt wegschmilzt, und während er sich wartend an die Wand lehnt, erscheint auf seinem kindlichen Gesicht der gleiche ergebene Ausdruck – hoffnungsloser Erwartung – wie auf dem des wartenden Hundes.

Zuletzt legt sich der Junge wieder hin, und Nathan begibt sich aus der Wohnung in die Kälte. Er geht die Treppe hinunter zum Auto, auf die leeren Straßen und zu Baron, der nicht zurückgelassen wird.

MITTERNACHT

Sie hat einen Schatten, merkt Claire. Der Schnee bleibt liegen. Alles ringsherum klingt gedämpft, sogar die Boote im Hafen. Der Mond, der ein kurzes Zwischenspiel gibt, strebt rasch gegen eine Wolkenströmung an und verwandelt dabei die Uferstraße mit den Bürgersteigen und den Zugängen zu den Brownstonehäusern und den fahrstuhllosen Wohnblocks in ein blaues Feld, wo die Molen auf der andern Straßenseite abrupt im Wasser enden.

Sie zieht ihren Mantel aus und legt ihn sich über den Arm; halb meint sie, halb wünscht sie die Kälte zu spüren. Doch sie spürt nichts, gar nichts. Es gibt die Kälte irgendwo, aber der Alkohol läßt sie Gott sei Dank nicht an Claire ran, wappnet sie mit einer seltsamen Entrücktheit. Immerhin ist sie am Leben, sie hat Wirkungen – als sie sich ihrer Straße nähert, bellen Hunde hinter einem dunklen Fenster los, und das Bellen verfolgt sie die Straße hinauf und um die Ecke und den restlichen Heimweg.

Im Haus versucht sie im Flur leise zu sein, aber die Dielen sind alt und ihr vorsichtiges Auftreten verlängert das Knarren nur. Mit dem Mantel ihres Ärmels lockert sie die Glühbirne im Korridor, damit der Kleine wenigstens nicht durch das Licht wach wird, falls er nicht sowieso schon wach ist.

Durch die Tür hört sie eine laute Stille, die Stille, wenn jemand da ist, aber nichts sagt, vielleicht schläft. Die Tür ist nicht abgeschlossen. Ein Geruch hat sich eingenistet, ist in den Fußboden, die Wände, die Vorhänge gedrungen, leicht beißend, leicht rauchig.

Sie könnte schwören, daß das Mondlicht leuchtende Streifen auf den Jungen malt – denn inzwischen wäre er doch ein Junge, nicht wahr, kein Säugling mehr? –, wie er da ausgestreckt auf der Matratze liegt, nicht totgeboren, dafür hat er zu lange gelebt, aber dennoch tot. Wie merkwürdig, daß er schon bei der Geburt Nathans klobige Nase und seine Augen hatte, deren Farbe Autoverkäufer als gischtgrün bezeichnen. Die Hände des Babys in seine dünnen Haarfädchen verheddert, der Mund aufgerissen, die Augen nichts als starre Pupillen. In ihrem dünnen Nachthemd hatte sie ihn auf den Arm genommen und herumgetragen, damit er besser ausatmen konnte, oder ein, aber der arme Wicht war so schwach und matt mit seinen wie knochenlosen Gliedern, daß er es nicht packte.

Mit dem Mantel noch über dem Arm betrachtet sie die Ecke neben ihrem Bett, wo er einst atmete. Auf dem Küchentresen treten dunklere Umrisse aus der Dunkelheit hervor, ein Glas, ein belegter Teller. Das Fenster klappert. Es hat wieder zu stürmen angefangen. Im Laternenlicht kommt ihr alles entgegen: die unterschiedlichen Dunkelheiten, die Breite ihres Bettes, die lautlos durch die Jalousien fallenden Schneeflockenschatten, das langsame Tropfen des Wasserhahns, das Knacken der Heizung. Und hier vor uralter Zeit das winzige Auf und Ab der Atemzüge ihres Jungen. Claire fühlt das Tosen in ihrem Kopf und durch ihre Adern; sie fühlt es aus ihrem Herzen springen, und sie möchte hinterherspringen, mit ihrem kleinen Sohn in den Armen aufs Bett hüpfen und ihm sagen, wie herrlich alles ist – wie wonniglich, wie herrlich!

Claire sackt gegen die zuklappende Tür, daß der Eingang

versperrt ist. Der Meerwassergeschmack in ihrem Mund kratzt ihr in der Kehle, die dermaßen von Wut zugeschnürt ist, daß sie sich die Hand flach auf die Brust legen muß, um Luft zu bekommen. Tränen brennen in ihren blinden Augen, während sie von Stuhl zu Stuhl zu Tisch zu Bett schwimmt. Draußen schlägt eine Autotür zu, ein Motor springt hustend an, und Nathan, da ist sie sicher, fährt aus der Parklücke und rollt, aller Fesseln ledig, flußabwärts davon. Sie lauscht auf das leiser werdende Zischen der Reifen, bis es nur noch ein einzelnes Geräuschpartikel unter vielen ist, bis Nathan hinweggespült, in der Masse untergegangen ist. Und doch, noch nach all dieser Zeit, ist es nicht ihre Schuld. Der Dreckskerl. Sie hörte nichts davon, daß das Baby sich aufbäumte oder gurgelte, daß es erstickte. Es preßte sich wärmebedürftig die Decken an den Hals, daß die kleinen eingefallenen Schultern bloß lagen. In seinen starr blickenden Knopfaugen hatte Claire zwei Fenster in die Zukunft gesehen. Aber es war eine unwiederbringliche Zukunft, die irgendwann abhanden gekommen war –

Das blaue Schneelicht streicht über sie, über ihr Gesicht im Spiegel. Sie zupft ihre Haare zurecht, setzt ein tapferes Lächeln auf, um nicht vor Schmerz zusammenzuzucken, und bewegt wortlos die Lippen, während sie den Mund des Babys an die noch wunde und milchtröpfelnde Brust setzt. Aber es trank nicht, das arme Ding bekam die Brustwarze nicht richtig zu fassen, und darum öffnete sie ihm den Mund und träufelte die wäßrige Milch hinein, die seine Zunge weiß machte und dann daneben und darunter lief und sich im Rachen und in dem kleinen Spalt zwischen Lippe und Zahnfleisch sammelte. Die Kehle regte sich nicht; überraschend, daß nichts in die Luftröhre kam, aber auch zum Wahnsinnigwerden. Trink, Baby. Sie lag wieder mit ihm auf dem Bett, das Nachthemd bis zur Taille hochgerollt wie eine Schwimmweste, die sie über Wasser hielt, während sie erst die eine, dann die andere Brust probierte. Der Himmel war zu der frühen Morgenstunde ein leeres Hellgrau, keine Spur von Morgenröte. Sie drehte den Knopf am Radio, aber als sie etwas fand, das ihr gefiel, hielt sie sich die freie Hand vors Gesicht und fing sofort an zu weinen, daß ihr die Tränen zwischen den Fingern hindurchliefen. Sie gab sich keine Mühe, leise zu sein, weil es ihr egal war, ob sie jemanden aufweckte, die gesichtslosen Nachbarn über und unter ihr, ihre verdammten Schritte und der bummernde Baß ihrer Musik, dieser verdammte Nathan, wo war er, während sie sich das Baby in den Schoß, zwischen die Beine preßte, vielleicht um es wieder zurückzustopfen, nochmal von vorne anzufangen. Die Naht noch wund, nachdem die Entbindung nicht ganz umkompliziert verlaufen war, und das Baby völlig bewegungslos in dem bleichen Licht – trink, Baby, trink – schon blau, schon an allem und an nichts Bestimmtem gestorben. Als ob hier schlicht und einfach kein Platz für noch ein Leben wäre, kein Platz für dieses eine unschuldige Stück von Nathan in der ganzen Welt.

Claire schaut auf die Uhr. Hol dich der Teufel, Errol, wo bist du?

Urplötzlich weicht die Dunkelheit. Die Schatten kommen von dem falschen Morgengrauen der Straßenlaternen. Über der Lehne eines Stuhls hängen ein weißer BH, ihre Bluejeans. Claire läßt sich aufs Bett fallen und streckt die Hand aus. Auf dem Nachttisch klickt ein Licht an. Ein halb ausgetrunkenes Glas Wasser. Ein Buch, mit dem sie vielleicht bis zwei oder drei über die Runden kommt.

Als Santos die Tür zur Wohnung seiner Mutter aufschließt, ist ihm, als würde irgendwo eine der kopflosen Stimmen, die seine Ängste aussprechen, seinen Namen rufen. Die Fenster sind offen. Die Vorhänge flattern wie Fahnen.

Seine Mutter wartet am Küchentisch. Sie sitzt zwischen Votivkerzen und befingert einen zinnernen Bilderrahmen, auch er ein Geschenk der Steins. Obwohl er nur die Filzrückseite sehen kann, weiß Santos, welches Gesicht davon eingefaßt wird.

»Ich muß mich immer wieder fragen, was sie wohl gedacht haben mag«, sagt sie. »Hatte sie vorher Angst, wußte sie, daß es passieren würde? Hat sie die Klauen der Bestie um ihren Hals gefühlt? Hat sie sich gewehrt?« Ihre Brillengläser blinken im Licht, als sie den Kopf hebt. »Wo kommst Du jetzt her?«

Santos, der über den Punkt hinaus ist, wo er noch Antworten gibt, lauscht, ob noch andere in der Wohnung sind, aber hört nichts und ist dankbar dafür. Wer weiß, was er weiß? Wer hätte geglaubt, daß es wahr sein könnte? Er holt tief Luft. Ein Knoten hat sich in seinem Magen gebildet und löst jetzt Übelkeit aus. Er kommt sich vor, als wäre er erst in dieser Nacht über den unglücklichen Umstand gestolpert, daß er ein erwachsener Mann ist, der in seinem Leben zu wenig begriffen und zu viel geglaubt hat. Atme, atme: er hat mehr denn je das Gefühl, daß seine Lungen nicht tief genug sind. »Wo sind sie?« fragt er.

»Sonia ist in ihrem alten Zimmer, die Jungen in deinem. Die andern habe ich fortgeschickt.«

»Du willst keine Gesellschaft haben.«

»Es gibt nichts zu reden, es sei denn, du wärst gekommen, um mir zu sagen, daß man weiß, wer es war. Weiß man's?«

Santos setzt sich. Die Flammenzungen flackern in ihren Glassäulen und beruhigen sich wieder.

»Geh zu Claire«, sagt sie. »Du bist mehr ihr Mann als mein Sohn.«

»Wir sind nicht verheiratet, Mama.«

»Ihr solltet heiraten.«

»War Claire da? Hat sie angerufen?«

»Und um mit ihr zusammenzusein, hast du dich von deiner armen Frau scheiden lassen, hast sie ruiniert, eine gute Katholikin«, sagt seine Mutter. »Claire hat Nathan gehört, sie war die Frau von Miltons Sohn.«

»War ich etwa nicht gut genug?«

»Sie war nicht für dich bestimmt.«

»Sie war frei.«

Seine Mutter reckt voller Unwillen das Kinn und sagt mit hartem Mund: »Isabel wird immer mehr meine Tochter als deine Schwester sein.«

Sie sagt noch andere Sachen, alte, bittere Sachen, mit denen sie die Gegenbehauptungen feindlicher Gespenster bekämpft.

»Ich habe Nathan gesehen«, sagt er schließlich.

»Er wird Isabel vermissen«, entgegnet sie. »Mehr als du.«

»Vielleicht hat er mehr Anlaß dazu.«

Sie richtet den Blick auf ihren Sohn, und er erwidert ihren Blick.

»Er hat's mir erzählt«, sagt er.

Ungeduld zuckt in ihrem Gesicht auf, dann macht ihr Mund eine Bewegung, die sehr einem Lächeln gleicht.

Santos fühlt den Druck hinter seinem Gesicht, wo sich hinter seinen Augen, Worten, Anschauungen, Erinnerungen etwas zu regen beginnt. Er sagt: »Ich will wissen, ob es wahr ist.«

Seine Mutter legt das Bild mit der Vorderseite nach unten und breitet eine Hand darüber.

Er deutet mit dem Kopf auf den Bilderrahmen. »Hat Papa es gewußt?« Zu leise für einen Mann kommt ihm seine Stimme auf einmal vor.

»Er wußte es.«

Flüsternd: »Wieso ist er geblieben? Wie hat er ihn ertragen, Nathan und seine Geschichten, und mich, mich und meine krampfhaften Versuche, wie er zu sein?«

»Das Leben ist nicht eindeutig, Errol«, sagt sie. »Wenn jemand das verstand, dann er.«

»Ha! Was weißt du schon von eindeutig? Ich hab erlebt, daß einer seinen Bruder geköpft, eine Mutter ihre Tochter erstochen, ein Sohn seinen Vater überfahren hat. Wir haben keinen Instinkt dafür, dem Schrecklichen aus dem Weg zu gehen, und wenn einer überlebt, dann hat er Glück gehabt. Ich sag dir, was eindeutig war – Isabels Leiche voller Seetang und Dreck, nackt am Strand vor den Pennern und Huren und Fremden.«

Sie blickt auf. Ihre Hände halten zitternd den Bilderrahmen.

»Du hast uns in Scheiße getunkt. Sag mir, daß du nach Isabel damit aufgehört hast.«

»Wie soll ich dir das erklären? Wir hatten nichts. Er gab uns –«

»Er gab dir!« brüllt Santos, denn das ist sie, die Ursache seines Neids – was die Santos' hatten, was die Steins hatten – was sie ihnen *gaben.* »Schau dir das Loch an, in dem du lebst, dieses beschissene Viertel. Durch die Kinkerlitzchen, die Milton Stein dir über die Jahre gegeben hat, ist diese Wohnung nur noch armseliger geworden. Schmiergeld, sonst nichts. Und dir, Mama? Was *gab* er dir? Er hat's dir in seinem Büro gegeben, auf dem Fußboden –«

»Errol –«

»Ich kenne ihn, ich weiß was, und ich weiß wo, und ich weiß wie. Seine Affären sind in aller Munde, falls du das noch nicht wußtest. Aber natürlich weißt du es. Wahrscheinlich hast du die Rendezvous selber arrangiert, als treue Privatsekretärin. Ich hab's immer gewußt. Nur hab ich offensichtlich nicht immer gewußt, wer.«

»Mein Gott.«

»Es ist mir auch egal. Sag einfach, daß du damit aufgehört hast«, bettelt er. »Nach ihrer Geburt. Kannst du das sagen?«

Sie sagt nichts.

»Wie viele Jahre dann? Von wann bis wann?« schreit Santos. Seine Angst hat ihn eingeholt, ihn in die Enge getrieben. Auch das noch.

Sie weint.

»Von welchem Jahr bis zu welchem Jahr?« Der Knoten in seinem Magen platzt, der kleine Luftstoß steigt ihm in die Kehle. »Bitte, Gott, sag mir, daß ich nicht von ihm bin.«

Sie macht eine entschiedene Bewegung: Nein.

Er langt über den Tisch und umklammert ihr Handgelenk. Er hebt es hoch, und ihre Hand baumelt wie die einer Marionette. »Schwör's«, flüstert er.

»Ich schwöre.«

Er läßt die Hand fallen, faßt sie ins Auge. »Kann ich dir glauben?«

Sie sagt: »Was willst du glauben?«

»Wie willst du das mit Sicherheit wissen?«

Mit angstverzerrtem Gesicht hebt sie einen bebenden Finger. »Sieh dich doch an.«

Er greift nach dem Bilderrahmen, zieht ihn unter der Hand seiner Mutter hervor und hält ihn schützend zwischen den Handflächen. »Mich ansehen«, sagt er. Er dreht das Bild um. Sein eigenes Gesicht über dem seines Vaters, Zug für Zug. Er bleibt unschlüssig. Vielleicht. Mein Gott, vielleicht. Er kann es nicht sicher sagen.

Er weiß jetzt, was sein Vater mit seiner letzten Bitte gemeint hat. Eine letzte Warnung vom Vater an den Sohn. Als Angestellter bei den Steins wäre er untergegangen, in diese dunkle Konstellation hineingezogen worden. Blutsverwandtschaft ja oder nein hätte keine Rolle gespielt. In einem wesentlichen Sinne wäre er Miltons Sohn gewesen, Nathans Bruder.

»Und Sonia?«

Ihre blicklosen Augen hängen an seinen Händen. Sie schließen sich langsam, öffnen sich. »Von deinem Vater.«

»Du weißt es nicht einmal«, sagt er. »Was macht dich so sicher, daß Isabel deinen Job nicht ganz übernommen hat? Er hat sie zu seinem Vergnügen gezeugt. Guck dir an, wo sie gearbeitet hat. Guck dir an, wovon sie Tag für Tag umgeben war. Wie du schon sagtest, mehr deine Tochter als meine Schwester –«

Sie haut auf den Tisch. »Er war ihr Vater, mein Gott!« Santos fühlt das grausame Lächeln um den Mund. Seine Mutter schlägt beide Hände vors Gesicht. Die Vergangenheit versinkt in einer Flut von Fehlern, und auf einmal steht die Zukunft sonnenklar vor ihm. Er kann Isabels Beerdigung sehen, sieht die seiner Mutter, Nathans, Claires, Miltons, sieht seine eigene. Er sieht sämtliche Trauergäste, in welcher Verteilung sie dasitzen und wie sie dann aufstehen und weinend zum Friedhof fahren werden. Und er weiß, wer ins Grab kommen wird, wer hölzern, geschminkt, ein puderblasser Madensack, auf ausgebleichten Satinkissen liegen wird. Ein solches Grauen erfaßt ihn, daß es sich schon wie Wehmut anfühlt, als wäre etwas gelebt und abgetan worden, dessen man mit altem und fernem Kummer gedenkt.

Was begonnen hat, ist schon vorbei. So ist es: die Toten sind über den Tod hinaus. Es sind die Lebenden, die den Tod mit sich herumtragen. Die Lebenden schleppen die Konsequenzen mit, aber die Toten haben keine Erinnerung, und das Nichts, erkennt Santos, ist kein Fluch. Ganz und gar nicht.

Nathan lehnt sich in den kalten Wind, die Arme fest angelegt, die Aktentasche in einer Hand. Hinter ihm ein Warteraum wie im Flughafen, Schalensitze aus Plastik und Sandsäulen für Zigaretten und trübe Beleuchtung und ein großes Fenster mit Blick auf ein verschneites Asphaltfeld. Die Scheinwerfer des Shuttlebusses kommen vom andern Ende der leeren Fläche heran, und davor tanzt und wirbelt der Schnee. Dahinter leuchten gelbe Lichtflecken. Glitzernde Stacheldrahtrollen.

Er ist für die Vorzüge des Gefängnislebens nicht unempfänglich. Er hat sich die Bequemlichkeit einer Morgenmahlzeit, einer Nachmittagsmahlzeit, einer Abendmahlzeit, einer Stunde körperlicher Betätigung, einer anspruchslosen Arbeit schon öfter durch den Kopf gehen lassen. In den letzten Monaten hat er die Freuden eines eingeschränkten Lebens gegen das Gefängnis seiner gegenwärtigen Uneingeschränktheit abgewogen und festgestellt, daß er, vor die Wahl Quarantäne oder volles Risiko gestellt, sich mal so und mal so entscheiden könnte. Tausend Stunden hat er bereits in dieser Haftanstalt zugebracht und zu den Beteuerungen jungfräulicher Unschuld, den Lügen, den roh zurechtgestümperten Alibis genickt. Er überschlägt dabei im Kopf den Wert seiner Mandanten und denkt sich ein Abkommen mit den Anklagevertretern aus. Dann macht er mit ihnen einen Kuhhandel. Er preist seine Ware an wie antike Kommoden auf einer Versteigerung, und die überarbeiteten und nach Abmachungen lechzenden jungen Staatsanwälte geben ihm, was er will, solange er nur einer Strafe zustimmt. Aber Nathan kommt so oder so zu seinem Geld. Im Grunde verdient er mehr an einem Schuldspruch, mehr an der Berufung, noch mehr an den Bewährungsverhandlungen und zum Schluß noch mal an der unvermeidlichen Entlassung auf Bewährung. Und natürlich kommen sie irgendwann wieder. Durch die Drehtür hinaus und wieder herein. Und dann kommen noch die Freunde hinzu, die seine Mandanten im Knast gewinnen. Die Anrufe, die Nathan mitten in der Nacht bekommt. Sie brauchen sein flüssiges Spanisch, seinen scharfen Verstand, seine charmante Art bei den Damen auf dem Richterstuhl. Fast jeder ist im Gefängnis mehr wert als draußen.

Wann hat Nathan zum letztenmal einen wirklich Unschuldigen bei einer Jury durchgebracht? In seinen ersten beiden Jahren nach dem Studium, bevor er bei seinem Vater eintrat, besorgte Milton seinem Sohn eine Stelle bei seinem mittlerweile berühmten Freund Sidney Frankel, der ihm noch einen Gefallen schuldete. Frankel führte Nathan vor, wie er Zeugen im Kreuzverhör in die Mangel nahm und einschüchterte, bis sie nicht mehr wußten, wer sie waren. Wie sie vor seiner dröhnenden Stimme und seinen einsfünfundneunzig ganz klein wurden. Er wußte alles, er wußte, wann einer log und wann er die Wahrheit sagte. Und selbst die Wahrheit war nach Frankels Meinung bloß eine bessere Lüge. Man sucht sich eine aus, und man peppt sie mit Indizien und Motiven und Hoffnungen auf. Man baut eine Welt darum, man gründet ein Land, nennt es nach dem, was es nicht ist: es ist kein Mörder, es ist kein Vergewaltiger, es ist kein Dealer. Es ist schlecht, aber nicht *so* schlecht. Wer von uns ist schon rein und weiß wie Schnee? Ein schlichter Fall von zur falschen Zeit am falschen Ort. Rein zufällig, gottgewollt. Ansonsten genau wie Sie und ich. Sie und ich. Richtet so, daß ihr nicht gerichtet werdet. Und mit etwas Glück wird nach alledem eine Sonne auf- und untergehen und wird sich die Welt, die man gebaut hat, drehen. Auf diese Weise konstruieren wir unsere Leben. Da ist kein Unterschied. Das Leben ist ein einziges Gericht. Wir verbringen unsere Tage damit, unseren Fall vor einer Jury von unseresgleichen zu vertreten, sagte Frankel immer. Sind Sie unschuldig, Nathan? Selbst Sie, als Anwalt? Sind Sie untadelig, sind Sie rechtschaffen? Die Richter über unsere Leben können es niemals wissen. Am Ende wissen nur Sie selbst mit Sicherheit, daß Sie es nicht sind. Aber trotzdem lasse ich mich von Ihnen überzeugen, daß Sie es doch sind.

Dann war das vorbei, verspielt. Frankel wollte ihn nicht mehr. Jetzt verkauft Nathan seine Mandanten zum Marktwert, meistens lebenslänglich mit Freilassung auf Bewährung nach drei Jahren. Wer sagt da schon nein? Schließlich haben alle, wie Frankel immer sagte, irgendwas auf dem Kerbholz, wenn nicht dieses Verbrechen, dann ein anderes. Nathan streicht ihr Geld ein, dann liefert er sie aus. Die Eltern, am

Boden zerstört, zetern in ihrem dominikanischen Spanisch, weinen auf den Korridoren.

Scheinwerfer stechen durch den Schnee, kommen rasch näher, ein Abgasschweif, gerade als er seine letzte Handlung als Frankels Stellvertreter wieder vor sich sieht. Frankel hatte ihn beauftragt, bei einer Urteilsverkündung zugegen zu sein. Eine reine Formalität. Ein schon dreimal Verurteilter, mit den Anwaltskosten ein Jahr im Rückstand. Die Atmosphäre im Gerichtssaal war geschäftsmäßig. Von Spannung keine Rede. Auch Frankel war der Fall völlig gleichgültig. Nathan kann sich nicht mehr erinnern, wie die Anklage lautete, Mordversuch, Beihilfe zum Mord, ganz egal, es gab nichts zu diskutieren. Mit drei Verurteilungen würde er lebenslänglich in Greenhaven ohne Bewährung bekommen. Alle warteten darauf, daß der Gerichtswachtmeister ihn hereinholte. Nathan plauderte mit dem Staatsanwalt, der Richter mit seinem Schreiber, die Justizbeamten untereinander. Die Stenographin feilte sich die Fingernägel. Der Gerichtswachtmeister stieß die Tür zur Wartezelle auf. Die Stenographin kreischte auf und warf die Hände hoch. Die Polizisten ließen sich auf die Knie fallen und zogen ihre Revolver. Der Richter duckte sich unter die Bank. Dann standen alle langsam wieder auf. Die Polizisten steckten ihre Waffen wieder ein. Nathan erhob sich vom Boden. Ein Paar Turnschuhe baumelten über dem Boden im Türrahmen, zwei schlaffe, blau werdende Hände. Eine Bank lag auf der Seite. Nathan wußte nicht einmal den Namen. Er sah in seine Unterlagen: da baumelte ein gewisser Raúl Gómez, Vater, Ehemann, Sohn, Bruder – was man alles sein kann –, früher wohnhaft in 67-54 Fordham Road, Bronx, einundzwanzig, auf ewig.

Frankel meinte, die Sache habe in der Centre Street die Runde gemacht. Alle redeten über den jungen Rechtsanwalt, der seinen Mandanten nicht lebendig ins Gefängnis bringen konnte. Nathan tue nicht genug, und das Risiko, seinetwegen den guten Ruf zu verlieren, sei zu groß. Am nächsten Tag gab Milton Nathan einen Satz Kanzleischlüssel. Das ist jetzt zehn Jahre her.

Die Scheinwerferstrahlen beschreiben einen großen Bogen, halten an. Sie bohren sich in die Dunkelheit, durchschossen von großen Schneeflocken. Ein alter Schulbus mit drahtvergitterten Fenstern. Die Türen klappen auf. Aus seinem Käfig späht der Fahrer zu ihm herunter. Mit feuchten Augen – vom Schnee? – steigt Nathan ein.

Im Anstaltsgebäude führt die Wärterin ihn in einen Raum, der durch Scheiben in drei Kabinen unterteilt ist. Eine Hintertür schwingt auf. Zwei Frauen kommen herein. Einheitliche graue Flanellsachen, die selbstgeschneidert aussehen. Beide sind jung, Latinas. Die erste, ein Teenager, ist schwanger. Sie ist nichtssagend, anonym; auf der Straße wäre sie unsichtbar. Die andere tritt ein wie eine Naturgewalt, die ihn fast umwirft. Sorgfältig zurechtgemacht, stark geschminkt, die langen rabenschwarzen Haare aus der breiten Stirn nach hinten gekämmt, die Augen glühende Kohlen. Von einer Schönheit, die gleichermaßen ein Vorteil wie ein Hindernis ist. Selbst in ihrer Anstaltskluft sieht sie aus wie auf dem Sprung zu einer noch nicht angekündigten oder geplanten Party.

Sie zwickt Nathan im Vorbeigehen in den Arm.

»Buenas noches, Amparo.« Er lächelt.

Sie mustert Nathans Gesicht, anscheinend mit Wohlgefallen. »Du hast gesagt, um sechs.«

»Buenas noches«, sagt Nathan zu der andern und versucht dabei den Vertretercharme spielen zu lassen, mit dem er neue Mandantinnen bedenkt.

Das Mädchen zieht den Kopf ein; ihre Lippen probieren ein Lächeln, doch es will nicht gelingen.

Eine Wärterin erscheint hinter ihnen und scheucht sie weiter. Die Frauen setzen sich in die hintere Kabine, Nathan in die mittlere, die Wärterin an die Tür. Nathan legt sich einen

Notizblock auf die Knie. Er nickt der Wärterin zu. Sie steht auf und geht hinaus.

Als die Tür zu ist, lugt Amparo über den Rand der Trennwand in den Flur. Die Wärterin dort hat ihren Schalter verlassen. Die andern im Wachraum sitzen mit dem Rücken zu ihr. Amparo stupst das schwangere Mädchen an und führt sie in den Mittelteil zu Nathan. Das Mädchen, sieht er, hat Schnitte im Gesicht, ihre Unterlippe ist geschwollen. Amparo und das Mädchen setzen sich.

Amparo packt Zigaretten aus und zündet sich eine an. Das Mädchen greift nach der Packung, aber Amparo zieht sie weg und hält sie außer Reichweite über den Kopf wie vor einem kleinen Kind oder einem Hund. Sie bläst dem Mädchen Rauch ins Gesicht. »Weißt du nicht, daß du nicht rauchen darfst, wenn du schwanger bist?« Das Mädchen stiert sie ausdruckslos an, und Amparo wendet sich augenrollend an Nathan. »Ein Bauerntrampel, meine Cousine. Nie aus Amerika rausgekommen, aber da hockt sie und versteht die Sprache nicht.«

»Sie ist deine Cousine?« fragt Nathan.

»Leider.« Als wäre ihr plötzlich etwas eingefallen, eine alte Erinnerung hochgekommen, wirbelt Amparo zu dem Mädchen herum. »Jíbara! Nunca tú irás de este país, y sin embargo nunca aprenderás su lengua.«

Die andere sackt auf ihrem Stuhl zusammen, und ihr Gesicht nimmt einen Ausdruck tiefer Betroffenheit an.

Amparo schlägt die Beine übereinander und wippt mit dem oberen, als wollte sie die Kniereflexe testen. »Der Bauerntrampel braucht dich. Erzähl Mister Stein, was passiert ist.«

Das Mädchen spricht im Flüsterton. Ihre Finger zittern. »Hoy me acuchillaron por buena, al parecer no les gusta la gente feliz, hay que estar realmente loco. Fue la chica que supuestamente me iba a cuidar, ella fue la que me jodió. Era la chica que estaba supuesta ayudarme, fue la que me contuvó.«

Amparo beugt sich verschwörerisch vor. »Die Schnitte hat sie heute abgekriegt, weil sie zu nett war. Fröhliche Leute sind hier unbeliebt. Man muß gemein sein, sagt sie. Sie sagt, es war das Mädchen, das ihr eigentlich helfen sollte, sie war es, die sie festhielt. Ihre Vorgesetzte in der Bücherei.« Sie raucht nachdenklich, dann beugt sie sich vor, drückt die Zigarette in einem Aluminiumaschenbecher aus und gestikuliert mit einer Hand vage in der Luft herum. »Meine Cousine ist ein minderbemitteltes Schneewittchen. Sie hat nichts verbrochen. Und ihr Baby kommt bald. Wann, Herzchen? ¿Cuándo nacerá el bebé?«

Das Mädchen dreht sich weinend weg.

Amparo zuckt die Achseln. »Nächste Woche vielleicht, glaube ich.«

»Gewiß«, sagt Nathan und pocht mit dem Radiergummi mehrmals aufs Papier. »Wer war Ihr Anwalt im Vorverfahren?«

Das Mädchen setzt an, etwas zu sagen, aber Amparo unterbricht sie: »Herbert Harvey«, sagt sie. »Oder Harvey Herbert. Siempre me olvido. Idiot. Er will von ihr ein Schuldbekenntnis, damit er eine milde Strafe beantragen und sich alle weitere Arbeit sparen kann, aber ich sage dir, sie hatte keine Ahnung, was in der Schachtel drin war. Sie saß da in der Wohnung und wartete auf ihren Macker Arelis, der mit einer Lieferung unterwegs war. Na gut, es war Smack. Na und? Das geht sie doch nichts an. Sie sitzt also da und feilt sich die Nägel wie ein braves Mädchen, die Füße auf das Dings gelegt, wie sagt man? El marco de la ventana.«

»Fensterbrett«, hilft Nathan.

»Fensterbrett. Mit sich selbst beschäftigt. Ein schöner Tag, nicht wahr? Sie hört Radio, singt ein bißchen mit, cha-cha-cha, reibt sich den Bauch, spricht mit ihrem Baby, daß es keine Angst haben soll, in diese Scheißwelt zu kommen. Dann klopft jemand an die Tür, und es ist der Postbote mit einem

Päckchen. Sie erwartet ein Päckchen mit Babysachen aus dem Krankenhaus, also unterschreibt sie und setzt sich dann wieder ans Fenster, um sich die Nägel hübsch zu machen. Und bevor sie weiß, was los ist, wird ihre Tür aufgebrochen, und sechs Bullen rennen mit Waffen in der Wohnung rum.«

Halb von ihrem Stuhl erhoben streckt Amparo beide Zeigefinger aus, winkelt die Daumen an, zielt.

»Sie haben Hunde. Die Hunde zerreißen alles. Sie zwingen sie, sich mit den Händen überm Kopf aufs Bett zu legen, während sie die Schränke ausräumen. Einer setzt sich zu ihr aufs Bett und spielt mit ihren Titten, denn wie du siehst, hat sie sehr nette Titten. Dann muß sie vor ihnen das Päckchen aufmachen. Sie dachte, es wären Babysachen.«

»Aus dem Krankenhaus«, sagt Nathan.

Amparo wendet sich dem Mädchen zu. »¿Qué había en la caja?«

»Fórmula, pañales y otras cosas.«

»Säuglingsnahrung und Windeln«, erklärt Amparo. »Ein kostenloser Service vom Krankenhaus.«

»Was für ein Absender stand auf dem Päckchen?«

Amparo winkt ab. »Bogotá, na und?« sagt sie achselzuckend. »Der Bauerntrampel kann nicht lesen.«

»Babyartikel aus Bogotá«, sagt Nathan vor sich hin, um zu hören, wie es in den Ohren des Richters, vielleicht der Jury klingen wird. Er seufzt. Er setzt seinen Bleistift aufs Papier. »Wann?«

»Vor drei Monaten.«

Nathan blickt auf. »Wieso wurde keine Kaution gestellt?«

»Sie kann das Geld nicht aufbringen«, sagt Amparo.

Nathan pocht mit der Bleistiftspitze auf den Block. »Wieviel?«

»Fünfhundert«, sagt Amparo.

»Cinco«, spuckt das Mädchen heraus und stößt fünf Finger in die Luft wie gegen eine unsichtbare Wand.

Nathan blickt zwischen dem Mädchen und Amparo hin und her. »Sie konnte keine fünfhundert Dollar aufbringen? Und du?«

Amparo zuckt die Achseln, als wollte sie sagen: Wieso sollte ich ihr helfen?

»Ist Arelis der Vater?« fragt Nathan. »¿Arelis es el padre del niño?«

»Sí«, antwortet das Mädchen.

Aber Amparo zuckt wieder die Achseln. »Meinst du, sie weiß das?«

Nathan sieht das Mädchen lange an, als wollte er sich so oder so entscheiden oder sich entscheiden, ob er sich entscheiden soll oder ob die Sache überhaupt eine Entscheidung wert ist. Weil er meint, er sollte, schreibt er wahllos auf eine Zeile in der Mitte des Blocks: *Arelis*.

Amparo lehnt sich zurück, und das Mädchen tut es ihr gleich. Sie beratschlagen sich leise, und Nathan, dem beim Nachdenken eine Melodie zufliegt, entschwebt auf ihr: Johnny Hartman, der mit schmachtender Stimme singt: *My one and only love* –

»Sie weiß sonst nichts über sonst jemand«, sagt Amparo. »Aber es war jemand hier.«

Das Mädchen reicht ihm eine Visitenkarte. Nathan hält sie mit beiden Händen und betrachtet sie lange. Sie ist von Claire. Er steckt sie ein und legt den Bleistift hin. »Das hat nichts zu besagen«, erklärt er. Sein Zettel ist leer bis auf den Namen *Arelis*, der ohne Zusammenhang und ohne weitere Angaben mitten auf der gelben Seite steht. Der ganze Fall. Er wird einen Kuhhandel machen.

»Und wie geht mein Fall voran, Mister Stein?« fragt Amparo kühl.

»Ich habe heute abend mit Roberto geredet. Er meinte –«

Sie stützt sich auf die Ellbogen. »Ist alles klar? Mir wird nichts passieren?«

»Ich habe heute abend mit ihm geredet.«

Sie tippt an ihr Kinn. »Tatsächlich.«

»Tatsächlich. Alles klar.«

»Wer sagt das? Du oder Roberto?« Nathan antwortet nicht, und sie zieht heftig an der nächsten Zigarette und wirft Nathan über den Tisch einen schiefen Blick zu. »Manny denkt nämlich, daß Roberto nicht in der Stadt ist. Deshalb frage ich mich, wie du ihn anrufen konntest.«

Nathan kratzt sich am Arm. Die Wunden dort haben in der Wärme angefangen zu jucken.

»Ich gehe mal davon aus, daß du es mir sagst, wenn das nicht stimmt«, bohrt sie nach.

»Natürlich.«

Unsicher und schutzlos lehnt sich Amparo zurück. Was sie sagt, scheint sie dicht an der Brust gehalten zu haben. »Wenn du dich nämlich irrst, wird Roberto mich so sicher umbringen, wie ich hier vor dir sitze. Und wenn ich sterbe, ist dafür gesorgt, daß du fünf Minuten später ebenfalls tot bist.« Sie lächelt breit.

»Ich habe mit ihm geredet«, sagt Nathan.

»Warum glaube ich dir nicht?« Ihre Finger drehen zittrig den brennenden Zigarettenstummel um. Sie steckt sich eine neue an, die aus ihrem Mund ragt wie eine Zündschnur, und schwenkt sie dann hitzig durch die Luft. »Hast du das Geld noch, das ich dir gegeben habe?«

»Natürlich.«

Amparo stößt mit ihren Händen in die Luft zwischen ihnen. »Das glaube ich auf keinen Fall, aber ich habe keine Wahl. Morgen also. Du leistest die Zahlung bis morgen mittag, und dann ist alles sicher, und du führst mich zu einem wunderbaren Essen aus. Danach machen wir es uns in East Hampton zusammen gemütlich.«

Nathan nickt. »Natürlich. Aber das Haus ist kalt. Es ist Winter.«

»Winter. Natürlich. Hier drin vergißt man diese Dinge.« Amparo lächelt und lehnt sich über den Tisch, spielerisch diesmal. »Jetzt noch dazu, was ich dir schuldig bin. Was ich dir gebe. Für deine Dienste. Etwas Gutes. Etwas Schönes.« Sie weist mit erhobenen Armen hinter ihm ins Weite, als biete sie ihm einen tropischen Strand, weißen Sand, das Paradies. »Einen Land Cruiser«, sagt sie. »Forstgrün. Leder überall, wie ich höre. Er steht in deiner Garage.«

Nathan erstarrt. »In meiner –«

»In East Hampton. Sie mußten das Motorrad beiseite stellen. Manny sagt, es ist ein sehr hübsches Motorrad. Er sagt, es fährt sich echt gut. Er sagte, du hättest nette Spielsachen in deinem Haus, eine sehr nette Küche. Und die Schlafzimmer, hat er gesagt, magnífico. Dein Bett, hat er mich gewarnt, wäre so groß wie der Rasen, aber du müßtest mal den Pool reinigen lassen.«

Nathan blickt sie an. Er stellt sich das Haus vor, am Ende einer Sackgasse, hinter dichten Bäumen und Sträuchern versteckt. »Woher wußten sie von dem Haus?«

Amparo lacht amüsiert. »Wie oft muß ich dir noch sagen, daß ich alles weiß? Ich weiß, du glaubst mir nicht, aber es ist so. Wir wissen alle, wo du wohnst.«

Wie zum Beweis sirrt das Handy in Nathans Jackentasche, und Amparo deutet darauf und verdreht die Augen wie eine Ehefrau, die zuviel gesehen hat, die weiß, daß es zu spät ist, und die deshalb gar nicht hinschauen will. »Gehst du nicht dran, wenn deine kleine Freundin anruft?«

»Freundin?«

Amparo tippt sich an die Schläfe.

Das Sirren hört auf, der Piepser vibriert. Der Blick der Frau liegt schwer auf ihm, tröstend oder erstickend, eine ungute Mischung von beidem. Er hält seinen Piepser ans Licht, drückt die entsprechenden Tasten und holt wieder einmal Serenas neueste Mitteilung aus dem Speicher.

»Ich weiß, daß du zuhause warst, um sie zu sehen«, sagt Amparo.

Nathan blickt auf. »Wen?«

»Nicht die, die dich anruft.«

»Wen dann?«

»La burra perra. Mujerzuela. Die Schlampe.« Sie grinst. »Du bist in diese Wohnung gegangen, wo du sie und diesen armen Jungen sitzen hast. Das Kind, das du hast. Das du die ganze Zeit in diesem kleinen, dunklen Loch allein läßt. Wie nett von Ihnen, Mister Stein. So nett sollten Sie mal zu mir sein.« Amparos Augen blitzen stolz. »Und«, fragt sie, »wie geht's ihr?«

Nathan lächelt hölzern. Er legt seine Hand offen auf den Tisch, läßt los, was ohnehin schon fort ist.

»Gut.«

Amparo schüttelt den Kopf und lächelt böse. Sie wirft gehässig die Lippen auf: »Sie ist tot.« Sie zupft an der Manschette von Nathans Ärmel. Es ist der Arm ohne die Wunden, aber Nathan begreift. »Und das«, sagt sie, »war nicht einmal dein großer Fehler.«

Die Tür schwingt auf, und die Wärterin deutet auf Amparo. »Telefon.«

»Vielleicht ist es Roberto«, sagt sie und steht auf. Aber bevor sie hinausgeht, flüstert sie dem Mädchen etwas zu, das Nathan nicht verstehen kann, dann blickt sie ihr fest in die Augen und nickt: abgemacht. Kaum ist Amparo draußen, haben die Augen des Mädchens die Ausbuchtung in Nathans Jackettasche erspäht. Sofort sind die Tränen trocken, und routiniert läßt sie den Blick hin und her schweifen, zu der geschlossenen Tür, über den leeren Platz der Aufseherin, den verlassenen Wachschalter im Flur.

»Mañana te saco de la cárcel«, sagt Nathan.

Aber bei der Nachricht von ihrer baldigen Entlassung hellt sich ihre Miene nicht auf. Er sagt: »Die fünfhundert Dollar.«

Er hat beschlossen, sie ihr selbst zu geben. Aber sie mustert ihn immer noch kalt. Was sie beschäftigt, ist dringender, unmittelbarer. Er zieht das in Wurstpapier eingewickelte Päckchen aus der Tasche, läßt es auf den Tisch fallen und steht auf, tritt zurück. Im Nu hat das Mädchen eine Plastikkarte in der Hand, einen Strohhalm. Die Reihen werden abgeteilt, dann sauber zusammengekratzt, und sie setzt sich zurück. Das Päckchen liegt aufgerissen auf dem Tisch. Die Augen des Mädchens richten sich glasig auf einen Punkt zwischen Nathans Hals und seinem Gürtel. Ihre Nase läuft, und sie wischt sie mit dem Knöchel ab. Nathan beugt sich hinab und steckt den Strohhalm in ein Nasenloch. Seine Augen gehen langsam zu. Ein dünner Faden Blut rinnt aus seiner Nase zur Lippe und sammelt sich dort an der Oberkante. Er streckt die Zunge danach aus und versucht seinen Körper zu vergessen, konzentriert sich statt dessen auf die Atmosphäre, die verschiedenen Geräusche: das tiefe Brummen der Belüftungsanlage, wie ferner Straßenverkehr, das hohe Surren der Neonröhren. Er setzt sich und wartet, daß das Flugzeug landet. Daß Claire mit einem Schlüssel in der Hand zu ihm kommt, wie ein Gnadenengel über den straßenlosen Strand –

Aber ein Finger, nicht seiner, fährt an seinen Lippen entlang, verteilt das Blut, und mit einem offenen Auge sieht Nathan, wie das Mädchen ihren rot beschmierten kleinen Finger hochhält. Und was tut er, als sie sich vor ihm hinkniet, als sie am Gürtel zerrt und den Dorn aus dem Loch zieht und das blanke Leder aufschnallt und es durch die Finger gleiten läßt, wie um für einen späteren Zweck Maß zu nehmen? Als er ausgepackt wird, geht ihm Amparos Brief durch den Kopf, eine wahr gemachte Drohung, ein tatsächlich gehaltenes Versprechen. Er läßt es geschehen. Er läßt es immer geschehen. Wie er auch jetzt alles geschehen läßt. Kurz öffnet er die Augen wie ein Schlafender, der aus einem qualvollen Traum zu einer noch größeren Qual erwacht.

Das Mädchen steht auf. Sie wischt sich den Mund, auf dem ein kleines Lächeln liegt. »Bueno«, sagt sie.

Amparo, die auf der andern Seite der Scheibe gewartet und zugesehen hat, nickt ihm leicht zu.

Am Ende des Gefängnisdamms sieht er das rote Auto neben dem Tor stehen. Dahinter parkt noch ein zweites Auto. Zwei der Geheimagenten, oder was sie sonst sein mögen – es sind jetzt drei –, gehen am Straßenrand auf und ab. Einer ist deutlich kleiner als der andere und dicker, älter, sie sind wie Vater und Sohn. Der dritte plaudert mit dem Wachposten. Alle halten inne, als sie Nathans alten 4x4 sehen, und als er vorbeifährt, steigen sie in ihre Wagen und folgen einer hinter dem andern.

Er fischt sein Handy aus der Tasche, und diesmal ruft er sie an. »Nein, Serena, ich bin nicht paranoid. Nein, ich bilde mir nicht ein, daß die ganze Welt hinter mir her ist.«

Sie ist zynisch. Sie erzählt ihm, daß seine Verfolger bloß eine Spazierfahrt machen. Sie sagt, da sei sie sicher. Dann legt sie auf. Wie, fragt sich Nathan, kann sie so sicher sein?

Das Auto schlingert unter den Stößen des Seitenwindes. Straßensalz und Schotter klicken an die Scheibe. Hinten auf der Ladefläche schnarcht Baron und schwanzwedelt sich durch seine Träume. Im Rückspiegel halten zwei Scheinwerfer genau sein Tempo. Er bremst leicht ab, und sie holen etwas auf, fallen wieder zurück. Sein Blick geht nach oben zu der alten Fabrik am Expressway mit der Aufschrift BARCLAY BARCLITE FURNITURE CO. in zum Teil defekten roten Leuchtbuchstaben: dunkel das Gebäude, seit Jahren außer Betrieb, nur ein Versehen, daß die Reklame noch leuchtet. Obendrüber prangt die Werbung für ein importiertes Auto, deren Slogan WARUM DER VOLLKOMMENHEIT HINTERHERLAUFEN, WENN SIE SICH REINSETZEN KÖNNEN? so lang wie ein Straßenblock ist, darunter eine Digitalanzeige: 21°F ...0:54 ... –6°C ... 0:55. Das Ganze kommt ihm wie eine kryptische Botschaft vor, vielleicht des Inhalts, daß unsere Besitztümer im Grunde unser wirkliches Ich verdrängen, das immer primitiver bleiben wird, als wir es wahrhaben wollen. Die numerische Anzeige scheint nur unsere Machtlosigkeit zu beziffern, dem Schrei nach einem Glauben einen aufs äußerste reduzierten Ausdruck zu geben.

»Das gibt's nicht.« Er fährt abrupt rechts ran auf die Standspur und späht durch die Windschutzscheibe nach oben. Seile und Gerüste vor den Barclay-Barclite-Mauern verbergen teilweise eine halb fertige Reklametafel, die so breit und hoch ist wie drei komplette Stockwerke. Unten die Reste eines Fahndungstextes der New Yorker Polizei, den man in der ganzen Stadt auf den Hecks der Busse lesen kann:

TEL. 1-800-COP-SHOT
10 000 DOLLAR BELOHNUNG FÜR INFORMATIONEN, DIE
ZUR ERGREIFUNG

jetzt überklebt von

BUSUNFALL? AUSGERUTSCHT UND GESTÜRZT?
BEHANDLUNGSFEHLER IM KRANKENHAUS?
VON DER POLIZEI MISSHANDELT?
SEXUELLE BELÄSTIGUNG?
LASSEN SIE SICH NICHTS GEFALLEN!
SIE HABEN EIN ANRECHT AUF ENTSCHÄDIGUNG!
SIE HABEN EIN ANRECHT AUF GELD!
SIE KÖNNEN FRÜHRENTE BEANTRAGEN!
RUFEN SIE *SOFORT* AN!
BEZAHLUNG NUR IM ERFOLGSFALL!
SCHRECK & STEIN ASSOCIATES
TEL. 1-800-PAY-BACK

Primitive Piktogramme – ein hinfallendes Strichmännchen, ein Strichmännchen mit Kopfverband und Schlinge, ein Strichmännchen, das sich gegen ein angreifendes Strichmännchen verteidigt – veranschaulichen drastisch die Möglichkeiten.

Nathan überquert den Harlem River, durchquert die Stadt. Eine Pferdekutsche kommt aus dem Central Park, bleibt an einer Ampel stehen und fährt weiter an Autos vorbei, die mit Schnee und Straßenschmutz besprenkelt sind. Der Kutscher in Mantel und Melone und ein altes, würdevolles Paar bis zu den Knien in Decken verpackt, Köpfe und Schultern fein bestäubt, das steif dahintrabende Pferd mit dampfenden Flanken. So sehr aus einer andern Zeit, daß Nathan das Lenkrad fester faßt und sich laut räuspert, um sich davon zu überzeugen, daß er tatsächlich hier sitzt und atmet. Ein Taxi steht im schiefen Winkel zum Bordstein, die Schnauze in einem Schneeberg vergraben. Ein weißer Fetzen hängt aus seinen gesprungenen Fenstern, kein Hilferuf nach Rettung aus der Kälte, sondern ein Zeichen der Kapitulation in der Hoffnung auf eine allgemeine Amnestie.

Das Buch aufgeklappt auf der Brust, ungelesen, das Wasserglas unberührt blickt Claire durchs Fenster und erinnert sich, wie sie früher nur Mitleid mit Nathans Mutter hatte. Kein töchterliches Mitgefühl voller Trauer, sondern Mitleid gemischt mit Verachtung. Wie Milton mit seinen Frauen protzte, und wie sie und Nathan tatsächlich mit einigen auf einen Drink, mit andern essen gingen. Die ganze Zeit fassungslos über die Blindheit von Nathans Mutter. Wie sollte sie *nicht* Bescheid wissen? Natürlich wußte sie Bescheid. Und natürlich erscheint diese Blindheit Claire heute als eine Art Stärke.

Sie hat Milton in den Nachrichten gesehen. Sie hat ihn in der Zeitung gesehen. Obwohl er inzwischen verlebt und schwammig und alles an ihm vulgär und aufgebläht ist, hat

Milton immer noch Spuren von Nathans alter Schönheit und Nathans ganzes Charisma, mehr als Nathans ganzen Charme. Vor Jahren, als sie noch mehr Tochter als sonst etwas war, saß Claire bei Familienzusammenkünften in Miltons teuren Sesseln, blickte auf Miltons teure Stadtansichten und sah zu, wie seine Frau den großen Mann mit den Augen durchs Zimmer verfolgte, genau wie sie selbst Nathan auf Partys und in Clubs verfolgte: sie wußte, wo Nathan war, mit wem er gerade redete, ob und wie sehr er sich dabei bemühte. War ständig dabei, den Winkel zu messen, in dem er sich den zu ihm aufschauenden Frauen zuneigte, die Absicht seines Lächelns zu ergründen. Wenn er sich wieder mit den zwei mittleren Fingern seiner rechten Hand über den Rand der Unterlippe strich. Wobei sie es eigentlich gar nicht wissen wollte, ganz gewiß nicht beim Schauen ertappt werden wollte; es nicht lassen konnte. Wie auch Nathans Mutter es nicht hatte lassen können.

Dann, bevor sie ihre ersten Entdeckungen machte, bevor sie die Zeichen erspähte und gleich verleugnete: der ersten Frau, der dritten, der vielen anderen, der Scharen gesichtsloser Frauen – vor alledem ging ihr auf, daß die Lüge sich erschöpft hatte. Und an derart lachhaften Sachen: am Anblick seines Handgelenks, an einem aufgekrempelten weißen Hemdsärmel, am hellbraunen Leder seines Uhrarmbands auf seinen goldbraunen Haaren; am Aussehen seiner Rückseite, wenn er nackt durch ihr Zimmer ging und die Jalousien verstellte; an der Art, wie seine Hände über ihr Becken strichen; an seinen Augen, seinen Schenkeln, seinem Geruch, seinem Geschmack, seiner Hitze – er war immer warm, immer am Brennen, immer hielt sie ihn, als ob er aus Feuer wäre. Im durch die Jalousien schimmernden Laternenlicht starrte sie ihn an, während er schlief. Wenn sie in ihrem Büro einem Mandanten gegenübersaß, erschien er vor ihrem inneren Auge, bis sie beschämenderweise rot wurde. Es war alles beschämend. Daß in einer Menschenmenge er und nicht sie alle Blicke auf sich zog; daß sie nur eine aus einer großen Herde von Frauen war, die ihn haben wollten.

Gegen Ende dann, als ihre Blindheit verging, geschah es, daß sie sich zu Nathans Mutter hingezogen fühlte. Schmerz, Wut, Sehnen, Begehren: Nathans Mutter – die gar nicht dümmer war als sie, nur stärker – hatte es durchgemacht, so wie sie es jetzt durchmachte. Nachdem alles vorbei war, schickte sie der alten Frau zum Geburtstag Blumen. Das machte sie immer noch. Auf einer der Karten vor einigen Jahren erzählte sie ihr von Nathans Kind, und daß es gestorben war. Nicht einmal ihre eigene Mutter wußte davon. Nathans Mutter schrieb zurück. Es war eine kleine Karte, mit kleinen Worten darauf. Sie schrieb sehr schön und sehr präzise, es sei grauenhaft – und gut, daß es tot war.

Nathan rechnet aus irgendeinem Grund damit, daß im St. Luke's Hospital Massenandrang herrscht, daß die Notaufnahme mit Unfallopfern und Schußverletzten überfüllt ist, aber das Foyer ist leer, die Stationen sind ruhig, und durch die geregelte Luft tönt nur das tiefe Brummen ferner Poliermaschinen. Er geht über die Linoleumböden, zwischen Wänden hindurch, auf denen bläuliches Licht schimmert. Durch offene Türen weht hier und da der Duft von Sauerstoff und Jod, geben Apparate Puls- und Herzschläge wieder. Er bleibt vor dem Aufzug stehen, mit dem er schon ein Dutzend – zwei Dutzend – Mal gefahren ist, und starrt auf die dunkle Linie zwischen den Türhälften. Eine Lichtblase schwebt nach oben, dann öffnet sich die Tür, und ein Pfleger drinnen hält sie mit der Hand auf und wartet. Einsteigen. Nach oben. Der Pfleger sieht Nathan an, dann gibt er die Tür frei, und sie schließt sich wieder, und die Linie wird dunkel. Nathan dreht sich um und geht die Treppe zur Cafeteria im Keller hinunter. Er erwartet, daß die Frau mit dem Waschfrauengesicht hinter der

Kasse sagt: Zeit wird's, sie braucht Sie, wo sind Sie gewesen? Aber sie sagt gar nichts.

An den langen Plastiktischen verstreut sitzen an Schlaflosigkeit leidende Patienten in Papierslippern und die Verwandten von Patienten, die das endlose Warten und Bangen seit langem gewöhnt sind. Pappbecher mit kalter Neige, halb aufgegessene Schalen mit Dosenfrüchten, Sandwiches in Zellophan gewickelt. Eine Ärztin im weißen Kittel, über ihren Kaffee gebeugt, die Augen geschlossen. Zwei Männer sitzen an der hinteren Wand und unterhalten sich flüsternd, wobei der eine alt genug ist, um der Vater des andern zu sein. Der jüngere ringt die Hände und nickt zu den Ratschlägen des anderen.

Nathan sucht sich einen Mann mittleren Alters aus, der einen Mantel lose umhängen hat und mit einem Plastiklöffel auf den Tisch pocht.

»Haben Sie jemanden oben liegen?« fragt er, wobei er sich ihm schräg gegenüber niederläßt.

Der Mann schaut auf. »Sie?«

Nathan nickt. »Ich war heute schon mal oben. Jetzt, na ja, jetzt sitze ich einfach dumm rum, denke ich.«

»Ich weiß, was Sie meinen.«

»Um in der Nähe zu sein.«

»Versteh ich.«

»Ich wollte eigentlich hochgehen, aber ich schaff's nicht.«

Der Mann schiebt eine Schachtel mit Wheat Thins über den Tisch. Die kleinen viereckigen Kräcker darin sehen ein wenig wie Hostien für reuige Sünder aus, und Nathan nimmt welche. Es tut gut, sie einfach in der Hand zu halten. Er hat seit Jahren keine mehr gegessen; Claire hatte meistens welche im Haus.

Der Mann kaut langsam vor sich hin, und sie haben einander nicht viel zu sagen, und das ist ganz in Ordnung. Nathan lauscht jetzt angestrengt, um in der gedämpften Atmosphäre des Krankenhauskellers etwas zu hören. Das Schurren von Plastikstühlen auf dem Linoleum. Manchmal meint er, ein neugeborenes Baby schreien zu hören, frisch dem rosigen Fleisch seiner Mutter entschlüpft; ein Arzt lacht; ein Taxi hupt vor dem hohen Gitterfenster auf der Straße. Diese Geräusche reichen aus, um ihn an das Leben zu erinnern. Von der sterbenden María würde er kein menschliches Geräusch erwarten.

Nach einem Räuspern bricht Nathan das Schweigen. »Wen haben Sie oben liegen?«

»Meine Frau.«

»Wird sie wieder?«

»Angeblich.«

»Bekommt sie ein Kind?«

Der Mann schüttelt den Kopf. »Nein. Das haben wir hinter uns. Wir haben drei zu Hause. Meine Schwester ist da und sieht nach dem Rechten.«

»Drei Kinder. Wie schön. Ich bin sicher, alles wird gut.«

»Sie kommt schon durch.«

Nathan nickt. »Das ist die richtige Einstellung.«

»Ich werd die ganze Nacht hier sitzenbleiben«, sagt der Mann.

Nathan streift sein Jackett ab. »Ich leiste Ihnen ein Weilchen Gesellschaft.«

Der Mann sieht ihn an. »Vielleicht sollten Sie doch lieber hochgehen? Sie sehen aus, als würden Sie gern. Es wird Ihnen bessergehen, wenn Sie, na ja, einfach kurz reinschauen, hallo sagen.« Als Nathan nichts erwidert, zuckt der Mann die Achseln. »Aber das müssen Sie wissen«, sagt er, dann steht er auf und steuert den Kaffeeautomaten an der Theke an, und Nathan schaut ihm hinterher. Der Mann hat hängende Schultern, einen schlurfenden Gang, dicke Hände, Knöchel wie knorriges Astholz. Er arbeitet, dieser Mann, er ist in der Gewerkschaft, und er schlägt sich mühsam durch und legt seinen Kindern für jeden Milchzahn ein Geldstück von der guten Fee unters Kopfkissen. Nathan erkennt in ihm den alten Joe wieder, seinen Großvater, Miltons Vater, den freundlichen Klempner Joe. Vielleicht hat er sich deswegen zu diesem Mann gesetzt. Joe mit seinen fleischigen Pranken, in denen porentief der Dreck saß – er war mit vierzehn von der Schule abgegangen, trotz seines unersättlichen Wissensdrangs. Seine Stapel von Opernplatten und seine Regale voll Dickens und Proust das reine Kauderwelsch für die Brüder einer Einwandererfamilie, die alle außer ihm gedankenlos ihre Tage damit vergeudeten, vom Fenster aus ihren Freunden zuzubrüllen, sich auf der Straße aufzubauen wie in Erwartung des Feindes. Er führte Wortlisten auf alten Servietten, Briefumschlägen, Telefonbüchern, später Tagebuchnotizen mit Tag und Datum darüber, die er über die Wohnung verstreute und in seinen Wurstfingern hielt wie ein Schauspieler, der den ganzen Tag lang den Text der nachfolgenden Handlung einstudiert. Der gern eine andere Rolle hätte. Unterdessen schweißte er Rohre und drehte eiserne Spiralen durch die Abwasserleitungen von Brooklyn und wühlte sich durch die Scheiße zahlloser Babys und Undankbarer und Träumer und legte jeden Dollar, den er abzweigen konnte, auf die hohe Kante, damit Milton, sein einziges Kind, Jura studieren konnte. Nathan weiß wenig, aber genug, um zu erkennen, daß er von diesem Mann alles hätte lernen können. Aber er hat sich die falsche Generation zur Nachahmung ausgesucht; ein Sohn zu spät.

Der Mann kommt mit zwei Bechern Kaffee zurück und setzt sich Nathan direkt gegenüber. »Sie retten einem das Leben und schicken einen nach Hause, und dann bringen sie einen dort mit der verdammten Rechnung um.«

Nathan pustet auf seine Tasse. »Krankenkasse?«

Der Mann schüttelt den Kopf. »Kein Gedanke. Ich hab 'ne Rente, aber die wird draufgehen und noch mehr. Und Sie? Wen haben Sie hier liegen?«

Nathan blickt den Mann an. »Schwer zu sagen«, antwortet er.

»Vater? Mutter?«

»Nein.«

»Sie ist nicht Ihre Frau.«

»Nicht meine Frau, nein. Meine Freundin.«

Der Mann hebt die Hand hoch. »Geht mich nichts an, entschuldigen Sie.«

»Wir leben zusammen«, erklärt Nathan.

Der Mann nickt. »Schon recht. Tut mir leid, daß ich gefragt habe. Ich wollte nicht neugierig sein. Sie wird bestimmt wieder gesund.«

»Ich glaube, das wird sie nicht.«

Der Mann pustet auf seinen Kaffee.

Ein leises Sirren ertönt, noch einmal, dringlich. »Ihr Handy?« fragt Nathan.

»Meins? Ich hab keins von den Dingern.«

Nathan beäugt mißtrauisch sein Jackett und durchwühlt dann die Tasche danach.

»Ja, ich bin's. Wo ich im Moment bin? Äh, egal –« Er stößt mit der Schuhspitze auf den Boden. Er blinzelt, blinzelt noch einmal. Als er den Blick des Mannes gegenüber auf sich spürt, dreht er sich zur Wand um. Er legt die Hand auf das eine Auge, auf das andere, drückt leicht mit den Fingerkuppen.

»Wann ist es passiert?« Er guckt auf seine Uhr, dann läßt er die Hand auf den Schenkel sinken. Er blickt auf die Tür der Cafeteria, durch das kleine viereckige Fenster nach draußen in den Flur, durch den Flur auf den Fahrstuhl und den Schacht hinauf in den sechsten Stock, wo auf Zimmer 614 alle Geräusche und das Atmen aufgehört haben und die Apparate abgeschaltet sind und Marías Mund starr ist, formlos. »Aha. Verstehe. Nein, das hätte sie nicht gewollt. Diese ganzen Schläuche und Kabel, sie hat sich damit wie eine Marionette gefühlt … Ich soll die Leiche morgen identifizieren?

… Ja, ich komme. Nein, er ist in der Wohnung. Gehen Sie nicht hin. Ich gehe, ich gehe jetzt nach Hause. Ich sag es ihm selbst.«

Als Nathan das Handy zuklappt, nickt der Mann gegenüber in einem fort. »Sie waren ja hier«, sagt er. »Sie waren doch bei ihr.«

Nathan blickt den Zuckerstreuer in seiner Hand an. Er haucht ihn an und schüttelt den Kopf, während die verzerrte Darstellung seines Gesichts im Metallteil des Streuers sich verschleiert und wieder klärt.

»Soll ich Ihnen was holen? Ich hol Ihnen ein Glas Wasser«, sagt der Mann. Er steht rasch auf und geht fort.

Nathan atmet lange aus und nimmt sein Jackett vom Stuhl neben sich. Er tastet nach dem Umschlag mit Geld in der Tasche, zieht vielleicht zehn-, fünfzehntausend Dollar heraus, schiebt die Geldscheine zwischen zwei Servietten und legt sie neben den Kaffee des Mannes. Er nippt an seinem Becher, dann stellt er ihn hin und schaut zu dem kleinen Fenster zur Straße hinauf. Wo er Kaffee verschüttet hat, hat sich an seinem Ellbogen eine kleine Pfütze auf der Kunststofftischplatte gebildet, und eine Fliege, wie er auf Besuch in diesen heiligen Hallen, hockt am Rand, tritt hinein. Nathan dreht sich auf seinem Stuhl um und sieht den Mann neben der Frau an der Kasse stehen; beide starren ihn an. Er steht auf und geht.

Santos steht in der Tür, die Haare dunkel vor Nässe, als trieften sie von Blut. Er hat auf der Zunge Sätze parat, die warm und passend klingen sollen, aber dann begreift er, daß es nichts zu sagen gibt. Claire faßt ihn und zieht ihn sachte zu sich aufs Bett. Santos legt den Arm um ihre Schulter und vergräbt seinen nassen Kopf in ihren Haaren wie ein Kind, und einen Moment lang ist es, als legte sich eine Wolke zeitloser Zärtlichkeit schützend, hütend um sie beide. Selbst hier in diesem Schlafzimmer, wo sich nichts verändert hat, seit Nathan ausgezogen ist. Tapeten mit Adlern und Glocken darauf. In seinen Sachen und Schuhen sinkt Santos auf das Bett, auf dem sie wenige Tage nach Nathans Auszug mit der Schamlosigkeit von Teenagern zum erstenmal miteinander schliefen.

Claire setzt sich auf. »Ich wollte aufbleiben, aber ich war so müde.«

»Es tut mir leid.«

»Sie war wunderbar, Errol. Ich hab sie gern gehabt.«

Aber er preßt ihr einen Finger auf die Lippen und streicht ihr durch die Haare. Geruch von Seife und Minze. Früher einmal hatte er sich einen ganzen Weihnachtsmonat mit ihr ausgemalt: dämmrig blaue Tage, die Dächer von mondhellem Schnee überzuckert, wie Cocktailgläser klirrende Schneeketten, die Wohnzimmerfenster überall in der sicheren und freundlichen Straße von Wärme und Heimeligkeit strahlend. Diese Hoffnung hat sie zusammengehalten.

Sie flüstert: »Ich hätte deinen Anruf gebraucht. Wo bist du gewesen?«

»Claire, es war schrecklich.«

»Es tut mir so leid.«

Die langen Haarsträhnen und der gerade Pony rahmen ihr Gesicht ein. Ihre hellen Augen. Ihr verbissenes Durchhaltevermögen, mit dem sie es fertigbringt, die Dinge, auf die sie ihr Leben lang gewartet haben, belanglos erscheinen zu lassen.

Sie sitzen Hand in Hand eng beisammen, und er erzählt ihr in allen Einzelheiten vom Strand – nicht von Krivit, nicht von Nathan, nur von Isabel. Sie nickt wie in promptem Einverständnis, und er redet weiter wie ein Gefangener auf Kurzurlaub, dessen Uhr abläuft, der unaufhaltsam Zeit verliert.

Als er fertigerzählt hat, fährt sie ihm mit den Fingerspitzen übers Gesicht, drückt ihn nach hinten in die Kissen, in den Schlaf. Er driftet durch Traumräume – kahl, menschenleer –, die er in dem Licht nicht erkennen kann. Ein Schwelgeruch hängt in den Räumen. Es kommt ihm wie Stunden später vor – wahrscheinlich waren es nur Minuten –, als ihre Lippen ihn aufschrecken, sich fremd und kalt auf seinen Schultern abdrücken, im Nacken, unerwünscht, doch er hindert sie nicht. Sie pustet ihm leicht auf die Augen, wie um sie zu öffnen, und als er es tut, hat das Licht von draußen ihren Körper in Streifen geteilt, enthüllt ihre nackten Tatsachen, hart, grell, eine, die's wissen will. Er gehorcht wortlos, als sie nach seiner Unterhose tastet und sie ihm auszieht. Monatelang schien sie durch nichts erregbar zu sein. Jetzt, heute nacht, gerade heute nacht, manövriert sie ihn mit einer Bestimmtheit, die keinen Widerspruch duldet, auf dem Bett herum wie eine Krankenschwester. Worte sind zwecklos. Immer schon gewesen. Wie irgend etwas von alledem erklären, wo es eine Absicht gab, aber keinen Sinn?

Die Augen offen und glasig, der gerade Strich ihres Mundes blau. Santos streckt die Hand nach ihrem Gesicht aus. Seine Lippen teilen sich, um etwas zu sagen, aber sie legt einen Finger darauf. Ihr Rhythmus ist langsam und gleichmäßig, ruhig, ihre Augen nach innen gekehrt, stumme Augen, die ihn vom Grund eines Teiches anzuschauen scheinen. Als wäre dieser Liebesakt mehr Vorsatz als Begehren, als sollte damit ein Unrecht gutgemacht oder wenigstens der Weg dahin erleichtert werden. Claires Schenkel krampfen sich zusammen, sie zieht den Bauch ein, schnappt nach Luft und erschauert. Dann fällt sie in die Wolke ihrer vermischten Atemstöße. Er klammert sich an sie wie an einen Rettungsring. Vielleicht ist das ihr Vorsatz, ihn zu retten, ohne Rücksicht auf die Konsequenzen. Während sie sein Gesicht mit ihren aufgelösten roten Haaren verschleiert.

Stunden später gehen seine Augen schlagartig auf. Mit einer Kopfdrehung sieht er sein Spiegelbild im Fenster, und er nimmt Claires Hand – sie schläft – und legt sie sich wie eine lebendige Maske übers Gesicht. Aber durch das Gitter ihrer Finger hindurch erwidert Isabel seinen Blick. Ihre Augen sind voller Sand, und sie stellen Forderungen.

2 UHR

In einem überheizten Foyer mit trübe flackerndem Licht stößt Nathan eine weitere Tür auf und betritt eine kleine Wohnung, in der es kein Zeichen von Leben, Pflanzen oder Luft gibt. Hoch in den Wolken, durch die Vorhänge sichtbar, reißt Blitz um Blitz mit feurigem Zucken den Himmel auf und erhellt die gesichtslosen Wohntürme ringsherum wie eine Leuchtrakete nach der andern. Ein sturer Raster breiter Boulevards, die nach Pflanzen und Bäumen benannt sind. Hinter den Mauern am Rand der Siedlung ragen glasüberzogene Bäume in die Höhe wie die Hände ertrunkener Riesen.

Er steht schwer atmend im offenen Übergang zwischen Wohnzimmer und Küche. Kleidungsstücke liegen über den Teppich verteilt, die Tür einer Kommode ist aus den Angeln gerissen, eine Schüssel zerschmettert und die Schokoladenbonbons, die sie enthielt, wild verstreut wie Vogelfutter. An der hinteren Wand ist die lange Reihe von Opernplatten, die seinem Großvater gehörten, dem Klempner Joe, durchstöbert und der seit langem kaputte alte Plattenspieler mit Vakuumröhre von seinem angestammten Platz genommen und abgeschleppt worden.

Die fleckigen Beine einer alten Frau tauchen in einer Ecke aus dem Schatten auf. Sie beugt sich aus einem Ledersessel vor, einem Geschenk von Nathan vor etlichen Jahren, und hält sich dabei den Morgenmantel am Hals zu. Ihre wirr hochstehenden Haare knistern elektrisch.

»Ich bin's, Rose«, sagt Nathan.

Die schwache, hagere Hand, die ihn umkrallt, zittert wie ein Vogel.

»Wieso bist du auf?« fragt er.

»Es ist spät.«

»Wunderst du dich, daß ich hier bin?«

»Das habe ich nicht gesagt.«

Nathan sieht sich um. »Was ist hier passiert?«

»Sie wollten die Rohre reparieren.«

Nathan blickt zum Küchentisch zurück. Ihre Handtasche ist ausgeleert worden, Lippenstift, Brieftasche, Süßigkeiten, Kleingeld, drei Medikamente liegen kunterbunt auf dem Tisch. Ein leises, stetiges Murmeln in Jiddisch rieselt aus dem Radio.

»Waren die Rohre kaputt?« fragt er.

»Ich weiß nicht.«

»Hatten sie Werkzeuge?«

»Ich weiß nicht.«

»Wie viele waren es?«

Sie wendet den Kopf zur Küche, zur Haustür, zum kurzen Flur ins Schlafzimmer, als wollte sie in der Erinnerung die Route nachgehen. »Ich weiß nicht.«

»Zwei? Drei?«

In der Dunkelheit ringt sie die Hände.

In seinem Innern ist ein Loch aufgerissen, aus dem Empörung sprudelt, aber er weiß nicht, woher sie kommt, noch, worin er sie auffangen soll. Die Diebe könnten gut und gern seine Mandanten sein. Er hat Freisprüche für Männer erwirkt, die viel Schlimmeres getan hatten.

»Haben Sie Joes ganze Sachen mitgenommen?«

Sie sagt nichts.

»Wann?« fragt er.

Sie wendet den Kopf ab.

»Vor zwei Tagen? Drei?«

Sie macht kleine nickende Kinnbewegungen.

»Du sitzt hier seit drei Tagen so? Warum hast du Milton nicht angerufen?«

Sie zuckt die Achseln.

»Haben sie dir auch bestimmt nichts getan?« Keine Antwort. »Wieviel haben sie gefunden?«

Immer noch nichts.

»Was war im Portemonnaie, Rose?«

Sie streckt die Hand aus. Ihre Lippe bebt jetzt. Ihre Stimme klingt wie das Schreien einer Katze. »Fünf Dollar vielleicht.«

Er geht zum Schlafzimmer zurück. Sein Name wird hinter ihm hergerufen. »Hast du Hunger?« – eine alte Angewohnheit; sie hat seit Jahren nicht mehr gekocht.

»Ich hab schon gegessen.«

»Ich kann dir ein paar Eier kochen.«

Er bleibt vor einer Wand stehen und hat seine Ahnenreihe vor sich, alle Bilder schief, eine Galerie von Gesichtern, die dunkel hinter fettig trübem Glas schimmern. Alle tot oder in der abgebildeten Gestalt nicht mehr existent. In ihren diversen Rollen als Ballspieler, Schulabgänger, Anwalt. Milton in seinen ersten Tagen als Sonderermittler der Finanzbehörde, leicht gedreht, damit man den Inhalt seines Schulterhalfters sehen kann. Das Kind, das Nathan neben ihm sieht, im Silver Shadow auf dem Weg zur Schule, beobachtet, wie die mächtigen Schultern und Arme des Mannes scharf das Lenkrad drehen. Der Junge sitzt auf den Knien und stellt hoch aufgerichtet mit den Händen Messungen an zwischen dem Kopf des Mannes und seinem eigenen, wobei er sich streckt und den Hals reckt, damit sie haargenau gleich groß sind. Immerhin, dieses Eindrucks kann sich der Junge sicher sein:

von hinten und von weitem sind die Umrisse zweier Köpfe schlicht die Umrisse zweier Köpfe, wie es der Herzenswunsch des Jungen ist, ein Freundespaar, zwei Polizisten, zwei erwachsene Männer und nicht der Vater und sein kleiner Sohn, die sie in Wirklichkeit sind. Und dieser Mann, der Kumpel dieses Jungen, beachtet die zappelige Hand an seinem Kopf überhaupt nicht.

Im Zimmer hinter ihm räuspert sie sich. »Welches schaust du dir an?«

»Was?«

»Du schaust dir die Fotos an.«

»Nein.«

»Ich kann dich hören.«

Ein Säugling in den Armen seiner Mutter. »Das dritte von rechts.«

»Das bist du.«

»Bin ich nicht.«

»Doch. Das bist du.«

Feuchte Augen starren ihn an. Mit sieben Jahren ein Flausch goldener Haare. Er hatte ganz vergessen, daß er als Kind blond gewesen war. Die ganze Nacht über hat er versucht, sich das Gesicht dieses Kindes vor das innere Auge zu holen, aber das einzige, woran er sich erinnern kann, ist ein lange vergangener Sommer, in dem die riesige Hand seine festhält und ihn zum Rummelplatz auf Coney Island führt, und das flüchtige Bild seiner großen Augen beim Anblick des kreisenden Wonder Wheel, der sich in den Halterungen drehenden Gondeln. Der sich ängstlich festhaltenden tätowierten Mädchen. Der Raketen, die unsichtbar in die Höhe schießen, in farbenprächtige Spinnen zerplatzen und wie riesengroße Narrenkappen vor den zahllosen Augen zerfließen, vor dem gesichtslosen Meer emporgewandter Köpfe, Köpfe wie seiner. Emporgewandt zu seinem Großvater, Miltons Vater, dem lieben Opa Joe.

Als er sieben war, kamen eines Abends, während des ersten eindrucksvollen Schneefalls in einem Winter vieler eindrucksvoller Schneefälle, Joe und Rose über Nacht auf Besuch und bekamen das elterliche Schlafzimmer abgetreten. Das war noch in Queens, vor Miltons großen Fällen, vor Central Park West. Ihr bescheidenes Reihenhaus in einer Straße bescheidener Reihenhäuser. Nathans Mutter schlief in Nathans Zimmer, und Milton und Nathan schliefen unten auf der Klappcouch. Der tatsächliche Verlauf des Besuchs ist seinem Gedächtnis entschwunden, aber Nathan meint, ihn sich denken zu können: ein brüchiger oberflächlicher Friede, Untertöne einer leisen Feindseligkeit; Eisklirren in Gläsern, eine glänzende und überladene Tafel, ein Feuer.

Dann ein Ausrutscher. Als Nathan kurz nach Mitternacht neben seinem Vater auf der Ausziehcouch die Augen aufschlug, wurde er sich der nicht ganz geheuer klingenden Geräusche bewußt. Fast automatisch wollte er seinen Körper an dem Körper an seiner Seite ausrichten, überlegte sich die notwendigen Veränderungen. Aber Milton saß kerzengerade im Bett, meterhoch, unendlich hoch über ihm, so still und starr, als ob er in dieser Position eingeschlafen wäre.

Der Junge, Nathan, streckte eine Hand aus. Mit wutgeballten Fäusten wehrte Milton die Berührung ab. Irgend etwas Schlimmes spielte sich ab. Im blauen Licht der Straßenlaternen wirbelte das Zimmer von Schneeschatten. Äste und Eisstückchen glitten unheimlich still über die Wände. Tische und Stühle drehten sich und tanzten, und der ganze Sturm geschah lautlos, pantomimisch, als ob sein wütendes Heulen irgendwo draußen fest angekettet wäre. Von den Lichtarmen überdeckt und umschlungen hätte Nathan nicht fliehen können, wenn er gewollt hätte. Also tat er es Milton nach und wandte sich der Glastür zu, hinter der geächzt, gekeucht, geschnaubt und in einer fremden Sprache ein Selbstgespräch geführt wurde. Durch die wogenden Bäume und Schneeflocken im Nebenzimmer geisterte undeutlich Joes Gestalt, einen Mantel ungeschickt über die Schultern geworfen. Mit gesenktem Kopf brabbelte er etwas, hielt an, gestikulierte wild, dann stolperte er mit schleifenden Schritten vorwärts und blieb abermals zögernd, überlegend stehen. Nicht mehr gewaltig, sondern bloß noch unförmig, plump, legte Milton nicht schützend den Arm um den Jungen. Er half ihm nicht. Statt dessen beobachtete der Junge seinen Vater beim Beobachten und seinen Großvater beim qualvollen Abschied von alten Träumen. Einen Monat später war der alte Mann tot.

Am Türrahmen zum Schlafzimmer entdeckt Nathan eine Säule von Bleistiftstrichen, neben jedem in der krakeligen Handschrift seines Großvaters eine Altersangabe, die letzte auf Hüfthöhe: *Mr. Nathan, neun Jahr*e.

Das Bett seiner Großmutter ist gemacht, aber die Überdecke liegt schief, die Kissen sind abgeklopft und verschoben worden. Die Schubladen der Kommode liegen ausgekippt auf dem Boden, darunter Bügel-BHs, Strümpfe und Pennies. Eine Kaffeedose, ihr geheimes Vorratslager für erhoffte Enkelkinder und für Regentage, liegt ohne Deckel leer auf der Seite. Nathan bleibt stehen und schaut sie an.

»Gut, daß sie nicht auf die Kaffeedose gekommen sind«, ruft er in den Flur.

»Die finden sie nie.«

Er kauert sich davor. »Wieviel hast du da drin?«

»Sag ich nicht.«

Nathan streckt die Beine aus, damit er an seine Brieftasche und an sein Kleingeld kommt. Er zählt ein paar Scheine ab und macht die Dose wieder voll.

Er kehrt ins Wohnzimmer zurück, und als er sie anfaßt, scheint ihre Schulter in seinen Händen aus dem Leim zu gehen. »Stört's dich, wenn ich Licht mache?« Er probiert die eine Lampe, dann die andere. Er bückt sich und lugt unter die Lampenschirme. Es sind keine Glühbirnen drin.

»Seit wann sind in diesen Lampen keine Birnen mehr?«

»Wann warst du das letzte Mal hier?«

Nathan kann sich nicht erinnern. »Kommt Milton dich nicht besuchen?«

Sie sagt nichts.

»Er sagt, er geht dich alle paar Tage besuchen.« Nathan wartet, aber immer noch keine Antwort. »Dann hat er dir also noch nichts von dem neuen Fall erzählt.«

»Welcher neue Fall?«

»Er ist ein Schwein«, sagt Nathan.

»Er ist mein Sohn.«

»Er ist mein Vater.«

»So redet man nicht über seinen Vater.«

»Na ja.«

Nathan setzt sich ihr gegenüber und streckt seine Füße von sich. Er verschränkt die Hände hinterm Kopf und gähnt.

Seine Großmutter lauscht auf das Zischen und Murmeln aus dem Radio.

»Das magst du gern«, sagt er.

»Geschichten für alte Frauen. Soll ich dir was zu essen machen?«

»Muß nicht sein.«

»Doch, laß mich.«

»Ich mach's. Ich geh selber. Bleib sitzen.«

In der Küche steht er vor dem Kühlschrank, den er schon sein ganzes Leben lang kennt. Einst quoll er über von Gemüse und Obst und Bonbons und Flaschen mit süßen Getränken. Von blutigen Fleischstücken und Eiern mit goldenem Dotter. Heute liegt eine braune Banane auf einem Rost, geknickt und verschrumpelt wie ein altes Würstchen. Nathan hantiert herum, macht Geräusche.

»Vielen Dank«, sagt er.

»Gut?«

Er äugt zu ihr hinüber. »Soll ich dir auch bestimmt nichts bringen?«

»Ich könnte keinen Bissen runterkriegen.«

Er zieht einen Briefumschlag aus dem Jackett. Er holt ein halbes Dutzend Blätter heraus und hält sie ans Fenster. *María Rosa. Letzter Wille und Testament.*

Seine Großmutter neigt den Kopf, blickt mit großen ausdruckslosen Augen. »Was hast du da?«

»Bloß etwas, das du mir unterschreiben sollst.«

Er kniet sich neben sie, schließt ihre Finger um den Füllfederhalter und setzt ihn auf eine leere Zeile unten, über der bereits eine Unterschrift steht, seine. Der Füller sackt ab, und Nathan führt ihn wieder hoch und drückt ihre Finger in die richtige Stellung. Dann nimmt er ihre andere Hand, zieht sie gerade und preßt ihre Fingerspitzen auf die Stelle, die sie ausfüllen soll. Anleitung zur Selbstanleitung.

»Was ist das?« fragt sie.

»Du bist meine Zeugin.«

»Wieso?«

Nathan macht den Mund auf, um zu antworten, dann schließt er ihn wieder.

»Ist das ein Testament?« fragt sie.

Er streicht die Papiere auf den Knien seiner Großmutter glatt. »Für meine Firma.«

»Deine Firma.«

»Ja.«

»Ich kann nichts erkennen«, sagt sie.

»Du mußt nichts erkennen. Hier ist es.«

»Aber ich weiß nicht, was drin steht.«

»Einfach das Übliche.«

Ein sehendes Leuchten, das noch einmal durch ihre toten Pupillen bricht, richtet sich auf ihn, während er vor ihr kniet, scheint ihn zu taxieren, zu entscheiden. Noch Monate, nachdem sie erstmals beteuert hatte, nichts mehr sehen zu können, gab sie immer noch vom Rücksitz dieses oder jenes Autos aus Richtungsanweisungen und verwechselte nie die Werte ihrer Geldscheine. Doch jetzt driften ihre Augen leicht ab, als suchte sie etwas im Nebenzimmer, als müßte dort etwas auf der Decke geschrieben stehen, eine Antwort.

Er packt ihre Hand, führt sie nachdrücklich zum Blatt hin.

Zaghaft: »Wer ist alles in deiner Firma?«

»Ich.«

»Nur du?«

»Nur ich.«

»Geht das, daß bloß eine Person in einer Firma ist?«

»Ja, das geht.«

»Wozu soll das gut sein?«

Nathan schnauft. »Zu meinem Schutz. So kann man zwar die Firma belangen, aber nicht mich.«

Sie faßt nach ihm, aber daneben. »Wer will dich belangen?«

»Damit will ich dich nicht belasten.«

Sie sitzen eine Zeitlang schweigend da. In ihrer Gegenwart die Sicherheit altgewohnter Gesten und automatischer Rhythmen. Die dunkle und trockene Hitze dieser alten Wohnung wie eine Traumstraße, auf der alles, was verkehrt gelaufen ist, noch nicht begonnen hat und alles, was richtig laufen wird, noch bevorsteht. Das Fenster blickt, wie er weiß, nach Osten, und jenseits der Deponie und der Bucht kommen das offene Wasser und der Horizont. Sie sitzen lange dieser Richtung zugewandt. Die blitzzerrissene Nacht springt wie Glas und verheilt gleich wieder.

»Es wird bald hell«, sagt Nathan. Er blickt nervös auf seine Uhr. »Nur noch wenige Stunden.«

Nachdem sie unterschrieben hat, zieht sie ihre Hand nicht weg, und Nathan läßt sie nicht los. Die Hand ist kühl und schlaff, und sie halten sich gegenseitig, warten. Er betrachtet das Fenster, sie die Decke, als machten sie sich auf den Donner gefaßt.

Ein Weilchen später tätschelt sie sein Knie. »Du bist ein guter Junge«, sagt sie. »Wenn du mich besuchen kommst, ist es ein guter Tag. Es wird ein guter Tag werden.«

Montag

6 UHR

Er ist in der windstillen Ecke eines Ruderbootes eingeschlafen und blinzelt jetzt mit einem Auge, dann mit dem andern, schlenzt das blaßgraue Licht über den Nasenrücken hin und her. Er richtet die Augen auf die Sonne. Es ist Mittag, jedenfalls hat es den Anschein. Die Sonne, soweit er sie sehen kann, ist ein trübes Guckloch in einen am Himmel hängenden Ofen. Die Brandung spült unablässig an die Felsen und spritzt weiße Fontänen in die Luft. Hier und da zwischen den Algen die grünen Gesichter und gespreizten Beine von Frauen, die mit den Zehen in der Gischt rühren, während ihre Kleider unter ihnen wallen. Auf den Felsen liegend, die Brüste auf dem Wasser schwimmend. Haarsträhnen wie zum Trocknen ausgebreitet. Eine Wolke aufgeregter Möwen verdunkelt den Himmel. Die Vögel stürzen aus halbhohem Schwebeflug auf die Körper hinab und schwingen sich wieder empor, hin und her, so daß es aussieht, als führten sie truppweise koordinierte Angriffsflüge gegen den einen und dann den andern durch. Dazwischen, auf einem Felsen wie alle andern, rangelt ein verklammertes Pärchen, die Frau unten japsend, der Mann oben rhythmisch buckelnd zum Stoß mit teigbleichen Hinterbacken und Kopf. Der Mann dreht den Kopf zum Meer. Es ist Nathan. Nathan sieht sich selber drohend grinsen, sich abwenden, das Schieben wieder aufnehmen. Im letzten der Felsen am Strand steckt die erste von drei Reihen dem Ozean zugewandter Kreuze, und die Querhölzer erinnern an die Arme gereizter Väter, die ihre dösenden Söhne an den wegsackenden Ellbogen packen und hochziehen, damit sie die Vorstellung weiterverfolgen. Der Wind ist steif und naß, und als er abflaut, kann Nathan die Schreie aus der hintersten Kreuzreihe hören, wo das blutgeölte Holz in der Sonne glitzert. Tick-tack wie Metronome machen die Köpfe. Gefesselte Hand- und Fußgelenke zerren an den eisernen Krampen. Er sieht sich von dem Felsen aufstehen. Die liegende Frau rührt sich nicht. Er kennt das Gesicht, er kennt ihren Namen, und er kann sich selbst deutlich sehen, kann sich selbst deutlich sehen.

Wie spät ist es, als er irgendwen oder -was in der Nähe spürt? Als Nathan die Augen aufschlägt, sieht er den Stoffhimmel des Wagens über sich und befingert ein Muttermal an seinem Hals. Das Sakko wie eine Decke über die Brust gelegt, vom Lenkrad beengt, blinken ihm die grünen Leuchtziffern am Armaturenbrett die frühe Morgenstunde entgegen, während draußen noch kaum etwas zu erkennen ist. Der anbrechende Tag – wenn es denn einer werden soll – ist rauh und schlierig. Es graupelt immer noch oder wieder.

Er wischt seinen schlechten Atem von der Scheibe und blickt zu den hohen Salonfenstern im 11 Cheever Place empor. Die langen weißen Gardinen, das milde Leuchten der Straßenlaterne. Die Blumenkästen sind leer, was er merkwürdig findet, bis ihm wieder einfällt, welcher Monat ist. Hier und da ist die Eingangsbeleuchtung angelassen worden, Zeichen häuslichen Glücks, Wegweiser nach Hause. Rauschsilber rahmt die Fenster ein; Plastikrentiere grasen auf dem kleinen, mit blauen Tonsandsteinplatten gepflasterten Hof ein paar Türen weiter. Ein junger Vater im Unterhemd lehnt sich aus einer Tür und bückt sich nach der Morgenzeitung im

Schnee, als wollte er der unsichtbaren Obrigkeit des Tages seinen frisch gewaschenen Kopf darbieten.

Nichts scheint sich verändert zu haben. Dieselben zerbeulten Mülleimer, ein paar Risse mehr im Bürgersteig. Dasselbe Viertel knapp unterhalb des Wohlanständigkeitspegels.

Claire muß auf sein. Sie wird zum Gericht müssen, sie wird sich an dem Tisch mit Blick auf den kleinen Garten Notizen machen, wird sich eine zweite Tasse Kaffee einschenken, sie dann kalt werden lassen und sich auf den Weg ins Büro machen –

»Liebling«, wird sie sagen. »Sieh mich an – hier hält uns nichts mehr.«

Nathan schwitzt, er zittert am ganzen Leib.

»Wovor hast du Angst?«

»Vor allem.«

»Laß uns los. Laß uns heute noch losfliegen.«

Er legt Beistand suchend den Arm um sie, lehnt seinen feuchten Kopf an ihre Schulter wie ein Kind. Ein schützender Mantel der Zärtlichkeit und Fürsorge hat sich über sie beide gebreitet. »Warum nicht«, sagt er. »Sehen wir zu, daß wir wegkommen, solange es noch geht.«

– durch die wildbewegte Himmelsdecke, die brodelnden Wolken hindurch dem makellosen goldenen Dotter der Sonne entgegen, hinaus über die klaren Berge, die sich von einem Horizont zum andern auftürmen –

»Meinst du das ernst?«

»Ja. Ja, ich meine es ernst. Aber, Claire – ich bin gefallen, sozusagen. Ich werde nicht derselbe sein.«

Ein hastiges Flüstern, liebevoll: »Das ist mir gleich.«

»Was ich mal konnte, kann ich nicht mehr.«

»Ja.«

»Aber, Claire –«

»Ich erwarte das nicht von dir. Ich weiß, daß es schwer wird.«

»Aber wir können glücklich werden, nicht wahr?«

»Ja«, sagt Claire. »Wir können glücklich werden.«

– und weit über dem Ozean der kleine Bungalow, das Krachen der Brandung auf den Sand, der starke saubere Wind vom Meer – alles wartet schon –

Es ist sechs Uhr in der Frühe. Über ihm donnert es, und es donnert unmittelbar unter seiner Schädeldecke. Und ja, das ist Errol Santos' Chevrolet, der da vor der Haustür parkt.

Nathan versucht seine Verwirrung abzuschütteln, sie zurückzuschicken wie ein mißratenes Gericht im Restaurant, aber es geht nicht. Blinzelnd streckt er die Beine aus, nimmt langsam die Anzeige seines Piepsers wahr, vierzehn Mitteilungen: *New York Times … Dr. E. … Errol Santos … New York Post … Errol Santos … Errol Santos …* Es geht noch weiter, aber er hört auf, er kann nicht, er richtet den Piepser auf Baron, der aufrecht neben ihm auf dem Beifahrersitz hockt. »Was meinst du? Schweigen ist Gold, ich verstehe. Du hast natürlich recht, wie immer.« Nathan knipst den Piepser an seinen Gürtel und drückt Daumen und Zeigefinger, so daß seine Mitteilungen davonfliegen, irgendwohin, in den Kommunikationshimmel, den Friedhof für elektronisch abgeschmetterte Bitten und Partikel unerwünschter Bedürftigkeit. Als der Speicher leer ist, schiebt er eine CD ein, *Soulville* von Ben Webster, langsam und getragen wie ein Trauermarsch, um den grauen Tag in ein blaues Ideal umzudenken. Er weiß jetzt, wo dieser Tag hinführt, wie er enden wird. Und enden wird er, muß er.

Die Hundeaugen verfolgen unterdessen eine ablenkende Bewegung draußen vorm Fenster: die rote Limousine rollt langsam zwischen den Reihen parkender Autos die Straße hinunter. Ihre Scheiben sind beschlagen, aber Nathan kann die Vater- und Sohngestalten von Fahrer und Beifahrer ausmachen, Kaffee aus Pappbechern schlürfend, mit eingewickelten Donuts beschäftigt. Triefäugig – sie müssen müde sein – fahren sie weiter, werden vor Claires Haus langsamer. Einer scheint in Errols Wagen zu spähen und sich etwas zu notieren. Dann rollen sie weiter, um die Ecke, fürs erste, scheint es, damit zufrieden, einfach die Temperatur der Situation gemessen zu haben.

Ruckartig hebt Nathan den Kopf. Die Wohnzimmergardine hat sich bewegt. Wirklich? Vielleicht war es Zugluft? Er erinnert sich an die Nummer 11 von früher, an die großen Fenster mit ihren wackligen Scheiben und ihrem kalkigen Schleier, durch die auch bei stillstem Wetter der Hauch des Tages, heiß oder kalt, hindurchsäuselte. Doch die Gardine bleibt zugezogen, und jetzt erregt Barons Verhalten seine Aufmerksamkeit. Der Hund hat etwas geschnappt – vielleicht eine Fliege, die in der Wärme des Garagenwagens ausgeschlüpft ist – aber statt sie hinunterzuschlucken, scheint er sie auf der Zunge zu behalten, zwischen den Zähnen damit zu spielen, als wollte er sie Nathan lebendig präsentieren, als Zwischenmahlzeit für seinen Herrn. Nathan fühlt väterlichen Stolz in sich aufsteigen, und er freut sich über diesen Jagdhund, darüber daß dieses reinrassige Instinktbündel sich endlich einmal nützlich machen kann. Nützlichkeit. Wie sich das anfühlen muß.

Nathan krault den Hund ausgiebig hinter den Ohren, und mit einer Grimasse, die man leicht für ein Lächeln halten könnte, beißt Baron seine langen Zähne zusammen und schluckt das eingesperrte Insekt hinunter.

Da steht Errol Santos im Hauseingang. Späht besorgt nach oben, schlingt gegen die Kälte die Arme um sich. Auf der Treppe greift er sich Claires *Times* und schlägt sie auf. Offenbar hat er etwas gesehen, das ihm mißfällt, denn er läßt sie wieder in den Schnee fallen. Nathan blickt ihm nach, als er wegfährt, bis die Rücklichter des Chevrolet nur noch Pünktchen im frühen Morgenlicht sind, während durch sein eigenes automobiles Ambiente eine heisere Ballade dröhnt.

Baron hat jetzt zu winseln angefangen und macht mit seiner stupsenden, reibenden Schnauze Quietsch- und Furztöne an der Scheibe. Nathan macht ihm die Tür auf, und der Hund wirft ihn mit einem Satz fast über den Haufen und beschnüffelt zum erstenmal seit zehn Stunden richtigen Boden. Stolz hebt er sein Bein und pißt einen harten Strahl quer über die Fahrertür. »Herrje«, stöhnt Nathan, packt den Hund am Halsband und zerrt ihn zu einem abgestorbenen Baumstumpf, wo er zögerlich herumschwänzelt, als wäre er eigentlich mit etwas anderem beschäftigt. Traurig und leicht beklommen beäugt Baron Nathan, der sich diskret abwendet, als der Hund sich hinkauert, drückt und mit einer angedeuteten Kniebeuge sein Geschäft beendet. Stier wie ein Betrunkener glotzt Nathan den dampfenden, schimmernden Haufen an, dann tritt er ihn unter das Rad des nächsten Autos und streift seine Schuhspitze am Bürgersteig ab. »Rein mit dir«, befiehlt er und deutet auf den offenen Wagen.

Ein bißchen wacklig auf den Beinen, aber ansonsten sicheren Schritts geht Nathan auf Claires Tür zu, immer dem blaßblauen Schatten hinterher, den das Licht vor ihn aufs Pflaster wirft. Er schüttelt den Schnee von der Zeitung ab. Auf der Vorderseite des New Yorker Teils, direkt unter dem Hälftenknick, ist Isabel. Isabel jung und naiv, nicht die Isabel, die er kennt. Der Artikel geht innen weiter, über die Trennlinie zwischen Wetterbericht und Sport hinweg, wo Beach Volleyball der neueste Schrei ist und die Yankees über einen Spielertausch außerhalb der Spielzeit nachdenken und ein an Armen und Beinen gelähmter Ex-Stürmer bei den Jets das Verbot gewalttätiger Attacken fordert. Dann überfliegen Nathans Augen seinen Namen, den seines Vaters, den von Errol Santos. Auf der nächsten Seite verlangt ein Entführungsopfer Entschädigung. In Kroatien wird unterdessen ... Und im Columbia Presbyterian Hospital, wo die Joggerin vom Riverside Drive ... In Mexico City ... Und Nathan faltet die Zeitung nicht zusammen, sondern macht eine Rolle daraus, woraufhin er sich nervös nach seinem Handy abklopft, es aufklappt und Knöpfe drückt. Mitteilungen, Mitteilungen, wo sind sie hin? Sagt mir, daß ich lebe. Sagt mir, daß ich am Leben bleiben werde.

Schon im Begriff, seine eigene 900-Nummer zu wählen, bricht er ab. Wie seltsam das wäre, eine Rechnung über 100 Dollar von sich selbst gestellt zu bekommen. Wem wärst du etwas schuldig? An wen würdest du zahlen? Und wenn du es nicht tätest? Wenn du die Rechnung ignorieren würdest, wie du es immer tust, wenn du es auf die Spitze treiben und abwarten würdest, bis die Inkassobüros das Einschreiben mit der Vorladung schicken – könntest du Beklagter und Kläger im selben Fall sein, *Stein gegen Stein*, Streitsumme 99,99 Dollar, die der Beklagte, Nathaniel Stein, für die Benutzung der Telefonnummer 1-900-945-5343, gemeinhin mit 1-900-WILL-DIE angegeben, dem Eigentümer der besagten Nummer, Nathaniel Stein, schuldet? Was soll's? Er verdient, was? zwanzig Riesen in zweieinhalb Monaten? Er kann es sich leisten, dieses eine Mal gnädig zu sein, sich aus dem Schneider zu lassen, auf die Begleichung der Schuld zu verzichten.

Ein einzelner Donnerschlag explodiert unmittelbar hinter ihm, über dem Fluß. Das Pflaster unter Nathans Füßen tut einen kleinen Ruck. Er streckt die Hand aus, um zu fühlen, ob es regnet, und blickt in einen meergrünen Himmel empor. Schwarze Rauchschleier hängen hinter den Häusern.

Die schwere, gut geölte Tür macht immer noch kein Geräusch, als sie aufgeht. Ohne Eile, bedächtig richtet Nathan den Blick auf Claire, die einen Morgenmantel, an den er sich aus lang vergangenen Wintern erinnert, fest zuzieht. Sie sieht strahlend aus, jugendlich, schön wie ein Engel. Aber nicht perfekt. Diese leicht schiefen Zähne, ein Fehler, der ihrer stolzen Schönheit schon immer die Unnahbarkeit nahm. Die langen roten Haare fein und wie elektrisch geladen.

Nichts ist ihr über die Jahre abhanden gekommen, nicht ihre schlichte Frisur, nicht die Falte in den Mundwinkeln, die immer noch gleichermaßen bereit wirken, nach oben oder nach unten zu wandern.

»Schau mich nicht so an«, sagt sie.

»Tut mir leid.«

Claire hebt verwundert den Kopf zu den dürren Bäumen auf. »Ich glaube nicht, daß ich dich das jemals habe sagen hören.«

»Doch, hast du. Nur meinte ich es damals nicht ernst.«

Sie zögert, aber es kommt nicht mehr. Er und sein kleiner Anfall von Ehrlichkeit haben sie verwirrt.

Sie hält die Hand auf: »Meine Zeitung?«

Nathan wirft sie in den Mülleimer. »Alles grausig. Du willst das gar nicht wissen. Überrascht es dich, mich zu sehen?«

Aber Claire starrt ihn nur an. Sie wittert Gefahr, ist sprungbereit. Dieser lange Körper, vollkommen regungslos – sie ist kinetisches Potential durch und durch.

Um sie zu besänftigen, reagiert Nathan mit seinem speziellen Lächeln, das je nach dem Grad der Skepsis, die das Gegenüber an den Tag legt, Einverständnis oder Konfrontation bedeuten kann.

Sie seufzt müde, und ihre freie Hand öffnet sich und macht, wie aus Ärger oder als unbewußte Bitte, eine unwillkürliche Geste in die Luft. »Nein«, sagt sie. »Es überrascht mich nicht. Du kannst mich mit nichts mehr überraschen. Du hast gerade Errol verpaßt.«

»Das tut mir leid.«

»Schon wieder.«

»Aber ich habe ihn gestern nacht gesehen«, sagt Nathan.

»Tatsächlich. Er sagte, Nachmittag. Von gestern nacht hat er nichts erwähnt.«

Wieder ein Donnerschlag, zweimal, näher. Schwarze Wolken fliegen in niedriger Höhe durcheinander wie Bienenschwärme.

»Das wird das Gewitter des Jahrhunderts«, sagt sie. »Komm lieber rein.«

Claire beugt sich über den Müll und holt die Zeitung heraus, dann tritt sie damit in das Dunkel des Flurs, wobei sie die Tür hinter sich offenläßt.

Drinnen, bei dem plötzlichen Temperaturwechsel, der Druckveränderung, weckt jeder Winkel in der Wohnung, jede Ritze in der Wand Erinnerungen in ihm. Aber er wehrt sich dagegen, bis er an dem alten Tisch sitzt und mit einem Finger über seine abgescheuerte Kante streicht. »Früher mochten wir diese frühen Morgen gern«, sagt er. Seine Stimme ist ruhig, wenn auch nicht seine Hand. Aber als er etwas auf seiner Zunge fühlt, das er eigentlich gar nicht sagen möchte, schluckt er schwer und preßt es hinunter.

Sie blickt starr auf die Zeitung. »Man denkt nie, daß solche Sachen Leuten passieren können, die man kennt.«

»Was für Sachen?«

Claire legt den Kopf schief, ihre Augen sind groß, bestürzt. »Aber du weißt doch davon oder etwa nicht?«

»Von der Riverside-Joggerin?«

»– tot, Nathan. Man hat sie gefunden, Isabel, draußen auf –«

»Ja.«

»Hast du mit Errol gesprochen? Ja, natürlich, gestern nachmittag.« Claire sieht an ihm hinab. »Was ist mit deiner Hand passiert?«

Er hält die eine mit der andern zu, aber die ist auch nicht viel besser. Die Bisse haben sich entzündet, nässen. »Ich hab eine Wohnung renoviert.«

»Du? So siehst du aus. Wie hieß sie?«

Nathans Blick wandert über den kleinen Hof zu einem Küchenfenster auf der Rückseite des nächsten Brownstone-

Häuserblocks. Den Mieter dort, einen unglaublich dicken Mann, hat er früher immer beobachtet, wenn er sich über die auf dem Herd dampfenden Saucen beugte.

»Übrigens hat Errol nicht recht«, sagt Claire. »Du siehst schrecklich aus. Hab ich das schon gesagt?«

Sie sagt es nicht zu ihm, sondern zum Fenster, zu seinem dem Haus des dicken Mannes überlagerten Spiegelbild. Als ob die Distanz, die das Glas zwischen ihnen schafft, ein Zeitvakuum herstellt, ihn zu jemand anders macht, harmlos, ungefährlich, außer Reichweite. Und er sieht, sie hat recht. Er sieht grauenhaft aus: fahl, Lippen bläulich, die einstmals fein geformten Höhlungen unter den Backenknochen zu grauen Löchern eingefallen.

»Aber du siehst gut aus«, sagt er.

»Was willst du, Nathan?«

»Ich war gerade in der Gegend.«

»Um sechs Uhr morgens?«

»Ich hab gar nicht auf die Zeit geachtet.«

»Du siehst so müde aus«, sagt sie mit beinahe flüsternder Stimme. Sie setzt sich neben ihn und läßt die Hände in den Schoß sinken, doch sie redet immer noch sein Spiegelbild an: »Du siehst so müde aus. Ich wollte dich übrigens anfaxen. Bis zu der Sache mit Isabel. Ich dachte einfach, du solltest wissen, daß ich einen deiner Fälle übernommen habe.«

»Regina Núñez«, sagt er tonlos.

»Also hat sie dich schon abserviert. Sehr gut. Vielleicht ist sie doch nicht so dumm, wie –«

»Ich war gestern nacht bei ihr.«

»Laß das in Zukunft bleiben. Sie braucht Hilfe. Dich braucht sie jedenfalls nicht. Sie steht kurz vor der Entbindung, Nathan. Oder ist dir das gar nicht aufgefallen? Du hast sie im Stich gelassen. Du bist nicht zu ihren Gerichtsterminen erschienen.«

»Im Stich gelassen?«

»Wie würdest du es sonst nennen?«

»Ich werde ihr helfen«, sagt er.

Lachend schüttelt sie ihre Haare aus. »Du und deine Illusionen.«

Das Telefon schrillt dazwischen, und Claire ist vor Schreck auf den Beinen, bevor das erste Klingeln zu Ende ist.

»Laß das doch den Apparat erledigen«, sagt er. »Dafür sind die Dinger da.«

»Dafür sind sie nicht da, Nathan«, versetzt sie, und bevor sie sich Einhalt gebieten kann: »Du bist nie ans Telefon gegangen. Und wenn, dann nie ohne vorher zu kontrollieren, wer es ist, oder mich zu schicken. Durchs Zimmer bist du gelaufen, hast dir mit dem Finger über die Kehle gestrichen und geflüstert: Ich bin nicht da, ich bin nicht da, ohne überhaupt zu wissen, wer es ist.« Sie stockt, wird rot. »Daß du bloß nicht in was reingezogen wirst, was du nicht kontrollieren kannst.«

Nathan sieht sie an, sieht, daß das Gespräch noch genau an dem Punkt ist, wo es vor Jahren abgebrochen wurde. Diese Stagnation, mutmaßt er, ist wohl etwas Biologisches, ein Instinkt, der uns davon abhalten soll, in alle Ewigkeit immer wieder zu alten abgelebten Beziehungen zurückzukehren. Während der ganzen Zeit, in der sie nicht miteinander geredet haben, hat Claire nicht aufgehört, Vorwürfe aufzuhäufen, und hat Nathan nicht aufgehört, unter ihnen wegzuflutschen. »Wer ruft dich so früh an?«

Aber Claire läßt sich nicht darauf ein und steuert in der Stille nach dem nächsten Klingeln schon den Apparat am andern Ende des Zimmers an. »Das geht dich nichts an. Du wohnst hier nicht mehr, schon vergessen? Hallo –?«

Nathan, die Hände in der altgewohnten Gebetshaltung zusammengelegt, erinnert sich.

Mit dem Rücken zu ihm wölbt Claire die Hände um die Muschel. Sie murmelt leise, aber sie nickt einmal entschieden mit dem Kopf, wobei sie sich schräg zur Wand dreht, vermutlich, denkt Nathan, um ihn aus den Augenwinkeln zu beobachten.

»Ja«, sagt Claire und hält den Hörer noch einen Herzschlag länger fest als nötig. Als hätte sie Angst davonzufliegen.

»Wer war das?«

Wieder wendet sie sich an sein Spiegelbild, seinen transparenten, fast schon verblaßten Geist. »Niemand. Was Dienstliches.«

»Errol.«

»Nein. Er hat Wichtigeres –«

»María ist tot«, sagt Nathan. »Ich dachte, du solltest es erfahren.«

Endlich blickt Claire *ihn* an, Nathan leibhaftig. Ihre hellen Augen, unergründliche kleine Kreise gespiegelten Himmels, prüfen, geben Aufmerksamkeit in streng bemessenen Dosen ab. »Du meinst Isabel.«

»Und María.«

»Mein Gott. Und, bin ich jetzt die nächste?« Sie stößt ein kurzes Lachen aus, dann faßt sie sich an den Mund, wie um ihn zurechtzuziehen. »Tut mir leid«, sagt sie leise. »Nein, es tut mir wirklich leid. Es ist schrecklich. Wie? Wie ist es passiert?«

Nathan hat die Papierserviette in Fetzen gezwirbelt. »Das ist nicht so einfach.«

»Wie furchtbar.«

Er glaubt nicht, daß sie das wirklich empfindet. »Und wie sieht's jetzt bei *dir* aus?« Nathan weiß, daß die Frage auf vielerlei Art aufgefaßt werden kann; welche Wendung das Gespräch jetzt nimmt, wird Claires Entscheidung sein.

»Entschuldige, aber erzähl mir bitte nicht, daß *das* die Ursache ist. Für diesen Besuch. Die Tatsache, daß du jetzt frei bist und – was denn? Zeit hast? Sag bloß nicht, du bist hier, weil Errol zur Arbeit gegangen ist, weil María –«

»Ich werde weggehen«, sagt er zu seinem eigenen Erstaunen. »Ich möchte – ich hätte gern, daß –« Die Worte rollen ihm von der Zunge, bevor er es merkt, entschlüpfen ihm wie von selbst – er weiß nicht woher. Sagt er die Wahrheit? Er hat keine Ahnung. Als schwämme er in einem Kontinuum möglicher Emotionen, von denen er sich die faszinierendste aussucht, ohne die Konsequenzen zu bedenken. Erst lügt er, dann lügt die Lüge von selber weiter –

»– daß du mit mir kommst.«

»Mach keine Witze.«

»Das ist kein Witz.«

»Natürlich ist das kein Witz.«

»Ich meine, ich mache keine Witze.«

Sie sitzen einen Moment schweigend da, wägen beide die Vielzahl möglicher Entgegnungen ab. Claire hält sich die Handrücken an die Augen.

»Ich spreche nicht von einer Urlaubsreise, Claire.«

»Du willst weglaufen. Du wolltest schon immer weglaufen. Tja, Pech gehabt.«

»Claire –«

»Hör einfach auf, Nathan. Hör *bitte* einfach auf, okay? Fang einfach erst gar nicht damit an, Köder auszulegen.«

»Köder –?«

»Weil du ein *Traumtänzer* bist!« bricht es aus ihr heraus. Sie rauft sich mit einer Hand die Haare, deutet mit der andern auf das stumme Telefon an der Wand. Als ob es gerade Neuigkeiten über seinen Charakter gemeldet hätte. »Du sitzt hier, und es ist viele Jahre später. María ist also tot. Und Isabel, Gott steh ihr bei. Und da kommst du hierher. Immer hinter was Neuem her. Aber du hast vergessen, Nathan, daß ich nicht mehr neu bin. Egal weswegen du mich mal gemocht hast, zum Schluß hast du mich genau deswegen gehaßt. Du magst mich nicht, wenn ich stark bin, du magst mich nicht, wenn ich schwach bin. Du magst mich nicht, wenn ich lustig bin, und wenn ich traurig bin genausowenig. Du magst mich nicht, wenn ich häßlich bin, du magst mich nicht, wenn ich schön bin. Du magst mich nicht, wenn ich weiß bin, und du magst mich ganz bestimmt nicht, wenn ich hispanisch bin.«

Sie neigt den Kopf zur Seite, als sähe sie, daß sie ins Schwarze getroffen hat. »Mit dir stimmt etwas nicht, oder? Du siehst schrecklich aus. Hat Ruth das gemeint?«

»Ruth?«

Aber Claire winkt ab. »Du hast dich nicht geändert, Nathan. Wie hältst du es bloß aus?«

Mit offenem Mund spürt er, wie sein Gesicht taub wird, wie ihr Zorn ihn lahmlegt wie Lachgas beim Zahnarzt. Draußen stiebt Schneestaub vom Dach und weht mit den horizontalen Böen davon. Irgendwo dort unten auf den winzigen Beeten, in irgendeinem Kräutergarten, läutet ein Klangspiel in regelmäßigem Takt wie zum Eingang einer katholischen Messe, zur Ankündigung – von was? Er weiß es nicht. Er weiß nicht, was Katholiken eigentlich *machen*. Bestimmt irgendwas. Irgendwas Praktisches. Er wüßte es gern.

Das Gewicht auf ein Bein verlagert hat Claire ihn beobachtet. »Und, was willst du jetzt tun?«

Er blickt verwirrt. »Tun?«

»Sie hat einen Sohn, hast du das schon vergessen? Hat –« Sie macht ein betretenes Gesicht. »Hatte María nicht einen Sohn? Habt ihr beiden nicht ein Kind?«

Das friedliche Bild des schlafenden Jungen schiebt sich vor seine Augen wie eine Leselernkarte, deren beide Seiten – Wort und Bedeutung – dem Vokabular eines ihm fremden Lebens entstammen. »Benny«, fällt es ihm ein.

»Benny. Was hast du mit Benny vor? Deinem Sohn.«

»Er ist nicht richtig mein Sohn.«

»Wie fühlt sich das an, Nathan, Vater zu sein?«

»Ich werde ihn behalten«, sagt er und überrascht sich damit abermals. Ist er deswegen hergekommen, um sich diese fremde Version seiner selbst anzuhören?

Sie blickt nur starr vor sich hin. »Das werden sie dir nicht erlauben, Nathan. Dir nicht.«

»Natürlich nicht.« Er schaut auf seine Uhr und erhebt sich halb von seinem Stuhl. »Ich sollte los, daß ich ihn noch vor der Schule erwische. Ich muß es ihm sagen.«

Sie runzelt die Stirn. »Sagen?«

»Das mit seiner Mutter.«

»Soll das heißen, er weiß es nicht?«

»Wie denn? Es ist erst heute nacht passiert, und das Krankenhaus wird doch wohl nicht *ihn* anrufen, oder? Der Junge ist neun oder so.«

»Oder so. Hervorragend, Nathan. Du hast dem Jungen nicht einmal gesagt, daß seine Mutter tot ist? Was bist du, *verrückt*?« Sie steht in der Tür, ringt die Hände, bläst sich eine Haarsträhne aus den Augen.

»Wer war das am Telefon?«

Sie hat seinen Mantel überm Arm. Die Haustür ist auf. »Mach, daß du rauskommst.« Sie schluchzt. »Ich muß in einer Stunde im Gericht sein. Hau ab.«

Er hebt die Hand, um sie zu berühren. »Wer war es?«

»Faß mich nicht an!« Sie durchbohrt ihn mit einem zornigen Blick. Das Gesicht verzerrt, die Augen bitter. Wie in einer Parodie hackt sie mit Karateschlägen und ruckartigen Kopfbewegungen seine blau geschwollenen Finger weg und trifft ihn in das empfindliche Polster zwischen Kiefer und Hals. Beide atmen schwer in der Kälte. Mit der Zungenspitze tastet Nathan nach seiner aufgeplatzten Lippe. Claires Haare sind zerzaust, ihr Morgenmantel ist zur Seite gerutscht und läßt die bleiche Wölbung ihrer Brust sehen. Die Hände immer noch verkrampft. Traurig und niedergeschlagen tritt sie eine Stufe tiefer. »Sag nichts«, keucht sie.

»Ich –« fängt er das nächste an, was er nicht zu Ende bringen kann, ich, ich, ich, ich –

»He, kennt ihr mich noch?« fragt er das nächste Brownstonehaus in der Straße, den nächsten Häuserblock, den Tag, die Welt. »Erinnert ihr euch?« Ein letzter Appell.

Claire tritt wieder nach oben, zurück. »Bitte geh weg.«

Die Tür knallt zu, und der klappernde Messingklopfer versieht Claires letzte Worte noch mit akustischen Pünktchen Pünktchen Pünktchen.

Lange Minuten liegt sie auf ihrem Bett, läßt den Kaffee, der in Reichweite auf ihrem Nachttisch steht, kalt werden. Sie lauscht dem Getrappel der Zeugen Jehovas auf der Straße, die in ihr kleines Reich ausziehen, ihr Stück Uferhimmel unter der Brooklyn und der Manhattan Bridge, in langen Mänteln die jungen Frauen, deren Haare selbst im Sturm Glanz und Festigkeit behalten – Mütter allesamt, da ist sie sicher, bei denen zu Hause muntere blauäugige Babys durch die Wohnung krabbeln – die Männer noch dabei, sich zu kämmen und zuzuknöpfen, ihre Bibeln fest umklammert, während der Abschaum, an dem sie vorbeikommen – Claire, ihre Nachbarn, Freunde –, verlotterter denn je aussieht und die noch lebenden Kinder konturloser und stiller und kranker und überhaupt alle in größerer Not sind denn je.

Sie blickt rasch auf, als hätte sie plötzlich etwas gehört. Vor ihr steht der Wintersonntag vor vielen Jahren, in ihrem letzten Studienjahr, an dem sie und Nathan und Errol Arm in Arm mit einem längst vergessenen Ziel durch die Straßen bummelten, neben dem Brooklyn-Queens Expressway entlang, der unter ihnen in einer offenen Vertiefung verlief. Der vorbeiflitzende Verkehr wirbelte Straßendreck und Abgaswolken auf. Irgendwann kam ein Schulhofzaun.

In der gedämpften Stille jenes Wintertages spielten sechs Kids Baseball. Wie Gespenstererscheinungen, erinnert sie sich: ein Junge mit einem Schläger stand in der Ecke, einen entweder erst halb fertigen oder schon halb abgerissenen Auffangzaun im Rücken, die andern über den Asphalt verteilt.

Lädierte Basketballständer mit netzlosen Ringen am Spielfeldrand.

Wie Gefangene standen sie, Nathan und Errol am Zaun, die Finger in die kleinen Maschen gekrallt, und sahen eine Weile zu, wie der mit dem Schläger den Ball hochwarf, die Schule jenseits des Außenfelds in den Blick nahm und patzte. Der Junge, der sie aus den Augenwinkeln sah, hob den Ball wieder aus dem Schnee auf, wieder und wieder, bis er es sich schließlich anders überlegte und ein paar Bälle übers Spielfeld löffelte, Roller, Hüpfer, für die andern zum Mitspielen.

Auf einmal – ohne daß sie ein Wort gewechselt hätten – strichen sich Nathan und Errol die Haare glatt und schoben sich durch eine aufgerissene Lücke im Zaun. Beim Tappen ihrer Schritte hoben die Kids die Köpfe, drei Chicanos, drei Schwarze. Nathan und Errol gingen wie Revolverhelden, Killer. Sie zogen ihre Mäntel fester zu. So wie sie gekleidet waren, wußte Claire, daß die Kids sie für Polizisten hielten. Die Augen der Jungen huschten umher, wurden starr.

Errols Stimme hallte von der Schulmauer wider. »Nicht die richtige Jahreszeit für Baseball, was?«

Nathan ging auf den Jungen mit dem Schläger zu und hielt die Hand auf, eine leicht bedrohliche Geste. Mißtrauisch reichte der Junge ihm den Schläger, hob seinen Handschuh auf und begab sich auf eine kleine Schneeinsel im mittleren Außenfeld.

Nathan nahm konzentriert Aufstellung, warf den Ball hoch und fing ihn auf. Vom Zaun aus sah Claire, daß die Lederhülle so gut wie weg war. Nur der geheimnisvolle Korkkern war noch übrig, der völlig anders aussah, als sie sich das Innenleben eines Baseballs vorgestellt hatte; er kam ihr krank vor, völlig verwurmt. Und Nathan rollte ihn nervös in den Fingern seiner linken Hand, während er in der rechten das kleine Schlagholz wog, winzige Haltungskorrekturen vornahm, die ihm vielleicht noch nötig erschienen, aber es gar nicht waren. Errol rief ihm zu, er solle endlich zuhauen und zeigen, was er noch draufhabe, und Nathan mimt einen Probeschlag, daß sein Mantel sich spannt, und er das Revers ins Gesicht bekommt. Claire sieht ihm an, daß sich das gut angefühlt hat, sich wieder einmal so zu drehen, so herumzuschnellen wie eine elastische Feder. Er wirkt heiter, fast heroisch. Die Körpermaschine. Stahl und Gummi und Schmiere vergessen nicht. Der Körper auf seine Art auch nicht. Mit seinem eigenen Gedächtnis überbrückt er die Jahre und schwingt sich wieder auf, egal was du sonst bist und machst. Die Vergangenheit prägt sich deinen Sehnen und Knochen ein, auch wenn sie sonst keine Macht mehr hat.

Claire sieht Nathan schon jetzt schwer atmen. Errol beugt sich vor, die Hände auf den Knien, gespannt, als ginge es um mehr – sie und die Kids, sie gegen die Kids –, als müßten sie, ihr vielleicht, etwas beweisen, was mit der Zeit und dem Körper zu tun hat. Nur wenige Jahre vorher hätte ein so nahes Ziel wie die Schule Nathan völlig kalt gelassen. Jetzt stellt er sich die hintersten Zuschauerreihen vor, hoch oben und weit weg, als er den Ball in die Luft wirft und die Jungen aus dem Blick verliert, und Claire schaut gespannt in das helle Grau empor, während Nathan den Schläger schwingt, um den Ball ungefähr auf Augenhöhe zu treffen. Aber er drischt ins Leere. Der Ball hüpft und bleibt in den Scherben einer zerbrochenen Flasche zu seinen Füßen liegen. Sein Arm läßt den Schläger fallen, und dieser plumpst auf den Boden, wo er irgendwohin deutet wie ein Uhrzeiger oder eine Kompaßnadel. Wohin er deutet, weiß Claire, die Nathans Augen beobachtet, nicht. Mit einem beklommenen Blick ins Außenfeld auf den Jungen, dem er den Schläger abgenommen hat, den Schlagmann, tritt Nathan darüber hinweg. Claire hat auf einmal den metallischen Geschmack eines ungelöschten Durstes im Mund, eine Wut, Nathans halber, auf den Jungen, auf den Schläger. Auf sich selbst; denn sie erblickt in Nathans Gesicht etwas, das sie erschreckt, nicht die Enttäuschung, sondern die Apathie, die Gleichgültigkeit, mit der er etwas losläßt, was er hätte festhalten sollen. Er kämpft nicht darum. Er versucht keinen zweiten Schlag, er scheint sich nicht einmal zu ärgern, er geht einfach achselzuckend davon.

»Fuck you«, entgegnet Errol auf eine Bemerkung eines der Jungen, als wollte er Nathan den Rückzug decken.

»Ja, fuck you«, murmelt Claire. Sie fühlt sich gereizt, bedrängt, gleichermaßen von Solidarität und Angst gewürgt. Sie weiß nicht warum. Nathan erschreckt sie, durch die Art, wie er links und rechts alles fallenläßt, wie er das, was er mal war, Ballspieler, Musiker, einfach abstreift, das Leben, das er mal führen wollte.

Errol folgt Nathan durch den Zaun.

Nathan winkt. »Bis bald.«

»Bestimmt«, sagt Claire grimmig, hakt sich bei beiden unter und zieht sie weiter. »Gesocks. Eines Tages kommen sie in unserer Kanzlei angekrochen. Alle diese Rotzlümmel.«

Zielstrebig, scheint es, schreiten sie auf die Court Street zu. Kirchenglocken läuten in der Ferne. Das Bundesgericht mit seiner geleckten und angestrahlten kolonialen Pracht würde eine hübsche Geburtstagstorte abgeben. Eine Disneykulisse inmitten des ganzen Drecks von Brooklyn Heights. In New York ist alles verkehrt, weiß Claire: das Alte sieht frisch und gut erhalten und das Brandneue schon müde und veraltet aus. Überall rückt einem die Vergangenheit auf den Leib und zerfällt die Zukunft. Die Bürogebäude ringsherum – kahl und anonym wie Felswände – sind in ein Alpenglühen getaucht. Stadtteilverwaltung. Schulbehörde. Arbeitsamt. Nachtgericht. An Wochenenden und nach Feierabend leer, verlassen.

Doch da, auf dem Bürgersteig vor Barney's Discount, merkwürdig an einem Sonntag, herrscht ein großes Gedränge. Werktags quellen diese Ecken über von städtischen Beamten und Angestellten und den dazugehörigen Scharen von Bettlern und Hot-dog-Wagen. Und am Sonntag haben die Freitagszeitungen gewöhnlich die ganze Straße für sich und können fröhlich herumfliegen und sich im Windschatten der Hauseingänge aufhäufen. Eine seltsame Mischung hat sich versammelt: chinesische Kellner, die Aushilfen bei McDonald's, ein Häuflein Obdachloser, ein paar Anwohner in Pantoffeln und Morgenmänteln. Ein einsamer Hund mit Stiefeln aus Straßenschmutz. Alle sehen sie aus, als warteten sie auf den Bus.

Ein Krankenwagen kommt angesaust und stellt sich schräg zur Bordsteinkante. Eine Polizistin steht auf der Straße, um einen Verkehr zu regeln, der nicht da ist. Eine Bankuhr, die zwischen Nacht und Morgen stehengeblieben ist, schweigt zu alledem.

»Oh, Mann«, sagt Errol und bleibt stehen.

Zwei Polizeiautos fahren vor. In diesem Licht verfließt alles, auch die Zeit; alles wirkt gespenstisch, voll schattenhafter Möglichkeiten und illusorischer Intaktheit. Wie der Mann, der auf der Dachkante des Wohnhauses in der Mitte des nächsten Häuserblocks steht. Zwischen ihm und der Straße fünfzehn, zwanzig Stockwerke. Überall stehen Schaulustige auf den Balkons, als säumten sie die Route eines Wettrennens in der Vertikalen. Der Springer, der einen Parka trägt, hat die Arme ausgestreckt, wie um die Tiefe zu ermessen.

Claire unterdrückt einen Schauder. »Der traut sich doch nicht«, murmelt sie, denn sie ist noch in ihrer angekratzten Stimmung. Als ob das was zum Bewundern wäre.

Nathan wirkt wie in eine übernatürliche Ruhe gehüllt. Es ist wieder diese Apathie, dieses Warten wie auf ein Stichwort. Irgend etwas fehlt noch.

Die Polizisten wirken unterdessen verstört und tapsen hilflos herum, weil es niemanden zu verhaften gibt. Es sind keine Psychologen oder sonstigen Experten da, und es ist kein riesiges Sprungtuch gespannt. Nur das breite Flußbett der

Straße und ein paar geparkte Autos und die erwartungsvoll hinaufschauende Menge an der Ecke.

Aus dem Augenwinkel sieht Claire, daß Nathan nach oben späht.

»Spring«, flüstert sie, halb weil sie ihn mit ihrem morbiden Humor provozieren, anstacheln, vielleicht beeindrucken will, halb weil sie weiß, daß der Springer es doch nicht tun wird.

Aber Errol packt sie am Ellbogen. »So was sagt man nicht.«

Und er hat recht, erkennt Claire, denn sie blickt hinauf und spürt, daß der Springer schon tot ist; er steht noch dort oben, aber er hat nichts mehr zu geben. Er ist kein Simulant, er zieht keine Nummer ab, er nimmt nur den Mut zusammen, bietet seine ganze Kraft gegen die Schwerkraft auf.

»Was hat er wohl getan?« überlegt Nathan laut.

»Besser gefragt, was hat er *nicht* getan?« erwidert Errol.

»Er braucht einen Anwalt.«

Ein Stück weiter erregt etwas Claires Aufmerksamkeit. Noch ein Polizeiwagen kommt angefahren, aber ohne Hast, mit abgeschaltetem Blinklicht, dahinter ein dunkler Krankenwagen. Irgendwas war schon. Sie kommen jemanden holen – aber wen? Bevor Claire sich wieder umgedreht hat, kreischt schon jemand auf, ganz in der Nähe. Der Schrei bricht sich an den vielen Scheiben, den Betonbarrieren und orangenen Absperrbändern einer nahen Baustelle, den geparkten Autos und emporblickenden Gesichtern. Dann ein lauter Schlag, ein harter Knall wie ein Gewehrschuß, und einen Moment lang denkt Claire, das Polizeiauto wäre irgendwo aufgefahren, vielleicht auf den Krankenwagen. Nervös hebt sie die Augen: die Dachkante ist leer. Auf den Balkons blicken alle nach unten, verfolgen die Fallbahn. Auf der Straße liegt ein flaches Häuflein Kleider und Schuhe. In der Mitte pumpt etwas schwach. Eine Faust ballt sich und löst sich und erstarrt dann zu einer Kralle. Es gibt kein Blut, ein sauberes harmloses Bündel, zu kompakt und zu flach, um ein richtiger Mensch zu sein. Im Tod sind wir klein, denkt Claire, aber dann sieht sie, daß aus dem Springer etwas ausläuft. Dampfend breitet es sich unter ihm aus, schwarz und dick wie Öl, als ob er im harten Asphalt versickern wollte.

Niemand nähert sich der Leiche. Die Polizisten wenden sich ab und konzentrieren sich darauf, die Menge in Schach zu halten, davon verstehen sie etwas. Claires Hand kriecht in die von Nathan und versucht Kontakt aufzunehmen. Sie hört sich selbst leise weinen. »O Gott«, sagt sie –

Und jetzt sagt sie es wieder: »O Gott«, jetzt wo sie zehn oder mehr Jahre zu spät das eigentümliche vertraute Funkeln in Nathans Augen erkennt, den starren Blick, der sie bis zuletzt ängstigte, eine Art inneres Grauen, das irgendwann nach außen schwappte und alles überflutete, alles negierte, alles – auch sie.

Und wie Claire jetzt auf ihrem Bett liegt, erblickt sie im Verlies ihres Gedächtnisses das Bild einer Frau – keines Mannes, nicht des Springers – einer ihr sehr ähnlich sehenden Frau, die wie eine Marionette zuckt und immer wieder mit den Fäusten auf den Boden drischt.

»Warum«, sagt sie laut, »hast du das getan, warum, warum, warum?«

Um sich mit andern Meldungen abzulenken, guckt sie rasch die *Times* durch. Als ihr Blick auf etwas Absurdes fällt, liest sie genauer. In Teilen der Bronx und von Spanish Harlem, liest sie, drängen süd- und mittelamerikanische Frauen mit ungetauften Kindern massenweise in die Kirchen ihrer Stadtviertel und warten in langen Schlangen darauf, daß ihre Babys die Nottaufe bekommen. Es geht von Mund zu Mund, daß der Antichrist dieses Jahr zu Weihnachten kommen und die Ungesalbten ermorden werde. Die schwangeren Frauen lassen vor lauter Panik ihre Bäuche segnen. Niemand weiß, wie das Gerücht entstanden ist, sowenig wie irgendwer weiß, warum draußen immer noch eisiger Regen fällt. Der Tag ist ruhig, doch es ist eine gespannte Ruhe. Sie hört ferne Nebelhörner und sieht die Fenster flackern, wenn es blitzt, und wartet – vergebens, wie es scheint – auf den Donner. Das Gewitter scheint zu kommen und zu gehen, wie es will.

Sie bemerkt, wie spät es geworden ist, und läuft zum Schrank. Sie läuft durch die Wohnung, durch die Tür, durch das Graupelwetter.

8 UHR

Wird das noch mal was werden mit diesem Gebammel? Nathan schüttelt die Schlüssel vor der Tür wie einen Schamanenfetisch. Als er endlich den downtown-Bund erspäht, probiert er einen daran hängenden Schlüssel aus, bis er sich erinnert, daß er uptown ist, und es mit einem andern versucht. Weniger aus Glück als aus kurz aufflackerndem Interesse findet er schließlich einen Schlüssel, der paßt. Aber die Tür ist bereits offen, das Schloß in Schnappstellung. Die rote Limousine fällt ihm ein. Er schaut hinter sich und sieht durch das Fenster in der Foyertür nur einen Ausschnitt leerer Straße. »Benny?« rufend tritt er taumelnd ein.

Im Halbdunkel des Wohnzimmers sitzt die alte Frau aufrecht auf der Couch, die Hände tief in einen schweren, groben Mantel vergraben. Ein schlichtes schwarzes Kleid unter dem Mantelsaum. Ein Paar orthopädische Schuhe. Das Zimmer um sie herum ist ordentlich aufgeräumt, Bücher im Regal, CDs im Ständer, seine Sachen zusammengelegt und sortiert auf dem Küchentisch.

»Mrs. Rosa. Es tut mir leid. María –«

Das Becken ist leer, das Geschirr gespült und eingeräumt. Nathan blickt über die Schulter. »Wo ist Benny?« fragt er und steckt den Kopf in das kleine Nebenzimmer. Der Junge liegt zwischen zerwühlten und weggestrampelten Decken lang ausgestreckt auf dem Bett, den Kopf weit von der Schulter abgewinkelt, als wäre er vom Dach gefallen und einfach auf dem Bürgersteig liegengelassen worden.

Nathan sieht, daß sein Bett gemacht ist. Von Marías Sachen, die sonst überall herumflogen, ist nichts zu sehen. Ihre Schubladen, ihre Hälfte des Schranks – leer. Schachteln, Koffer, Plastikbeutel – es ist nichts mehr da. Das Spülbecken ist blank geputzt. Der Fußboden auch. Der Schmutzrand in der Badewanne ist weg. Marías Mutter kam sonst jeden Tag, damit Benny nicht von der Schule in ein leeres Haus zurückkehrte, aber sie machte nie sauber, wohl weil sie es zwecklos fand, dachte Nathan immer. Jetzt, nach all diesen Jahren, blinkt alles. Als ob mit Marías letztem Hauch alle Spuren von ihr und alle ihre Habseligkeiten verdunstet und mit ihr auf die nebulöse andere Seite gewechselt wären.

Er schielt auf die Wanduhr. »Benny muß zur Schule.«

Sie spricht zu ihren Händen: »Er geht heute nicht zur Schule.«

»Haben Sie es ihm gesagt?«

»Marías Brüder warten in meiner Wohnung. Ich nehme ihn dorthin mit. Er wird bei seiner Familie sein, wenn er es erfährt.«

»Natürlich, ihr möchtet alle dabei sein.« Nathan blickt auf seine Armbanduhr. »Um wieviel Uhr soll ich kommen?«

»Nein –« Ihre Hand fährt resolut hoch, ihr Gesicht auch. »Nein.«

»Ich dachte, es wäre an mir, ihm die traurige Mitteilung zu machen.«

Sie verschränkt die Arme über der Brust und dreht den Kopf zum Fenster.

»Wir leben zusammen, ich sollte es ihm sagen«, erklärt er in einem Versuch, seine eigene Logik aufrechtzuerhalten.

Nach einer langen Pause läßt er den Gedanken los wie einen Versuchsballon: »Ich möchte den Jungen behalten.«

Ihre Augen weiten sich vor Schreck, und sie rutscht auf der Couch vor, wie um aufzustehen oder ihn anzuspringen. »Ich bringe ihn von hier fort«, sagt sie.

Sein Nicken ist weniger eine Bestätigung als das Unvermögen, die Wahrheit der Worte zu leugnen. Natürlich ist der Gedanke albern. »Ich muß jetzt ins Krankenhaus.«

»Gehen Sie und schauen Sie sich mein Mädchen an«, sagt sie.

Im St. Luke's Hospital auf der andern Seite der Stadt herrscht bereits großes Gedränge. Niemand fragt ihn nach seinem Namen oder weist ihm den Weg. Im sechsten Stock steht ein Rollwagen bestückt mit Besen und Mop und sauberen Wischtüchern in der Nähe von Marías Zimmer führerlos auf dem Flur. Ein Mann am Informationsschalter schickt Nathan in den Keller.

Die Bahren stehen in einer Reihe vor den Stahlfächern, hellblaue Papierdecken über den Körpern. Hier und da hängt ein bräunliches Pappschild an einem bleichen, schrumpligen Zeh.

Nathan reibt sich die Augen. »Viel Arbeit diese Nacht.«

»Viel Arbeit diese Woche, diesen Monat, immer«, erwidert der Pfleger. »Sie sterben wie die Fliegen.«

Als die Stahlplatte auf leisen Lagern herausgleitet, ist Nathan sicher, daß eine Verwechslung vorliegt.

»Das soll sie sein?«

»Es ist eine gewisse Schwellung eingetreten, machen Sie sich darauf gefaßt«, sagt der Pfleger und hebt unverzüglich – Nathan wünschte, er hätte noch kurz gewartet – das Laken hoch wie ein loses Zelt, unter dem Nathan alles sehen kann. Er streckt die Hand nach ihr aus wie ein Blinder. Dunkles, ledriges Gesicht, stumpf wie eine Handtasche. Halb geschlossene Augen schielen ausdruckslos ins Leere. Sie sieht Nathan an, wie brutal zusammengeschlagen, übel zugerichtet. Sogar der Nasenrücken ist breiter. Weiter unten ist sie formlos und gedunsen wie ein Baby. Das Laken flattert nieder.

»Hier unterschreiben.«

Als alle Worte geschrieben sind, befördert der Pfleger María mit einem kleinen Schubs zurück, und das pulsierende Summen des Klinikdampfkessels direkt hinter der Wand läßt ahnen, wo es mit ihr hingeht. Nathan lehnt sich an den wuchtigen Stahlschrank. »Alles in Ordnung?« fragt der Pfleger lahm. Nathan legt sein Gesicht mit der Seite an das kalte Metall und würgt an einem Kummer, den er bis jetzt nicht gekannt hat, aber der ihn in diesen Monaten und Jahren gejagt hat wie der Tod selbst.

»Sie wollte, daß Sie es tun, niemand anders.«

Als Nathan den Kopf hebt, ist der Pfleger fort. An seiner Stelle steht ein kleiner Mann in einem schwarzen Anzug, dessen Hals von einem weißen Kollar umschlossen ist. Sein zu groß wirkender, kurz geschorener Schädel sitzt auf seinem Hals wie ein Golfball auf dem Tee.

»Cleary«, sagt er und hält Nathan die Hand hin.

Der Priester scheint ungefähr in Nathans Alter zu sein, und komischerweise ist es die Kahlheit, die ihn so jung erscheinen läßt. Hinabgestiegen aus der dünnen Luft des Kampfs mit der Krankheit strotzt Cleary förmlich vor Robustheit und Energie, hier in diesem Keller der Verdammten und Besiegten, wo er seine Arbeit bewundern kann, wo die faulenden Leichen wie Brotlaibe in ihren Öfen liegen und aufgehen, bereit zur Verwandlung. Cleary drückt Nathan mit besonderer Emphase die Hand, und eine Sekunde lang ist Nathan sicher, daß der Priester ihn nicht mehr loslassen wird. Vielleicht taxiert er ihn, nimmt Nathans Seelenpuls, während er alles, was María ihm gebeichtet hat, zu dem addiert, was er jetzt vor sich sieht. Hier also endlich Nathan Stein.

»María«, sagt Cleary, wobei er schließlich die Hand losläßt und zu Marías Fach hinübernickt, »hat die ganze Zeit von Ihnen gesprochen. Besonders gegen Ende. Ich hörte, daß Sie hier unten sind. Ich wollte Sie kennenlernen.«

»Kann ich mir vorstellen.«

Cleary scheint sich über die Gelegenheit und sogar über die Begleitumstände geradezu zu freuen. Eigenartig, wie die von Berufs wegen Frommen sich über Pietäten einfach hinwegsetzen können, als ob ihr Glaube sie dagegen immun gemacht oder der Notwendigkeit enthoben hätte.

»Sie wußte genau, wann sie sterben würde«, bohrt Cleary weiter.

Nathan ruft sich ihren Abschied, der keiner war, in Erinnerung: María abgelenkt von ihrer sedierten Bettnachbarin, während er ihr reaktionsloses Starren ausnutzte, um sich davonzumachen. Er dachte, sie hätte ihn fixiert, aber jetzt weiß er, daß sie ihn überhaupt nicht wahrnahm. Wie lange sie nach seinem Weggang wohl noch geatmet hat? Er hätte letzte Nacht hochgehen sollen. Er hätte ihr gern wenigstens noch etwas gesagt, irgend etwas. Auch wenn er keine Ahnung hat, was es hätte sein können. »Sie wußte es gestern nachmittag?«

Clearys Nicken verselbständigt sich zu einer anhaltenden Bewegung, zu der die Miene selbstzufriedenen Staunens paßt. »Auf den Tag, auf die Stunde genau. Ja, sie wußte es.« Der Priester legt den Kopf schief und lehnt sich mit gekreuzten Fesseln und verschränkten Armen an den enormen Schrank, als wartete er in der kalten Sonne der Neonbeleuchtung, die sich auf seiner glänzenden Stirn und der Stahlwand hinter ihm spiegelt, auf den Bus. »Ja, María hat ziemlich viel von Ihnen gesprochen.«

Aber Nathan hat keine Lust, auf den Köder anzubeißen, er starrt nur vor sich hin und wappnet sich innerlich. Es ärgert ihn langsam, daß Cleary nicht einfach erzählt, sondern ihn statt dessen ins Gebet nehmen will, wie María es wohl getan hätte. Entweder er weiß nicht, was sich für sein Amt gehört, oder es ist Bestandteil der großen Strategie, die sie anscheinend alle verfolgen, daß sie einen dazu anhalten, in sich zu gehen, sich selbst zu verurteilen, sich selbst die Buße aufzuerlegen. Nathan spürt den Unmut in sich wachsen. Wann hat er eigentlich zum letztenmal was gegessen? Er klopft seine Manteltasche nach seinen Pillen ab.

»Suchen Sie was zu rauchen?« fragt Cleary hoffnungsvoll und holt ein schweres silbernes Feuerzeug heraus.

Aber Nathan schüttelt den Kopf. »Seit Jahren nicht mehr.«

»Ah, Selbstüberwindung. Sie haben mehr sittliche Kraft als ich.« Cleary kneift die Augen zusammen und wartet, dann faßt er Nathan mit hochgezogenen Brauen ins Auge. Er räuspert sich, lächelt. »Sollte ich das lieber zurücknehmen?«

Nathan zuckt die Achseln. »Von mir aus.« Er sucht nach Zeichen von Erschöpfung auf Clearys Gesicht – jeder Tag hier ein Sonntag, jeden Tag die Hast und der Druck von Bekehrungen in letzter Minute –, aber findet keine. Er beneidet den Priester einen Moment lang um seine Fähigkeit, sich die ganzen chaotischen Leben, die konfus und beschämt in seinen Händen enden, vom Leib zu halten. Die ganzen weinenden Angehörigen, die ganzen Körpersäfte. Bis alles hier zu liegen kommt, all seine kleinen Experimente, allesamt hinwegbefördert. Und er weiß nicht wohin – oder ob überhaupt –, bis er selbst an die Reihe kommt.

»Und warum ich?« fragt Nathan. »Warum konnte ihre Mutter das nicht machen oder einer ihrer Brüder? Sie identifizieren.«

»Ich nehme an, sie wollte, daß Sie das sehen«, meint Cleary.

Nathans Erwiderung kommt automatisch: Was sehen? Aber er verkneift sie sich, denn er kann sich das anschließende Beichtspiel vorstellen: sehen, was er gesehen hat, und was hat er denn gesehen? Als könnte dieses Geplänkel ihn dazu bringen, »mich selbst« zu sagen und zu weinen und zerknirscht um Vergebung zu bitten.

»Sie sah furchtbar aus«, sagt er statt dessen.

»Ja«, pflichtet Cleary bei. »Furchtbar.«

»War jemand bei ihr?«

»Sie nahm von allen andern Abschied und schickte sie fort. Sie hat auf Sie gewartet. Sie war voller Reue. Sie wollte, daß Sie ihr verzeihen.«

Eine unangezündete Zigarette ist in Clearys Fingern erschienen. Er dreht sie hin und her, schließlich steckt er sie zwischen die Lippen. Nathan muß sich über seine eigene Entrüstung wundern. Die Wolke von Verbrechen, die ihn umgibt, reißt auf und gibt den Blick auf diesen einen Fehltritt frei. »Darf man das hier?«

Clearys Feuerzeug flammt auf. Er zieht und blickt mit zusammengekniffenen Augen an dem riesigen Stahlschrank empor. »Ich bezweifle, daß es irgendwen hier stört.« Er wedelt mit der Hand den Rauch beiseite. »Na, jedenfalls sind Sie nicht noch mal gekommen.«

Nathan erhebt protestierend die Hand: »Doch, bin ich«, und läßt sie wieder fallen, »gewissermaßen.«

Der Priester nickt, ein mißbilligendes Glitzern im Auge. »Sie dachte, Sie würden ihr vielleicht wirklich beistehen. Sie dachte, den Dienst würden Sie ihr erweisen. Sie hielt in der Beziehung große Stücke auf Sie. Sie hielt Sie für hochintelligent.«

Nathan rümpft die Nase über die Rauchwolke. Der Priester blickt angenehm überrascht, als wollte er sagen: *Das* stört Sie?

»Das heißt, Sie waren bei ihr, als sie –«

»Ihren letzten Atemzug tat, ja«, ergänzt Cleary.

»Es war ihr Wunsch?«

Clearys Lächeln wird entschuldigend. »Das kommt vor. Sie bat selbst um die Sterbesakramente.«

»Sie kennen sie nicht«, beginnt Nathan und wundert sich dabei über den Drang, ihm das zu erzählen: »Als ich sie kennenlernte, hatte sie an jedem Finger einen andern, nahm Drogen.«

Cleary runzelt die Stirn. »Das war nicht sie selbst. Es gibt immer jemanden, der gefunden werden will.« Er deutet mit dem Kopf auf die Stahlwand. »Der Mensch, der sie kurz vor ihrem Tode war, der wollte sie immer sein.«

»Na ja, wenigstens war sie nicht allein«, sagt Nathan.

»Sie suchte nach Antworten. Als sie diesmal in die Klinik kam, war sie vor Furcht gelähmt. Sie wußte, daß sie sterben würde, und sie wußte nicht, was sie glauben sollte oder ob sie überhaupt einen Versuch machen sollte, etwas zu glauben. Sie hatte viele Fragen. Sie war im Grunde eine religiöse Frau, sie wußte es nur nicht. Eine Frage, die sie hatte, war zum Beispiel: Womit hatte sie es verschuldet, daß Sie sie verließen? Vom offensichtlichen Anlaß natürlich mal abgesehen.«

»Ich? Ich habe sie doch gar nicht verlassen. Ich weiß nicht, was die Frage soll. Ich habe diese letzten drei Jahre, in denen sie krank war, treu ausgeharrt.«

»Vielleicht stelle ich die falsche Frage.«

Nathan beäugt ihn skeptisch. »Ich habe demnächst einen Termin bei Gericht.«

»Sagen Sie mir dies eine, Nathan.« Cleary schlägt einen beängstigend vertraulichen Ton an, als hätte er Nathan sein ganzes Leben gekannt, oder Männer wie Nathan, Legionen von Nathans, die seit Anbeginn der Zeit im Gleichschritt in seine Kirche marschiert kommen. »Warum sind Sie hier?«

»María wollte, daß ich sie identifiziere.«

»Und Sie?«

»Ich weiß nicht, worauf Sie hinauswollen.«

»Haben Sie immer getan, was María wollte, oder nur dieses eine Mal, als letzten Gefallen?« Cleary hebt das Kinn und betrachtet Nathan eingehend.

»Hören Sie, Hochwürden –« sagt Nathan.

»Pfarrer tut's.«

»Das hier –« Nathan deutet auf Marías Tür. »Das ist nicht meine Schuld. *Dafür* kann ich nichts.«

Mit einer flinken Bewegung berührt Cleary Nathan über dem Herzen, will sein Erbarmen wecken. »Wir müssen für die Menschen sorgen, die wir noch haben. *Ich* kann Ihnen nicht vergeben.«

»Mir vergeben? Was denn? *Sie* hat *mir* das angetan.«

Cleary neigt das Haupt.

»Heißt das, alles?« fragt Nathan. »Ich bin für alles verantwortlich?«

»Nur für das, was Sie tun. Wir tun, was wir können, aber dann müssen wir die Verantwortung dafür tragen. Sie können Ihre Verluste nicht unendlich vermindern, Nathan. Irgendwann ist der Punkt erreicht, wo sich nichts mehr vermindern läßt.«

Nathan blickt auf seine Armbanduhr, aber das Zifferblatt verschwimmt ihm vor den Augen.

»Sind Sie nicht im Grunde deshalb hergekommen, weil Sie sehen wollten?« fragt Cleary. »Sehen, wie es ist, wie es in ein paar Monaten oder, so Gott will, in ein paar Jahren mit Ihnen stehen wird? Meinen Sie nicht, daß María auch das im Sinn hatte?«

Nathan tappt mit dem Fuß auf den Boden und schaut in die Luft. Der Priester betrachtet skeptisch seinen Zigarettenstummel und drückt ihn dann am Griff einer der quadratischen Stahltüren aus.

»Na gut, lassen Sie mich folgendes fragen«, sagt er hinter der Flamme seines Feuerzeugs: »Glauben Sie an Gott?«

Nathan möchte laut lachen, aber findet den Auslöser nicht. »Sollte ich?«

Clearys Augen saugen sich an Nathans fest, verlieren ihren interessierten Blick und werden erst schmal und feindselig und dann weit, geradezu entsetzt.

»Und was ist mit Ihnen?« fragt Nathan. »Glauben Sie an Gott?«

Beim Anblick von Clearys engem Kragen ist Nathan nicht sicher, ob die Frage wirklich unangebracht ist. Irgend etwas an dem selbstgefälligen Gehabe des Priesters läßt auf Rechtfertigungsdruck, Unsicherheit, Autosuggestion schließen. Trotzdem weiß Nathan, daß er damit die Kardinalsünde begangen hat, die zu meiden Sid Frankel ihm wieder und wieder eingebleut hat: Stell vor Gericht keine Fragen, auf die du die Antwort nicht weißt. Schieß nicht aufs Geratewohl, fisch nicht im trüben, gib dir keine Blöße.

Aber Cleary, stellt sich heraus, ist doch nicht so ausgebufft, wie er zunächst den Eindruck macht. »Im Moment schon«, ist die klägliche Antwort.

Zuerst ist Nathan verblüfft über die Selbstverständlichkeit, mit der Cleary dieses Eingeständnis von sich gibt, das das Gewicht wenn nicht der Wahrheit, so doch der Ehrlichkeit zu besitzen scheint. Nathan ist beeindruckt. »Aber nicht immer?«

Cleary schurrt mit der Schuhspitze über den Boden. »Nein, nicht immer.« Mit einem tiefen Atemzug durch ausgestellte Nasenflügel kommt sein Kopf hoch, entspannen sich seine Halssehnen. Unbewußt ist er einen Schritt zurückgetreten. »Warum fragen Sie, Nathan?«

Nathan äugt nervös zu Marías Tür hinüber, als ob sie das für ihn beantworten könnte. Allerdings ist er mittlerweile nicht mehr sicher, hinter welcher sie liegt; seine Augen huschen von einem Schubfach zum andern.

Kesselgrollen ertönt unter Nathans Füßen oder die U-Bahn oder ein tektonischer Wind. Die dicht an dicht stehenden Bahren der Toten an den Wänden scheinen ein Stückchen nach vorn zu rucken. Er beißt erschauernd die Zähne zusammen, blinzelt, weil ihm die Augen brennen.

»Sie schwitzen, Nathan.«

Nathan räuspert sich. »Was ist mit der Hölle?«

Cleary zögert nicht: »An die Hölle glaube ich.«

Oben und draußen am Tageslicht ein dünner Regenschleier. Mit wehendem Mantel umkreist Nathan den Häuserblock auf der Suche nach seinem Wagen. Eine langsame ziellose Bahn. Das Auto ist nirgends. Er klopft seine Manteltaschen nach seinen Pillen ab, nimmt den Deckel ab und schüttet sich – nichts in die Hand. Er schüttelt die leeren Röhrchen, schleudert sie auf die Straße, unter die Autos, und tapst ihnen hinterher in den zäh fließenden Morgenverkehr. Von allen Seiten regnet es Beschimpfungen auf ihn. Er hält sich die Ohren zu und hört Kirchenglocken, Sambamusik, das Krachen von Feuerwerkskörpern, die am Strand von Coney Island aufsteigen wie Granaten und deren regenbogenbunte Schirme sich in zwei rabenschwarzen Augen spiegeln, die sich aus einer Fratze auf ihn richten. Gräßlicher Paria. Zwei Männer, die mit verdreckten und zerfetzten Decken und bandagierten Füßen an der Stützmauer der Klinik hocken, spähen hinüber wie Raubvögel. Da berührt jemand Nathans Schulter. Als er sich umdreht, ist niemand da.

Errol Santos lehnt sich auf seinem alten Stuhl zurück. Barbados geht rasch auf ihn zu. Die beiden sind von unbesetzten Schreibtischen umgeben. In der Ecke macht eine Sekretärin Maniküre. Überall blicken einen Gesichter an, rohe Skizzen und Weihnachtsfotos und alte Schulaufnahmen, die mit Reißzwecken und Klebestreifen befestigt an den Wänden hängen und auf Stapeln weiterer Gesichter auf den Schreibtischen liegen. Am hinteren Rand von Santos' Tisch sind Stöße von Aktenmappen aufgetürmt, ungelöste Fälle, Fälle kurz vor der Lösung und noch ganz frische Fälle wie der seiner Schwester. Das Büro hat ein Fenster, doch es blickt auf die Backsteinfassade des Nebengebäudes und läßt wenig von der Außenwelt ahnen, noch weniger vom Himmel.

»Willst du mir nicht sagen, was Stein dir gestern nacht erzählt hat?« fragt Barbados.

Santos guckt stumpf das Foto auf dem Stapel vor ihm an, als ob die Gestalt darauf eine Antwort geben könnte: Isabel liegt dort im bleichen Blitzlicht des Polizeifotografen, Seetang in den Haaren wie eine Blumenkrone, und der zerschlitzte Stoff ihres dünnen Kleides klebt an ihren kalten Brustwarzen und an den Wölbungen ihres Bauchs und ihrer Schenkel. Die blauen Lippen einen Spaltbreit offen. Dann kommt nichts mehr, auf das er schauen könnte, außer der Stelle, wo der Körper lag, ein eingedrücktes und glattes Sandbett.

»Hör auf damit, Errol. Geh nach Hause. Das nützt doch nichts.«

»Haben sie schon was rausgefunden?«

»Du weißt, daß das nicht dein Fall ist. Du solltest an was anderem arbeiten, wahrscheinlich solltest du gar nicht hier sein.«

»Sag mir, was sie rausgefunden haben.«

»Steht alles da in der Akte. Aber es ist nicht viel. Sie denken, sie haben vielleicht Haare. Sie denken, sie haben die Zeit, aber das ist es schon.«

»Blut?«

Barbados schüttelt den Kopf. »Und die Fingernägel waren sauber, das hast du selbst gesehen.«

»Welche Zeit?«

»Zwischen zwölf und drei in der Nacht davor.«

Santos nickt. »Da war sie noch mit Stein zusammen. Haben sie die Todesursache?«

»Errol.«

»Sag's einfach.«

»Ihr wurde der Hals gebrochen.«

Santos fährt sich mit der Hand übers Gesicht. Was ihm nicht aus dem Kopf geht, ist die Möglichkeit, daß sie nicht gleich tot war. Er wird die Vorstellung nicht los. Er sieht sich im Zimmer um.

»Sie wußte etwas«, sagt er. »Sie muß etwas gewußt haben. Krivit weiß mehr, als er sagt.«

»Die Ratte stinkt«, pflichtet Barbados bei.

»Hinterher gesäubert, damit der Unschuldige unschuldig bleibt«, murmelt Santos vor sich hin.

»Sieh mich an, Errol. Wenn du was weißt, dann ist jetzt der Zeitpunkt, damit rauszurücken. Ich weiß nicht, was der Mann dir erzählt hat, aber geh nach Hause, laß deine Knarre im Schreibtisch. Geh nicht mit diesem Typ unter.«

Die angehefteten und angeklebten Gesichter, an denen Santos vorbeikommt, schauen ihn von ihren Fotos an wie durch Fenster. Sie drehen sich nach ihm um und verfolgen ihn mit den Augen.

Während er in einem dünn mit Fahrgästen besetzten U-Bahn-Wagen hin und her schaukelt, sieht er die unterirdische Welt wie einen Film vor den Fenstern vorbeiziehen. Nach graffitibeschmierter Dunkelheit ergießt sich gleißende Helligkeit in den in Brooklyn noch leeren Wagen, der auf der Fahrt durch Südmanhattan Richtung Norden immer voller wird. Alte Leute, die sich mit Plastikbeuteln voll Spielsachen an den Mittelstangen vorbeiquälen; schwarze Familien mit schläfrigen Kindern, die schwankend auf den Plastiksitzen hängen. Ein patrouillierender U-Bahn-Polizist, der sich von Stange zu Stange hangelt. Durch ein Leck im Tunnel spritzt Straßenwasser auf den Wagen, und die Perlen flitzen über die Fensterscheiben, als prasselte Regen darauf. Fulton Street, City Hall, wie eine Kleinstadt nach der andern jede Haltestelle eine Station im Leben, die Santos mit einem Tag, einer Nacht, einem Gesicht zusammenbringen kann. U-Bahn-Fahrten um 3 Uhr nachts in Wagen wie diesem, fröhlich beschwipst mit Nathan und Claire an den Stangen baumelnd, alle drei singend, während die beiden andern sich ungeniert begrapschten. Errol, der unbeweibte Dritte, der treue Butler, Nathans Diener Freitag. Sein Leben lang hat er ehrfürchtig zu Nathan aufgeschaut. Er hat dessen Frau begehrt und sich schließlich von seiner scheiden lassen, um sie zu nehmen. Damit ist er – was? Ein Agent provocateur, ein Doppelagent, ein Attentäter. Woran fühlt er sich eigentlich gebunden? Er spürt, wie er sich nach einer verlorenen Sicherheit zurücksehnt. Wie Antwort suchend äugt er zu den Leuchtreklamen empor. Mittel gegen Hämorrhoiden, Fußpilz, eingerissene Ohrläppchen, ungewollte Schwangerschaft, Haarausfall bei Männern, Achselhaare bei Frauen, Allergien, Inkontinenz, zu kleine und zu große (hauptsächlich weibliche) Körperpartien, die Leiden, die Plagen, die gebührenfreien Nummern, die du wählst, und alles geht weg. Aber was ist mit innerer Leere und Ausgebranntheit?

Am Union Square gehen die Türen auf, und die Kälte von außen verbreitet sich im Wagen. Er steht auf, steigt aus, bahnt sich den Weg durch anderes Wetter. Santos mit seinen meilenweiten Wegen, seinem maßlosen Wunsch, Vorschriften durchzusetzen. In Bewegung befindliche Dinge anzuhalten. Oben stippeln ihm Hagelkörner ins Gesicht, doch der stürmische Tag schreit mit etwas anderem als Regen oder Schnee auf ihn ein.

Auf das Vorzeigen seiner Dienstmarke hin darf er ein Dienstbotentor hinter den Brownstonehäusern in der 9. Straße West passieren. Er springt über Zäune und durchquert zugefrorene Gärten und eisglatte Kletterspielplätze. Vor einer Fläche voll Hundescheiße in der Mitte des Häuserblocks bleibt er stehen. Seine alten Schuhe quietschen in dem trockenen Schnee wie Kreide. Er schüttelt sich. Gefrorene Salzlinien am Nasenrand und an der Oberlippe. Er hat geweint. Er klopft an die Verandatür, den Revolver halb aus dem Halfter gezogen.

»Nathan«, ruft er.

Aber seine Stimme ist leise, und halb wünscht er, daß niemand antwortet. Er probiert den Türgriff, und als der sich ohne weiteres drehen läßt, schaut er ihn konsterniert an. Er schiebt die Tür einen kleinen Spalt auf und wartet auf das Knurren des Hundes und das ungestüme Anspringen, doch er hört nichts. Er stößt die Tür auf und tritt über die Schwelle. Als er etwas hört, das ihm nicht gefällt, bleibt er stehen, wo er ist, während der schmelzende Schnee unter seinen Füßen Pfützen bildet. Die Lampen brennen. Was er sieht, macht ihm keine Angst, was er nicht sieht, jede Menge. Beispielsweise die Frage, warum er hier ist: weil seine Schwester tot ist; weil sie auch Nathans Schwester war, und weil Nathan sie verführt hat oder nicht verführt hat, oder weil er es nicht sagt; weil die Verbindung zu ihm zugleich fester und unklarer geworden ist und bestimmt noch unklarer werden wird; weil es für menschliches Leid keinen fixen Endpunkt gibt und alles immer noch schlimmer wird; und weil er in all den Jahren geglaubt hat, Nathan habe nichts Unrechtes getan, wohingegen er jetzt glaubt, daß Nathan alles tun – getan haben – könnte. Er hat in Nathan immer das gesehen, was er am meisten beneidet. Jetzt sieht er, was er am meisten verachtet. Jeder einzelne Zug an ihm, den er früher guthieß oder gern noch gesteigert gesehen hätte, ist jetzt ein Grund mehr, ihm den Tod zu wünschen. Dem selben Nathan, der einst mehr als irgend jemand sonst, den er kennt – ganz bestimmt mehr als er selbst –, das Recht zu leben hatte.

»Nathan«, ruft er noch einmal. Er hebt die Waffe. »Nathan –«

Irgendwo zischt ein Heizkörper.

Nach einer Weile steckt Santos die Waffe wieder ein. Er zieht leise die Tür hinter sich zu, springt über den Zaun und geht davon.

An der Auffahrt zum Franklin D. Roosevelt Drive schrammt und knallt eine Schar Vögel an seine gesprungene Windschutzscheibe wie eine dunkle Wolke, die Nathan mit ihren Wassergeräuschen, ihrem Federschwirren und ihrem mechanischen Kreischen das Gefühl einer umgekehrten Autowäsche gibt und die schließlich ein gutes Dutzend klebrige Streifen zurückläßt. Er betätigt die Scheibenwischer, aber er muß gestern nacht auf dem Belt Parkway das ganze Wasser in der Spritzanlage verbraucht haben, denn es gibt nur eine weiße Schmierschicht auf dem Glas.

Mit einem abgerissenen Papiertuch in der Hand steigt er aus, als er merkt, daß die Straße, die er fahren will, gesperrt ist. Der East River fließt auf einer Höhe mit ihr, weiß und schaumig lappt das aufgewühlte Wasser hier und da schon über das Ufer. Jenseits des Flusses im Osten steigen die dunkleren Wolken höher und höher. Eine neue Ladung Schnee, durchzuckt von stummen Blitzen.

Nathan stößt auf die York Avenue zurück und fährt die Second Avenue hinunter. Sein Handy klingelt, als die Ampeln vor ihm sich gerade in eine Kette von Rotlichtern verwandeln. Seine Hand bekommt beim Wühlen im Handschuhfach den Rasierapparat zu fassen, und ohne die Proteste der sich hinter ihm stauenden Taxis und Lebensmittellaster zu beachten, verstellt er den Rückspiegel und schabt sich mit dem Rasierer übers Gesicht. Ein Weckruf – ist es Zeit? Er sieht, aber beachtet nicht das Gesicht im Spiegel, ein Gesicht, das nicht seines ist. Er streicht über die wirr abstehenden dünnen Strähnen auf seinem Kopf und rasiert dann gründlich die Spalte am Kinn aus. Schließlich holt er mitten im Klingeln das Handy hervor und legt es umgedreht auf den Teppich aus Hundehaaren auf den Sitz. Eine Stimme quäkt protestierend. Gegen die bekannten schrillen Töne dreht er den CD-Player lauter, schließt die Augen, und zum erstenmal seit Tagen umgibt ihn friedliche Dunkelheit, in der Coltrane – die Sterne, der Mond, die Morphiumwirkung – voll abhebt. Treiben in unendlichen Tiefen, friedliches Entgleiten eines Lebens, das hätte sein sollen, und anderen zahl- und namenlosen Dinge, die sein sollten. Sanft tippen Nathans Finger auf dem Lenkrad einen neuen Rhythmus. *Flamenco Sketches*. Der kleine Schlenker in das spanische Grundthema, die gute alte Zeit beschwörend, während im Hintergrund Bill Evans am Klavier erst ganz leicht und hell spielt, dann aber wie der Tag selbst, wie dieser Tag, dunkel und unheimlich wird. Nathans Wimpern werden feucht. Miles, gedämpft, der Ruf der Lerche, die – was ankündigt? Einen neuen Tag oder das Ende von diesem? Traurig jetzt – nicht: dort sind wir gewesen, sondern: dort gehen wir hin. Die Tränen sind echt – und kleben die Augen zu. Er wird sie nicht öffnen, bevor die Musik aus ist, und dann ist sie aus, ungut, wie verschluckt. Und seine Augen öffnen sich und sehen sich selbst im Rückspiegel. Grüne Eissplitter findet er darin, bei deren Blässe es selbst ihm schwerfällt zu sehen, daß noch irgend etwas dahinter ist. So blaß, daß sie blind aussehen.

Der Polizist im Fenster, eine Verdüsterung des ohnehin sonnenlosen Tages, klopft ungeduldig mit dem Ende seines Schlagstocks. Nathan schaut nicht hin. Er hält's nicht aus, will's auch gar nicht. Nichts wie weg, weg, weg, und er blinzelt und tritt aufs Gas, der Wagen schießt nach vorn, der Polizist taumelt zur Seite. Über die rote Ampel, daß die Autos, die in seine Tür zu krachen drohen, quietschend und schleudernd abbremsen müssen. Er fährt im Slalom Richtung Süden, um die übelriechenden Wolken herum, die durch die Löcher in den Kanaldeckeln von der Erde ausgeschnaubt werden.

Wider alle Logik ist es noch dunkler, grüner geworden. Tornadowetter. Direkt über ihm ertönt Donnerkrachen. Vor ihm ist die Welt der Vertikalen näher gekommen, die zerklüftete Skyline, die gesichtslosen Säulen des World Trade Center, die sich gewaltig über die kleinen Ameisen erheben, die Menschlein.

Allein auf dem Bürgersteig schaut Nathan an dem alten Gebäude empor, einen Steinwurf weit von den Gerichten entfernt, eine Schichttorte mit Lagen von gewerblichen Kautionsstellern, Einwanderungsanwälten, Schadenersatzspezialisten, Import-Export-Händlern. Die vielen endlosen Korridore mit ihren Milchglastüren. Milton hat Nathan und sich in einer Kanzlei mobiler Topjuristen eingekauft, bei einem Fachanwalt für Verkehrsunfälle und einem Mann namens Chang, der mit seinem Kader gut gebauter und diskreter asiatischer Sekretärinnen Geheimnisse hortet und die durch diverse anonyme Fraktionen des chinesischen Mobs aufgewühlten Wogen glättet. Zu dieser Melange steuerte Milton seinen Sohn Nathan, Isabel, deren Mutter und natürlich den unverwüstlichen Oliver Schreck bei.

Zwei rotweiße NYC-Sheriff-Wagen, ländliche Vettern der offiziöseren City-Polizei, stehen am Straßenrand. Bestimmt weil irgendein Penner seine Alimente nicht zahlt. Oder seine Strafzettel. Nathan hat selber massenhaft welche für dieses Auto, für das andere, für noch eins.

An der Tür schaudert es Nathan. Soll er reingehen? Muß er reingehen? Wie es scheint, muß er.

Bei Nathans Anblick verzieht Jorge, der Mann im Foyer – als Wachmann ein Witz in seiner Zinnsoldatenuniform mit goldenen Schulterklappen –, schmerzlich das Gesicht. Nathan weiß selber, daß er schon mal besser ausgesehen hat. Dabei muß er gerade heute einen guten Eindruck machen.

»¿Qué pasa?«

»¿Qué pasa?«

»Un momentito, señor«, bemerkt Jorge, den Finger erhoben, als wollte er den Wind prüfen. »Con permiso –«

Aber er muß zum Gericht. Die Richterin wird seine legere Aufmachung nicht stören. East Hampton ahoi – wenn jemand das versteht, dann eine Richterin. Und er ist spät dran, er ist immer spät dran. Aber die Frage ist: wie spät? Er muß sich beeilen.

Dann muß später – oder sonstwann – noch diese Zeugenaussage uptown aufgenommen werden, hatte Isabel gesagt. Außerdem müssen Vorbereitungen für den Riverside-Drive-Fall getroffen werden. Milton wird oben sein und Anrufern Rede und Antwort stehen. Und gerade jetzt – ein schwerer Schlag – haben sie keine Sekretärin. Arbeit, Arbeit, Arbeit –

»Hasta la vista, Jorge«, sagt Nathan und winkt ihm kurz zu.

Der Korridor im 22. Stock, wo zu dieser Uhrzeit gewöhnlich Hochbetrieb herrscht, ist leer, aber durchaus nicht still. Alles klappert, klopft und tickt: seine Armbanduhr, sein Herz, seine Absätze, sein Gewissen, ungeduldige Fingernägel auf irgendeinem Schreibtisch, die tausend Uhren dieses Gebäudes, die einen Termin nach dem andern anzeigen, eingehaltene, versäumte.

Er steht auf. Hat er gesessen? Anscheinend fällt er ständig irgendwo hin und muß aufstehen. Jetzt verlangsamt er seinen Schritt. Wie es scheint, hat jemand die Tür zu seinem Büro am Ende des Flurs offengelassen. Das gelbe Licht des Empfangsbereichs ergießt sich in den Flur, an die gegenüberliegende Wand. Hinter ihm rasseln die Fahrstuhltüren auf, bleiben offen. Niemand tritt heraus. Und jetzt – immer noch niemand.

Nathan wirbelt herum: »Isabel, warum ist die Tür –?« Er unterbricht sich. An der Empfangstheke, beschichtet mit billigem Holzimitat, sitzt niemand. Aber im Wartezimmer, das so still ist wie der Flur, regt sich Leben: Ruth und Schreck, anders als letzte Nacht im blauschwarzen Anzug; der schnauzbärtige Verkehrsanwalt, der seine gebührenfreien Anrufe wegen Blechschäden und Unfalltodentschädigungen in einem legeren grauen Anzug und bequemen Halbschuhen abwickelt;

und der aalglatte Chang in seinem Armani-Zweireiher und seinen Flügelkappenschuhen, wie ein Popstar umgeben von seinen vier jungen Sekretärinnen, einer kleinen Söldnertruppe. Vor ihnen stehen vier Sheriffs von New York County, die mit ihren Pfadfinderhüten und Streifenhosen wie berittene Polizisten aussehen, als hätten sie die falsche Abfahrt vom Thruway erwischt und wollten sich nur mal kurz nach dem Weg erkundigen. Die Gäste halten den Atem an. Ein Sheriff tritt vor und zieht dabei seine Handschellen auf: »Nathan Stein?«

Nathan kennt die Stimme aus dem Kino, die Förmlichkeit, mit der Amtspersonen anscheinend meinen auftreten zu müssen. Dann erinnert er sich an die Dutzenden von Szenen aus den Lebensfilmen seiner Mandanten. Wie oft hat er selbst neben einer verlassenen und verlorenen Gestalt vor dem Richterstuhl gestanden, immer auf der rechten Seite, immer die rechte.

Nathan stellt sich schwankend ein Stück nach rechts. Irritierenderweise tanzen schwarze Punkte vor seinen Augen. »Ist es nicht noch ein bißchen früh?« fragt er. Er merkt, wie ihm auf einmal schwindlig wird.

Die drei andern Sheriffs treten vor.

»Sag nichts«, instruiert ihn Ruth aus dem Hintergrund.

Nathan sieht sie leicht amüsiert an, dann Schreck, grimmig, und sagt wie zu Judas: »Tun Sie Ihre Pflicht. Ich habe Errol Santos alles gesagt, was ich weiß.«

Ruth packt ihn am Arm. »Nein, Nathan –«

»Mein Vater?«

»Er ist unterwegs.«

Nathan dreht sich zu den Sheriffs um: »Wissen Sie eigentlich, wer mein Anwalt ist? Wissen Sie, wer mein Vater ist?«

Einer der Sheriffs wendet sich an die schweigende Gruppe: »*Ist* das Stein?«

»Das ist er«, sagt Schreck rasch.

Nathan nickt verbindlich. »Vielen Dank, Oliver.«

»Es geht ihm nicht gut«, wirft Ruth mahnend ein.

Schreck schaut auf seine Uhr und murmelt: »Milton sagte, er wäre um zehn da.«

Schweißperlen treten auf Nathans Gesicht. »Dann ist er also *nicht* unterwegs?«

»Kopf hoch«, sagt Schreck. Er ballt bekräftigend die Faust zum Zeichen einer vagen brüderlichen Verbundenheit.

»Oliver, ich hab die Scheißreklametafel gesehen, und Marías Testament. Wolltest du mir gestern erzählen –?«

»Du hast das Recht, die Aussage zu verweigern –«

»Den Teil kenne ich. Übrigens, Baron ist unten im Auto. Er wird Hunger haben.«

»Wir kümmern uns um den Hund«, sagt Schreck, und es klingt irgendwie drohend.

Mit abgewandten Augen geht der Verkehrsanwalt kopfschüttelnd davon, daß seine Schuhe über die graue Auslegware zischen.

Nathan taumelt nach vorn, aber plötzlich steht jemand in der Tür und versperrt den Weg. Bereits das Taschentuch in der Hand, mit dem er sich den Nacken und den schweißdunklen Haarkranz über den Ohren wischt. »So, so«, sagt Krivit.

Ruth deutet mit dem Finger auf ihn. »Kein Wort.«

Ein ironisches Lächeln huscht über Krivits Gesicht. »Was hat er getan?«

Eine gute Frage. Nathan ist noch gar nicht darauf gekommen, sie zu stellen. Wobei dies hier Sheriffs sind, keine Polizisten; das engt die Möglichkeiten ein. Es kann nicht wegen Isabel sein. Nathan blickt mit echtem Interesse auf. »Ja, was *habe* ich eigentlich –«

»Gar nichts«, platzt Ruth heraus, bevor Nathan die Frage ganz ausgesprochen hat. »Du hast einer Richterin auf die Füße getreten. Es ist wegen der Steuererklärung.«

Nathan muß beinahe lachen. »*Deswegen* das Ganze? Die

Acevedo will mich tatsächlich zwingen, die Hose runterzulassen?« Gute Idee, möchte er gern sagen, aber es kommt ihm unklug vor.

Krivit mustert Nathan. »Mißachtung des Gerichts?« sagt er schelmisch. »Ist ja köstlich.«

Nathan zuckt zerknirscht die Achseln. »Fragen Sie meinen Anwalt«, sagt er und schaut sich um: das Zimmer ist voll von ihnen, doch er auf einmal nicht mehr zugehörig.

Krivit kneift ein Auge zu. »Haben Sie's fertig?«

»Hat er was fertig?« fragt Schreck.

»Sei still«, herrscht Ruth ihn an.

Krivit guckt Schreck scharf an. »Was soll die Frage? Sie wissen genau was. Wo zum Teufel ist der Schrieb?«

Nathan nickt zu dem kleinen Drama, das sich vor ihm entspinnt. Natürlich weiß Schreck von der Haftbeschwerde. Natürlich weiß Ruth, daß Schreck davon weiß. Alle wissen sie alles. Sogar die kleine Ratte, Krivit.

Ihm tönt wieder das Versprechen in den Ohren, das er sich heute früh selbst gegeben hat, nämlich daß er, Claire hin oder her, die Freilassung von Amparos Cousine erwirken würde. Nichts leichter als das: den Staatsanwalt anrufen, die Anklage gegen das Mädchen bagatellisieren, ein bißchen an den ein, zwei Fäden ziehen, die ihm noch verblieben sind, zur Not die 500 Dollar selbst bezahlen. So etwas kann er immer noch deichseln. Denken Sie an das Baby, hätte er begonnen, wie immer hätte er so gut begonnen –

»Ich hoffe, das dauert nicht lange. Ich muß ins Gericht«, sagt er und fährt auf einmal mit erhobenem Finger herum, denn Regina Núñez' Akte ist ihm eingefallen. »Ich brauche etwas aus meinem Büro.«

Die Sheriffs murmeln untereinander und blicken unsicher drein, dann treten sie zur Seite und folgen Nathan in den hinteren Teil der Etage, vorbei an den mahagonigetäfelten Zimmern, an Miltons Zimmer mit den Schränken voll juristischer

Bücher und Fachzeitschriften, den Diplomen, die in völlig willkürlicher Ordnung an den Wänden hängen, und dem Schreibtisch mit der Glasplatte und dem Ausblick auf das Schauspiel am Himmel, das mal Milton, mal Nathan genossen, während sie Sekretärinnen und Gattinnen von Mandanten und ihre früheren und jetzigen Freundinnen und ihre Schwestern und ausgewählte Mitglieder des Reinigungspersonals – mit einer Ausnahme alles Frauen – besamten. Zum Beispiel das eine Mal, als Milton eine Kanzlei voller Mandanten anderthalb Stunden warten ließ. Ein ungeduldiger Mandant stand auf, stampfte zur Tür und stieß sie auf, so daß alle zwischen den Aussageprotokollen und Schreibgarnituren auf Miltons Tisch eine Frau mit hochgezogenem Rock und gespreizten Beinen liegen sahen. Milton kniete dazwischen auf dem Boden, und sein Kopf wackelte –

Nathan steht auf der Schwelle zu seinem Büro. Die Sheriffs hinter ihm und Ruth und Schreck hinter ihnen fragen sich sicher alle, denkt Nathan, was er wohl jetzt noch brauchen könnte.

»Wie lautet die Anklage?« fragt er noch einmal, um seine Suche einzugrenzen: er hat schon vergessen, wem er angeblich helfen möchte, sich selbst oder Regina Núñez. Aber bevor sie antworten können, nickt er und tut es selber: »Mißachtung«, sagt er und tritt ein.

Er steigt über den vollgestellten Fußboden, blickt sich um. Keine Zeugnisse hier. Hinter gesprungenen Scheiben lugen seine Diplome zwischen Türmen aus Akten und Zeitungen hervor, die an den Wänden bis zur Decke reichen. Umgestürzte CD-Säulen am Boden, Postberge auf den buchlosen Regalen. Eine Lichtung im Dschungel für die schimmernde Stereoanlage. Nathans Schreibtisch ist unter einem Wust von Büchern und alten Zeitschriften und Styroporbechern begraben. Ganz oben auf dem Berg scheint ein Laptop, der noch an ist, möglicherweise seit Tagen, die Geschäfte zu führen. In den Ecken des Büros stapeln sich die leeren Kisten für die Anlage, für den Computer, für das neue Telefon, das alte Telefon, für die Kaffeemaschine, für andere, längst ausrangierte Geräte und schlicht leere Kisten, deren Zweck – Eingang/Ausgang, ausgepackt/zu packen? – ein Rätsel ist. Alle drei Schubladenreihen mit überquellenden Hängeordnern sind aus dem Aktenschrank gezogen. Ein Zimmer ohne Chronologie. Ohne Ordnung. Ohne Sprache. Es gibt nur das Jetzt, den Zeitpunkt des jetzigen Atemzugs, der mit dem Ausatmen schon in einem Container alles vorher Gewesenen landet. Eine blinde ferne Vergangenheit wird hier gehortet in diesem Mausoleum von angeklagten und verteidigten Leben, von Memoranden und Schriftsätzen, die erst nach Termin begonnen, dann wegen der Morgenzeitung weggelegt und vergessen wurden und jetzt uneingereicht unter dem Kompost neuer Papiere, neuer Schriftsätze, veralteter Meldungen liegen und vermodern.

»Mister Stein –?«

Er schaut sich um. Genau wie er es vorige Woche vor der offenen Tür der Church of the Immaculate Conception in der Fordham Road tat. Serena hatte ihn gebeten, zur Messe mitzukommen. Zu büßen, sich läutern zu lassen. Heilen. Drinnen hing beißend süßer Weihrauchgeruch in der Luft. Vor einer Plastikmuschel voll trüben Wassers blieb er stehen und spähte den langen Mittelgang hinunter in das Halbdunkel, wo ein abgeschrammter fahler Christus von Strahlern angeleuchtet an unsichtbaren Drähten über dem Altar hing, nicht unähnlich einem Trapezkünstler. Weltvergessen unter seiner Dornenkrone. Durchbohrte Handflächen, herausstehende Rippen und die blutige Wunde, die frisch mit Lippenstift nachgemalt war. Ein Nagel durch die gekreuzten Fesseln getrieben, die Zehen eingekrümmt, was Nathan ein nettes Detail fand, feminin. Links davon die Mater dolorosa. Serena bugsierte Nathan – es war nicht gerade sein bester Tag – auf eine Bank in der Mitte. Vier Gestalten saßen zusammengesunken im Dämmerlicht, das auf ihren Schultern und Köpfen lag und ihre Silhouetten wie Zielscheiben oder Heilige erscheinen ließ. Vor ihm ein hölzernes Fach ohne die Bibel, die es einst enthielt. Von einem Gang zum andern lange gepolsterte Kniebänke, deren verblichener Stoffbezug Abdruckpaare in gleichmäßigen Abständen aufwies, als ob der Geist durch die Verbindung Kniegelenk-Fußboden besonders gut flösse. Bei dem Gedanken an die tausend Stunden, die er als sündiger und unbußfertiger Adressat von Rabbi Jupiters Weisheitsperlen in seiner Synagoge in Ozone Park zugebracht hatte, war er für den Reiz, den die Vorstellung einer schwangeren Jungfrau barg, nicht unempfänglich.

Mit Lederhose und hauchdünner Bluse bekleidet betrat Serena den Beichtstuhl. Er hörte sie weinen. Eine dunkelgewandete Gestalt glitt hinter den Vorhang des Holzgehäuses, die Schiebetür ging zu, und augenblicklich ertönte ein leises Gemurmel wie aus einer alten, endlosen, niemals unterbrochenen Litanei. Nathan, der mit dem Schlimmsten rechnete, behielt die Plastiken wachsam im Auge. Farblos die Buntglasfenster an diesem grauen Tag. Einzelne Felder durch schmuddelige Plexiglasscheiben ersetzt. Hier und da erschien zwischen den Bänken kobaltblau und blaß orange der Widerschein eines Heiligen. Das ferne Rauschen des Verkehrs auf dem Grand Concourse. In vier oder fünf Monaten, in der andächtigen Stille einer sonntäglichen Messe, würde das heidnische Gebrüll aus dem Yankee-Stadion die Reihen kleiner Christenknaben in weißen taillierten Gewändern fast zum Aufruhr und die zusammengesunkenen Schemen auf den Bänken zum Kichern bringen.

Im Beichtstuhl wurden Serenas Geständnisse zu einem eintönigen Singsang, und Nathan, der den Ton kannte, sah sie vor sich: tränenverklebte Augen, zuckende Hände, die vollen Lippen aufgestülpt und verzerrt im Ausstoßen der wirren Bekenntnisflut, nie lang genug die lange Liste ihrer Verfehlungen: der viele Koks; die unterlassenen Anrufe bei einer Großmutter, die wie eine welke alte Pflanze in San Juán gelassen worden war; ihre Abhängigkeit von dem Gringo draußen auf der Bank, Beschleuniger auf der Abwärtsbahn eines ohnehin ziellosen Lebens. In Nathans Ohren raunten unterdessen durch das Kirchengebäude Geschichten von Fehltritten und Brudermorden und einem Hirten auf der Suche nach seiner Herde und zu ewiger Verdammnis verurteilten Frauen und einem Schafbock, der geschlachtet, ausgenommen und einem unnachgiebigen und hungrigen Herrgott zum Opfer gebracht wurde. Einem, der keine Unterschiede machte. Nathans Kummer über das, was er getan hatte. Diese nichtsnutzigen und sexbesessenen Streuner. Einst gute Männer, die mit ihrer sittlichen Verwahrlosung das große Gewitter heraufbeschworen. Ein ersäuftes Geschlecht gefährlicher Unheilbarer. Noah, sechshundert Jahre alt, als Kapitän seines schwimmenden Zoos. Und das war erst das Buch Genesis.

Eine Hand rüttelte Nathan sanft. Er war eingeschlafen. Er sah auf in ein bleiches, verschwommenes Gesicht, ganz ähnlich dem seiner Mandanten. Ein Mann in einem taubenblauen Jumpsuit mit weißem Kollar. Dicht hinter ihm Serena, die ihre mit Pailletten besetzte Handtasche an sich preßte, als enthielte sie die Asche ihrer verbrannten Missetaten.

Der Priester mit puertoricanischem Akzent: »Möchten Sie beichten?«

Nathan stemmte sich langsam von der Bank. An der Seite verzog sich ein Schatten in den dunkleren Teil. Die Sirenentöne eines Feuerwehrautos kamen näher, jaulten vorbei und verzitterten in der Ferne. Oben im lichtlosen Dachgebälk Bewegung, Vogelflattern.

»Nein.«

Serena warf dem Priester einen wissenden und resignierten Blick zu.

»Ich bin müde«, sagte Nathan.

»Nathan«, flehte Serena.

Der Priester neigte verwirrt den Kopf. »Wie bitte?«

»Ich hab grad geschlafen.«

Nathan trat seitlich in den Gang hinaus, die Hand schützend an die Stirn gelegt. »Morgen vielleicht«, murmelte er.

Serenas Stimme wurde beinahe kreischend, ein kleines Mädchen auf der Flucht, in Tränen aufgelöst. »Nathan, sag wenigstens, daß es dir leid tut!«

Der Priester wartete. Wirklich? Oder vielleicht ich? »Natürlich«, erwiderte Nathan. »Es tut mir leid.«

»Stein?«

»Nathan?«

Mit sorgenvollem Gesicht steht Ruth vor ihm. Nathan fühlt den Geldpacken in der Innentasche seines Sakkos und hebt den Kopf, schließt die Augen. Milton wird alles einrenken. In ein paar Stunden ist er wieder draußen. Und in noch einmal achtundvierzig Stunden wird die Sonne überm Meer blitzen, und er wird die wandellosen Formen des Himmels betrachten und dem Donnern der Brandung lauschen. Er wird knöcheltief im weißen Sand stehen und Tequila trinken.

»Können wir gehen?« fragt der Sheriff.

Nathan blinzelt, er scheut die Antwort. »Wohin?«

10 UHR

Eine Stunde vergeht, wie die Stunden hier vergehen. In diesem Betonraum knallt die Eisentür falsch herum zu. Die Zelle vibriert unter der extremen Gespanntheit der Männer hier, die noch nicht vom Staat entmündigt sind, nur Häftlinge auf Zeit sind, noch ein Leben zu verlieren haben. Nathan bekommt verstohlene Blicke von Gefängniswärtern zugeworfen, die er seit Jahren kennt und schon für diverse Dienste an Mandanten bezahlt hat, Frauen, Essen, zusätzliche Minuten. Jetzt hängen seine Hosentaschen heraus wie Strümpfe. Seine Schuhe, der Schnürsenkel beraubt, schlappen wie Pantoffeln. Er preßt sich sein Sakko an die Brust wie eine Rettungsweste. Hoch oben hängt eine nackte Glühbirne von der Decke und leuchtet richtungslos.

Er klammert sich an die Gitterstäbe und blickt hinaus. Jemand in einem orangenen Jumpsuit schlurft rückwärts den Flur entlang und zieht dabei einen Plastikeimer auf Rädern mit, in dessen brauner Brühe er einen Mop tunkt. In einer anderen Zelle gegenüber gluckert Lachen aus einer dunkleren Ecke. Nathans Blick trifft auf den eines Mannes dort drüben, der einen Umhang über den Schultern hat. Mit seinem ölbeschmierten Gesicht, in dem nur die Augen und der Mund weiß sind, sieht er aus wie ein Bergmann. »Guck mich nicht so an«, sagt der Mann.

Als Nathan sich umdreht, begegnet er dem bewundernden Blick eines anderen Mannes, der sich selbst mit sehnigen Armen umschlungen hält und ein leises Wiehern ausstößt, als würde er in ihm entweder ein potentielles Opfer oder eine lang verschollene verwandte Seele erkennen. Nathan macht sich aus seinem Jackett ein Kissen und rollt sich auf dem einzigen noch freien Platz zusammen, einer viereckigen Betonplatte neben einer nicht gespülten Kloschüssel, die halb voll ist mit flüssiger Scheiße. Fahles Winterlicht fällt durch die eisenvergitterten Fenster. Er sieht die Krone des Yankee-Stadions nach unten hängen, den Bauch eines Flugzeugs verkehrt herum in den Wolken verschwinden. Er schließt die Augen, um zu schlafen, aber sieht auf der Rückseite der Lider seinen eigenen stumpfen Blick gespiegelt.

»Was bist du für einer?«

Nathan hebt den Kopf und erblickt einen bulligen Schwarzen, der mit ausgestreckten Beinen an der Wand sitzt. Die Halssehnen bis zu den Schultergelenken aufgespreizt wie gepanzerte Flügel.

»Genauso einer wie du«, erwidert Nathan.

»Glaub ich nicht.« Er betrachtet Nathans Schuhe. Er betrachtet die Biß- und Kratznarben an Nathans Armen. Sie haben angefangen zu stinken. »Was hast du gemacht, deine Frau angeschrien?«

»Ich bin nicht verheiratet.«

»Ich auch nicht. Jedenfalls seit heute morgen. Hab sie grade umgebracht. Sie und ihren Hausfreund. Mit 'nem Eispickel, Mann.« Zur Demonstration führt er einmal langsam den Arm nieder. »Die Zeitungsfritzen haben gesagt, morgen steh ich auf der ersten Seite.«

»Sehr beeindruckend.«

Der Schwarze zuckt die Achseln. »Aber seit der Saftsack da

drüben hier ist«, er zielt mit dem Finger, als wäre er ein Gewehr, »bin ich mir nicht mehr so sicher. Der Typ hat das gleiche gemacht, nur mit 'ner Axt.«

Wie ein Kind, das bei einer Parade seine Eltern verloren hat, hält Nathan zwischen Armbeugen und Beinen hindurch nach dem Mann Ausschau, der ihn vorhin gemustert hat. Ein Pol friedlicher Verrücktheit in dem ganzen Durcheinander. Seine Lippen bewegen sich, sein Kopf zuckt wie in angeregtem Gespräch.

Nathan wendet sich wieder dem Doppelmörder zu. Fleischig die Hände und abgegriffen wie Lederhandschuhe, wie Werkzeuge. »Vielleicht solltest du mit deinen Geständnissen nicht so schnell bei der Hand sein.«

»Ich hab's gemacht, basta.«

»Das ist das Schöne an den Dingen«, versetzt Nathan, und einen Moment lang schließen sich seine Augen flatternd, als käme jetzt gleich der entscheidende Moment einer Symphonie. »Was du tust, ist egal. Was du sagst, darauf kommt's an.«

Ein kleines Lächeln legt das Gesicht in Falten. »Du bist 'n Anwalt, stimmt's?«

Nathan zuckt die Achseln.

»Bingo. Mein Verteidiger.« Er haut Nathan auf die Schulter. Andere haben mitgehört und lugen skeptisch in Nathans Richtung. »Ich werd 'nen Anwalt brauchen.«

»Ich kann dir nicht helfen.«

»Du wirst schon hier rauskommen. Was hast du überhaupt ausgefressen?«

Nathan sieht keinen Anlaß, sich zu zieren. Irgendwie ist ihm heimelig zumute. Er ist unter seinesgleichen. Jedenfalls unter Leuten, mit denen er sich auskennt. »Hab's mit 'ner Richterin verschissen.«

»Holla. Wie denn das?«

»Sie wollte meine Steuererklärung sehen.«

»Und warum hast du ihr deine Steuererklärung nicht gezeigt?«

Nathan zuckt die Achseln. »Ich mach nie eine.«

Der Mann lacht. »Genau der richtige Anwalt für mich.«

Nathan kann nicht widerstehen. Es kommt so selbstverständlich heraus wie der Atem. »Dann merk dir eines.«

»Nämlich?«

»Die beste Methode, die beste und erfolgreichste Verteidigungsdevise.«

»Laß hören.«

»Die Frage deiner Schuld interessiert vor Gericht niemand.«

Der Doppelmörder schwenkt mit einem dämlichen Grinsen die Hand vor den Augen. »Bingo.«

Nathan zwinkert gleichfalls grinsend seinem neuen Freund zu und sieht dabei überblendet Bilder von einem Mann und einer Frau vor sich, die auf einem abgerissenen Teppich in einer salzbitteren Lache aus Blut und Kotze liegen, der Mann mit noch zuckenden Beinen und die Frau mit noch pumpender Brust, in der ein Eispickel wie eine für Gott und Vaterland aufgepflanzte Fahne zittert. Der Schwarze sitzt mit angezogenen Knien an der Wand und summt die Decke an. Wie an einem heißen Sommertag unter einem Baum, völlig unbeschwert. Froh, sie los zu sein, froh, die Last vom Buckel zu haben. Meine Goldesel, sagt sich Nathan, sind die gesellschaftlichen Versager.

Ein junger Bursche packt die Gitterstäbe des Fensters und zieht sich hoch, daß ihm die Arme vor Anstrengung zittern. Er sieht nicht mehr als Nathan auch, den selben Ausschnitt Himmel mit dem selben Flugzeug. Die Füße gegen die Wand gestemmt zieht er sich höher und hält sich dann oben. Nathan weiß, daß er ein Stück vom Yankee-Stadion im Blick hat, vielleicht ein bißchen was vom Spielfeld mit der Zeltüberdachung. Dahinter dann die Elendshäuser von East Harlem, über die der Bursche strahlt, als hätte er einen Strand erspäht, an dem eine Frau ihr Handtuch ausbreitet und in den Hitzewellen der Luft Bluse und Rock auszieht. Gerade steckt sie sich mit erhobenen Armen die Haare hoch –

Ein Mann hat sich auf die Kloschüssel gehockt, die Hose hängt ihm in den Kniekehlen. Nathan schnappt sein Sakko, rollt sich gerade noch rechtzeitig weg und kauert sich an die Wand gegenüber neben den Axtmörder. Der riecht nach Sumpf und gewaltsamem Tod. Aber dann vergleicht Nathan seine ganzen Schnitte und Kratzer mit denen am Arm seines Nachbarn und wendet sich ab, um sich in alten Träumen davon zu ergehen, wie Sid Frankels Gesicht aussah, als er einen Zeugen der Anklage dazu brachte, die Wahrheit so auf den Kopf zu stellen, daß sie wie ein einziger Wirrwarr aussah und der Freispruch sicher war.

Der an die Fensterstäbe geklammerte Junge hält so lange fest, wie er kann, und läßt sich dann zu Boden fallen. »Mann, ist das toll da draußen.«

Sein Name wird aufgerufen, und er erhebt sich und betritt den Vernehmungssaal am falschen Ende und setzt sich auf eine Bank, so daß sein Gesicht von der Galerie aus nicht zu sehen ist, wie beim Überraschungsgast einer Rateshow. Schulter an Schulter mit Frauenmißhandlern und Autodieben, Wochenendrabauken und anderen, die Schlimmeres getan haben. Keiner hat nichts auf dem Kerbholz. Hinter ihm sitzt, wie er weiß, das Matineepublikum der Ehefrauen und Schwestern. Die Würdenträger in der ersten Reihe, die privaten Rechtsanwälte und die Leute vom Rechtsberatungsverband auf Kundenfang, nicken in Nathans Richtung und flüstern untereinander. Die Justizbeamten freuen sich hämisch über diese kleine Zwischeneinlage, eine nette Abwechslung in dem täglichen Einerlei von Sexualtätern und Taschendieben.

»Mister Stein.« Eine leise Stimme am Ende der Bank.

Womöglich die Stimme des Gewissens, denkt er, eine Stimme, die er sein Leben lang mit den Klängen von Puccini und Coltrane übertönt hat. Aber Nathan beugt sich vor, nur zur Sicherheit: Regina Núñez, Amparos Cousine vom Lande, sitzt am Ende der selben Bank und hält ihren dicken Bauch. Sein Gesicht wird vor Verlegenheit ganz heiß. Nathan winkt ihr kurz zu.

»Amparo –« beginnt das Mädchen mit finsterer Miene zu erklären, die auf nichts Gutes schließen läßt.

»Ich wollte Ihnen heute helfen«, unterbricht er.

Schon strömen durch den Spalt in der inneren Tür alte Verpflichtungen und Versprechungen herein, aber sie sind zu viele und können deshalb nichts bewirken, werden sofort wieder vergessen. Nathan bringt keine Verteidigung vor. Er überlegt kurz, ob er sich rechtfertigen soll. Dann lehnt er sich einfach zurück, aus dem Gesichtsfeld des Mädchens, und seine Not hat ein Ende.

Dabei fällt ihm ein, daß Claire nicht weit sein kann. Er späht über die Schulter, und dort in der vordersten Reihe, umgeben von ihrer Aura der Rechtschaffenheit und Korrektheit, sitzt Ruth, seine Verteidigerin, im schwarzen Kleid mit Perlenkette, eine Aktenmappe auf dem Schoß. Aber sie ist zu steif, zu indigniert, zu bemüht, eine steinerne Fassade zu bieten. Als Nathan sich wieder zurückdreht, erhascht er aus dem Augenwinkel einen roten Haarschopf. Einen Stapel Aktenmappen und gelbe Notizblöcke wie einen Schild an die Brust gepreßt starrt Claire ihn mit fassungsloser Miene an.

Nathan packt die Lehne der Bank, will aufstehen. Sofort gehen zwei Justizbeamte halb hoch, die Hand am Revolvergriff, und er läßt sich wieder sinken, auf die Schenkel gestützt, und stellt dabei überrascht fest, daß sie dünn und verkümmert sind.

Jetzt werden vier von Nathans Nachbarn aufgerufen und erheben sich. Jungen mit runden Gesichtern, die Hände reumütig gefaltet und Verschlagenheit in den Augen. Vier Anwälte – Freunde, Kollegen, geschworene Feinde von Milton – treten ihnen in der Mitte des Saals einzeln an die Seite und geleiten sie wie Brautführer zum Tisch, wo sie gegenüber der schwarzgewandeten Richterin und dem vorn an den Richterstuhl geklebten Verhandlungskalender Platz nehmen. Ein Dutzend Frauen in den vorderen Reihen der Galerie heben das Kinn, um besser zu hören. Die Haare toupiert, die Gesichter frisch geschminkt, die Sonntagskleider für ihre Brüder und Söhne aus der Versenkung geholt und gebügelt. Fünf Justizbeamte stehen gemeinsam auf, Hände in Revolvernähe, und sichern den Raum zwischen den Verdächtigen und der Galerie.

An seinem Pult liest ein blutjunger Staatsanwalt mit pomadigen blonden Haaren aus der Akte eine Greuelgeschichte darüber ab, wie eine Bande junger Männer die U-Bahnen unsicher machte und eine Spur der Angst, der gebrochenen Rippen und der leeren Taschen zurückließ. Diese vier jungen Tatverdächtigen hätten ein Paar umstellt und mit Teppichmessern bedroht. Sodann besagtes Paar beraubt um: ein Radio, eine Uhr, eine Brieftasche mit dreizehn Dollar in bar. Das Publikum muckst sich nicht. Ein Anwalt nach dem andern durchblättert hektisch die Akten – ein paar zum erstenmal, wie Nathan weiß – und spricht dabei in ehrfürchtigen Tönen von seinem Mandanten als einem wertvollen Mitglied der Gesellschaft, von seiner grundsoliden Familie. Zwei von ihnen würden in einem Lagerhaus arbeiten. Um 2 Uhr morgens seien sie lediglich auf dem Heimweg von der Arbeit gewesen, Euer Ehren. Sie hätten die angeblichen Opfer um Kleingeld gebeten, um zu Hause anrufen zu können, sonst nichts, sie seien spät dran gewesen, ihre Mütter – allesamt anwesend, Euer Ehren, zu ihrer Unterstützung – hätten sich Sorgen gemacht. Schlimmstenfalls Bettelei. Die Teppichmesser nicht als Waffen, sondern als Lageristenwerkzeuge zu betrachten, Zeichen ihrer Bereitschaft, für den Unterhalt ihrer Familien zu arbeiten. Das Ganze sei ein Mißverständnis gewesen, eine Überreaktion. Die Nerven, Euer Ehren, lägen doch bei allen blank wegen der Sache vom Riverside Drive. Diese Männer seien keine Tiere. Sind wir nicht alle ein wenig angespannt, ein wenig allzu gewaltbereit?

Nathan möchte loslachen. Er hätte es besser gemacht.

Die stirnrunzelnde Richterin schaut gar nicht auf. Der Staatsanwalt beantragt, die Kaution auf 10 000 Dollar pro Person festzusetzen. Die weiblichen Verwandten schnappen hörbar im Chor nach Luft. Die Richterin stimmt dem Antrag der Staatsanwaltschaft ohne Zögern zu, und die Frauen jammern los. Sie strecken die Hände über die Absperrung aus. Sie nehmen sich gegenseitig in die Arme. Die diffamierten Jugendlichen wenden sich mit Unschuldsmienen um. Die Justizbeamten weichen nicht von der Stelle, als die Frauen weinend den Saal verlassen.

Nathan hört seinen Namen und steht sofort auf. Und sofort scheint der Boden unter ihm abzukippen. Er sieht seine Füße über den Boden gehen, als Ruth ihn am Ellbogen packt. Sie riecht nach Blumen und Nächten auf dem Lande, nach den duftigen Nylonstrümpfen, die ihre Schenkel umschließen. Einen Moment lang schließt Nathan die Augen.

»Wirst du es schaffen?« fragt Ruth.

Er steht schwankend vor einer Richterin, mit der er oft genug vor Gericht sein Spiel und genausooft privat seinen Schabernack getrieben hat. Er hat über ihr pickelnarbiges Gesicht und ihre stark geschminkten Lippen, über ihre Hängebacken und ihre aufgedonnerte Frisur gelästert. Aber jetzt ist sie überhaupt nicht zum Lachen. Sie richtet einen durchdringenden Blick auf ihn, als gingen ihr alle Kämpfe, die sie im Lauf der Zeit verloren hat, und alle Wege, die ihr jetzt offenstehen, durch den Kopf. Schweiß rinnt ihm den Nacken hinunter.

Ruth flüstert ihm zu: »Die Anwaltskammer hat angerufen.«

Nathan winkt ab.

»Es geht nicht nur um nicht eingereichte Steuererklärungen.«

»Sie haben nichts in der Hand.«

»Sie haben Betrug.«

»Sie haben gar nichts.«

»Sie haben Veruntreuung von Mandantengeldern.«

»Das ist nichts.«

»Unterschlagung.«

»Die Beweislast ist zu hoch. Die Anwaltskammer braucht mehr als einen begründeten Verdacht. Sie braucht an Sicherheit grenzende Wahrscheinlichkeit.«

Ruth verlagert ihr Gewicht. »Die hat sie, Nathan. Sie hat an Sicherheit grenzende Wahrscheinlichkeit.«

Nathan preßt die Lippen zusammen. »An Sicherheit grenzende Wahrscheinlichkeit«, sagt er und blickt sie mit gerunzelter Stirn an, als wollte er sagen: Tu nicht so dramatisch, was ist das schon?

Der Gerichtsdiener verkündet: »Aktenzeichen mit den Endziffern 483. Der Bundesstaat New York gegen Nathan Stein. Ist ein Anwalt zugegen?«

»Ruth Gutman. Ich vertrete Nathan Stein.«

Nathan erhascht einen Blick auf den Notizblock in ihrer Hand. Die aufgeschlagene Seite ist völlig leer. Nathan ringt sich ein trauriges Lächeln ab. Touché. »Wo ist Milton?«

Ruth drückt ihn am Ellbogen.

»Frau Verteidigerin, verzichten Sie auf die Verlesung der Rechte und der Anklagepunkte?«

»Ich verzichte.«

»Wo ist er?«

Ruth reagiert mit dem steinernen Schweigen eines kritisierten Arztes.

Die Richterin beugt sich mit finsterem Blick vor. »Ich bitte beide Parteien vorzutreten.«

Ruth und der Anklagevertreter begeben sich zum Richterstuhl.

»Was zum Teufel hat Mister Stein hier vor mir zu suchen?« fragt die Richterin.

»Mister Stein wurde heute morgen in seinem Büro festgenommen«, erklärt der Staatsanwalt. »Richterin Acevedo ordnete dies an, weil Mister Stein es unterließ, von ihr verlangte Steuererklärungen vorzulegen.«

Ruth dreht sich etwas zur Seite, damit Nathan sie hören kann: »Mister Stein ist ein angesehener Rechtsanwalt.«

»Ich weiß, was Mister Stein ist«, knurrt die Richterin. »Wie ich höre, wurde auch ein Disziplinarverfahren gegen ihn eingeleitet. Was steht zur Verhandlung?«

Der Staatsanwalt antwortet: »Schädigung von Mandanten auf mehrerlei Weise, Euer Ehren. Unterschlagung von Kautionsgeldern. Veruntreuung. Betrug.«

Ruth zuckt nicht mit der Wimper. »Mister Stein ist ein ehrenwertes Mitglied der Gesellschaft. Er hat bei unzähligen Verhandlungen vor diesem Richterstuhl gestanden. Er ist fest in die Gesellschaft integriert. Es besteht keine Fluchtgefahr. Ich ersuche Sie dringend, meinen Mandanten gegen die schriftliche Zusicherung, sich nicht aus der Stadt zu entfernen, freizulassen, damit er die Angelegenheit mit Richterin Acevedo klären kann.«

»Ich bitte beide Parteien zurückzutreten. Fürs Protokoll. Herr Staatsanwalt?«

Der Staatsanwalt tritt wieder ans Pult und wiederholt eintönig nuschelnd seinen Spruch: »Mister Stein wird Mißachtung des Gerichts vorgeworfen, weil er es unterließ, von Richterin Acevedo verlangte Steuererklärungen vorzulegen.«

»Mister Stein ist ein angesehener Rechtsanwalt, Euer Ehren.«

Vornübergebeugt macht sich die Richterin mit der freudlosen Entschlossenheit aller Bürokraten an ihre Schreibarbeit. Sie streicht etwas durch und hebt nicht den Kopf, als sie fragt: »Was steht zur Verhandlung?«

»Schädigung von Mandanten, Euer Ehren«, antwortet der Staatsanwalt mit einer Routiniertheit, die an Desinteresse grenzt. »Unterschlagung von Kautionsgeldern. Veruntreuung. Betrug.«

Ruth faltet die Hände auf dem Rücken und wippt auf den Zehen auf und nieder. »Mister Stein ist ein ehrenwertes Mitglied der Gesellschaft. Er hat zahllose Male vor diesem Richterstuhl gestanden. Seine Integration in die Gesellschaft steht außer Frage. Alle seine Angehörigen und Freunde sind hier in dieser Stadt. Er wird nicht fliehen. Er verreist nicht einmal gern. Euer Ehren sollten Mister Stein gegen die schriftliche Zusicherung, sich nicht aus der Stadt zu entfernen, freilassen.«

Der Protokollführer flüstert der Richterin etwas ins Ohr und reicht ihr einen Zettel. Die Richterin überfliegt ihn, zeichnet ihn ab und gibt ihn mit einem Lächeln zurück.

Ruth seufzt. »Mister Stein ist ein ehrenwertes –

»Ich habe Sie schon beim erstenmal verstanden, Frau Verteidigerin. Herr Staatsanwalt?« Mit den Augen gibt die Richterin dem Staatsanwalt den Einsatz.

»Euer Ehren, die Staatsanwaltschaft beantragt, daß Mister Stein die Höchststrafe von dreißig Tagen erhält, sofern er seine Steuererklärung nicht vorlegt.«

Ruth weiß offenbar genausogut wie Nathan, daß es keinen Zweck hat zu kämpfen. Dennoch muß die Form gewahrt werden. Nathan stupst sie an.

»Euer Ehren, Mister Stein wird nicht fliehen«, sagt sie hastig. »Er –« sie zögert und fährt fort: »– wüßte nicht, wo er hinfliehen sollte.«

Nathan nickt mehrmals in vollem Einverständnis.

Doch noch bevor Ruth fertig ist, hat sich die Richterin ihrem Protokollführer zugewandt. »Mister Stein soll in Ordnungshaft bleiben, solange der Vorwurf der Mißachtung fortbesteht, und zwar bis zur Höchstfrist von dreißig Tagen, aber nicht darüber hinaus. Wir legen jetzt eine Verhandlungspause ein.«

»Ich werde ein paar Stunden brauchen«, erklärt Ruth ihm.

»Ich hab Geld bei der Verwahrungsstelle. Es sind fünfzigtausend, nein, vierzig, vielleicht dreißig. Jedenfalls dürfte es reichen.«

»Es reicht nicht. Damit kommst du aus dieser Sache nicht raus.«

Donner läßt die Scheiben des Gerichtssaals erzittern. Die Lampen werden dunkler, flackern und erstrahlen dann wieder wie zuvor.

»Mit was dann?«

Ruth ignoriert die Frage und wirft der Decke einen häßlichen Blick zu. »Die Totenwache für María ist um drei Uhr.«

»Heute?«

»Sie wollen sie möglichst schnell unter die Erde bringen. New Life Missionary Baptist Church in Bushwick.«

»Na ja, die wollen mich sowieso nicht dabeihaben.«

Ein mißbilligender Blick, den Nathan gut kennt, verdunkelt Ruths schwarze Augen noch mehr. »Benny wird dort sein. Und was ist mit ihrem Testament, Nathan?«

»Testament?«

»Sie wollen wissen, wo es ist.«

»Sie hatte nichts zu vererben, Ruth.«

»Sie wollen wissen, was drinsteht.«

»Wo ist *Milton*?« fragt er.

Sie sieht ihn an. »Ich werde ein paar Stunden brauchen, um alles zu regeln. Halt dich ruhig. Sieh dich da drinnen vor.«

»Keine Sorge. Ich hab schon Freunde gefunden.«

»Was ist mit dem Testament, Nathan? Du hast meine Frage nicht beantwortet.«

»Und du meine nicht. Wo ist mein Vater?«

Ruth seufzt, drückt ihn beruhigend am Ellbogen. »Es wird bald vorbei sein.«

»Nathan.«

Es ist Claire, sie steht an der Sperre. In einer jungenhaften Anwandlung von Verlegenheit wird er rot und richtet sich zu seiner vollen Länge auf, um ja einen guten Eindruck zu machen. Schweifen ihre Augen tatsächlich wohlwollend über ihn hin? Dann erlöschen sie und werden hart, und so schnell, wie sie sich ihm öffnete, hat sie sich wieder verschlossen.

»Ich hab dir ja gesagt, ich würde Regina Núñez' Termin einhalten«, sagt er.

»Sieh dich an, Nathan. Endlich auch mal in Handschellen.«

»Mißachtung des Gerichts klingt irgendwie nett«, sagt Nathan.

»Steuerhinterziehung nicht. Und was sonst noch alles. Selbst wenn du dir einbildest, du kämst auf deinem Schimmel zur Rettung von Regina Núñez angeritten, kannst du gar nicht verhindern, daß du die Sache vermasselst. An irgendeinem Punkt stehst du dir bei allem im Weg, was du Gutes tun willst.«

Er beugt sich dicht an ihr Ohr. »Komm mit mir«, sagt er und glaubt dieses eine Mal, bei allem Risiko, seiner inneren Gewißheit. Dann sieht er ihren Gesichtsausdruck, und die Realität, der Tag stürzt wieder auf ihn ein. Sie hat sich zum Gehen gewandt. »Claire«, sagt er hastig. »Dann tu mir einen Gefallen. Marías Trauerfeier ist um drei. Wie du siehst, bin ich verhindert.«

»Das kannst du nicht im Ernst meinen.«

»Sie hat dich geachtet.«

»Das ist unfair.«

»Es ist die Wahrheit. Sie hat es verdient, daß jemand –«

fängt er an, aber bricht dann ab. Doch es ist die Wahrheit. Sie hat es verdient. »Jemand sollte hingehen.«

Er reckt den Hals und sieht noch die beiden Türflügel am Ende des Gerichtssaals aufschwingen und zuschlagen. In dem kleinen viereckigen Fenster entfernt sich Claires Haarschopf, ein tanzender Lichtfleck im düsteren Korridor, der Fang seines Lebens, entschwindet.

12 UHR

Er läuft dem Geräusch ihrer davoneilenden Schritte nach, ihrem Trippelditrapp über den Mosaikfußboden des Gerichtsatriums. »Claire!«

Sie dreht sich um. Ihre wilden roten Haare, ihre Augen rotgerändert und feucht. »Errol? Was machst du denn hier?«

»Wo ist er?«

»Du meinst Nathan«, seufzt Claire. »Es spricht sich wirklich alles schnell herum. In Brooklyn feiert man die Sache also auch schon. Aber solltest du nicht eigentlich bei deiner Familie sein?«

»Was ist mit der Kaution?«

Claire lächelt boshaft. »Meinst du, diese Richterin würde es sich nehmen lassen, zu Nathan zu sagen: ›Haftentlassung gegen Kaution abgelehnt‹? Jetzt wo er in der Mühle drin ist, wird sie ihm alles reinwürgen, was sie nur kann.«

Santos beäugt sie. »Ich verstehe nicht. Das ist nicht witzig.«

»Du findest es nicht witzig, daß man Nathan wegen Mißachtung des Gerichts festgenommen hat?«

»Mißachtung des –?«

»– Gerichts. Obwohl es sicher keine Seele auf Erden gibt, die Nathan nicht mißachtet.« Sie drückt einen kalten und feuchten Handrücken auf seine Wange. »Du hast dich im Moment um wichtigere Sachen zu kümmern. Du hast die ganze Nacht nicht geschlafen. Ich habe gemerkt, wie du dich rumgewälzt hast. Nathan kann für sich selber sorgen. Das wird ihm guttun.«

Santos' Gesicht wird leer. Er berührt sie am Ellbogen. »Sag, wo gehst du jetzt hin?«

»Wieder hinein. Ich muß noch eine von Nathans kleinen Schweinereien bereinigen. Ein armes schwangeres Ding, das er einfach hat schmoren lassen. Was ist denn? Bitte, Errol, geh nach Hause. Du siehst schrecklich aus.« Er zeigt keine Reaktion. Sie seufzt, schaut auf ihre Uhr. »Ich habe noch zehn Minuten.«

Sie bleiben an der Tür stehen, vor den Torsonden, und blicken nach draußen. Vielförmige Regimenter schwarzer Wolken marschieren unter dem dichten Grauschleier über den Himmel. Der McDonald's auf der andern Straßenseite sieht mit seinem unter Wasser stehenden Spielplatz aus wie eine Arche Noah aus Plastik. Eine Kette von Kramläden, Ramschläden, Discountläden scheint in einer Flut von Wasser und Müll stromaufwärts zu ziehen.

»Mein Gott, wenn das nicht die Hölle ist«, sagt Claire.

Er nimmt ihre Aktentasche, stellt sie auf den Boden und faßt ihre beiden Hände. »Ich muß dich was fragen.«

Sie sieht ihm zuerst in ein Auge, dann in das andere und wieder ins erste, zur Bestätigung. »Was ich sehe, gefällt mir nicht.«

»Sie waren zusammen aus«, sagt er. »Er und Isabel.«

»Er ist immer aus. Und nie allein, wenn ich das hinzufügen darf.«

»Sie waren an dem Abend aus.«

»An welchem Abend?«

»Samstag.«

»Wer hat dir das erzählt? Am Samstagabend war Isabel tot. Worauf willst du hinaus?«

»Ich will das nicht weiter ausführen.«

»Doch, doch, sei so gut.«

Santos streicht sich mit den Fingern durchs Haar. »Es ist absurd.«

»Nichts ist absurd, wenn es Nathan betrifft«, sagt sie, »das müßtest du eigentlich wissen.« Dann stockt sie und neigt den Kopf, als wollte sie ihn aus einem anderen Blickwinkel inspizieren. »Lieber Himmel, Errol, du ermittelst gegen ihn. Also, jetzt hör mir mal zu. Nathan ist bestimmt vieles, aber er ist kein –« sie lacht nervös »– Mörder. *Das* hätte er nie tun können. Dazu hat er nicht das Zeug. Er redet und redet und hat all diese großartigen Pläne, aber er geht nie woanders hin als in die Oper und in diese lächerliche Villa, die er hat. Er trieft von schmalziger Nostalgie. Er ertrinkt förmlich darin. Er würde keiner Fliege was zuleide tun.«

»Ich möchte eines wissen. Ich möchte wissen, ob du jemals insgeheim geglaubt hast, Isabel könnte –«

Sie legt eine Hand auf seine Brust, stop: »Willst du mich fragen, ob es sein kann, daß er und deine Schwester miteinander geschlafen haben? Der Gedanke mag dir zwar unangenehm sein, aber so, wie du Nathan und seinen Vater kennst, ist es sicher nicht nötig, daß ich dir die Antwort gebe. Jahrelang seid ihr zusammen rumgezogen, du und er. Es war unvermeidlich. Ich begreife nicht, warum du es zugelassen hast, daß sie dort arbeitet.«

»Ich weiß, daß sie miteinander geschlafen haben. Das ist nicht meine Frage.«

Ihr Atem wird ruhig, denn auf einmal verspürt sie die innere Klarheit eines Menschen, der alle Schwachstellen bedacht hat außer einer, außer der einen großen Gefahr, die unausgesprochen und trotzdem gefürchtet im Hintergrund lauert.

Er sagt: »Nathan hat mir erzählt, daß sie mit ihm *verwandt* ist – war.« Als er die Veränderung in ihrem Gesicht sieht, im Ausdruck, in der Farbe, verstummt er und senkt den Kopf.

»Interessant«, sagt Claire mit kühler Wissenschaftlichkeit. »Ich dachte schon, du wolltest mich fragen, ob deine Schwester Milton Steins Tochter war.«

»Genau das frage ich dich.«

»Du hast recht, das *ist* absurd.«

»Du weißt, was ich damit sagen will.«

»Allerdings. Also das hat er dir erzählt? Du weißt doch, wie er lügt. Du weißt, wie er en passant sein Leben erfindet. Alle diese Opern, die er sich ständig anhört. Er hält sich für Rudolf, er hält sich für Marcel, manchmal hält er sich für Romeo.«

»Ich spreche nicht von Opern. Ich spreche von keiner Geschichte. Das hier ist real. Du kennst beide gut, sehr gut. Nach allem, was du gehört, was du gesehen hast, könnte es sein –?«

Claire beugt sich vor, flüstert: »Ich möchte gern wissen, was das deiner Meinung nach zu bedeuten hat.«

»Sag mir einfach, ob es sein kann, und ich sage dir, was es bedeutet.«

Ein Ruck geht durch ihren Körper. Ihre Hand kommt wie die einer Fremden, einer Angreiferin, von unten hoch und hält ihr den Mund zu, erstickt einen Schrei.

Er beobachtet sie in ihrem inneren Käfig.

»Und weißt du auch, was das für dich bedeuten würde?« würgt sie mit einer Stimme heraus, die kaum mehr ein Flüstern ist. »Daß Milton überall in der Stadt Kinder haben muß, hab ich mir immer gedacht, aber bist du etwa auch von ihm? Seid ihr *Brüder*, du und Nathan?«

Er streckt die Hand nach ihr aus. »Nein – ich weiß nicht.«

»Rühr mich nicht an, Errol. Du *weißt nicht*? Heißt das, es *könnte* sein? Lieber Gott, Nathan hatte seine kleinen Señoritas, und du hast jetzt mich, und ihr habt mich weitergereicht wie zwei Sportkameraden, als wäre ich eure Trophäe.«

»Claire, hier geht's nicht um uns.«

»Hier geht's um alles. Es ist alles ein Netz, eine Falle. Ich habe gewartet und gewartet, habe gehofft, der ganze Mist wäre einfach irgendwann *vorbei.* Und mein Gott, Errol, du wolltest ein *Kind*?« Sie schleudert weit die Hände von sich. »Du wolltest ein Kind in diesen Irrsinn hineinsetzen? Die ganze Zeit trägst du diesen Inhalator mit dir herum, aber wenn einer hier keine Luft kriegt, dann bin ich es. Warum hängst du nicht einfach meinen Kopf bei dir an die Wand –«

Sie wendet sich ab, wedelt mit den Händen, als hätte sie sich verbrannt. »Tut mir leid«, haucht sie. »Tut mir leid, daß ich das gesagt habe. Ich weiß, daß du seit Jahren nicht mehr mit Nathan geredet hast, bis gestern. Ich weiß, daß du ihn aufgegeben hast. Und jetzt Isabel – o Gott, mir wird schlecht.«

Ihre Schultern beben. Er zwingt sich, nicht wegzulaufen, und tritt hinter sie und umfängt sie, legt beruhigend das Kinn auf ihren Scheitel.

»Denkst du, er könnte jemanden umbringen?« fragt sie in die Luft. »Er ist dein, herrje, dein Bruder, um Gottes willen –«

»Das weiß ich nicht, das weiß –«

»Natürlich weißt du es. Er ist es. Er muß es sein. Das ist das einzige, was jetzt noch einen Sinn gibt. Daß gar nichts einen Sinn gibt. Was ist das bloß für ein verkorkstes Leben?«

Sie dreht sich endlich um, blickt ihm direkt ins Gesicht. »Hat er's getan, Errol? Hat er's getan?«

Santos' Blick wandert zu dem Deckengemälde in der Kuppel über ihm empor, Justitia mit Helm auf dem Pferdewagen in ihren verschiedenen Gestalten: Muse, Türhüterin, Scharfrichterin.

»Ja.«

Die Gefangenen folgen wie im Traum einer auf den Fußboden gemalten gelben Linie durch den langen Korridor zu einem vergitterten Schulbus hinaus, der im Fenster ein abgerissenes Pappschild mit der krakeligen Aufschrift RIKERS ISLAND hat. Durch die Strahlen von Jupiterlampen wirbeln Papier, Hagel und Regen. Die Tropfen, warm und körnig auf seinem Gesicht, riechen nicht nach Meer, sondern schwach nach dumpfem Lehm, als ob im Mittelwesten ganze Äcker weggewaschen und hierherbefördert worden wären.

Eine Hand packt Nathan, als er gerade einsteigen will, und zieht ihn aus der Schlange. Ein Wärter sagt: »Sie kommen raus.«

Mit Plastikhandschellen gefesselt folgt Nathan ihm nach drinnen. Ein anderer Wärter kommt mit einer Knipsschere, befreit seine Hände und bringt ihn zur Verwahrungsstelle. In einem Drahtkäfig sitzt dort ein alter Freund in Polizeiuniform, vor sich ein Schinkenbrot in verkrumpeltem Wachspapier.

Ein Klemmbrett kommt durch den Schlitz. »Hier unterschreiben, Mister Stein.«

»Danke, Harry.«

Das Brot kommt hinterher. »Ich nehme an, Sie haben noch nichts zu Mittag gehabt.«

»Das muß nicht sein.«

»Sie können gern was abhaben, wenn Sie mögen.«

»Nein, nein. Trotzdem vielen Dank.«

Harry holt sich das Klemmbrett zurück und betrachtet Nathan. »Ich weiß nicht, wieso ein Mann in Ihrer Position im Gefängnis landet.«

»Kann einem passieren in dem Beruf.«

Harry betrachtet sein Brot. »Wie geht's Ihrem Vater?«

»War er nicht hier?«

Harry schüttelt den Kopf. Er schiebt einen Beutel mit Reißverschluß durch den Schlitz. »So, das wär's dann.«

Nathan hält ihn hoch. Sein Leben in einem durchsichtigen Plastikbeutel, ganz ähnlich denen, worin Goldfische verkauft werden. Eine Rolex-Uhr. Vier Medikamentenröhrchen. Diverse Münzen und Gummibänder, ein Paar Schnürsenkel. Sein

Piepser, sein Handy. Er holt die Bündel mit Hundertdollarscheinen heraus und wiegt sie in der Hand.

»Möchten Sie nachzählen?«

Nathan verzieht den Mund.

»Sie sollten das nachzählen.«

Nathan stopft die Bündel in seine Innentasche. »Hat niemand das holen wollen?«

»Sie wissen doch, daß ich das nicht machen kann.«

»Natürlich nicht.« Sie tauschen ein Lächeln.

Harry beugt sich über sein Brot. »Und ich hab's auch nicht gemacht«, fügt er hinzu.

Nathan streift seine Uhr über. »Wenn mein Vater nicht da war, wer hat mich dann rausgeholt?«

Der Mann hinter dem Schalter zuckt die Achseln. »Eine aus Ihrer Kanzlei. Verdammt gut aussehend. Haben Sie eine neue Sekretärin? Sie meinte, Ihre Leute hätten Ihren Steuerberater benachrichtigt.«

»Meinen Steuerberater?« Er hat noch nie einen gebraucht.

»Sie hat Ihre Steuererklärungen gebracht. Mehr wollten die doch nicht oder?«

Nathan hält die Luft an. Er hat seit drei oder vier Jahren keine Steuererklärung mehr abgegeben.

»Wie sah sie aus?«

»Chinesisch oder japanisch oder so. Tolle Beine.«

Nathan blinzelt zur Decke hoch. »Eine von Chang?« überlegt er.

»Von wem?«

Nathan winkt ab. »Ach, schon gut.« Er bückt sich, fädelt seine Schnürsenkel ein und bindet sie zu. »Okay«, sagt er sich. Er ruft zwölf Mitteilungen auf seinem Piepser auf: *Serena, Serena, Amparo.* Was hatte Regina Núñez noch gleich über sie gesagt? *Errol Santos.* Und jetzt Chang. Er löscht sie alle. »Okay.«

Harry sagt: »Von mir aus brauchen Sie sich nicht zu beeilen.«

Nathan mustert den Drahtkäfig. »Ich sollte mich auf die Socken machen.«

Als er an der Tür ist, ruft Harry ihm nach: »Passen Sie auf sich auf. Sie wissen schon.«

Unentwegt führen Regen und Schnee mit vereinten Kräften einen Sturmangriff nach dem andern. Der Wind peitscht das Wasser wieder hoch und verwirbelt es mit Smog und Straßenschmutz. Mit seiner vertikalen Massierung violetter und blauer Wolkenschichten sieht der Himmel aus wie ein riesiger Bluterguß. Das Gewitter, das gestern nachmittag ganz plötzlich aufkam und sich genauso rasch zu verziehen schien, muß sich im Kreis bewegen: jetzt geht es erst richtig los.

Kein Zeichen von Ruth. Keines von Milton. Niemand holt ihn ab, aha. Er späht mit zusammengekniffenen Augen durch das Scheinwerfergleißen der stockenden Autoschlange gegenüber. Fahrer hängen hinter den Scheiben. Privattaxis mit Schrammen und Dellen wie weggeworfene Blechdosen. Am Bordstein steht ein fahrerloser Bus mit hin- und herschlagenden Scheibenwischern.

Seine Augen bleiben an der roten Limousine auf der andern Straßenseite hängen. Seine beiden Freunde stehen ein paar Schritte vom Wagen entfernt, die Krägen gegen die Kälte hochgeschlagen. Einer nickt ihm beinahe freundlich zu, als ob Nathans Inhaftierung – die kurze Frist der Sicherheit – ein kleiner Streich gewesen wäre, an dem sie alle ihren Spaß gehabt hätten. Der andere winkt sogar, und Nathan verspürt bei diesem Zeichen von Vertraulichkeit eine plötzliche Nervosität, als müsse er in der Zukunft mit noch mehr vertraulichen Momenten rechnen. Daß er im Gefängnis war, paßte offensichtlich irgendwem nicht ins Konzept. Jetzt ist Nathan wieder im Spiel.

Essen, denkt er, ganz im Sinne der Einfachheit, die er auf einmal in allem sieht, und er schlägt seinen Kragen hoch, wendet sich nach links in Richtung Stadion und beschleunigt seine Schritte. Obwohl er weiß, daß er mit jeder Minute dünner wird, fühlt sich sein Körper im Gehen schwer an. Er bringt kaum mehr die Schenkel hoch. Der eben verlaufende Bürgersteig wird steiler. Die nassen Sachen kleben ihm an Beinen und Rücken, aber die Kälte ist noch hypothetisch und fern, als ob er sich in einen Zustand der Betäubung gesoffen hätte. Dennoch schlingt er die Arme um sich und spaziert mit einem hohlen Vergnügen an den kleinen Dingen des Lebens weiter. Das Gerichtsviertel ist ein verschwommener Film aus Backsteinfassaden mit Taubenscheiße und sperrholzvernagelten Fensterlöchern, die sprachlos die Frage stellen: Warum wohnt irgend jemand hier? Auf dieser Unterseite eines Universums, das phantastische Boulevards, Parks, Monumente, Opernhäuser, Meere enthält. Verkehrsampeln schlingern wie Spielzeuglaternen. Er geht auf die Leuchtkugeln der Linien C und D zu und beobachtet dabei durch die Gleise der Hochbahn über ihm die sausenden Wolken. Am U-Bahn-Eingang steht ein leerer Lieferwagen am Bordstein, auf dessen Seiten die Frage prangt: BIST DU GERETTET? Ein Paar rosiger Putten mit Flügeln schwebt im Profil einander zugewandt zu beiden Seiten einer Schiebetür, auf die in Gold das Himmelstor gesprüht ist. Links und rechts darunter lacht Nathan das Angebot entgegen, gebührenfrei die Reise ins Jenseits zu buchen, 1-800-FLY-HOME.

Auf der obersten Stufe der U-Bahn taumelt er, doch der Strom feuchter Luft, der ihm entgegenschlägt, und der eisige Regen im Rücken halten ihn aufrecht, während er seine Möglichkeiten erwägt. Nicht vergessen: Planetarium Travel wegen Ticket nach Roatán anrufen, nur Hinflug. Für die Fahrt aus der Stadt hinaus zum Haus braucht er nichts weiter als sein Auto, seine Reisetasche, den Hund. Sie werden noch unten bei der Kanzlei sein. Falls Schreck sie nicht verschenkt hat. Oder sich selbst unter den Nagel gerissen. Die Bilder ziehen an ihm vorbei: Schreck, wie er hinter seinem Schreibtisch sitzt,

Schreck, wie er Baron ausführt, in seinem Bett schläft, sein Auto fährt, mit Mama und Papa zu Abend ißt, der Sohn, den sie niemals hatten; wie er vor Claires Tür steht und klingelt. Ein pikanter Gedanke: Könnte er das gewesen sein, der heute morgen bei ihr angerufen hat? *Müßte* er es nicht gewesen sein? In seinen Selbsttäuschungen hat es noch nie eine Logik gegeben, warum sollten dann die Rollen der Täuscher konsistent besetzt sein? Warum sollten sich alle – alle seine Figuren, alle seine Lügen – nicht gegenseitig kennen? Warum denn nicht? Es muß so sein.

Rings um ihn herum strömen die Scharen zur U-Bahn. Aber etwas ist merkwürdig. Es sind alles junge Frauen, Dominikanerinnen und Honduranerinnen – Nathan hört sie im Vorbeigehen reden –, entweder schwanger oder mit Neugeborenen im Arm oder mit kleinen Kindern im Schlepptau. Die meisten scheinen aus der Richtung der Ladenfrontkirche hinter ihm zu kommen, Good News Chapel and Prayer Hall. Nathan folgt ihnen nach unten.

Vor dem Schalter hat sich die Menge um einen hünenhaften schwarzen Mann in einem weißen Karateanzug mit schwarzem Gürtel versammelt. Zwischen den Frauen und dem Kampfsportler steht ein Ring weißer, zumeist blonder Teenager, die Jungen in gebügelten Khakihosen und pastellfarbenen Oxfordhemden, die Mädchen in bunt gestreiften schicken Batistkleidchen. Der längste Junge hält einen Stapel von fünf kurzen, dicken Brettern vor sich.

Der Kampfsportler krempelt sich die Ärmel hoch. »Das alles ist nichts wert, gar nichts!« dröhnt er. Er deutet mit einer ausladenden Geste hinter sich und die U-Bahn-Treppe hinauf und nach draußen auf die oberirdischen Straßen. »Nein, das hilft euch alles nichts. Freunde, das ist es alles nicht. Die Kraft Gottes, Freunde, die Kraft der Taufe schießt durch meine Arme, meine Beine, meine Füße. Hier ist sie, hier –«

Der Karate-Prediger lehnt sich zurück, hebt das rechte Bein

und tritt mit der Ferse krachend den Bretterstapel durch, während gleichzeitig von oben ein Donnerschlag erschallt. Sein Helfer hält dem Publikum die zerschmetterten Hölzer hin wie bei einer Fernsehshow.

»Eure Kinder können diese Kraft haben, sie können alle noch heute gerettet werden«, erklärt der Prediger. »Ihr werdet die Stärke brauchen, um den Klauen des Antichrist zu entkommen. Denn er ist unter uns, Freunde. Ihr habt es alle gehört. Deshalb bin ich hier und trotze im Untergrund dieser großen Stadt dem Unwetter. Ich gelobe euch bei meinem Glauben, daß er sich am Weihnachtstag zu erkennen geben wird und alle, die des Unglaubens schuldig sind, und alle, die nicht mit dem heiligem Wasser besprengt sind, dem Verderben überantworten wird. Seht das Gewitter über euren Köpfen. Ich sage euch, ob geboren, ob ungeboren, ob kurz vor dem Tod, dem Antichrist ist das einerlei. Alle, die nicht getauft sind, werden bei ihm in der Hölle leiden und brennen.«

Der Prediger grinst. Mit Augen, die vor Liebe leuchten, teilen die Teenager Handzettel aus. Wie zum Tausch halten die Mütter ihre Kinder hin. Die Schwangeren blicken mit Angst und Schrecken auf ihre dicken Bäuche.

»Sie da. Was ist mit Ihnen? Sind Sie gerettet?«

Nathan schaut den Prediger an, der ihn herausgegriffen hat und ihn über die Menge hinweg fixiert.

Der Prediger gibt sich selbst die Antwort: »Nein.«

Nathan legt sich mit falscher Bescheidenheit beide Hände auf die Brust. »Ich bin Jude«, sagt er und erstickt beinahe an der Ausrede. Es ist mindestens halb gelogen. Er wäre ein gefallener Jude, wenn Juden wirklich fallen könnten; doch sie stehen weiter mit beiden Füßen fest auf der Erde und bestellen sie gnadenlos.

Der Prediger streckt den Finger aus. »Der da ist nicht gerettet«, ruft er, als ob es nicht offensichtlich wäre: Nathan in seinen nassen Sachen, mit seinem stoppeligen Kinn und seinen schmutzigen Händen. »Er meint, bloß weil er Jude ist, wäre er vom Heil ausgenommen.« Er macht eine Geste, und ein Mädchen in einem blau gemusterten Kleid tritt mit einer Porzellanschale voll Wasser vor. »Freund, seien Sie nicht verblendet. Der Herr achtet nicht darauf, was Sie sind.«

»Ich denke doch«, erwidert Nathan leise.

Der Prediger funkelt ihn an und macht es einfach: »Treten Sie neben mich, wenn Sie gerettet werden wollen.«

Nathan bringt ein Kopfschütteln zustande.

»Wenn Sie nicht, wer dann?«

Eine gute Frage. Nathan denkt an Claire, aber womöglich erfährt sie von diesem Geschenk zu ihrem Seelenheil, und er will ihr nicht noch mehr Grund zum Ärger geben. Ihm will partout niemand einfallen.

Doch der Prediger ist geduldig. Er kann warten. Er hat den ganzen Tag Zeit, die ganze Ewigkeit. Und es muß deutlich sein, daß Nathan sich Mühe gibt. Da fällt ihm tatsächlich eine Lösung ein. »Ein Freund«, sagt Nathan schließlich.

Das Grinsen des Predigers wird breiter. »Geboren oder ungeboren?«

Nathan windet sich durch die Menge und die Phalanx reinrassiger Engel und nimmt unmittelbar vor dem Prediger Aufstellung. Er muß an seinen heiteren Bar-Mizwa-Morgen denken, als er im Sonnenschein neben dem Rabbi stand und auf das Smokingmeer blickte, auf die von Milton zur Feier des Tages angekarrten Gangstervisagen, Drogenbosse und Pornokönige, Staatsanwälte und sogar zwei Richter, die genau wie sonst zu den Thanksgiving-Treffen Waffenstillstand geschlossen und des heiligen Anlasses wegen ihre Schlachtreihen verlassen hatten. Sonnenstrahlen knallten von den Buntglasfenstern der Synagoge wie Klavierakkorde. Seine Mutter mit einem pastellfarbenen Schleier. Sein Vater – noch immer kann er hinter der Brille, hinter dem Schiebergrinsen, das dicke Gesicht nicht sehen. Mannbarkeitsritual mit

Weichzeichner. Eintritt in den Blutkult des Erwachsenenlebens.

Der Prediger tunkt eine Kelle ins Wasser und führt sie hoch, und Nathan hebt beschwörend die Hände.

»Nicht *mich*«, wehrt er ab.

Der Prediger läßt sich nicht aus dem Takt bringen. Er schließt die Augen, senkt feierlich den Kopf, geht im Zeitlupentempo vor dem leeren Platz neben Nathan auf die Knie und beginnt: »Im Namen des Vaters und des Sohnes und des Heiligen Geistes –«

Die andern murmeln die Worte mit, und Nathan ist unter ihnen allein. Aber nicht ganz allein. Über ihm an der Decke hängen Stalaktiten. Nathan hat für sein Gefühl mehr mit ihnen gemein als mit der ringsum versammelten Herde. Mehr sogar als mit dem leeren Raum neben sich, der leeren Hülse seiner ungelebten Möglichkeiten.

Urplötzlich wird etwas in Nathan wach. Eifersucht. Neid. Böse funkelt er die leere Stelle an wie einen alten Freund, der ihn verlassen will, und bevor er sich zurückhalten kann, taucht er unter der Kelle des Predigers hindurch und erwischt im Davoneilen noch einen Tropfen Wasser im Genick, den er befühlt und dann über Backen und Lippen verteilt, daß er ihm dort vielleicht etwas nützen möge.

Vergebens schiebt er dem Mann am Schalter die einzige Art Geldschein, die er hat, unter dem kugelsicheren Plexiglas hindurch, einen Hunderter für eine einzige U-Bahn-Münze. Aber der Mann weist den Schein mit einem entschiedenen Kopfschütteln zurück, und deshalb stellt sich Nathan in seinem zerknitterten Rollkragenpullover, seinem fleckigen Blazer mit Seemannsinsignien und seiner Fischgräthose wie ein Landadeliger, der sich in der Stadt verirrt hat und keine kleinen Scheine mit sich führt, schwankend an das Drehkreuz und fragt Kinderwagen schiebende Mütter und sogar ihre hinterhergeschleiften Kinder, ob sie einen Hunderter kleinmachen können. Fassungslose Mienen, giftige Blicke. Eine neue Sorte Bettler, Vorbote künftiger Zeiten. Minutenlang hat er keinen Erfolg, und irgendwann läßt er den Kopf hängen und scheint in einen unruhigen Schlummer zu sinken. In weiter Ferne rumpeln die Züge durch, und ihr Hupen klingt wie Posaunenstöße, während der Prediger sich von einem zum andern durch die Menge der Kinder und Embryos arbeitet, bis der letzte, der noch im Tunnel steht, Nathan ist. Jemand steckt ihm eine U-Bahn-Münze zu, dreht dann die Hand um und betrachtet die eiternden Wunden, läßt sie rasch fallen. Nathan öffnet die Augen. Es ist einer von den erweckten Teenagern, ein pummeliger Jüngling mit einem Engelsgesicht, der ihn durch eine Hornbrille kurzsichtig anblickt. Der Rest eines freundlichen Grinsens flieht von seinen schlaffen Lippen. Irgend etwas hat seinen Blick verdüstert. Nathan blickt auf seine Hände und entdeckt dort Wunden, an die er sich nicht erinnern kann, Kreise wie blutige Blasen in seinen Handflächen.

Er liebt die Hölle. Und jetzt ist er endlich wieder dort.

Downtown angekommen und wieder oben auf der Straße tritt Nathan mit eingezogenem Kopf durch eine vertraute alte Tür. Ein langer schmaler Raum mit leeren Barhockern. Niemand sitzt an der Bar, die Jukebox mit alten 45ern ist dunkel. An der Decke flimmert das bläuliche Licht eines stumm laufenden Fernsehers.

»Cy«, sagt er.

Ein alter Mann erhebt sich von einem Hocker am andern Ende der Bar. Er legt Nathan eine leberfleckige Hand auf die Schulter. »Sie haben sich ja 'ne ganze Weile nicht mehr blicken lassen. Drücken Sie doch die Tür noch mal richtig zu.«

Nathan schließt die Tür, und von unten ist jetzt ein fernes Geräusch von brausendem Wasser oder unterirdischem Einsturz zu hören. »Nichts los heute?«

»Sie und Ihr Vater stecken bis zum Hals in der Scheiße.«

»Nicht daß ich wüßte.«

Cy blickt ihn an und setzt dann ein verschlagenes Grinsen auf. »Tun Sie mir bloß den Gefallen und sorgen Sie dafür, daß die kleinen Scheißer von meinem Lokal wegbleiben, wenn Sie sie raushauen.«

»Die sind aus Harlem, Cy«, sagt Nathan.

Cy schüttelt den Kopf. »Hier, da, darauf kommt's denen nicht an.« Er tippt Nathan auf die Schulter. »Alles in Ordnung mit Ihnen?«

Nathan bläst zweifelnd die Backen auf. »Vielleicht einen kleinen Drink. Scotch rocks.«

Er lehnt sich zurück, die Ellbogen auf die Theke gestemmt. An den Deckenbalken hängen verblichene Trikots von toten Ballspielern. Maris. The Mick. Plakate kündigen Kämpfe von Boxern an, die längst die Handschuhe an den Nagel gehängt haben. Das warnende Knacken eines nahenden Zuges, dann das Quietschen und Ächzen von strapaziertem Metall. Eisiger Regen trommelt in Böen an die Fenster. Die ganze Kneipe wackelt, weil alles locker ist, wie die Zähne eines Preisboxers durch jahrelange Schläge. Der Lärm draußen schwillt zu einem Donnern an, aber kein Zug erscheint. Dann klingt der gespenstische Tumult ab, und Nathan späht nervös zur Tür und fühlt sich auf einmal weniger geschützt, als er gehofft hat.

»Sagen Sie«, bemerkt Cy hinten an der Theke, »die Kleine, von der alles redet, die draußen in Coney Island ertrunken ist. Hat die nicht bei Ihnen gearbeitet?«

Nathan dreht sein Glas im gelben Barlicht hin und her.

»Erst letzte Woche hab ich sie noch gesehen. Eine elende Schande ist das.«

Nathan hebt fragend den Kopf.

»Sie war mit Ihrem Vater hier«, fährt Cy fort. »Hat seine Tasche getragen. Schienen ziemlich intim miteinander zu sein. Ein hübsches Ding war sie. Ihr Vater hatte ja immer schon einen guten Geschmack.« Cy nickt zum Fernseher hin. »Tja, und dann so was.«

Nathan richtet ebenfalls den Blick auf den Bildschirm, wo ihm seine eigenen hellen Augen entgegenstarren, sein eigenes Kinn mit dicken Fettpolstern umpackt. Vom Fernseher an der Wand blickt Miltons Gesicht, von Mikrophonen belagert.

Cy zielt mit der Fernbedienung und stellt den Ton lauter. Milton seinerseits hat die Lautstärke gesenkt, als Emotion de jour ist offenbar Feierlichkeit angesagt.

»Ich habe keinerlei Bedenken, Kevin Williams zu vertreten«, sagt er gerade. »Jeder hat das Recht auf einen fairen Prozeß.«

Die nächste Frage. Ganz offensichtlich gehe es bei diesem Prozeß nicht bloß um Raub und Überfall. Die Kerle hätten Flaschen benutzt, einen Baseballschläger.

Milton blickt den Fragesteller mit der Intensität eines Mannes an, der tatsächlich zuhört. »Die Fakten sind nebulös«, erklärt er, zum tausendsten Mal, denkt sich Nathan. Zum fünftausendsten Mal. Nathan bewegt zu den Worten seines Vaters die Lippen mit. »Was sind Fakten? Was wissen wir darüber, was sich wirklich zugetragen hat? Was werden wir jemals wirklich wissen? Kevin Williams ist ein Junge mit einer schrecklichen Kindheit. Alles an diesem Fall ist an diesem Punkt noch reine Spekulation. Das Eintreten für die Benachteiligten – das ist es, was dieses Land groß gemacht hat.«

Weitere Fragen, weitere Worte, und Nathan, den Kopf im Nacken wie ein kleiner Junge, muß feststellen, wie er immer wieder eifrig zustimmend nickt. Der Koloß von einem Mann ist phantastisch, eindrucksvoll, der beste, und vor die Entscheidung für eine Emotion wie für ein Stofftier im Spielzeugladen gestellt würde Nathan Stolz nehmen, wenn er sich den leisten könnte.

»Der hat's drauf, Ihr Vater«, sagt Cy. »Ich wollte, ich hätte ihn.«

»Sie brauchen einen Anwalt?«

Cy zuckt die Achseln. »Braucht doch jeder.«

Auf einmal blitzt in Nathan etwas auf, eine Idee, ein Stück zu einem Puzzle, von dem er gar nicht wußte, daß er damit beschäftigt war. Der Fall Williams ist ungeheuerlich, außerordentlich, und es geht dabei am allerwenigsten um die Vergewaltigung einer schicken Werbeagentin aus der Madison Avenue. Wie gut das alles für seinen Vater ist. Wie gut für ihn persönlich. Und wie nützlich in diesem Zusammenhang, daß er mit Isabel gerade einen ihm so nahestehenden Menschen verloren hat. Die Familie Santos war so treu, Isabel seine Sekretärin in der zweiten Generation. Und wie brutal hat er sie verloren, wie tragisch zufällig gerade *jetzt*. Wie menschlich Milton dadurch erscheinen wird, wie betroffen, wie verletzlich, wie moralisch, wie in höchstem Maße real.

Nathan schaut und schaut und spürt dabei, wie in seinem Innern aus den aufgeblasenen Emotionen seines Vaters die Luft entwichen ist. Herr über tote Seelen.

Im Fernsehen wird Milton ein letztes Mikrophon unter die Nase gehalten. »Die junge Frau, deren Leiche gestern auf Coney Island gefunden wurde, soll Ihre Sekretärin gewesen sein. Was ist mit ihrem Mörder, Mister Stein? Wären Sie imstande, ihn zu verteidigen?«

Miltons schwammiges Gesicht füllt den Bildschirm. Er blickt fest in die Kamera. Vater und Sohn stehen Mann gegen Mann, als Milton jetzt durch das Fenster der strahlenden Lichter und der Happy-Ends hinausschaut. Seine hellen, unbewegten Augen werden feucht, und der hineinschauende Nathan wehrt sich nicht gegen die aufkommende Traurigkeit. Er sucht gar nicht erst nach einem Weg aus der Schwärze, in der er sitzt. Er erkennt im Auge seines Vaters die Berechnung, welche Masche er abziehen soll: strikt und kalt und anwaltsmäßig oder sich gehenlassen und das Taschentuch zücken und auf die Tränendrüsen drücken? Denn das ist jetzt mehr als ein Fall von Vergewaltigung. Dies ist menschliches Schicksal pur, Verlust und Gewinn und Tragödie und Erlösung. Unser aller

Schicksal. Und an Milton ist es jetzt, vielleicht durchaus von ihm bezweckt, uns alle zu vertreten.

Milton Stein gibt seine Antwort langsam und leise, aber Nathan hat sie schon gehört. Und das Fernsehen macht einen geschickten Schnitt und blendet Archivbilder vom Strand von Coney Island ein. Vielleicht kommt Isabel für seinen Vater noch gelegener, als er dachte. Und vielleicht ist sie gar kein Zufall. Vielleicht war sie vom Anfang bis zu ihrem Ende seine Idee.

Ohne aufzublicken legt Nathan einen Hundertdollarschein auf die Theke und geht.

Voll Erleichterung läßt er sich auf der sicheren Seite der Drehtür in seinem Bürogebäude am Broadway kurz gegen eine Scheibe sinken. Jorge ist nirgends zu sehen. Auf seinem Platz hinter dem kleinen Schalter sitzt ein mürrischer Fremder. Sein Anzug ist ihm zu groß, und er trägt Jorges Namensschild an der Brust und sieht ein wenig wie der junge mexikanische Lieferant aus dem Deli an der Ecke aus.

»Wo ist Jorge?«

Der falsche Portier zuckt die Achseln.

Nathan deutet mit dem Kopf auf das Namensschild. »Heißen Sie auch Jorge?«

Der Junge zeigt keine Reaktion und sieht mit finsterem Halbstarkenblick zu Nathan auf.

»Wo sind alle hin? Sind alle im Haus ausgeflogen?«

Die Antwort ist ein zweites, noch gleichgültigeres Achselzucken.

»Ist es wegen eines Probealarms? Nein? Wegen des Gewitters? Hallo?«

Nathan begibt sich zu den Fahrstühlen. Als die Tür gerade zugehen will, hält eine feiste Hand sie auf, und Krivit tritt ein. Sein Mantel ist trocken.

Sie sehen die Etagennummern vorbeiziehen. Krivits Atem kommt pfeifend durch die Nase.

Der Fahrstuhl passiert den zehnten Stock. »Sieht aus, als ob alle die Stadt verlassen hätten«, sagt Nathan.

»Jeder muß sehen, wo er bleibt.«

»Na, ich hoffe, Sie mußten nicht zu lange warten.«

»Ich hörte, daß Sie entlassen wurden.«

»Sie hatten natürlich nichts damit zu tun.«

»Kümmern Sie sich um sich selber.«

Nathan nickt. »Goldene Worte.«

»Kommen Sie mir bloß nicht dumm«, sagt Krivit scharf. Wieder holt er das Taschentuch heraus. Auf seiner Stirn perlt der Schweiß. »Wo ist die Haftbeschwerde?«

»Liegt alles oben«, hört Nathan sich zu seiner eigenen Überraschung versichern. Als ob es wirklich getan wäre und die miese Russenratte, der kleine Iwan, dank seiner Bemühungen in wenigen Stunden frei durch Brighton Beach streifen und einen Knish essen könnte, um daraufhin die Kerle, die ihn verpfiffen haben, fertigzumachen und dann heimzudüsen und der King zu sein.

Der Fahrstuhl passiert Nummer 20.

Nathan sagt leise, wie um nicht zu beleidigen: »Sie wissen natürlich, was Sie getan haben.«

Krivit drückt auf 21, und der Fahrstuhl hält, die Tür geht auf. Nathan erwartet irgend etwas Dramatisches im Flur, wie im Film, eine Menschenmenge, eine Waffe, einen Fingerzeig. Aber es ist nichts zu sehen.

Krivit stellt sich in die Tür, als wollte er die ganze Welt in Schach halten, und auf einmal ist er kein bloßer Mittelsmann mehr, sondern etwas viel Gefährlicheres, eine höhere Instanz, einer, der vieles in der Hand hat. Nathan fällt ein, was Santos gestern nachmittag gesagt hat, daß man Krivit nicht trauen könne. Aber so einfach ist das nicht. Vertrauen, was heißt das schon? Er weiß, daß sein Vater dem dicken Mittelsmann nicht traut, aber er begreift jetzt, daß das nicht viel zu besagen hat. Krivit ist ein hervorragendes Instrument. Nathan hat Krivit die ganzen Jahre über unterschätzt. Vollkommen unterschätzt.

»Sie haben noch eine Stunde, um vor Gericht zu erscheinen«, sagt Krivit. »Die haben dort den Termin schon zweimal verschoben.«

Nathan schwitzt wieder. Der Luftzug ist heiß, wie in einem Alptraum. Und das Summen und das Dröhnen, das er noch von der U-Bahn in den Ohren zu haben meinte, kommt in Wirklichkeit ständig näher. »Man wird mit Ihnen über Isabel reden wollen, das ist Ihnen sicher klar.«

Krivits Oberlippe beginnt zu zittern wie bei einem Hund, wenn er etwas sieht, wogegen er sich wehren muß oder das er fressen will.

Aber Nathan redet weiter. »Ich habe Sie Samstagnacht dort gesehen. Ich habe Ihr Auto gesehen. Ich habe niemandem was davon gesagt.«

Der Verbindungsmann verkneift sich die Antwort, toleriert ihn wie ein unartiges Kind.

»Eines möchte ich wissen«, sagt Nathan: »Warum? Und wer? Denn ohne Anweisungen hätten Sie es nicht getan. Oder etwa doch?«

»Sehen Sie zu, daß Sie ins Gericht kommen«, bläfft Krivit, und wie auf dem Höhepunkt eines Zauberkunststücks klatscht er abrupt in die Hände und hält sie hoch, dick, sauber geschrubbt und leer, läßt die Vögel fliegen. »Das, mein Freund, sind Sie.«

Nathan schaut, doch nichts ist da. Reingefallen. »Das bin ich.«

»Ich habe Ihnen die Nachricht überbracht. Jetzt sind Sie auf sich selbst gestellt.«

Nathan zuckt die Achseln. »Wie Sie schon sagten. Jeder muß sehen, wo er bleibt.«

Krivit tritt zurück, die Tür geht zu, und Nathan fährt allein noch ein Stockwerk höher, wo er pfeifend den leeren und halbdunklen Flur hinunterschlendert. Die Haftbeschwerde im Hals wie einen steckengebliebenen Bonbon. Schluckend, würgend fühlt er ihn tatsächlich rutschen, auf dem allgemeinen Müllhaufen landen, bei den falschen Zusicherungen, den schon im Aussprechen vergessenen Gelöbnissen, die sich im eigenen Saft auflösen und seinem Blut die Nährstoffe seiner Geschäftigkeit zuführen: das Geld, das Schwanzlutschen, die gelegentliche Umarmung aus tiefer Dankbarkeit, einmal eine Liebeserklärung mit echten Möglichkeiten – von Claire, die nur kleine Zutaten für ihr bescheidenes Rezept zum Glücklichsein haben wollte: ein bißchen Zuwendung ab und an, Treue, das Flattern eines neuen kleinen Lebens in den Händen, das Zügeln seiner unzumutbaren Begierden. War das zuviel verlangt?

Die Bürotür von Stein & Stein ist abgeschlossen.

»Hallo?« ruft er dem Furnierholz zu, aber die Tür gibt keine Antwort. »Jemand da?« fragt er zaghaft den Fußboden. Er stochert mit einem Schlüssel nach dem andern auf das Schloß ein, bis er schließlich, denkt er, Erfolg hat, dann drückt er mit der Schulter gegen die Tür und bricht abermals in Räumlichkeiten ein, die er kennt und wo er angeblich hingehört.

Die Lichter sind aus. Außer einem, seinem, glaubt er, am Ende des Flurs, wo das kalte Neonweiß sich aus der offenen Tür auf den Boden und an die Wand gegenüber ergießt. Zwei Uhr am Montagnachmittag in der wichtigsten Woche im kurzen, eher gedeihlichen Leben von Stein & Stein, und die Kanzlei im 22. Stock ist leer, verlassen, scheint es – wie das ganze Gebäude – auf dem Weg nach noch weiter oben.

Nathan verharrt in seinem Büro. Im Fenster sieht er sich selbst umrissen, und er ist allein, eine stellenweise mit dem Sakkomuster ausgefüllte, aber ansonsten leere Kontur. Dahinter trotz der Tageszeit rabenschwarze Nacht. Regenschichten bestreichen die Scheibe. Drei Blitze zerreißen den Himmel in weiße Deltalinien, und einen langen Augenblick verschwinden Himmel, Büro und er in einer weißen Flammenflut.

Widerwillig öffnet er die Augen. Zu seinen Füßen liegt Baron wie eine Sphinx über seinem 500-Dollar-Handkoffer und sabbert auf das weinrote Leder, nachdem er seine lange Leine zweimal um den Schreibtisch gewickelt hat. Ein Kontrollabschnitt für den Parkplatz um die Ecke steckt in seinem Halsband, dazu ein Zettel, auf dem nur steht: *Er ist gefüttert*. Ein Metalldorn, der wie eine Blume kleine rosa Zettel treibt, ist auf den Boden gefallen. In der Luft der stechende Geruch frischer Pisse. Barons trotzig-trottelige Augen erwidern Nathans Blick, als wollten sie sagen: Was hast du denn erwartet?

Nathan sinkt auf die Knie und lobt und tätschelt den Hund, der verwirrt seinen kantigen Rasseschädel schief legt. Nathan schüttet ihm ein paar Cheezits hin, die er unten gekauft hat, dann stellt er seine Stereoanlage an und besieht sich ruhig, als ob er alle Zeit der Welt hätte, seine hiesige Musiksammlung. Seine Stimmung ist umgekehrt proportional zum Chaos draußen, und er entscheidet sich für Monteverdi. Engelhafte Klagegesänge mit langen Pausen dazwischen. Er bückt sich und zieht die Mitteilungszettel einen nach dem andern vom Dorn, blickt kurz auf die Namen. Das Papier zittert in seiner Hand, was bedeutet, daß die Hand ebenfalls zittern muß. Er hat jetzt seit zwei Tagen nicht mehr geschlafen, oder sind es drei?

Es müssen dreißig Mitteilungen sein, in makelloser Schönschrift ergeben und pflichtgetreu notiert, offensichtlich von einer aus Changs Kader. Die üblichen Kandidaten: Clarido zweimal, Schreck einmal, als ob er vergessen haben könnte, wo Nathan war – es sei denn natürlich, er wußte, daß er wieder freikommen würde. Amparo hat dreimal angerufen; ihre letzte Botschaft lautet: *Du läßt mich hier verrecken. Hab meinen Bruder angerufen. Guck über die Schulter. Guck noch mal. Irgendwann bist du dran.*

Gegen seinen Willen schaut Nathan und sieht: leer der Flur. Ein grandioses Ritornell streitender Violinen und Celli dringt an sein Ohr.

Eine weitere Mitteilung: *Errol Santos*. Freund, Feind. Neugierig holt Nathan seinen Piepser heraus: tatsächlich noch dreimal *Errol Santos*.

Er denkt über seine ganzen Mitteilungen nach, Anrufbeantworter, Piepser, Antwortdienst: Wer nimmt sie auf? fragt er sich. Jemand am andern Ende, jemand Lebendiges. Der harmlose, neutrale Antwortdienst hat die Macht, das ganze Leben eines Menschen zu formen und ihm selbst zu entrücken, indem er ihm sagt, wer seine Freunde, wer seine Feinde sind. Wer hat angerufen? Wem bin ich wichtig? Wem nicht? Wem nie mehr? Es hängt an diesen Vermittlern, seinen Nachrichtenmachern. Sie sind sein Fenster zur Welt und verabreden heimlich mit irgend jemandem oder untereinander, welches Bild sie ihm malen wollen.

Er greift sich das Telefon und gibt Serenas Nummer in der Bronx ein. Der Hörer wird unverzüglich abgenommen. Ein Mann bellt: »Yeah.«

Nathan geht rasch die Männer in Serenas Leben durch, Brüder, Vater – verrückt, dumm und tot, er kennt sie alle. Einen kurzen Moment versucht er sich Serena selbst vorzustellen, aber kommt nur auf ganz allgemeine Inselmerkmale, rabenschwarze Haare, kohlschwarze Augen, schwarz wie die traumlose Nacht. Er meint sich an rosa Höschen zu erinnern. In letzter Zeit ist sie nichts weiter als eine winzige Digitalanzeige. Mit schwindligem Kopf – wieder ein Witz auf seine Kosten – fragt er sich, ob dieser Mann, diese barsche Stimme Serena sein könnte, ob es Serena überhaupt gibt.

Nathan legt auf, wählt erneut, diesmal seine 900-Nummer. »Hier spricht Nathan Stein, und Sie haben fünfzehn Sekunden, um dieses Gespräch zu beenden, ehe Ihnen 99,99 Dollar berechnet werden.« Er wird diese Rechnung bezahlen. Was er sich schuldig ist. In der äußersten Reduktion identisch mit sich selbst.

Nachdem er sich gesetzt hat, wählt Nathan eine neue Nummer und hört am andern Ende eine ruhige, heitere Stimme, einen Mann, seinen Stellvertreter: »Nathan Steins Antwortdienst. Was darf ich ausrichten?«

Im Hintergrund das Gemurmel anderer Operatoren, klackernder Tasten. Die Welt mag zu Bruch gehen, aber es wird immer Nachrichten zu übermitteln geben.

In wichtigem Ton erklärt Nathan: »Hier spricht Nathan Stein.«

Die Verwirrung im Schweigen des Operators dauert ihn. Dann lauscht er genauer hin und spürt die Mißbilligung. Was dieser Mann alles gehört hat! Die ganze Pisse von Nathans Leben, die durch seine Finger geflossen ist und sich wie durch einen Katheter in dem elektronischen Beutel an Nathans Taille gesammelt hat. Ungeachtet der Ärzte und der Tests und der abermaligen Tests und der Diagnosen und der Pillen ist sie es, woran er stirbt.

»Was darf ich ausrichten?« wiederholt der Operator mit verkniffenem Gehorsam.

Nathans Augen weiten sich angesichts dieser Gelegenheit. Sein Mund öffnet sich. Draußen die nächste Runde zuckender Blitze. Der Donner macht eine Pause. Darauf lauschend, hört er statt dessen leise Schreie und Klagen, vom Wind getragen, verhallend.

»Nichts«, sagt Nathan und legt auf.

15 UHR

Auf den Boden geduckt, die Wände mit Wellaluminium ausgebessert, so wirkt die New Life Missionary Baptist Church wie ein umgewandelter Getränkemarkt, nur daß in dem Spitz über der offenen Tür ein Kreuz hängt wie eine Kühlerfigur.

Das Innere ist ein einziger höhlenartiger Raum mit malvenfarbenem Teppichboden von einer Schlackensteinwand zur andern und vorne einer Explosion greller Buntheit, als ob jemand eine Farbengranate geworfen hätte: Treibhausblumen umgeben einen Sarg mit goldlackierten Griffen. Zuerst will Nathans Körper dem Gehsignal der Ampel nicht gehorchen. Ein Grund ist die Erschöpfung. Aber es gibt noch einen, nämlich nackte Angst. Man hat ihn erspäht. Fremde Augen nehmen ihn ins Visier. Er kennt die Menschen nicht, aber zwingt seine erdschweren Füße Schritt für Schritt für Schritt durch den Raum, wobei er gefaßt lächelt und Hände schüttelt, sich murmelnd für Beileidsbekundungen bedankt und sich von Erkundigungen nach seiner Gesundheit abwendet. Marías Mutter, ihre ältere Schwester und ihre jüngere Cousine haben sich vor dem offenen Sarg aufgestellt, die Hand der Mutter auf der Schulter der einen ihr noch verbliebenen Tochter. Prüfend die Augen auf ihn gerichtet, während er sich mit leeren Händen durch den Gang auf sie zu bewegt. Die Familie, die er nie haben wollte.

Es ist die Schwester, Carmen, die langsam, wie betäubt vor Schmerz vortritt und mit ihrem Ernst bewirkt, daß der Saal verstummt und der seelenlose Tanz zwischen Repräsentanten rivalisierender Ansprüche innehält. Das menschliche Wrack, das sie alle für den Lichtbringer persönlich hielten, steht jetzt leichenblaß vor ihnen, der heruntergekommene Verführungskünstler, der Dieb der Seele der guten María.

Die aufgedunsene Leiche thront hinter ihnen in dem offenen Sarg, der inmitten eines Blumenrings auf einem Podest steht. Warum ist er offen? María sieht schlimmer aus als vorher. Sie haben ihr die Lider und die Lippen zugeölt; und sie sieht wächsern aus, wie eine Figurine, als ob sie geschmolzen und in dem schwarzen Kleid, das er ihr vor fünf Jahren auf ihrer ersten gemeinsamen Einkaufstour geschenkt hatte, neu modelliert worden wäre. Ihre über der Brust gekreuzten fleckigen Hände pressen ihre zerlesene Bibel ans Herz. Und trotzdem konnten sie ihrem Gesicht keinen Ausdruck einmeißeln: mit glattem, starrem Pokerface liegt sie vor der Ewigkeit.

Nathan beugt sich vor, um Carmen zu küssen, doch sie hält mit der Geste einer Blinden abwehrend die Hände vor sein Gesicht und starrt ihm in die Augen, wie um zu ergründen, was – wenn überhaupt etwas – dahinter lebt, bevor sie die Hände hastig wieder wegzieht.

»Bitte geh«, flüstert Carmen.

»Wo ist die Beerdigung?«

»Wir dachten nicht, daß du kommen könntest.«

Halb erschrocken sagt Nathan: »Ich hätte es auf keinen Fall versäumt.« Da kommt ihm der Gedanke, daß er eigens zu diesem Zweck freigelassen wurde. Er blickt über die Schulter. Zwei Männer in billigen Anzügen stehen am Eingang wie Bücherstützen und erinnern in ihrer eher Drohung als Beileid ausdrückenden Haltung an Gefängniswärter, die bereitwillig Leute einlassen, aber sie am Hinausgehen hindern.

»Sie findet auf dem Evergreens-Friedhof statt«, sagt sie, »in Queens. Aber du solltest nicht kommen.«

»Doch, natürlich.«

Sie stößt ein verächtliches Lachen zwischen den Zähnen hervor. »Bitte.«

»Wo ist Benny?«

»Nein. Sag nichts zu ihm.«

Nathan sieht den Jungen in einem feinen zweireihigen Anzug an der Wand sitzen. Er tritt mit seinen über dem Boden baumelnden Füßen in die Luft und starrt gedankenlos auf die Überreste seiner Mutter. Auf einmal hebt er den Kopf, als ob er ein Pfeifen gehört hätte, und kommt eilig angesprungen, schlingt die Arme um Nathans Beine und vergräbt das Gesicht in seinem Schritt. Nathans Hand schwebt zitternd über dem Kopf des Jungen, abgestoßen wie von einem elektrischen Feld. Er läßt sie sinken und segnet den Jungen förmlich damit, obwohl er nicht weiß, welchen Segen er Benny zu spenden hätte. Er faßt dem Jungen in den Nacken und streichelt die weiche Stelle unter der Hirnschale, Wahrzeichen der Unschuld, fühlt in den Fingerspitzen einen Puls, klopfendes Leben.

Er verachtet es, dieses kleine Melodrama. Trotzdem haben seine Augen angefangen zu brennen und er legt noch den anderen Arm um Bennys Schultern, umarmt ihn vornübergebeugt, so daß er im Haar des Jungen den dumpf-süßen Pflanzengeruch des Schlafes schnuppert.

»Komm, Benny.«

Es ist Marías Mutter, die den Jungen an den Schultern gefaßt hat, und einen Moment lang wird Benny in beide Richtungen gezerrt, jemand streitet um ihn, will ihn tatsächlich. Mit geblähten und vor Kummer feuchten und roten Nasenflügeln erhebt Carmen Einspruch, nicht für diese oder jene

Seite, sondern gegen den Disput überhaupt. Eine Hand legt sich sanft auf Nathans Schulter, und er dreht rasch den Kopf um, und wie zuvor ist wieder niemand da. Derart gewarnt zieht er die Hände weg wie von einer Falle und läßt Benny los. Marías Mutter manövriert den Jungen in Sicherheit, übergibt ihn ihrer Tochter.

Sein Gesicht brennt. Er vergeht fast vor Scham. Der ganze Saal schaut ihn an. Warum ist er hier? Warum ist er überhaupt gekommen? Hat er nicht heute morgen María Lebewohl gesagt, ohne einen Zeugen außer den Toten und vielleicht dem Priester als Wegbereiter? Doch hier hat Nathan das Gefühl, der Wahrheit nahe zu sein, der schlichten, nackten Wahrheit. Genau wie María gestern abend gebannt und entsetzt den Todeskampf ihrer Bettnachbarin mit ansah, so ist Nathan jetzt gekommen, um zu beobachten, welchen Weg María nach dem Krankenhaus wohl gehen mag. Seine eigene Generalprobe. Und dort liegt ihre äußere Kruste, ihre Hülse.

Er wischt sich mit der Hand über die verschwitzte Stirn. »Ihr solltet nicht zulassen, daß Benny seine Mutter so sieht«, sagt er.

Aber jemand widerspricht ihm. »Doch, er sollte sie sehen.« Cleary steht vor ihm, irgendwie größer als heute morgen. Der Priester wirkt nervös, und sein Gesicht hat die rötliche, kleinkindliche Aufgequollenheit wie bei einem Menschen, der soeben aufgewacht oder der krank vor Kummer ist.

»Geht das nicht alles ein bißchen schnell, die Totenfeier, die Beisetzung?« wendet Nathan ein. »Muß man nicht eine Weile warten oder so?«

Clearys Miene verdüstert sich. Er äugt nervös zur Tür.

»Wer sind Ihre Freunde?« fragt Nathan.

»Ich kenne sie nicht«, versichert Cleary. »Ich dachte eigentlich, sie wären mit Ihnen gekommen.«

»Kann durchaus sein«, murmelt Nathan. Neben ihm drehen sich leise redende Köpfe um. Nathan schaut auf die Uhr. »Es wird spät.«

Cleary nickt. »Allerdings.«

»Ich bin müde.«

»Ich verstehe.«

»Ich glaube nicht«, erwidert Nathan und fragt sich dabei, ob die Schmerzen in seinem Magen daher kommen, daß er außer seinen Pillen nichts gegessen hat. Er blickt sehnsüchtig auf den Tisch mit den hoch aufgetürmten Speisen an der Rückwand.

»Diese Tragödie wird ein heiliges Band zwischen Ihnen und Christus knüpfen«, sagt Cleary.

Taub und unzugänglich in seiner völligen Selbstbezogenheit tritt Nathan an dem Priester vorbei, geht nach hinten und nimmt sich ein großes Plätzchen, das keine erkennbare Form hat. Er schiebt es sich zwischen die Zähne. Seine Augen gehen zu. Aber er kann nichts schmecken; er hat kein Gefühl auf der Zunge oder am Gaumen. Überhaupt, auch seine Fingerspitzen fühlen sich eher wie Fingerhüte an. Sie ist die letzten beiden Tage an ihm hochgekrochen, diese langsame Lähmung, die ihm das eigenartige Gefühl gibt, zu versteinern. Gebäckhappen plumpsen wie Kieselsteine auf den Boden des Eimers im Innern. Auch dieser letzte Genuß dahin.

»Nathan.«

Blindlings streckt Nathan die Hand aus. Doch es ist wieder Cleary.

»Hören Sie mich?« fragt er.

»Sicher.«

»Sie sollten Buße tun.«

»Wieso?«

»Weil ein Mensch zusehen muß, daß er seinem Leben eine Bedeutung gibt. Ob er jetzt ein Priester oder ein Anwalt ist. Oder ein Penner.«

»Hat María das getan?« will Nathan wissen.

Cleary zieht eine bittere Miene, als ob Nathan seine kleine Schwester beleidigt hätte. »Die Frau hat dem Tod direkt ins Auge gesehen.«

»Sie war katholisch«, erklärt Nathan, als ob das irgend etwas zu sagen hätte, ein emotionaler Einwand ohne jede Grundlage.

»Das hat nichts damit zu tun«, sagt Cleary. »Ganz gleich, wie sie es geschafft hat, sie hat den Tod angenommen, ihn als ihren Tod erlebt. Sie behielt die Oberhand. Sie hörte auf zu atmen, als sie genau wußte, wer und was sie war, was sie geleistet hatte.«

»Kein Mensch wird mit allen seinen Aufgaben fertig«, sagt Nathan gehässig, dann nickt er Cleary scharf zu und hofft, er möge verschwinden oder mit seinen Sprüchen aufhören. Statt dessen spielt ein kleines unschlüssiges Lächeln auf den Lippen des Priesters.

»Sie sprechen natürlich von sich selbst«, sagt Cleary.

Doch bevor Nathan widersprechen kann, fährt Clearys Hand hoch. Der Priester ist noch nicht fertig. »Sie haben sie nicht gekannt, Nathan«, sagt er. »Sie wissen nicht, was Sie an ihr hatten.«

»Ich denke doch.«

»Nein, Sie kannten ihren Körper. Verstehen Sie mich recht – sie war wunderschön. Ich mache Ihnen keinen Vorwurf dafür, daß Sie sie begehrten. Aber Sie konsumieren Frauen in Massen. Sie wissen etwas darüber, wie sie aussehen, aber was wissen Sie von ihren Seelen? Wie ein Hamster in seinem kleinen Käfig laufen Sie immer schneller im Rad herum, wollen ständig mehr und bekommen es und treten am Ende doch nur auf der Stelle. Im Grunde sind Ihnen alle gleichgültig, und Sie interessieren sich nur dafür, wo die nächste herkommt.«

Nathan hält krampfhaft das Plätzchen fest, schnuppert und riecht – jetzt rechnet er damit – nichts. *Sie* hat es *mir* angehängt, will er sagen, aber Cleary hat sich entfernt, ist jetzt nur noch einer von vielen Bäumen im Wald, Teil einer unterschiedslosen Trauergemeinde. Die Menge ist verstummt. Der Priester schreitet durch den Gang auf María zu.

Wo zum Teufel sind alle? fragt sich Nathan und schaut sich um. Wo sind meine Eltern? Ruth? Selbst Schreck, der Arsch? Warum erweisen sie ihr nicht die letzte Ehre?

Hier sitzt er jetzt unter Fremden, das Gesicht verzerrt und rotfleckig wie das eines Babys, kurz vor der Auflösung. Die langen Bänke füllen sich unaufhörlich. Schwarze, Weiße, Hispanos. Nathan wundert sich, daß María so viele Leute kannte, alle verschieden in Art, Größe, Gewicht und Alter, bis ihm klar wird, daß sie sie gar nicht kannte, daß dies lediglich Gemeindemitglieder sind, Clearys Rekruten, denen eine innere Stimme befiehlt, bei der Enthüllung jedes Sargs, der durch diese Rauchglastür kommt, zahlreich zugegen zu sein und Anteil zu nehmen, damit niemand, schon gar nicht zahlende Kunden, einsam von dannen gehen. Frauen mit Pillbox-Hüten, Jungen in taubenblauen Smokings, alte Männer wie Störche in ihren sommerlich leichten schwarzen Anzügen, die Schwarzen dieses kaputten Viertels, die ihre Kollekte in den Mahagonikasten vorne am Gang unter der Anzeigetafel werfen, deren Buchstaben und Zahlen von hinten ausgewechselt werden können wie bei der Anzeigetafel im Bostoner Fenway Park und der zu entnehmen ist, daß 537 Gemeindemitglieder letzten Sonntag beim Gottesdienst waren und 87 Dollar und 59 Cents gegen Luzifers ungezählte Millionen in die Waagschale warfen, und die Kirche braucht 145 Dollar, um die Bänke zu reparieren, um die Herrentoilette zu reparieren, um die zerbrochenen Fensterscheiben zu ersetzen, das bunte Zellophan –

Der Chor steht auf, die halbwüchsigen Sänger eilen durch die Gänge nach vorn, als wäre dort der Mann, der die Hände auflegt und sie von ihrer Schlaksigkeit und überhaupt von ihrer jugendlichen Unfertigkeit heilt. Hier und da stülpt sich das Zellophan zum schweren Schnaufen des Windes vernehmlich ein und aus. Die Fenster leuchten auf. Der Chor erhebt die Stimmen über die Donnersalven. Alles erscheint Nathan wie eine letzte Gebetsversammlung auf einem getroffenen und sinkenden Schlachtschiff. Er will raus. Er will raus hier, aus allem, und er blickt einmal kurz zum Sarg hinüber, als fragte er um Erlaubnis. Er weint. Tatsächlich weint er völlig hemmungslos. Aber María, die still und stumm daliegende Plastilinfigur, gibt starrsinnig keine Antwort.

Claire beobachtet von der Tür aus, wie Nathan sich von der Bank in der ersten Reihe hochstemmt und sich verlegen an der Wand zum Ausgang drückt, und es wundert sie nicht, daß er es offensichtlich eilig hat. Seine Tränen jedoch überraschen sie.

Sie berührt ihn am Arm, als er vorbeieilt. »Ich möchte mit dir reden.«

»Was machst du denn hier?« fragt er und versucht sich rasch zu fassen. Er schaut sich über die Schulter nach María in ihrem Sarg um. Ein Reflex, weiß Claire, der ihm inzwischen so selbstverständlich ist wie das Atemholen. Er wird immer versuchen, seine Frauen voneinander fernzuhalten, zu verhindern, daß sie voneinander wissen, selbst wenn sie längst im Bilde sind und selbst wenn sie tot sind, und es sowieso keine Rolle mehr spielt.

Claire lächelt. Marías Tod hat eine unerwartete Wirkung auf sie. María nimmt auch ein Stück von Claire mit ins Grab.

»Du hast mich gebeten herzukommen, weißt du nicht mehr?« sagt sie. »Als deine Stellvertreterin. Dann habe ich gehört, daß du dein kleines Geschenk bekommen hast, deine Ereigniskarte ›Du kommst aus dem Gefängnis frei‹, aber ich habe mich trotzdem entschlossen zu kommen. Weil sie es verdient hat, wie du selbst sagtest. Das war übrigens ein netter kleiner Trick, diese Steuererklärungen aus der Tasche zu ziehen. Die Richterin hätte einen Spaziergang auf dem Mond zur Bedingung machen können, und die hättest du wahrscheinlich genauso erfüllt. Ich habe dich unterschätzt.«

»Das waren nicht meine Steuererklärungen, Claire. Da läuft ein Komplott gegen mich.«

»Gegen *dich*? Mach halblang, Nathan.«

Er überfliegt nervös den Saal. »Irgendwer hat mich rausgeholt. Irgendwer will, daß ich im Spiel bin.«

»Nimm dich nicht so wichtig«, erwidert sie.

»Danke jedenfalls, daß du gekommen bist.« Nathan ist immer noch aufgelöst und blickt jetzt bang durch sie hindurch zur Tür, auf das Wetter draußen.

»Zu schade auch, daß Errol dich in deinem Büro verpaßt hat. Er möchte dir gern etwas sagen.«

»In meinem Büro? Errol?«

»Jemand hat ihm gesagt, du wärst ins Büro gegangen, um irgendeinen Schriftsatz zu holen. Dieser gräßliche kleine Mann, glaube ich, dieser Krivit –«

Kein Muskel bewegt sich in Nathans Gesicht außer denen, die seinen Mund betätigen. »Krivit hat Errol gesagt, wo ich bin?«

»Aber ich habe ihn angepiepst, als ich dich hier sah. Er ist auf dem Weg, falls du warten möchtest. Aber klar, du wartest ja nie.«

»Krivit«, sagt Nathan wieder.

Sie berührt ihn leicht am Handgelenk. »Aber ich habe dir noch etwas Wichtiges zu sagen, bevor du gehst.«

»Das hört sich wie eine Abschiedsrede an«, sagt er.

»Du bist es, der vom Weggehen geredet hat.«

»Es gibt immer die Möglichkeit zu telefonieren.«

Sie faßt ihn am Ellbogen und zieht ihn zu sich hinunter. »Das hier kommt mir wie ein günstiger Zeitpunkt vor. Ich wollte dir sagen, daß ich das mit Isabel weiß, Nathan. Wir alle wissen es.«

Sie spürt, wie er sich windet, um wegzukommen, aber sie verstärkt den Griff und merkt dabei zu ihrem Schrecken, daß ihre Fingerspitzen auf den Knochen drücken. Er ist zu schwach, um Widerstand zu leisten. Dieser Mann, der einst so schwer auf ihr lag. Sie konnte ihn kaum halten mit ihren Armen, ihren Knien. Von seinen breiten Hüften hatte sie an den Schenkelinnenseiten immer blaue Flecken. »Errol ist auf dem Weg hierher. Ich denke wirklich, er wäre dir dankbar, wenn du warten würdest. Es kann nur noch wenige Minuten dauern.«

»Ich weiß nicht, wovon du redest – *was* mit Isabel weißt du?«

»Ich hasse dich nicht, Nathan. Du tust mir halb leid. Ich würde versuchen, dich zu retten, wenn ich das Gefühl hätte, daß an dir noch was zu retten ist. Errol ist meiner Meinung. Aber ich werde keine Minute meines Lebens mehr damit vergeuden, mich mit unserer Vergangenheit abzuquälen.« Mit einem erneuten Druck zieht sie ihn näher heran. »Du hättest hier mehr zu tun, als dir klar ist. Es gibt noch etwas, das ich dir sagen will, Nathan. Benny ist ein prima Junge. Er wird drüber wegkommen.«

Nathan will sich umschauen. »Ja, er –«

Ihre Lippen dicht an seinem Ohr: »Ich hoffe, er ist jung genug, um dich zu vergessen.«

Während sie redet, wandert ihr Mund, seine Lippen streifend, über sein Gesicht vom linken Ohr zum rechten, als sollten es beide Seiten hören: »Du sollst wissen, daß es eine Beerdigung gab, die du verpaßt hast. Ich habe dir das nie erzählt. Eigentlich hätten wir zusammen hingehen sollen.«

Nathan versucht noch einmal sich loszureißen. Sie kann es jetzt riechen, wie er es mit der Angst zu tun bekommt, schwitzt. Ein Röcheln steigt in seiner Kehle auf.

»Wir hatten einen Sohn, Nathan. Er war dein Abschiedsgeschenk. Du warst so achtlos, du hast gar nicht gemerkt, daß ich im dritten Monat war, im vierten. Dabei war es kaum zu übersehen. Ich sah strahlend aus. Du hast es nicht registriert, als ich in Mutterschaftsurlaub ging. Du hast gar nicht gemerkt, daß ich fort war.«

Wieder wechselt sie die Seiten. Grausam, maliziös. »Ich werde dir nicht sagen, wie er hieß. Er hatte seinen Namen nicht lange. Er starb in meinen Händen. Aber er war schön, ein schöner kleiner Junge. Er hatte grüne Augen. Er sah dir ähnlich.«

Claire nimmt Nathans Gesicht in die Hände. Ihre Finger, ihre Handflächen erinnern sich noch an ihn. Sie drückt auf die nunmehr hohlen Wangen, die Furchen. Seine Haut, früher gesund, dick, rosig, ist jetzt dünn und spröde wie Kohlepapier.

Sie stellt sich auf die Zehen. »Ich habe dich einmal geliebt. Du hättest unsern Sohn gern gehabt. Er wäre ein tapferer Junge geworden, wie du es mal warst. Du willst nicht auf Errol warten? Ich merke schon, daß du es nicht mehr aushältst. Okay, Nathan, dann mach das, was du so gut kannst. Dich verabschieden.«

Sie wendet sich der Gemeinde zu. Hinter ihr geht die Tür auf. Draußen, hört sie, regnet und schneit es noch heftiger. Ein Windstoß weht sie an, und sie schaut sich um und sieht gegenüber einen kleinen leeren Spielplatz. Nathan ist fort. Aber es liegt eine Bedrohung in der Luft.

»Wo ist er?«

Santos steht keuchend vor ihr in der Tür. Sein Wagen wartet mit laufendem Motor am Straßenrand.

»Er ist gerade weg«, sagt sie.

Er verzieht das Gesicht und fährt sich mit den Fingern durchs Haar. »Und du hast ihn einfach gehenlassen?«

»Was meinst du mit *einfach*? Du weißt, wo er hingeht, Errol. Wo er immer hinflieht. Aber warum mußt du ihn so dringend sehen?« Sie blickt ihn an. Ihre Hand geht hoch. »Nein – ich will's gar nicht wissen.«

»Er war es, Claire. Nathan hat Isabel umgebracht. Seine Fingerabdrücke sind überall. Und zum Zeitpunkt des Todes hat jemand sie dort zusammen gesehen.«

»Dort?«

»Auf Coney Island.«

»Ich werde nicht ... Ich weigere mich ... Wer ist es, Errol, wer ist dieser Jemand?«

»Er und Nathan waren verabredet, aber Nathan rief an und sagte ab. Nathan und Isabel waren dort. Er hat sie im Auto gesehen. Er hat sie kämpfen gesehen. Es war Nathan, Claire.«

»Wer war es, Errol? Wer hat sie gesehen?«

»Das kann ich dir nicht sagen.«

»War es dieser Krivit? Sag mir nur das Eine. Sag, war er es?«

Santos gibt keine Antwort, und draußen im peitschenden Regen, doch nur eine Sekunde lang, steht Nathan gegenüber auf dem Spielplatz zwischen den Rutschen und Tunnels. Aber nur Claire hat ihn gesehen.

18 UHR

Wie durchgedrehte Stundenzeiger schlagen die Scheibenwischer auf die Sintflut ein, die in Windeseile das Dämmerlicht in mitternächtliche Finsternis verwandelt. Bodennebel zieht in Schwaden unheildrohend über den Long Island Expressway. Links vom Mittelstreifen kommt der Gegenverkehr mehrspurig angeschwommen wie eine Parade von Motorbooten, die in Dampfwolken vorbeigleiten und in roten Dunstexplosionen verschwinden.

Im Rückspiegel halten zwei Scheinwerfer die gleichen fünfzig Meter Abstand wie schon die ganze letzte Stunde, kommen nicht näher.

Aber hier drin in diesem verhaarten und kaffeebesudelten Auto wechselt der CD-Player die Scheiben, und es kommen die Philharmoniker mit der Matthäuspassion. Das war Marías Lieblingsmusik. Er erinnert sich, wie sie vor wenigen Monaten noch in East Hampton im Wohnzimmer stand, umgeben von nachtschwarzen Glastüren, immer noch schön in einem hautengen nahtlosen Kleid, die Lippen zu einem dämonischen Grinsen gewölbt, und mit ihren verkümmernden Armen – die Armbeugen zernadelt, braune Stellen wie verfaulende Birnen – gleichsam ihren eigenen Marsch durch die Via Dolorosa dirigierte, ihr Sterben; während Nathan bewegungslos in dem weißen Ledersessel saß, festgebannt von der ohrenbetäubenden Musik, die selbst die Fußbodendielen erzittern ließ –

Er nimmt die Fernbedienung und drückt, und das Grübeln hat ein Ende. María entschwindet. Jetzt kommt ein schmalzig-schmissiger Paul Desmond mit Big Band und allem, was dazugehört, die Huldigung einer höheren, menschenlosen Urbanität. Hier drin ist er sicher, kann tun, was er will, in dieser kleinen rollenden Raumkapsel, die ihm so lieb ist. In diesem Asyl, diesem paradiesischen Mutterschoßkasten hat er seinen Hund, seine Musik, während hinter ihm seine Vergangenheit im Rückspiegel enteilt und vor ihm die Objekte seiner Begierde ins Blickfeld kommen. Und er sieht sein Haus hoch oben am Steilufer stehen, trocken und sicher und unschuldig mit seinen engelhaften Klangspielen und seinen Gewölbedecken und seinem abgesenkten, jetzt unbenutzten Pool; der Kühlschrank mit Essen für eine ganze Familie gefüllt; und am Morgen werden die Kolibris die Glasschiebetüren anfliegen und mit schwirrenden Flügeln heiter nach ihren Spiegelbildern picken. Wieder ein Tag neben seinem azurblauen Wasserbecken, ein Abend vor seinem Großbildfernseher, um sich die Philharmoniker auf Laser-Disc anzuschauen und im Genuß des Genies anderer aufzugehen. Die Herrlichkeit, die Musik, das Paradies seiner Einsamkeit, das Paradies seiner Verzweiflung –

East Hampton ist verlassen. Ein Streifenwagen steht mit scharf eingeschlagenen Rädern am Bordstein, die Bäume am Straßenrand sind mit erloschenen Lichterketten aneinander gefesselt. Die Antiquitätengeschäfte, die Boutiquen, die Immobilienmakler mit ihren Paradefotos von Traumhäusern in den Fenstern, die weißen Blumenkästen – alles geschmackvoll und elegant und jetzt in Eis gehüllt. In riesigen Schaufenstern werden Szenen mit Nußknackersoldaten und Putten und Schlittschuh laufenden Engeln in Landschaften aus reinweißer

Watte angestrahlt. Elektrische Eisenbahnen umkreisen Spielzeugstädte nicht unähnlich der wirklichen Stadt drumherum. Die Scheiben vor den Auslagen sind mit riesigen Xen beklebt, um sie gegen den Sturm zu stabilisieren, doch für Nathan bedeuten sie GESTRICHEN, erinnern ihn an Zielscheiben. Schuß frei auf die glitzernden Weihnachtsauslagen.

Er manövriert den Wagen durch den Unrat auf den Straßen und wird wie ein Nachtfalter von den erleuchteten Fenstern eines Lokals angezogen. Die ein oder zwei davor geparkten Autos sind lieblich mit Schnee bezuckert. Seine Scheinwerfer schwenken auf den Parkplatz und fallen auf Krivit, der zeitunglesend im Fenster des Lokals sitzt – der bullige Schädel, die feisten Finger, die Hemdbrust mit Essensspuren bekleckert. Nathan blendet das Fernlicht auf, und Krivit fährt herum und blinzelt mit abgeschirmten Augen nach draußen. Baron prallt gegen die Tür, als Nathan wendet und der Wagen über den weitläufigen Parkplatz schlingert. Der Hund versteht die Dringlichkeit: er legt seinen Kopf auf Nathans Schulter, und seine Augen zittern, als ließe er sich von den hektischen Scheibenwischern hypnotisieren.

Wie alles andere ist im Moment auch Nathans Piepser still. Nicht einmal Serena meldet sich. Er klappt sein Handy auf und versucht das Freizeichen zu bekommen, aber hört nur totes Plastik an seinem Ohr schaben. Die Verbindung, die Lebensleitung, ist still. Alles ist still.

Er läßt seinen Kopf an die Nackenstütze sinken und sieht jetzt den Pier auf Coney Island, wo er und Isabel zu streiten begannen. Er hatte sie dort hinbringen wollen. Er hatte ihr zeigen, ihr erzählen wollen, wie es damals mit Milton gewesen war: Das sind wir, hatte er sagen wollen. Das ist der Teil von dir, den du nicht kennst. Aber er kann immer noch seine bitteren Anklagen hören, seine alles übertönende Stimme – es schienen mehr Leute im Wagen zu sein als nur sie beide, drei Leute, fünf, zehn Leute, und er meinte, zu ihnen allen zu sprechen. Aber eine der Stimmen war Isabels. Eine andere war Claires. Beide waren bittend, beschwörend. Aber es war Isabel, die ihn hinreißend küßte. Ihre Hand war auf seinem Schenkel. Warum konnten sie nicht heiraten, ein Kind haben, wie Menschen leben?

Er hört seine armselige Allerweltsentgegnung.

Immer eifriger brachte sie ihre Gründe vor, durchaus überzeugend: Es wäre wie im Märchen. Wie im Film, wie eine von diesen Opern, die du dir immer anschauen gehst. Meine Mutter hat jahrelang für deinen Vater gearbeitet. Errol wäre so glücklich, es würde euch beide wieder zu den Brüdern machen, die ihr mal wart ... zusammen aufgewachsen ... praktisch eine Familie ... keiner kennt dich besser ... Mann und Frau ...

Was war es noch mal, das er darauf sagte?

Sie fing an zu weinen.

Es gibt keine Reifenspuren, wo er jetzt fährt, langsam, einsam. Die Straße zur Stadt hinaus ist in geometrische Figuren zersprungen, schmelzenden Eisschollen ähnlich. Im Spiegel verschwimmt die Straßenbeleuchtung hinter Säulen aus stehendem Nebel. Die Reifen glitschen durch den unablässigen Schneeregen –

Nach den brillanten Argumenten zu seiner Verteidigung machte er die Tür auf und schlenderte zur Uferpromenade. Sie bewegte sich nicht auf dem Beifahrersitz. Dann doch. Sie kam hinter ihm her. Er stand am Geländer, so schwarz, so kalt, so starr das Wasser dort unten, er schien an einer Steilwand zu stehen, die bis auf den Grund einer tiefen Schlucht abfiel. Die Höhe war schwindelerregend. Er hielt sich am Geländer fest. Sie hielt sich an ihm fest. Er schloß die Augen. Vor langer Zeit, sonderbar, traurig, fern wie die Erinnerung an seine erste Liebe, hatte Claire in der Druckerei am Fenster gestanden und ihre Hochzeitskarten ausgesucht. Dann verblaßte Claires Bild wieder, und die Hände, die er an sein Gesicht hielt, waren Isabels, und die Augen, die seinen begegneten, waren Isabels, waren eigentlich seine, in Wirklichkeit die seines Vaters. Vielleicht auch Errols, man konnte nie wissen. Er sah nur Gesichter. Umstellt, eingeschlossen von Gesichtern. Und die Gesichter schienen Spiegel zu sein, in denen er sich selbst sah und beobachtete. Und er kannte sie alle besser, als er sich selbst kannte, die Furcht und Ratlosigkeit und die Erschöpfung. Er war so müde.

Im Rückspiegel stechen immer wieder Scheinwerfer zwischen den Bäumen hindurch, aber halten geduldig Abstand. Lichtschwerter im Augenwinkel, vor ihm tanzende Lichtpunkte. Näher dran halten sie sich ruhig, bilden feste Paare. Elfenaugen. Die Scheinwerfer beleuchten Schnauzen, Geweihe, weiße Brustfelle; die Nase einer Hirschkuh, nicht größer als ein Gummitürstopper.

Wir sind fertig miteinander, sagte er mit einer abwinkenden Handbewegung. Sag's ihr, forderte er sich selbst auf. Sie fragte: Mir sagen? Was denn?

Ihr gemeinsamer Vater war der Urheber ihrer Schande, doch in seinen Handlungen folgte Nathan allein seiner eigenen Regie. Es mußte, wußte Nathan, auch Dinge geben, für die Väter nicht angeklagt und verantwortlich gemacht werden konnten.

Aber ich liebe dich, Nathan, sagte sie.

Wie viele Male hatten sie zusammen geschlafen? Ihm wurde übel. Seine Gedanken wurden immer langsamer. Immer langsamer wurden sie wie ein Rad, das sich durch Sand dreht, bis es schließlich im Grundwasser wühlt, wo es malmend und knirschend zum Stillstand kommt. Und dann übergab er sich –

Er hört den Aufprall, bevor er ihn sieht. Das Lenkrad knallt ihm frontal an die Stirn. Baron fliegt auf den Vordersitz und tritt vor Angst in alle Richtungen aus, schrammt Nathan über die Wange. Ein kreischendes Gewirbel aus braunem und weißem Fell an der Scheibe. Nathan wirft die Hände hoch, als das Auto schon steht, und quer über der Kühlerhaube liegt eine kleine Hirschkuh, deren lockerer, über den Augen geplatzter Kopf von den Scheibenwischern hin und her gebufft wird. Blutiger Schnee rinnt über die Scheibe. Die runden Augen der Hirschkuh starren ins Innere, blinzeln langsam. Sie lebt noch. Jaulend springt Baron von Sitz zu Sitz, will hinaus, sie packen. Nathan legt den Rückwärtsgang ein und gibt Gas, aber da geht ein harter Ruck durch das Auto: ein hinterer Kotflügel ist eingedellt, im roten Schein der Bremslichter steht ein Baum. Die Hirschkuh rutscht nicht hinunter. Mit durchdrehenden Rädern schießt Nathan ein Stück nach vorn, bremst scharf ab und stößt abermals zurück, doch die Hirschkuh ist nicht vom Fleck zu bewegen. Baron dreht sich hinten im Kreis, sucht einen Weg nach draußen.

Fluchend, eine Hand über den Augen, begibt sich Nathan in das Graupelwetter, und sofort ist er klatschnaß, sind die Schuhe voll Schneematsch. Im Lichtkegel des einen verbliebenen Scheinwerfers sieht er die Brust der Hirschkuh flattern. Er stolpert fuchtelnd darauf zu, packt über den Hufen an und zieht kräftig. Das klaffende Maul schnappt zu, die Hirschkuh rutscht von der Kühlerhaube und fällt auf den Rücken. Nathan steht vor ihr und kneift vor dem schneidenden Schnee die Augen zusammen. Winzige Zuckungen unter dem Fell. Sie tritt einmal aus, zweimal, dann erstarrt sie, den Kopf im Nacken, die Beine gerade von sich gestreckt wie Tischbeine. Die Augen werden glasig, blicklos. Nathan starrt zurück, ein Blick so tot wie der andere, und auf einmal ist er wieder am Boden, auf den Knien, von einem Gefühl der Beklemmung und des Unglücks erfüllt, das einem tiefen bohrenden Schmerz in den Eingeweiden gleicht. Der Schnee überschüttet seinen Nacken mit Küssen, die sich anfühlen wie von einem Engel, wie voll mütterlicher Zärtlichkeit; oder vielleicht wie von seinem und Claires namenlosen Sohn, wie die Verkündung: Ich bin. »Nein, nein, ich –« schreit Nathan mit weit aufgerissenem Mund, und kniend läßt er die Hirschkuh los und öffnet vor sich die Hände: leer, und die Nacht gibt keine Antwort. Ich bin. Er hascht nach dem fallenden Schnee, hascht nach ihr, nach der Hirschkuh – sie ist tot –, nach Isabel, aber sie war schon fort. Sie klapperte über die Planken, hielt schließlich an, um die Stöckelschuhe auszuziehen und sie in die Brandung zu werfen, und floh dann rasch davon, barfuß auf dem Eis. Er wollte ihr hinterhereilen, aber er bekam keine Luft, seine Knie knickten ein, und er lief, bis er nicht mehr konnte und stehenbleiben mußte. Sie blieb ebenfalls stehen. Sie starrten sich über die Distanz hinweg an, keuchend, abwartend, aufgewühlt, wie zwei Duellanten. Hinter ihr das dunkle Riesenrad und der Schlangenrücken der Achterbahn wie die Trümmer einer großen Stadt. An den Fersen fühlte er die Kante jener steilen Schlucht, den endlos tiefen Absturz im Rücken. Er trat davon weg, auf sie zu, und sie trat zurück, und er trat wieder zurück an die Kante, und sie trat vor. Sie stand wie angewurzelt. Da klingelte sein Handy. »Krivit«, sagte er. »Gut, daß Sie anrufen. Ich habe hier ein kleines Problem. Ich kann mich heute abend nicht mit Ihnen treffen. Wir machen es morgen. Keine Sorge, ja, ich werde dasein.« Dann wurde ihm wieder übel, und er hängte sich übers Geländer, und sie ging auf ihn zu, und er hob den Kopf, und sie schlug ihn mit aller Kraft. Seine Brille flog weg. Und sie weinte. Er verschloß davor die Augen, und als er sie wieder aufmachte, lag sie in seinen Armen, und er drückte sie erst an sich und packte sie dann am Hals, spürte, wie die mörderische Kraft ihn drängte weiterzumachen, während er gleichzeitig ganz nüchtern die Konsequenzen vor Augen hatte. Er konnte beinahe seinen Vater hören: Tu mir den Gefallen. Ihre Zähne schlugen in seine Arme. Mit seinen eigenen Augen sah sie flehend zu ihm auf. Er ließ sie los. Hustend hielt sie sich die Kehle. Er dachte einen Moment lang mit distanzierter, fast schon amüsierter Ruhe an die unendliche Nacht, die ihn auf jeden Fall erwartete, ganz gleich was er tat. Ob er sie verließ, sie liebte, sie heiratete, sie tötete, sie würden sowieso beide im Feuer brennen. Und er würde in diese Schlucht stürzen. Aber wenn er sie jetzt losließ, begriff er, würde sie wenigstens noch eine Weile am Leben bleiben. Da ging er davon.

Im Rückspiegel sah er sie am Geländer stehen. Sie war am Leben. Weiter die Surf Avenue hinunter, und sie war immer noch am Leben.

Als er bei Famous' zum Belt Parkway abbog, stellte ein am Bordstein parkendes Auto die Scheinwerfer aus. Nathan fuhr langsamer und sah, daß es Krivits Auto war. Krivit hatte die Hände am Lenkrad und starrte durch Nathan hindurch geradewegs auf die Uferpromenade. Klar, er mußte ja irgendwo in der Nähe sein. Schließlich waren sie verabredet gewesen. Krivit hatte Nathan wahrscheinlich dabei beobachtet, wie er am Telefon Ausreden vorbrachte. Nathan fuhr weiter.

Doch im letzten Moment warf er noch einmal einen Blick in den Spiegel, und da fuhr Krivits Auto gerade um die Ecke, an Famous' vorbei, die Surf Avenue hinauf. Nathan hielt an, wendete und folgte ihm. Krivits Wagen stand an der Stelle, wo er Isabel zurückgelassen hatte. Krivit war nicht im Wagen. Isabel war nicht auf der Uferpromenade. Er dachte: Steig aus. Er dachte: Rette sie.

Dann machte er es sich zum hundertsten Mal klar: er hatte sie gefickt. Er war so gut wie tot. Sie würde nicht am Leben bleiben. Sie war sowieso zum Tode verurteilt.

Das große Haus steht hoch oben auf einer Anhöhe. Die Fenster sind stockdunkel wie die Bullaugen eines geplünderten und verlassen auf dem Meer treibenden Schiffes. Alle Fenster außer einem auf der Rückseite – Nathan kann in den Bäumen davor Licht sehen. Selbst im verschneiten Zustand ist der Garten eine Wüste. Die einst sorgfältig gestutzten Büsche und

Sträucher wachsen völlig unkontrolliert, drücken gegen die Fallrohre, zerren an den Dachrinnen, hängen über die vom Holzschwamm zerfressene Eingangstreppe.

Er klappt die Hecktür des Wagens auf, und der Hund stürmt hinaus in die Nacht und im Slalom zwischen den Bäumen hindurch, daß der Schnee nur so spritzt. Er kommt schlitternd zum Stehen, pinkelt zitternd an einen Baumstamm, und schon saust er ums Haus herum nach hinten. Nathan folgt ihm, wie gewohnt. Die Lücken in der betonsteingepflasterten Terrasse sind von hohem Unkraut verwuchert. Der großzügig angelegte Swimming-pool ist nicht ganz ausgelassen, so daß unter der Staffel alter Dreckränder, die andere lange Zeiten der Verwahrlosung und der Vereisung anzeigen, eine gefrorene braune Brühe am Boden steht. Alte Blätter und Zweige und Schnee. Eine vergammelte Yankee-Kappe, die Nathan auf seinem eigenen Kopf erinnert, jetzt von Eis umschlossen. Jemand hat das Sprungbrett herausgerissen und mitgenommen.

Nathan ertastet unter der Schneedecke die Hintertreppe und bleibt vor der offenen Küchentür stehen. Das kleine Fenster neben dem Türknauf ist zerschmettert, und der Wind pfeift durch die Scherben. Drinnen hat sich am Herd eine Schneewehe gebildet. Er hört eine Stimme durch den Flur hallen und tritt ein. »Hallo«, ruft er.

Baron schiebt sich an ihm vorbei und läuft rutschend und krallend über die glatten Fußböden.

Nathan folgt einer schwachen Lichtspur Richtung Wohnzimmer. Die Zimmer, an denen er vorbeikommt, sind durchwühlt, die Matratzen umgedreht, die Kissen aufgeschlitzt, Schubläden in die Ecken gepfeffert, und mit jedem Tappen seiner Schuhe ziehen die Bilder aller Personen aus seinem Leben an ihm vorbei, die in Frage kommen, María, Serena, Amparo, seine Mutter, Ruth, Zimmer für Zimmer mit gebeizten Holzfußböden und kahlen Wänden, die sich zu einer kathedralenartigen Decke aufwölben. Im Halbdunkel in der Höhe hängen Ventilatoren wie tote und vertrocknete Blumen herab.

»Wir tun, was wir können«, sagt die Stimme und bricht dann abrupt ab. »Ich muß Sie zurückrufen.« Ein Telefonhörer wird auf die Gabel gelegt. »Ich habe den neuen Land Cruiser im Carport gesehen, Nathan.« Auf einer Couch neben einer Stehlampe eine Gestalt mit der Statur eines stämmigen Kindes, die Knie umschlungen. »Sehr nett. Genau das, was du brauchst. Wem hat er gehört, vorher?«

»Gefällt er dir? Er gehört dir.« Nathan setzt sich in den Sessel gegenüber. Er ist nicht überrascht, eigentlich, merkt er, hat er mit ihr gerechnet.

Ruths Gesicht verändert unter der dunklen Kapuze ihres Mantels den Ausdruck. Sie ist schlecht gelaunt. Sie trägt Fäustlinge. »Du bist ja klatschnaß«, sagt sie. »Du wirst dir eine Lungenentzündung holen.«

Nathan hebt beide Hände, als wollte er sagen: Schau her, freihändig. »Leg los«, sagt er.

»Und deine Hände bluten.« Ruth deutet darauf.

»Na und? Leg doch ab, bleib ein Weilchen. Der Pool ist hinüber. Ich muß ihn neu kacheln lassen.«

»Wozu der Aufwand? Du schwimmst ja doch nie.«

»Aber du.«

»Und die Sonne hast du auch nie gemocht. Du hast dich immer davor geschützt.«

»Hautkrebs«, erklärt Nathan. »Man kann nicht vorsichtig genug sein.«

Ruth setzt an, etwas zu sagen, dann bricht sie ab. Sie haucht Dunst aus wie Zigarettenrauch. »Ich habe den Thermostat probiert. Wann hast du das letzte Mal die Gasrechnung bezahlt?«

Nicht interessiert an diesen Details äugt Nathan durch die Glastür nach draußen, lauscht auf das Bimmeln seines geliebten Klangspiels und bemerkt, daß der Kreis von Porzellantauben abgebrochen wurde, so daß nur noch die Stummel übrig sind und wie ein Kranz kaputter Zähne aussehen.

»Das dachte ich mir«, sagt Ruth. Sie beugt sich vor und hält ihm eine offene Hand hin. »Gib mir fünftausend Dollar.«

Sonst sagt Ruth nichts, und Nathan zieht ohne Zögern eine Hüfte hoch und langt in seine Hosentasche. Er holt ein Bündel Scheine heraus und zählt ihr, was er dort findet, in die aufgehaltene Hand. »Momentchen«, sagt er, greift sich den Umschlag in seiner Jackettasche und zieht noch ein paar Scheine heraus und tut sie auf den Haufen obendrauf.

Ruth nimmt das Geld, formt es zu einem ordentlichen Packen und läßt es irgendwo in ihren Hüllen verschwinden. »Für geleistete Dienste.«

»Irgendwelche bestimmte?«

»Alle«, sagt sie entschieden.

»Hört sich an, als wolltest du die Schlußabrechnung machen.«

»Nathan«, fängt sie an und faßt ihn ins Auge, als wollte sie aufstehen und ihn kräftig in die Arme nehmen und wieder auf die Höhe zurückheben, aus der sie beide gefallen sind.

Aber er ist bereits auf den Beinen und steuert die Stereoanlage an. »Ich möchte tanzen«, verkündet er.

»Du kannst doch gar nicht tanzen.«

»Wie wär's mit Duke Ellington, als Erinnerung an die alten Zeiten, nur so zum Aufwärmen?«

»Nathan.«

»Ruth.«

»Du bist unmöglich.«

»Danke sehr.«

»Es wird aber nicht gehen.«

»Der Duke? Der geht immer, bringt mich immer in Schwung, und dich hat er auch immer in Schwung gebracht, das kannst du nicht leugnen.«

»Die Stereoanlage, Nathan, sie wird nicht angehen.«

»Wieso? Woher willst du das wissen.«

»Ich weiß es einfach. Mit der Musik ist es vorbei. Sie ist hin.«

»Die Musik ist vollkommen«, widerspricht Nathan, und Empörung braust in ihm auf. »Sie ist das einzige, was vollkommen ist.«

»Vielleicht ist ein Kabel durchgeschnitten«, meint Ruth.

»Wieso sollten die ein Stereokabel durchschneiden, Herrgott noch mal? Das ist doch kein Auto.«

Ruth wendet sich zu ihm um. »Die?«

Aber das Versagen ihrer Stimme entgeht Nathan nicht, das kleine ängstliche Hüpfen wie beim Aufsatz eines Teekessels, wenn das Wasser gleich kocht. Ruth hat entsetzliche Angst.

Baron hat sich ausgetobt, schleicht sich neben seinen Herrn und stupst ihn im Schritt an. Von Liebe – oder sonst einem Gefühl – überwältigt kniet Nathan sich hin und umfängt den Kopf des Hundes mit beiden Händen. Sie legen die Stirnen aneinander. Geschöpfe, die nichts voneinander verlangen. Barons Zunge schleckt über Nathans Mund.

»Kommt er wieder?« fragt Nathan den Hund, aber ruhig, als erkundigte er sich nach dem Wetter. »Und damit meine ich nicht Krivit. Über den weiß ich inzwischen alles. Ich hab ihn, ob du's glaubst oder nicht, unten im Ort gesehen.«

Aus dem Augenwinkel sieht Nathan, daß Ruth leicht, fast unmerklich nickt.

»Und Schreck, das Arschloch?«

Ruth streitet es nicht ab.

Im Lampenlicht auf der Veranda sieht Nathan, daß draußen der Schnee zu Regen geworden ist. Die Tropfen schlagen durch die Schneekruste, brechen die dünne Eisschicht im Pool in Stücke.

Er richtet sich auf und muß sich selbst über seine Entschlossenheit wundern. Er ist tatsächlich voller Energie, als ob er gerade eine Transfusion erhalten hätte. Er hebt die Hand, als wollte er eine offizielle Erklärung abgeben. »Ein Spaziergang«, sagt er zu niemand Bestimmtem.

»*Jetzt?*« fragt Ruth und krallt die Hände in die Couch. »Es regnet oder schneit, oder was weiß ich.«

In dem Moment explodiert draußen vor der Glastür der Donner wie eine Bombe. Die einzige angeschaltete Lampe wird schwach, flackert, leuchtet wieder. »Nathan!«

»Wir gehen immer zum Strand«, sagt er an den Hund gerichtet. »Stimmt's, mein Junge?«

Baron, der nur sein elementarstes Vergnügen wittert, wedelt mit dem Schwanz.

»Tu's nicht«, sagt Ruth beschwörend.

Irgend etwas stimmt nicht, ganz und gar nicht. Ihr Mund bewegt sich, möchte etwas hervorbringen. Ruths Fähigkeit, Dinge für sich zu behalten, scheint sie zu verlassen. Nathan deutet mit erhobener Hand auf das dunkle Haus, auf das größere Dunkel dahinter. Ruth irrt sich. Sie sieht offenbar seine Freiheit nicht.

»Ich sollte gehen«, sagt er ruhig. »Er kommt bald.«

Dann sieht er, daß er schon da war. Zu seinem Lieblingsparkplatz vor dem Strand führen Reifenspuren. Aber kein Auto steht da. Baron läuft bereits den Fußweg hinunter, kommt an das Geländer zur Treppe nach unten.

»Warte, mein Junge!« ruft Nathan, doch der Wind erstickt seinen Schrei. Die Hundeleine fest umklammert läuft er hinter ihm her, doch trotz des Energieschubs fühlen sich seine Knochen an, als wollten sie zersplittern. Er fällt in Schritttempo zurück, in Kriechtempo, und als er schließlich zusammengekrümmt am Geländer lehnt, allein, scheint es ihm fast undenkbar, sich weiter fortzubewegen. Da sind die klotzigen modernen Villen, die vom Rand der Steilküste aus die Bucht überblicken und wie abstrakte Bastionen gegen eine Invasion vom weniger reputierlichen nördlichen Ausläufer von Long

Island wirken. Der verlassene Leuchtturm, wie er als roter Punkt am Ende des Landfingers hervorsticht. Auf Roatán wird er diesen Anblick zum Frühstück, Mittag- und Abendessen haben; diesen Strand, nur noch imposanter. Klares Wasser. Azurblauer Himmel.

Nathan kann sich gegen die sprühende Gischt kaum aufrecht halten. Regen und Schnee kommen kreuz und quer aus drei verschiedenen Richtungen gleichzeitig. Eine nach der andern begehen mächtige Wellen am Strand Selbstmord. Baron schnappt nach dem Schaum, stürzt hinein, rast zurück, als er plötzlich stocksteif stehenbleibt und die Nase kraus zieht. Der erwachende Jagdinstinkt sagt ihm, daß etwas im Anzug ist.

Hinter Nathan ein Knacken, ein Zweig, ein Stück Treibholz, und der Hund, bis zum Bauch im Wasser, bellt die Bäume rechts über Nathan an. In dem Moment zuckt weit draußen vor der Küste eine gegabelte Blitzzunge aufs Wasser, der ganze Horizont leuchtet grellweiß auf, und eine jähe Stichflamme schießt aus dem Wald. Ein Jaulen vom Strand, und als Nathan sich umdreht, rollt der Hund wie ein Faß in der Brandung.

Mit geballten Fäusten stiert Nathan den Wald an und wartet auf den nächsten Schuß.

»Wenn du kommen willst, komm!« schreit er.

Die gedrungenen Bäume beugen sich fast im rechten Winkel.

Er blickt fragend nach oben, doch der Wind stößt ihn an, treibt ihn weiter.

»Das gibt's nicht, daß wir hier sind«, beharrt Claire.

»Doch, das gibt's.«

Die Straße von East Hampton zu Nathans Haus ist in beiden Richtungen leer, dunkel und nebelig, so daß sie die wogengroßen Höhen und Senken erst im letzten Moment vor sich erkennen. Mit einem plötzlichen Schwindelgefühl klammert Claire sich am Armaturenbrett fest und nimmt die Orientierungspunkte kaum wahr, auf die Nathan sie früher immer mit einer kleinen Handbewegung hinwies, den kleinen Familienfriedhof mit seinem weißen Lattenzaun, das Sträßchen zur Rechten, den Straßenstand, der unverschämt überteuerte Pies verkaufte, die lokalen Histörchen und Tragödien.

»Niemand ist unterwegs. Was meinst du, warum niemand draußen ist? Wir sollten auch nicht draußen sein.«

»Dafür ist es zu spät.«

Sie fühlt ihr Herz auftauen, als der Friede, den die Rückkehr in alte, vertraute Gefilde beschert, sich über sie legt. Der Friede ist falsch, eine Lüge, doch einen Moment lang ist es beinahe so, als ob sie und Nathan vom Einkaufen heimkämen, während der Hund auf dem Rücksitz hechelnd die Lebensmittel bewacht.

»Mein Gott –« Auf dem Weg die geschwungene Auffahrt hinauf muß Claire sich zusammennehmen. Dies ist die Adresse, an die sie sich erinnert, aber kaum mehr das Haus. Oben auf dem Hügel atmen ihr die wie Schlaglöcher klaffenden Fenster alte Erinnerungen und neue Leidensgeschichten entgegen. Alles was sie gepflanzt hatte, ist verschwunden, die Pinien unten vorm Haus sind weg. Der Alpträume überdrüssig fragt sie die Luft: »Was soll ich hier?«

Aber Santos ist bereits ausgestiegen und steht mit gezogenem Revolver knietief im Schnee. In den Wind gelehnt und gleichzeitig den Kopf abgewandt, um atmen zu können, stapft Claire hinter ihm her, und sie machen eine Runde um das verwahrloste Grundstück.

»Errol –« ruft sie. »Warum hast du den Revolver in der Hand? Deinen Revolver – steck ihn weg, du wirst nicht auf ihn schießen. Es ist nichts bewiesen. Es müßten erst Tests gemacht werden. Wenn du ihn verhaften willst, brauchst du Proben, Haar, Haut, Blut.«

»Ich weiß nicht, ob ich ihn verhaften will.«

»Was wäre die Alternative?«

Er geht weiter. Sie folgt dicht dahinter.

»Du würdest ihn töten? Bist du deswegen Polizist geworden, weil du so entscheiden kannst, ob du jemanden verhaftest oder ihn umbringst? Herrje, Errol, es ist Nathan! Was ist, wenn er dein Bruder ist?«

Santos blickt zu einem Hertz-Kastenwagen auf, der rückwärts vor der Haustür geparkt steht.

»Du liebst ihn immer noch«, sagt er.

»Nein – ich weiß nicht, früher mal. Ja, vielleicht doch. Du etwa nicht?« Sie dreht sich mit zusammengekniffenen Augen in das Schneetreiben. »Sind wir nicht zusammen jung gewesen?«

»Ich weiß nicht, ob das ausreicht.«

Vor der offenen Küchentür liegen Glasscherben, und Santos gibt ihr ein Zeichen, zurückzubleiben. Drinnen bewegte Schatten im Flur, gedämpfte Stimmen, keine davon Nathans. Sie folgt Santos, der dicht an den Wänden entlangschleicht, sich in die Ecken drückt. Überall Verfall, stapelweise Säcke mit gefrorenen Abfällen. Die vor Jahren noch makellosen Türen, an die sie sich erinnert, sind zerkratzt und verrußt, das Zimmer, in dem sie und Nathan sich liebten, ganz modrig und schwarz geworden.

Aus dem Wohnzimmer hört man Knurren und Schritte. Sie geht hinter Santos auf einen Mann zu, der gerade einen Stoß Stereoelemente in den Armen hält. Kisten mit CDs stehen neben der Haustür.

Santos hebt den Revolver. »Wer sind Sie?«

Schreck dreht sich um und lächelt dünn, als er den Revolver sieht. »Errol. Und Claire. Euch hatte ich nicht erwartet. Es muß ja Jahre her sein –«

Beim Anblick von Schreck fühlt Claire ein reflexhaftes Zucken und Ziehen im Mundwinkel. »Oliver«, sagt sie mit

Schaudern. Eine uralte Erinnerung an ihn wird wach, und sie schaut auf, hierhin und dorthin, an die Decke, zur Glastür hinaus, wo die Bäume ihre kahlen Wipfel im Wind schütteln. Einmal, als Nathan in einem anderen Zimmer war, packte Oliver sie von hinten. Ein andermal flüsterte er ihr abscheuliche Dinge ins Ohr. Der Schmutz kommt wieder hoch, die erbärmlichen Zeiten, in denen sie schlechte Lügen glaubte und den Anblick ihres eigenen Spiegelbilds nicht ertrug. Er hat sie vielleicht nicht erwartet, aber sie hätte ihn erwarten sollen. War er nicht immer gleich mit den Sanitätern am Schauplatz eines Verbrechens aufgetaucht?

Ruth erscheint aus dem dunklen Eßzimmer; ihre Mantelkapuze steht hoch wie bei einem Mönch. »Claire –«

Santos steckt endlich die Waffe weg. »Wo ist Nathan?« fragt er.

Schreck begibt sich mit Teilen der Stereoanlage zur Tür hinaus. Ruth hebt die zerfetzten Überreste eines Polsters vom Boden auf, wirft es auf den leeren Rahmen der Couch und setzt sich.

»Er ist weg«, sagt sie.

»Wo ist er hin? In die Stadt?«

Ruth, immer noch die Souveränität selbst, sagt nichts.

Claire schaut sich die Verwüstung an. »Was zum Teufel ist hier passiert?«

»Möchtest du dich setzen?«

Schreck klatscht sich auf die Schenkel, als er wieder hereinkommt.

»Jemand hat das Haus durchsucht«, sagt Santos.

»Ja«, erwidert Schreck, ohne zu zögern.

»Gehört das alles dir?«

»Errol«, schaltet sich Ruth ein, »als Polizist bist du hier nicht zuständig. Hier ist nicht Brooklyn.«

»Nur gut, daß er nicht als Polizist hier ist«, sagt Schreck.

Santos blickt von Schreck zu Ruth.

»Weiß Nathan, daß ihr diese Sachen mitnehmt?« fragt Claire.

»Warum?« fragt Schreck. »Willst du was davon haben?«

Sie schüttelt den Kopf. »Wo bringt ihr das Zeug hin?«

»Wo es zu was nutze ist. Wo Milton mit dem Gerät seines Sohnes fernsehen kann, mit den Lautsprechern seines Sohnes Musik hören kann –«

»Aber was ist mit Nathan?«

»Staub zu Staub«, sagt Schreck.

Claire deutet auf eine in die Tür geklemmte Porzellanvase. »Aber die war ein Geschenk von mir.«

»Milton wird es nicht merken, wenn eine Kleinigkeit sich selbständig macht.«

»Nimm sie mit«, meint Ruth.

»Ihr nehmt euch alles«, sagt Claire. »Wieso benehmen sich alle so, tun so, als ob er schon tot wäre?«

Schreck faßt in seinen Mantel, holt einen Umschlag heraus und hält ihn Santos hin. »Ich trag das schon 'ne ganze Weile mit mir rum. Es gehört dir –«

»Was ist das?« fragt Santos und nimmt den Umschlag.

»Dein Anteil.«

»Wovon?« Santos zieht einen Stapel Scheine heraus. »Davon hast du gestern abend nichts erwähnt.«

Ein sonderbares Lächeln zieht über Schrecks Gesicht. »Ich hab dich nie belogen, Errol. Gestern abend nicht. Jetzt auch nicht. Du bist hier, um etwas zu erledigen. Ein Mann in deiner Position läßt sich so was gut bezahlen, sonst läßt er die Finger davon. Also mach das, weswegen du gekommen bist.«

Claire blickt kopfschüttelnd vom einen zum andern, aber Santos scheint etwas klarzuwerden. Er gibt den Umschlag zurück. »Ich will es nicht haben«, sagt er.

»Wir haben nur noch wenige Minuten«, erwidert Schreck. »Zum Diskutieren ist keine Zeit mehr. Nimm es.«

Claire starrt das Geld an. Eine Welle der Übelkeit überkommt sie. Sie lügt: »Ich verstehe das nicht.«

Santos ist an die Wand zurückgewichen. »Ich soll den Schlußstrich ziehen.«

Schreck nickt. »Geh hin und begleich die Rechnung. Auge um Auge.«

»Niemand kann dir den Vorwurf machen, daß du ein großer Denker wärst, Schreck«, sagt Santos.

»Bin ich im Irrtum?«

»Ich weiß nicht, was du bist.«

»Ich will dich mal was fragen«, sagt Schreck und verschränkt die Arme: »Was würdest du mit Nathan machen, wenn du ihn finden würdest?« Als Santos nicht antwortet, nickt Schreck wieder und blickt auf den Fußboden. »Weißt du, Errol, wir sind uns ziemlich ähnlich. Du willst das nicht zugeben, aber andererseits war das schon immer dein Problem.«

»Ich glaube nicht. Ich bin nicht wie du.«

»In den ein oder zwei Beziehungen, auf die's ankommt, doch. Mehr als du ahnst.«

Santos wendet sich an Claire. »Das ist ein abgekartetes Spiel. Die haben uns alle benutzt.«

Claire ist wie erstarrt, traut sich nicht, einen Schritt zu tun, als wäre sie am Rand einer erwarteten Lichtung angekommen. Es war ihr bestimmt, hierherzukommen; die ganzen Jahre, die Tausende von Tagen haben sie hierhergeführt. Und wie ein Straßenschild deutet ein Gefühl auf die offene Tür des Hauses: *Nichts wie weg*. Doch ein anderes Gefühl deutet in die entgegengesetzte Richtung, zurück zu Nathan, und zu Errol und Schreck und Ruth und Milton Stein, deutet auf das allzu saubere Ende einer Geschichte, deren Anfang sie gar nicht richtig mitgekriegt hatte. Sie erkennt deutlich, wo sie steht, sieht die beiden Möglichkeiten, die beiden Pfade, die sich scheiden – seltsam, wie klar ihr das Bild vor Augen tritt – wie die Arme eines ans Kreuz genagelten Mannes.

Ruth hat sich in die Schatten des Nebenzimmers zurückgezogen. Schreck, der hinter dem Stereoschrank kauert, um Kabel zu sortieren, ruft beiläufig: »Guck mal zum Strand runter. Nathan ist immer gern mit Baron an den Strand gegangen.«

Santos ist weg, bevor Claire ihn halten kann. An der Haustür sieht sie ihn mit rudernden Armen im Zickzack den Hang hinunterrasen. Sie läuft los, ruft hinter ihm her, aber rutscht aus und verliert das Gleichgewicht, stürzt nach vorne in den Schnee. Zitternd will sie aufstehen, sich zum Strand wenden, da erspäht sie im hellen Schein eines Blitzes einen durch den Wald streifenden Schatten. »Nathan!« schreit sie, aber da hört sie den Lärm, und es ist nicht Nathan. Etwas nähert sich mit einem Geräusch, das nicht vom Schnee oder vom Wind kommt. Es ist irgendein Tier. Sie legt sich die Hände über die Ohren, aber wie große Muscheln verstärken die nur das halbmenschliche schaurige Wiehern des Donners. Ein rhythmisches Bummern, Galoppieren, es muß Hufe haben. Sie robbt auf allen vieren, um auf die Füße zu kommen. Zurück, zurück. Nichts wie weg.

»Wußt ich's doch, daß du wiederkommst. Ich hab deine Karte behalten.«

Schwer atmend schaut Nathan über die Schulter. Die Fahrt von East Hampton war schnell, eineinviertel Stunden auf unerklärlich freien Straßen. Doch trotz der vielen Meilen dort hinaus und wieder zurück hat die rote Limousine mit seinen kleinen Freunden drin in aller Ruhe hinter ihm eingeparkt. Freundlicherweise jedoch bleiben sie sitzen, als er aussteigt, über die Straße läuft und durch die schäbige Tür schlüpft.

»Eine Scheißnacht«, sagt das Mädchen nach einer Donnersalve. Sie befingert sein feuchtes Revers.

Aber hinter ihm ist aus der schwarzen Nacht schlagartig ein Herbsttag geworden, dieser klare, frische Himmel wie flüssiges Glas. Er sieht eine Familie vorbeischlendern: die Mutter lacht und spannt gegen den hellen Sonnenschein einen Schirm auf, während seitlich davon der stolz lächelnde Vater zwei niedlichen kleinen Kindern, die um ihn herumflitzen, die Hände hinhält, und die fassen die Finger und lassen sich im Kreis schleudern wie auf einem Karussell. Dann schlägt eines der Kinder, ein hübsches Mädchen mit einer Schleife im Haar, mehrmals hintereinander auf dem Pflaster Rad. Alle lachen. Nathan ist ihr Anblick zuwider, und gehorsam verschwinden sie auf der Stelle, Gott sei Dank, und damit auch das Tageslicht –

»Ich wette, du hast es hübsch, wo du wohnst. Manhattan, stimmt's?« sagt das Mädchen.

Nathan kann auf der knarrenden Treppe nur ihre dünnen Beine sehen, und er quält sich mit seiner schlappen, leeren Geilheit hinter ihr her durch das enge Treppenhaus, an dem überschwemmten Klo vorbei, durch den Korridor, der immer schmaler, immer dunkler zu werden scheint, vorbei an einer geschlossenen Tür, durch die fieses Gelächter dringt.

»Wollen wir nicht lieber zu dir gehen? Du kriegst die ganze Nacht für 'nen Hunderter – He, du siehst aus, als ging's dir nicht so gut.«

Er kann wieder gehen. Er wird nicht gehen. Alle sind sie dort unten, die auf seiner Seite, die auf der Gegenseite, alle wollen ihn kriegen. Also suhlt er sich hier oben im Dreck, wo er hingehört. Das Mädchen dreht den Kopf, aber nicht in einer flüssigen Bewegung, sondern in kleinen Rucken, als ob die Welt sie geschlagen hätte und gleich wieder schlagen würde. Er streicht ihr über die Arme, über die blauen Flecken, bis seine Hände auf ihren mädchenhaften Brüsten liegen, und er ihren säuerlich scharfen Geruch einatmet, Seife mit Schweiß vermischt.

»Zieh doch den Mantel aus.« Sie tritt zurück, setzt sich aufs Bett und umschlingt ihre Knie. Das Bett knarrt. Anders als gestern hat sie es heute erst gar nicht gemacht. Die Decken liegen zerknüllt auf der Seite, und das Laken ist fast durchgescheuert und mit Fußspuren, alten Spermaringen, blassen Blutflecken besudelt.

Aber das Geräusch von Schritten auf dem Gang erschreckt ihn. Er flieht in die Sicherheit des Bettes. Das Mädchen malt steif und brav Kreise auf seinen Bauch, drei, vier, fünf, dann wirft sie ihm die Arme um den Hals, rutscht dicht an ihn heran und bietet ihm mit zurückgeworfenem Kopf den Hals dar, der im ersten Moment dem von Claire ziemlich ähnlich sieht: die leicht bläuliche, schwach durchscheinende Haut einer Rothaarigen, Adern und Sehnen und knorpelige Luftröhre in Großaufnahme, das Pulsen des Lebens.

Er beugt sich vor, drückt ihr die Zähne an den Hals, und ihr gespieltes wollüstiges Stöhnen, das dem letzten Atemzug einer Sterbenden gleicht, klingt wie die Aufforderung zuzubeißen, sie voller Grauen und Selbstverachtung, das Scheitern seines Lebens vor Augen, zu penetrieren – Gott, diese lustschmerzvolle Penetration, die Geburt des eigenen Todes in diesem miesen kleinen Kabuff.

»Wart mal kurz, Esquire.« Das Mädchen windet sich unter ihm hervor und wedelt mit der Hand vor seinem Gesicht herum wie eine Zauberfee. Sie zieht die Schublade des Nachttischs heraus und deutet auf eine Kollektion von Kondomen in vielen Farben, die wie Bonbons darin verstreut liegen.

Nathan glotzt nur stier, und das Mädchen richtet sich auf, ihr Gesicht wird hart. Sie blickt Nathan furchtlos direkt in die Augen, dann stößt sie sich, jetzt offenbar über etwas im klaren, vom Bett auf die Füße hoch. Das Gewicht auf eine Hüfte verlagert, einen Arm hängen lassend, baut sie sich vor ihm auf. »Was ist heute abend mit euch Typen los? Irgendwie seid ihr völlig von der Rolle. Vielleicht liegt's ja am Wetter –«

Nathan setzt sich auf.

Sie seufzt, zieht an ihrer Zigarette und schleift einen Metallstuhl durchs Zimmer; sie stellt ihn direkt vor Nathan hin und läßt sich darauf fallen. »Okay, hör zu, es macht normalerweise fünf Dollar für die ersten fünf Minuten, aber die sind schon für das ganze Reden und so draufgegangen, und zehn Dollar hab ich sowieso von dir zu kriegen. Das macht schon fünfzehn, und dabei ist noch gar nichts gelaufen. Noch mal zehn Minuten macht zwanzig.« Sie setzt sich zurück. »Und für noch mal zehn kannst du dir einen runterholen.« Sie sticht mit der Zigarette in seine Richtung. »Willst du dir einen runterholen?«

Es hört sich herausfordend, fast drohend an.

»Keiner guckt zu, Stein Esquire«, redet sie ihm kameradschaftlich zu. »Nur du und ich. Du mußt ihn nicht anfassen.«

Nathan schaut verwirrt.

»Den Sabber. Ich wisch ihn auf.«

Er wird wieder von dem Kalender an der Wand hinter dem Bett abgelenkt, das selbe Bild wie gestern, der Streifen weißen Strandes, wobei ihm diesmal die Zahlen vor den Augen verschwimmen. Wieder erwacht das Bild zum Leben – er hört das Saxophon in der Ferne spielen – und das Girl von Ipanema entsteigt wie Venus dem Wasser, kommt den Strand hoch, auf ihn zu. Ich liebe dich, sagt er – aber der Kalender, sieht er, ist in der Zukunft aufgeschlagen, im Januar. Nächsten Monat, nächstes Jahr: Wo wird er da sein?

Draußen die kleinen Schläge zuklappender Autotüren. Er verfolgt die Spur des Schweißes hinter den Ohren und den Nacken hinunter.

Das Mädchen wirft einen Blick auf eine Uhr, die ein Loch in der Wand halb verdeckt. Sie tappt mit dem Fuß. »Noch acht Minuten.«

Er fährt sich mit der Zunge über den trockenen Gaumen. Er hat Durst.

»Ist was mit dir?«

Er klopft sich auf die Jackettasche, fühlt Marías Testament, seinen Besitz auf Roatán. »Nein, nein, mir geht's gut.«

»Na komm, Esquire, willst du oder willst du nicht?«

Nathan spürt das Spannen in der Hose. Sein Gerät schwillt an, aber inzwischen ist es das letzte auf der Welt, was er will. Seine Augen folgen den Flußsystemen der Risse über eine Wand nach oben und über die Decke. »¿Qué mes?« fragt er.

»Was? Ich versteh das nicht – Spanisch oder was?« Sie hält ihm abrupt die Hand hin. »Fünfunddreißig. Mach glatte vierzig draus, und du kriegst noch was ganz Spezielles von mir.«

Zerstreut: »Ich hab Hunderter. Du mußt wechseln.«

Sie bückt sich zu ihrer Handtasche hinunter und holt ein kleines perlenbesticktes Portemonnaie mit Regenbogenstreifen hervor, eines von der Art, wie es kleine Brüder als hilfloses Zeichen der Zuneigung verschenken. Sie wühlt in U-Bahn-Münzen, Einkaufsquittungen und einem verirrten rosa Latexkondom mit Noppen und Kirschblütenduft für den ganz besonderen Lustgewinn, zieht ein paar Fünf- und Eindollarscheine heraus und blickt auf. »Ach, wart einfach ab, Schätzchen.« Mit einem verruchten zahnlückigen Lächeln pellt sie sich die Strumpfhose bis zu den Fußgelenken herunter und lehnt sich mit dem Stuhl zurück, daß sie auf den beiden Hinterbeinen kippelt. Sie spreizt die Knie und sieht jetzt mit ihren dünnen, blauen Schenkeln aus wie ein Schulmädchen auf dem Klo. Ein letzter Blick auf die Uhr, und sie beugt sich nach hinten, verdreht die Augen, verwandelt sich. Ihren Lippen entfährt ein Stöhnen. Der Schmerz überkommt sie wieder, der Krampf oder die innere Qual oder sonstwas, ein Gedanke, eine Idee. Hofft Nathan. Wieder wedelt sie mit der Hand in der Luft, fängt seine Aufmerksamkeit und lenkt sie nach unten, wo sie sich mit den Fingern einer Hand aufspreizt und mit der andern sachverständig zu manipulieren anfängt.

Auf Nathans Gesicht gefriert ein künstliches Lächeln.

»Los, Baby, komm, hol dir einen runter.«

Das Gewitter bläst weiter hinten im Gang eine Tür auf, und Nathan wirbelt auf dem Bett herum, starrt das beschlagene Fenster an, den eiskalten Heizkörper.

»Angst?« fragt das Mädchen, und in ihre Augen tritt die mütterliche Gewißheit, daß nur die guten Dinge im Leben bleibenden Wert besitzen. Doch gleich macht sie sich wieder an die Arbeit, und ihr schneller werdendes Hecheln – »Baby Baby Baby« – füllt den feuchtkalten Raum. Vor dem Höhepunkt bricht sie mit einem aus tiefster Kehle kommenden »*Ja!*« ab, läßt den Stuhl wieder auf alle viere plumpsen und blickt auf, übergangslos zurückverwandelt, normal atmend. Die Idee war mal wieder gar keine, wie üblich.

Seine Augen fallen auf eine tote Kakerlake in der Ecke. »¿Qué hora?«

»Ich hab doch gesagt, kein Spanisch. Sprich Englisch, he? He, was willst du?«

»Hast du ein Telefon hier – ein Telefon? Ich muß bloß – kurz mal wo anrufen.«

»Ein Telefon? Hier?« Das Mädchen beäugt ihn mißtrauisch und bedeckt sich rasch mit einem schmuddeligen Morgenmantel. »Sag mal, mußt du dich übergeben?« fragt sie ohne Mitgefühl. »Du siehst aus, als müßtest du dich übergeben.«

Zweige peitschen ihm ins Gesicht, als Santos durch die Schneise im Wald läuft. »Nathan!« Seit über einer Stunde irrt er schon herum. Ringsumher das Krachen splitternder Äste. Er hält sich am Geländer fest, spürt vor Kälte seine Füße nicht mehr. »Nathan!« Der Strand ist weg. Überall rollen Wellen krachend gegen das Land an. Eine steigt auf und bricht und wirft den Körper eines Tieres in ein Gebrodel aus Treibholz und Schaum.

Santos springt die Treppe hinunter, immer zwei Stufen auf einmal. Nathans Hund dreht sich in einem Strudel. Er packt ihn am Halsband und schleift ihn auf den Sand. Ein Auge ist ausgestochen oder ausgeschossen. Das andere glotzt leer wie eine Glasperle, die Zunge schwimmt in einer Meerwasserlache.

Santos will loslaufen, doch plötzlich bekommt er Angst, die Anstrengung könnte den Schalter drücken, der das Asthma anstellt und seine Lungen dicht macht. Langsam, bedächtig steigt er die Stufen hinauf und trabt dann gemächlich den Pfad und die Straße entlang zum Haus. Doch als er durch die Bäume das Flackern erblickt, rennt er ohne Rücksicht auf seinen keuchenden Atem los. Claire steht unten an der Auffahrt und starrt gebannt zum Haus empor. Haare und Kleider durchnäßt, das Gesicht triefend. »Mit meinen eigenen Augen«, stammelt sie. »Ich habe nie geglaubt –«

Die Tür steht weit auf. Der Lieferwagen ist fort. Es brennt hinter allen Fenstern. Rötlicher Dunst verschleiert die Bäume über ihnen. Gelbe Flammen schlagen an der Rückseite des Hauses empor, Funkensäulen wirbeln mit dem Aufwind nach oben. Glut frißt sich vor dem Haus in den Schnee. Er hört das Prasseln, und alles brennt, das Haus brennt, seine Lungen brennen, der Traum brennt, und da stehen sie nun, er und Claire, vor dem Haus, wo das Leben einst so herrlich erschien und das perlende Poolwasser sie in all ihren Inkarnationen umspülte und die Klimaanlage sie geräuschlos im Luxus badete und die diversen Wege in die Zukunft und das Eintreten für Gerechtigkeit und ihre Gefühle füreinander sicher waren und sie ewig leben würden. Eine heile Welt. Und jetzt kriechen an den Vorhängen, die Claire einst genäht hat, die Flammen hoch, breiten sich immer schneller, immer lauter aus, lösen kleine Explosionen in der Küche aus, eine große im Keller, eine Eruption von unten, bringen die Welt um ihn herum zum Einsturz. Der Schnee um das Haus herum schmilzt. Die Bäume brennen. Seine Brust brennt.

Er hört Claires schluchzende Stimme: »Nathan! Nein! Nein! O Gott –«

Eine dunkle Silhouette huscht vor dem Hintergrund der leuchtenden Flammen an der offenen Haustür vorbei. Eine kleine, birnenförmige Gestalt, Krivit, erkennt er, und in der Hand hat er einen Behälter, einen Benzinkanister, wie es aussieht.

Im eisigen Wind nach Luft schnappend klopft Santos seinen Mantel nach dem Inhalator ab. Er findet ihn nicht und läuft zum Auto. Er wirft den Inhalt des Handschuhfachs hinter sich, bis es leer ist. Er wischt darin herum. Nichts. Seine Lungen verkrampfen sich, er bekommt kaum noch Luft. Er gleitet hinter das Lenkrad, stellt den Motor an und stößt zurück. Claire sitzt neben ihm. Die Räder bleiben mahlend im Schnee stecken, und gemeinsam schauen sie zu, wie die Flammen im Obergeschoß zu den Fenstern hinausschlagen. Die Scheibenwischer sausen hin und her. Das Auto ruckt. Die frischen Reifenspuren vor ihm sind so gut wie zugeschneit. Wo kann er hin, um Atem zu holen? Wo können sie hin? Wo können sie hin?

Fröstelnd die Arme um sich geschlungen stolpert Nathan im Sakko auf die Uferpromenade zu. Hinter ihm leuchten zwei Scheinwerfer auf, gehen aus. Über dem Donnern der Brandung ächzen die böigen Winde durch die Speichen des Wonder Wheel, und das stetige monotone Stöhnen dringt zu den Luna Park Homes weiter hinten wie zur Erinnerung an die säulengeschmückten Hotels, an die altreichen Villen, an die Lichter, deren Schein man früher, als Coney Island noch das Zentrum der vornehmen Welt war, bei Nacht dreißig Meilen vor der Küste sehen konnte. An die Leidensgeschichten der Mißgebildeten in der Monstrositätenschau und der Huren, die in den Hotelfoyers ihrem Gewerbe nachgingen. An die Lebenden und Toten, die heute die umliegenden Slums bevölkern.

Er taumelt durch leere Straßen, schließt öfter die Augen, geht blind weiter. Er kennt die Gegend. Und er weiß, daß noch ein anderer Ort auf ihn wartet, sieht sein Stück weißen Strand vor sich und begreift auf einmal, daß es der falsche ist, daß der ihm zwar von Rechts wegen, wenn auch nicht ganz legal gehört, aber daß er niemals dort hinkommen wird. Er geht alle Adressen durch, um eine nicht verschlossene Tür zu finden, dann steckt er den Kopf hinein und sieht sich selbst im Bett liegen; er schleicht sich auf Zehenspitzen an den Schlafenden heran, aber entdeckt kein Lebenszeichen. Naß von Gischt und Schweiß kommt Nathan bei Famous' vorbei, wo sonst tagaus nachtein die Jahrmarktslichter wie Wunderkerzen funkeln, aber jetzt nicht, die Lichter sind aus, alles ist aus, vor dem Sturm verbarrikadiert. Unrat und Eis treiben auf Rinnsalen durch die Straßen.

Er watet weiter zur Uferpromenade. Um aufs Meer zu blicken, muß er sein ganzes Gewicht einsetzen, sich förmlich auf die Luft legen. Die Grenze zwischen Meer und Himmel ist ausradiert, das Ganze ein einziges Dunkel, schwärzer als die Nacht. Die Buhnen sind überflutet, der Strand ist fast verschwunden, das Wasser steht bis an die Promenade hoch, die von Gischteis überzogen ist. An manchen Stellen sind Geländer und Promenade ganz verschwunden. Das ständige Donnern ist nicht mehr vom Tosen der See zu unterscheiden. Es sagt: Steig aus. Es sagt: Rette sie.

Die beiden Schüsse fallen mit einigem Abstand, ruhig gezielt. Zuerst, auf ein Knie gesunken, fühlt Nathan dumpfe Erleichterung, dann fühlt er mit einem Aufstöhnen, wie er nach hinten fällt und sich auf den Bauch dreht. Leere Gedanken gehen ihm durch den Kopf, begleitet von einer Musik, die er nur deswegen hört, weil er jetzt endlich lauscht: sie scheint die ganze Zeit über dagewesen zu sein. Wagner? Nein, etwas Trauerfeierliches, etwas Ruhiges, wie ein Wiegenlied, Chopin vielleicht, etwas, das sich im Rasen des Sturms wie das klägliche Schreien eines ganz kleinen Jungen anhört. Das ist es. Ächzend krallt er nach den eisigen Planken der Promenade, zieht sich an einer, dann an der nächsten weiter wie an einer Leiter hinauf. Schemen umringen ihn, greifen nach seiner Hand, lösen seine Finger, wollen ihm helfen, ihn weiterziehen, vielleicht wollen sie ihm auch einfach nur die Taschen ausleeren – sein Jackett wird zurückgeschlagen und der Geldpacken, oder was davon noch übrig ist, herausgezerrt. Schritte verklingen hinter ihm. Sein Leben entrinnt ihm, vermischt sich mit Meerwasser, und er verspürt eine leise Genugtuung bei dem Gedanken, daß er die Dinge, deretwegen er einen langen und ungewollten Weg zurückgelegt hat, Dinge, für die er nicht unbedingt einen Namen hat, aber aus denen seine lebenslangen Träume bestehen, womöglich nicht mehr brauchen wird. Mit letzter Anstrengung leckt Nathan Stein die Uferpromenade und schmeckt seine eigene metallische und salzige Wärme, dann hebt er die Augen und blickt auf und ist allein, absolut allein, eingehüllt in betäubende Stille. Wo ist der Chopin? Wo sind sie alle hin? Sein Gesicht brennt. Er beschließt, weil er meint, es zu müssen, an Menschen zu denken, denen er etwas zu vergeben hat – sein Herz ist voll von Vergebung –, und fängt mit sich selbst an. Aber er kann sich nicht mehr an seinen Namen erinnern. Er hat zu schreien begonnen. Aber der Sturmwind erstickt seine Worte, und er würgt und kann nichts hören.

Er geht in die Höhe. Seine Arme heben vom Boden ab, dann seine Beine, und sie wackeln wie Marionettenglieder. Nathan hat es eilig. Ein guter Samariter hat ihn gefunden und wird ihn rasch in ein Krankenhaus bringen, hofft er. Er traut seinen Armen und Beinen nicht, und er kann sie nicht bewegen, aber irgendwie ist er hochgekommen, strebt der Rettung entgegen und wartet auf die beruhigende Stimme, die Beteuerungen, daß alles gut wird, den Einstich, die Infusion. Die Welt ist also doch gut. Die Welt ist gut.

»Alles in Ordnung mit Ihnen?« hört er fragen, eine freundliche Stimme diesmal. Und: »Nein«, antwortet er endlich: »Nein«, dankbar dafür, so ehrlich sein zu dürfen. »Ich brauche Hilfe. Bitte helfen Sie mir.«

Im Stolpern zischt ihm die Luft aus dem Bauch. Nathan keucht. Jemand macht die Tür zu. Noch eine Tür geht zu und noch eine Tür. Eine Verbindung, eine sehr wichtige Verbindung wird gekappt.

DANK

Staatsanwalt Daniel R. Alonso. Paul Cody. Brian Hall. Lamar Herrin. McKay Jenkins. Dan McCall. Tim Melley. Sergeant Mitch Zykofsky von der New Yorker Polizei. Alle Freunde und Lehrer.

Andrea Barrett. Philip Gwyn Jones. Doris Janhsen. Hans-Ulrich Möhring. Marcy Posner. Christian Strasser. Und vor allem Matthew Bialer und Jane von Mehren. Für ihre Treue, ihre Unermüdlichkeit und ihren guten Rat.

Und Liana Cassell. Für ihre Arbeit an diesem Buch und in jeder Hinsicht, für ihre rückhaltlose Liebe.

Die Originalausgabe erschien 1998 unter dem Titel *Blood Acre*
bei Viking, New York.

ISBN 3-471-78069-6

Lektorat: Karen Nölle-Fischer
Satz: Franzis print & media GmbH, München
Druck und Bindung: Ebner, Ulm